当代世界华文作家小说库

Dangdaishijie Huawenzuojiaxiaoshuoku

望夫楼

陈春龙／著

中国华侨出版社

图书在版编目（CIP）数据

望夫楼 / 陈春龙著 . -- 北京 : 中国华侨出版社，
2015.2
ISBN 978-7-5113-5194-4

Ⅰ．①望… Ⅱ．①陈… Ⅲ．①长篇小说－中国－当代
Ⅳ．① I247.5

中国版本图书馆 CIP 数据核字（2015）第 032988 号

望夫楼

著　　者 / 陈春龙

出 版 人 / 方　鸣

责任编辑 / 高福庆　王　嘉

装帧设计 / 贾惠茹

经　　销 / 新华书店

开　　本 /710mm×1000mm　1/16　印张：25.5　字数：321 千字

印　　刷 / 三河市君旺印务有限公司

版　　次 /2015 年 2 月第 1 版　2015 年 2 月第 1 次印刷

书　　号 /ISBN 978-7-5113-5194-4

定　　价 /46.00 元

中国华侨出版社　北京市朝阳区静安里 26 号通成达大厦 3 层　邮编：100028

法律顾问：陈鹰律师事务所

发行部：（010）64443051　　　　　　传真：（010）64439708

网　址：www.oveaschin.com

E-mail: oveaschin@sina.com

如发现图书质量有问题，可联系调换。

引言

　　这里，曾被世界誉为"东方第一大港"。

　　这里曾经有过白天船帆似云，晚上桅灯如星，"船通万国"的辉煌鼎盛时期。

　　蜿蜒曲折的海岸线上曾经踏满来自波斯湾、马六甲海峡、加里曼丹以及苏门答腊等世界各地的商贾、旅游者、传道士、冒险家的足迹。

　　岁月流逝，沧桑变幻。如今，这一切已烟消云散。昔日的繁华只留下这千疮百孔的漫漫海岸线和那幢矗立于"凹"字形海湾上、古人用来祈风祭海的小楼。面对着这浩瀚无边的大海它显得格外突出，突出得让人触目惊心，突出得令人感到凄凉和孤独。

　　小楼依照道家的八卦图形而建，两层结构。八根粗大的盘龙花岗岩石柱各据一角支撑着八根浮雕着云山雾海、飞舞腾跃的似人似鱼的神奇怪物的横梁，八个神态各异、手持各种乐器的飞天乐伎组成八个斗拱支托着整个楼层。从楼上的那扇小门出去，是一圈八边形阳台式的露天走廊。走廊是木质的，四周是涂抹朱漆的长方形栏杆。楼顶，对应立柱的地方，八条蜿蜒起伏像是随时都要朝八方腾飞而去的琉璃瓦龙组成八条楼顶脊骨，八个高高昂翘的龙头朝天吐着浑圆的"火球"，龙尾相接的楼顶正中部位，矗立着一座由九个朱红铜珠串联在一起的葫芦宝塔。

小楼正门向南朝着大海。两扇巨大的楠木门上各钉着三排铜钉和一个虎头铜环。门栏足有一尺高，两侧各蹲着一头硕大的石狮子。狮身是用泉南稀有的纯正青石雕凿而成，两只永不知疲倦的铜铃般眼睛，日日夜夜盯着苍茫的大海，盯着古往今来的人来客往。

走出正门，是九级石台阶连接着一大片平台式开阔地，再朝前走又是九九八十一级花岗岩台阶，拾级而下便是一片半月形的沙滩。柔软的金黄色沙地到处散乱着无数奇形怪状，闪烁着五彩缤纷的海贝。谁也说不清它们到底是死是活地飘逸着一股股腥臭的气味。只有当汹涌的潮汐漫上滩头时，这股令人恶心的气味才会被冲淡。平时，潮水一般只能淹至开阔地的前沿，遇到特大潮汐，潮浪便会漫过平台，涌到小楼正门前的台阶上。

沙滩与海水的过渡带，是一片黑色的滩涂地。无数的海生小动物四处爬行着，时而钻进深深的泥洞，时而探出头来东张西望。一块块参差不齐的牡蛎石构成一个个不规则的几何图形，蛎石上挂满绿色的海藻、紫菜和长条状的海带，阳光下，它们由翠绿变得青紫乃至深紫。

小楼的背后，是生息繁衍了千百年的郝家湾。几百户数千人世世代代以讨海打鱼兼种些田园稻谷番薯为生。村子的依托是一座海拔 500 公尺左右的紫云山，属岭南断裂带的支脉。山上以相思树林居多，掩映之中除了山前的那座"妈祖庙"之外，还可见到几处已经废弃的伊斯兰教遗址。

小楼的东面，穿过村庄是一条属于紫云山脉延伸至海岸的丘陵，上面是一片葱绿的相思林，临海处是十几丈刀削似的绝壁。海浪日日夜夜无休无止地撞击着崖壁，激起数米高的浪花，发出一阵阵经久不息的"轰隆隆"声。

紧接着小楼西侧的是一株苍老的古榕树，据说已有 500 多年了。临近小楼的那支权干已经枯死而成了一截空心的树洞，另一支朝着大海的却枝繁叶茂。粗糙的树根或隆出地面，或交叉重叠盘卷成一个偌大的根系围盘，裂缝处时常淌着黄白色、黏糊糊的液体，如同一个垂暮的老人带着眼屎的泪水。倒垂的根须像一束束晾晒的，因发霉而成黄褐色的龙须面，在风雨中摇摆飘拂着。每当夜幕降临，成群的海鸟便纷纷在这树上落脚，而令人讨厌的蝙蝠在树叶密集的阴暗处一串串倒挂着，发出的老鼠般"吱吱"叫声给夜晚的小楼平添了无形的恐怖和神秘感。

这祈风祭海楼是何人何时而建，已无从考究。

相传明朝大航海家郑和下西洋前就有了这小楼。据说也就是从那时起，小楼便开始衰落了。衰落的原因起源于那年郑和最后一次下西洋时，曾从这儿带走十二名青壮男人充当水手，丢下十二个正值青春年华的少妇苦守着孤寡的日子。每逢佳节，她们便结伴到小楼来祭奠这苍茫的大海，祈求海神保佑她们的夫君早日平安归来。然而，日复一日，年复一年，春去冬来，月圆月缺，只见红颜消失，不见夫君回归的帆影。

终于，在一个秋高月圆的特大潮汛之夜，这十二名流尽相思泪，痛断肝肠的渔家女儿，最后一次为夫君做完祈祷，便各自呼唤着夫君的名字，手执招魂幡，越过小楼的顶层护栏，跳进了养育她们的苦海之中……

从这一年起，小楼就再也没被用来作祈风祭海的圣地。相反，慢慢地，人们却记住并广为传颂十二寡妇投海殉夫的"壮举"。把小楼改称为"望夫楼"。

　　年久失修，挨到民国时期，小楼已破落不堪。脱了漆的拱梁到处裸露出斑驳的木纹，快要掉落的百叶窗，歪斜的门扇，到处都是破洞的楼板，连同那伤痕累累的琉璃瓦龙也已珠黄鳞碎，给人以无限的感叹和凄凉的感觉。白天，人们从这里经过，只能感慨、惋惜地望它一眼；夜幕下，那歪歪斜斜、飘忽不定的幽灵般倒影让人感到空虚和恐怖。每当深夜涨潮时分，汹涌的潮浪撞击着楼前的石台阶，发出一阵阵轰隆隆的响声，如同远处天边的闷雷；呼啸的海风回荡着小楼发出的尖锐刺耳声，又如同屈死冤魂的呼号，令胆小者毛骨悚然。

　　"望夫楼"目睹着千百年来的人世沧桑，记载着郝家湾一代又一代人的悲欢离合。它像一个活生生的、饱受风霜磨难的老人，时时刻刻在向人们诉说着永远也诉说不完的、用血和泪写成的一桩桩令苍天流泪，顽石哭泣，让听者锥心刺骨的真实故事……

一

　　泉南的 3 月，是多雾的季节。

　　那雾白白细细，如奶似纱紧贴着海平面，像一条宽大无比的玉带将天和地、山和海划为两个完全不同的世界。

　　紫云山像被拦腰截断，峰峦如同悬浮在半空中一样随着人们的视线游移着。峰巅处，翠绿的相思树林盛开着密集的小花。那花今年开得异常的早，金灿灿的，飘逸着淡淡的清香直抵蔚蓝色的碧空。天异常的洁净，没有丝毫的杂云，给人一种近乎透明的感觉。相思林下，那和云雾衔接的地方，是一大片迟开的粉红色桃花，像一条红色的飘带缠绕着翠绿欲滴的树林。花丛中，古色古香的"妈祖庙"犹如一座瑶池阁楼，勾勒起人们对天堂的无限遐想。

山下就是郝家湾。高高低低，参差错落，像鱼鳞一般堆挤在一起的房子几乎全是用花岗岩石砌成。一股股晨炊的浓烟升腾而起，挤进白雾里然后又慢慢地散开、融化，使得原本就弥漫的雾气越发浓重了起来。迷迷蒙蒙之中，高亢的鸡鸣，沉闷的狗叫，纷杂的脚步和那呼儿唤女的尖叫声组合成一曲独特的渔村交响乐。

透过雾幔，隐隐约约可见远处的岛屿、礁石像一只只巨大的海龟漂浮在蓝灰色的海面上，林立的船桅只剩下星星点点。偶尔，一两只海鸥或海燕从水面上掠过，立时划出一道优美的弧线，将水和雾分开，露出一条窄窄的蔚蓝色通道直达苍穹。

弥漫的雾中，一切似乎都改变了原样。黑色的滩涂成了铁灰，金色的沙地成了灰黄。就连此时正在滩涂地那些由蛎石组成几何图形中的人儿，也变得朦朦胧胧。

站在古榕树下望去，隐隐约约可见那人双脚深陷在泥浆般的海涂中，弯着腰，双手在海土中刨挖着什么。远远望去，恍惚间像是一块会移动的礁石。

终于，那人直起腰板，让人看清了真实的面孔。

这是一个英俊壮实的渔家后生。中等身材，方形的脸，一字形浓眉下镶嵌着一对海水般宁静的眼瞳在黑色的滩涂中搜寻着。显得略微偏高的颧骨和那宽厚的嘴唇给人一种正直宽厚的感觉。他，上身穿一件泛白的短袖旧棕色衣，这是海边人常穿的一种衣服。衣服的颜色是用猪血和桂圆树根水浸泡而成的。据说，这种经过浸泡的衣服可以防碱性的腐蚀。他的下身着一件同样颜色的裤子，裤管足有一尺二寸宽，此时被高高卷起至大腿处。全身裸露的地方，都闪射出古铜色的光泽。浓重的雾气，使他全身潮湿，单薄的衣服紧贴着突起的肌腱，洋溢着一种青春和力量的美。

看上去，他大概只有 20 岁上下。然而，现在，他却是一脸沉着，眉际间透露出一种忧愁。

"见鬼，都钻到哪儿去了？"他自言自语了一句，把抓在手掌中的几粒沾满黑泥的海蜓朝身边的篓筐里一丢，长长叹了一口气："唉，看来今年又是一个灾荒年了！"说完，像是若有所思地扭头朝后望去。

望着望着，他的身子也慢慢地转了过去，像是有一种无形的巨大吸引力一样，把他的身子连同眼光一齐朝前拉去。不由自主地，他朝前猛走了几步，扬起双手使劲地朝前来回晃动，试图驱散眼前的浓雾。然而，那雾像分不开割不断的海水一样，刚刚撩拨开随着又合拢了。他举起手臂，使劲擦了擦眼睛，让本来就已经明亮的眼睛更加明亮，神情专注地让自己的眼光穿透雾气，紧盯着前方。

随着他的眼光望去，远处的沙滩上晃动着一个弯腰在寻觅着什么的人儿。

那人穿着红色上衣。当她弯下腰的时候，朦胧的雾中像一簇会移动的红珊瑚，又像紫云山的桃花丛；当她直起腰时，3月的晨风微微拂动裹在周身的浓雾像是在拂动一件洁白透明的婚纱。当她走动的时候，白雾随着她的身子涌动，整个人就像漂浮在云天雾海之中一样轻柔，让人不由得联想起七仙女下凡这个优美的传说。

滩涂中的后生如痴似醉，直愣愣地远望着，似乎忘了自己正在做什么。

忽然，他大声呼喊了起来："海……妹……子……"

随着声音，她直起了腰，朝着声音传来的方向张望。片刻，她也大声呼唤了起来："阿……礁……哥……"

粗犷的男声和清脆的女音在浓雾中相遇，撞击，继而荡开雾幔。

被叫作阿礁的后生，提起身边的篓筐，深一脚、浅一脚地奔了过来。黑色的海土连同海水溅了他满身、满脸。

两个人朝着不同的方向奔跑着，雾被拉长，继而变薄而从他们身边消逝。

终于，他站到了她的眼前，她立在了他的鼻尖下，相隔咫尺，气喘吁吁……

这是一个十六七岁的少女。尽管没有传说中美人的沉鱼落雁、闭月羞花，但却有着一种特别吸引人的朴实美。普通的桃红色紧身连襟布衫，袖子高高挽起，露出白皙的上臂，像海水一样蔚蓝的宽筒裤卷至膝盖处，裸着匀称的小腿。细细的柳眉下，忽闪着一对水灵灵的杏眼，眼皮上有两道深深的眉纹，看上去像是双眼皮一样。深蓝细白花的番巾里，呈现一张圆圆的玫瑰色鹅蛋脸和两个深深的酒窝。湿润的小嘴像是在等待接吻似的微微张启着，露出珍珠般的皓齿。圆滑的下颚和左边嘴角之间，有一点红色的小斑点，格外引人注目。

老人们说，那是一颗痣，一颗勾人魂魄的美人痣。

二

人人都说，情人相见，有说不完的悄悄话。

可眼前这对痴男倩女，却只是傻傻地站着，痴痴地望着对方，一句话也没有。

许久，阿礁才冒出一句不着边际的话："今天的雾好大啊！"

海妹子先是愣了一下，而后不无诙谐地应了一句："是啊，大得连人都认不出来了！"

这分明是话中有话。

阿礁知道海妹子在责怪他，出海一个多月，回来连个招呼都不打，于是急忙解释。

"昨晚回来就想去找你，可阿母把我拖住，说是在海上颠簸了一个多月，要好好在家歇歇，我又怕伤她的心，所以……"

其实，海妹子也能猜出原因。只是，在阿礁面前，每次总要占点强。于是，她故意撅起小嘴，娇嗔了一句。

"你怕伤了你阿母的心就不怕伤我的心？人家天天在榕树下等呀等呀，原来你心里根本就没有我！"

海妹子说着，故意把脸掉了过去不理阿礁。

这下可急坏了阿礁，忙不迭地赌咒发誓。

"我真的不是故意的，我天天都在想你，要是骗你一句，下次出海就让船翻，沉到海里喂王八……"

打鱼人最忌说翻船两字。就连吃鱼也颇有讲究。一条鱼吃完一半，另外一半是绝对不能翻转过来吃，只能用筷子挑着吃，否则就犯了"翻"字的大忌，尤其是在出海前。

海妹子原本只是想激一激阿礁，没想到他竟发这样的毒誓，急忙转过脸想阻止已经来不及了。望着阿礁那急得通红的脸，她不无后悔地在心里自责了一番，而后垂着头，低声说："阿礁哥，别生气，是我不好。我……"

听了海妹子的话，堵在胸口上的心咻溜落了下来，像是吃了一颗定心丸。阿礁的激情涌了上来。一阵冲动，忘情地一把握住海妹子的双手。

尽管他们早已是心心相印。但是，他们之间似乎横着一条难于逾越的鸿沟，即便是悄悄相会，也会自然不自然地"划地为营"，不敢擅自越雷池一步。像今天这样鼻尖碰鼻尖的事儿还从未有过，更别说双手紧紧绞在一起。

也许是从未有过？也许是早就在企盼？也许是一个多月的分别更加剧了某种神奇的追求。海妹子一时间竟被这种突如其来的举动震蒙了，傻傻地让阿礁紧握着自己的双手。

那手是这样的粗大、有力、带着潮湿的热，像钳子一样。

海妹子挣不开，也似乎不想挣开。一种异样的、从未体验过的感觉如闪电从她手指迅速传入心房，紧接着，心房深处立时涌起一股灼人的热流。这热流顺着"嘣嘣"跳动的血管迅速奔向身体的各个部位。她觉得全身发热，脸不由得红了起来。先是两个圆圆的酒窝，接着红晕顺着小巧的鼻梁往上向两边延伸，慢慢地耳根也红了，额头也红了，整个脸蛋就像刚刚成熟的柿子，透红、透亮，闪烁着诱人的脂光。

海妹子全身颤抖了起来。她感到惊奇。这种感觉是这样的新奇、美妙，这样的畅愉、兴奋。突然，她觉得那双紧握着她的手正慢慢地向前拽她。她的身子在一股缓缓的拉力的牵引下，不由自主向前倾斜了过去。一股热乎乎的气息翕动着她的刘海。她不由得吃了一惊：

她看见眼前的那双深邃的大眼里，像有两颗燃烧的火球。那火球闪射着一种神奇的色彩。那是一种她不曾见过，令她心旌摇曳，神游意乱的色彩。在这火球的闪熠下，她似乎有点把持不住，浑身轻飘飘站立不稳，身子一晃向前倾倒了过去……

就在两颗滚烫的心即将碰撞在一起的刹那间，突然，一声低沉而又威严的呵斥声从远处穿破雾幔，像一把无形的利剑将他们硬生生劈开。

"阿礁，给我过来！"

声音中蕴含着一种不可抗拒的力量。

两人的心瞬时透凉，似乎连呼吸都觉得异常艰难，身不由己转身一看：

望夫楼前，古榕树下直端端立着一位神色威严的老者。

海妹子的脸刷地惨白。

阿礁的脚顿时像有一股看不见的拉力，使劲地往前拽……

第二章 · chapter two

一

　　这是一个瘦高个的老汉。70 岁左右的年纪。上身穿一件蓝色布衫，下身着一条黑色宽筒裤，脚板套着一双一寸高的木屐，右手提着一根三尺来长的烟杆。

　　老汉的大名叫郝忠，是郝家湾现今唯一的高龄人。论辈分，阿礁的母亲叫他三叔，阿礁叫他三叔公。

　　在郝家湾，郝忠是个非同寻常的人物。年轻的时候，是方圆几十里出了名的渔家硬汉子，能一个人把一条三百多斤重的大鲨鱼拖着走。他还是一个技艺高超的船老大，每遇恶滩险阻或是狂涛骇浪，非他亲自掌舵不可。他是郝氏宗族的代表，郝家湾的核心人物。凡遇重大海事活动，主持人非他莫属。

如今，他老了。胸向里凹着，背向后拱着，头朝前探着，原先粗得像橡子的胳膊，现在细得像两根会打弯的麻柴棍。这也许是常年在海上生活的后遗症吧！支气管炎又和他老是纠缠不清，常常是上气接不了下气，可又偏偏每时每刻烟不离嘴。一根三尺来长、柚木做成的烟杆陪伴了他几十年。现在是抽一口、咳一声，一锅旱烟抽完，要咳好几次痰。一张长着稀稀疏疏灰白色胡子的廋宽脸，刻满深深的皱褶，就像山坡地上番薯沟的犁耙痕一样。昔日的风采似乎只留下那双如今虽已深陷，但仍闪烁着威严、锐利光芒的苍鹰一样的眼睛。

郝忠没儿没女。年轻时也曾娶过一房妻子。可是没想到，后来他竟亲手把她给断送了。

也许，正是经过了这件事，郝忠的威望才得以扶摇直上，最终确立了他在郝家湾的核心地位。

常言道："靠山吃山，靠海吃海。"远离大海的内地男人也许大多过着"日出而作，日落而息，夜夜抱着老婆滚大炕的生活"。而在沿海，尤其是泉南一带的渔民却没有这个福气。一年三百六十五天至少有两百多天是在海上漂浮度过的。男人每出一次海，短则个把月，长则几个月，把女人们丢在家里熬着。好不容易回来一次，隔上三四天，最长也不过十天半个月，又是一场生离死别，而后又是无休止的祈祷，无休止的精神乃至肉体的煎熬。

男人在家的日子里，是女人们最为亢奋而又最为难受得时候。那些憋了几个月的男人们，上岸后的第一件事就是寻找自己的老婆，而后是急急拖回家，关上门……一阵地动山摇之后，才会重新坐到饭桌前，倒上半斤地瓜白干，自斟自饮起来。几乎是夜夜如此，有时甚至于白天。总之，只要酒热一上来，他们可不管是什么时候，难怪已婚的女人们中间悄悄流传着这样一句话："旱时旱得受不了，涝时涝得顶不住！"那些日子，女人们眼睛天天带着黑圈，尽管脸上荡着笑，却掩饰不了困倦疲惫的外表。而男人们，挨到下次出海，粗壮的胳膊都瘦了一大圈。

郝忠的妻子翁氏，虽说算不上很美，但也娇艳动人。尤其是那对高耸丰满的乳房，更是诱人注目。像是两颗熟透了的文旦柚子，圆圆的闪着脂光。凭着郝忠在村子里的地位和本事，翁氏不必像其他女人那样上山下滩，日晒雨淋，不必为温饱发愁。她比别的女人更愁的是白天的孤独无聊，夜晚的空寂难熬，她最畅快的日子，是郝忠每次出海前那几天。尽管那些日子，郝忠总是无休止地把她折腾得浑身像散了架子似的支撑不住，但却有着一种令她销魂的虚脱感，使她回味无穷。郝忠不在身边的时候，她似乎就只能靠这些回忆来填补灵肉上的空虚，打发那些孤寡般的日子。

　　也许是命该无子。翁氏嫁给郝忠十几年来，肚子却一直鼓不起来，这对于"走船跑马"没有三分命的渔民来说，真是天下第一不幸事。为此，郝忠每次回来狂欢之后便常常为这事和翁氏过不去。

　　这天晚饭刚过，郝忠早早就把翁氏拉进房里，插上门闩。翁氏一见，便知道他又要干那档子事了。明天一大早，他就又要出海了。对她来说，今晚将又是一场"恶战"。

　　翁氏二话没说，三两下子就把衣服脱了个精光，仰面躺到床上，双眼闭上，等待着男人的疯狂撕咬。

　　郝忠的眼光从翁氏的脸上扫描似的向下移动，滑过那对光洁如脂的肉团子，眼光在那微微凹下的腹部停住了，皱了皱眉头，脱口骂了一句："干你母的，白费劲！"

　　骂毕，伸出粗糙的右掌，朝翁氏的腹部猛击了一掌。

　　"啪"的一声，雪白的肚皮立时绽出一个鲜红的"五爪印"。

　　翁氏不由得一声"哎哟"，随着睁开双眼，却不敢发火，只是瞅了他一眼。

　　"你……"没等翁氏说下去，郝忠就抢了过去。

　　"干你母的！是头只会吃食不会下崽的阉猪！"

　　这一下，翁氏也有点受不了，她委屈地嘟囔了一句："这能全怪我吗？你一年到头能有几天在家？"

这话原本说得在理，可郝忠哪管这些，他气呼呼地反问道："那别人的又都是怎么下的？"

"这……"

翁氏一时竟哑口无言。比自己晚结婚的，不管是男是女，哪一个没有孩子？

"也许……"她原本想说，"也许是你有什么毛病。"可又不敢，话到嘴边又硬生生咽了下去。

郝忠的嘴唇也动了一下，似乎想回敬什么，但没说出口，只是使劲咬了咬下嘴唇，然后三下五除二把自己也扒了个精光，朝眼前白花花的肉体狠扑了过去……

翁氏忽然感到一阵莫名的伤感。任凭身上男人的粗野动作她却麻木一样毫无感觉，唯有两行泪水悄悄顺着眼角流淌下来……

二

第二天一早，翁氏拖着似乎异常疲乏的身子来到井边汲水。

这是一口古井。井身用花岗岩石按六角形砌成，井盘上有三个用来放吊桶的磨盘大圆孔。

翁氏把汲水的圆桶放入井内，却呆呆地半晌不知提上了。

此时，一个30岁开外的男子提着一只木桶朝井边走了过来。离井还有十来米远，就大声打招呼。

"郝家三嫂，您早哇！"

翁氏猛地一惊，急忙一边往上收绳提桶，一边心不在焉地答了一句："嗳，早！你也来打水？"

"嫂子看你眼圈子黑黑的，昨晚大概一夜没睡好吧？"男人走到了翁氏的眼前，拿眼瞟了她一眼，诙谐地说。

说者也许无意，听者却有心。

翁氏的脸刷地红了起来，头也不敢抬，只顾弯腰收绳提桶。她心里清楚，此刻站在她前面的是湾里的小木匠。

　　这小木匠是个常住在这里的内地人。个子不高，身子廋廋的却精神十足。他凭着一双能够雕花刻木的手艺四处给人做木活。有时，在一人家里做一张二十四屏眠床，一住就是几十天。一张俊秀的脸蛋，再加上一张像抹了蜜似的嘴哄得人家即便被坑了银钱还感激不尽。尤其是那些寂夜难熬而又青春正旺的小妇，不知有多少人背地里对他想入非非。

　　此时，他正用一种惊讶的眼神窥视着翁氏那鼓胀的胸部。论年纪，他比翁氏似乎还小一点。

　　翁氏丝毫也没有感觉到。弯下腰，微微敞开的领口隐隐露出了白皙的胸肌，两个高耸的乳峰挤压起一条深深的乳沟。

　　那眼光就在这乳沟里滑行着。

　　桶绳已经收尽，汲满水的小木桶露出了井口。翁氏伸手去提，而另一只手也探了过来，压在了她的手背上。

　　翁氏一愣，抬起头，碰上了小木匠那火一般的眼光，不由一阵心慌意乱，抓在手里的桶提也不是，放也不是。

　　"大兄弟，别这样，快放手……"翁氏红着脸，嘴里忙不迭地说。

　　小木匠倒也知趣，一边把手拿开，一边又奉承了一句："嫂子，您真是太美了！"

　　虚荣心人皆有之。尤其是女人，最爱听到的是男人说她年轻漂亮。

　　翁氏心头不由一热。自从嫁给郝忠，做了十几年夫妻，还从未听他说过一句像这样轻柔温馨的赞美。

　　"别胡说！"翁氏不敢喜形于色，只能淡淡地回了一句。

　　"我一点也不胡说！"

　　小木匠近乎是在发誓。末了，像是有着无限感慨、万般惋惜地叹道："郝忠真有福气！只可惜为人太……要是换作我……唉！"

　　他像是在自言自语，又像是在替翁氏打抱不平，同时又似是在表白自己。

翁氏没敢再听下去，提起水桶，低着头急匆匆离开井台，三步并作两步朝家赶……

这一夜翁氏失眠了。她翻来覆去睡不着，不是为了丈夫，倒是为了小木匠今早那两句话：

"嫂子，你真是太美了！"

"只可惜……要是换作我……"

特别是最后那句话，更是勾惹起她无限的联想：

"换作他又会怎样？"她自问自，"她会比郝忠好？"

想起郝忠，她不由得惆怅起来。他娶她，只是为了生孩子。在他的眼里，她只是他用来发泄欲火的躯体和传宗接代的工具。他从没像小木匠那样温情地对她说过一句话。那些曾经有过的、充满激情的亢奋，今天想起来，却是那样的粗暴和野蛮，像是一只凶残的鲨鱼在撕咬一条弱小的黄花鱼一样，血淋淋的肢离肉碎。

想到这儿，翁氏感到一阵莫大的委屈和伤心，一股冰冷的泪水涌了出来……

第二天，翁氏神差鬼使地一大早就来到了古井，一边汲水，一边不时扭头四处张望，像是在等待着什么。

第三天，第四天……一连几天，天天如此，而且一天比一天来得早，走得晚，但每次都是带着惆怅的失意回去。

人，就这么怪。见不着的就越想见着，得不到的就越想得到。小木匠的身影在她的脑海中莫名其妙的越来越高大、完美，继而充塞了整个脑空间。随之而来的是一种完全不同于本能需求的神奇渴望，越来越强烈地冲击着她原本孤寂的心房。

这是一种什么渴望，连她自己也说不清。

这天晚饭后，翁氏倚着门框，双眼眺望着远处的小路，默默地想着。

落日的余晖投射在那条弯弯曲曲的红土路上，折射出血红的光。

忽然，翁氏的眼光僵直了，继而瞳孔扩大了：

小路的另一端，小木匠神奇般地出现了，披着夕阳的五彩光，撩着大步匆匆朝这里走来。

翁氏全身抖动了一下，脚不知不觉地迈出了门槛，朝前走出了几步后又若有所思地停住了。

这当儿，小木匠已经走近了。

她看见了他清秀的脸庞，忽闪的双眸，甚至于看见他额头上津津发亮的汗珠子。她忽然觉得他的这一切是那么的美好、和谐。好像这才是她想见到的似的。她真想迎上去，问问他这些日子到哪儿去了？问问他，他的那句"要是换作我……"到底是什么意思？

翁氏的心在颤抖，连自己也说不清，这到底是为什么？

小木匠径直走到了她的跟前，那双眼睛像一洼秋水，盈盈清澈，似乎要将她整个儿淹没进去。

他从她的眼睛里看到了他想看到的一切。

"嫂子，您在想什么？是想我吗？"他竟敢这样胆大妄为地问。

她从无边无际的遐想中清醒过来，腮帮子立时红了一半。她极力想掩饰自己的内心却反而暴露无遗。

"乱嚼舌根子！谁想你来着！"她说着，拿眼似瞪似睐地瞅了他一眼，转身走进屋里。

小木匠愣了一下，随即像是领悟了什么，扭头朝四处张望了一下，便大步跟着她的背影踏进了门槛。

门，"咣"的一声被关严，紧接着又是"哧"的一声从里面插上门闩。

夜降临了。

没有要求，没有承诺，也没有主动和被动的区分，一切像是早就预谋好了的，又像是自然而然的。

那手顺着她发烫的脸颊缓缓向领口滑去，一阵轻轻的抖索，扣子一个个被解开了，露出起伏颤动的双乳。那手沿着光洁滑嫩的"坡面"，跃上了柔软坚挺的高耸乳峰，触动了那颗悠晃的"红豆"……半晌，那手滑了下去，像一条会游动的鱼，沿着微微凹下的腹部像那神圣的禁地探去……

随着他的手，她的体内慢慢地涌起一股暖流，像春天的小溪一样，带着桃花落红般的清香，渗进每一个细胞。一种从未有过的，充满柔情蜜意的舒畅感伴随着这情感的小溪从内心深处一路吟唱着流向躯体的每一个角落。

她不由得想起，这么多年来，郝忠从没有这样轻柔地抚摸过她，没有这样温情地亲吻过她。每次，郝忠都像一头野牛、一头猛狮，猛烈地冲撞，狠命地折腾她。她和郝忠的性爱，除了最原始的本能冲动，就是近乎狂暴的撕咬。

"这才是真正的爱。"她在内心自我呼唤着。也许这些日子，她所渴望得到的正是它。她静静地躺着，缓缓地闭着双眼，尽情地享受着他的轻抚慢揉，像是在品尝一杯清香的茉莉花茶……

三

时间不知不觉在柔情蜜意中悄然消逝，一晃就是几年过去了。翁氏巴不得郝忠天天出远海，夜夜不归家。

然而，郝忠却每次都按时回来。

像撕掉一张旧日历那样。简单、枯燥、无聊。郝忠带着满身的鱼腥味，黑得如炭的巨大躯体如同紫云山倾倒，狠狠地压在了她的身上。

她紧闭着双眼，拼命地喘着粗气。然而，这喘气已不是以前亢奋的呼唤，倒像是一个垂死的人最后挣扎的呼救声。

郝忠感到有些不对劲了。他似乎才刚刚骤然发现，她没有了以前那种迫不及待的热烈响应，更没有了高潮时亢奋的喊叫。平时不停扭动的躯体此时竟像一具没有丝毫热气的僵尸一样直挺挺的。郝忠激越的欲望瞬时锐减了大半。他拿眼注视着眼前这张脸，似乎想从中寻找到什么。

然而，他什么也没有找到。

他从她的身上滚了下来……

忽然，一个怪诞的念头从他的脑海中闪过："莫非她勾搭上了野汉子？"

心念动处，他猛地翻身坐了起来，瞪着大眼，虎视眈眈地瞅着眼前这白皙的肉体。片刻，他伸出粗大的双手，将她拉了起来。

"老实告诉我，你，干你母的是不是勾搭上了野汉子？"他低沉地吼着。

她万没想到他会突然这样问，心头一凛："难道他知道了？"

她全身不由自主地颤抖了起来，眼瞳缩小，一种灾祸临头的恐惧感从她迟滞的眼神中显露了出来。

"没……有……"她的声音也在颤抖。

"到底有没有？"他紧逼了一句，锐利的鹰一般的眼睛像是在海水中搜寻鱼群一样紧紧逼着她的眼睛。

她受不了他的锋芒，头垂了下去。良久，她紧咬着嘴唇，从牙缝里挤出两个硬硬生生的字：

"没有！"

"谅你也不敢！要是真有那事，老子不把你们一个杀了，一个沉海，老子就不姓郝！"

他威胁了一句，下床穿上衣服，门使劲一掼走了出去。

她伏在枕头上痛哭了起来，如同潮浪一样宣泄着满腹的哀怨……

世上没有不透风的墙。尽管翁氏一再否认、一再辩解，曲意奉承，小心翼翼，但这风最终还是吹进了郝忠的耳朵。

然而，出人意料，郝忠既没有去找小木匠寻事，也没有责骂翁氏半句，仍然是白天喝酒，晚上睡觉。令翁氏感觉到的只是，做起那事来他似乎不像以往那样激昂亢奋，而是显得更加粗鲁甚至于有些像是在肆意折磨她。

这天晚饭后，郝忠突然对翁氏说："明天我要出海。"

翁氏不由得一愣，继而壮着胆子问："不是说还要过几天吗？"

"我想先到近海网几网看看，听说内海最近出现了黄花鱼群。"

"去几天？"

"四五天吧！回来后再随大船出远海。"

第二天一大早，郝忠果然驾着舢板出海了。翁氏站在望夫楼前一直望到见不着帆影才回来。

夜深人静。一个黑影悄悄闪进郝忠的家……

"他知道了？"

黑暗中，他问。

"他好像是已经听到了什么，起了疑心。"

她摇了摇头，心有余悸地应着。

"不会的。"他安慰着，把她轻轻地拥到怀里，"他要是起了疑心，还不把我劈了！"

"他不会那么傻。"她说着，身子朝他胸部靠紧了一点，"我总觉得他这次自己一个人出海，不像是真的。"

"怎么，你怀疑他想……"

"嗯！"

"不会吧！"他像是在安慰自己，又像是在安慰她，"他那么个粗人，能想出个什么点子出来。"

"不！"她猛然觉得一阵心惊肉跳，声音也变得颤抖了起来，"你还是赶快回去吧，我老觉得像是要出事！"

"这……"

"去吧！"她推开他，催促了一句。

他极不情愿地下床穿衣。

然而，一切都来不及了。

"咣"的一声，门被人一脚踹开了，门闩齐刷刷地断成两截。

黑暗中，一个巨大的身躯像门扇一样堵在了门口。

房里的人立时惊呆了。最可怕的预感终于验证了。

还没等他们反应过来，门口那巨大的身躯已朝他猛扑了过来。

"好你个小木匠，竟然真的给我戴上了绿帽子！我姓郝的非把你活劈了不成！"

就在这瞬间，郝忠的一条腿被一双手死命抱住。

原来，就在郝忠扑向小木匠的当儿，翁氏一个骨碌从床上滚了下来，伸出双手用尽全身力气把郝忠的右腿抱在自己的胸前，随着惊恐地大喊了一声："快跑！"

他踌躇着……

"别管我，快跑！"她几乎是歇斯底里在喊。

郝忠益发暴跳如雷。他一边用另一只脚狠劲朝翁氏踹去，一边怒吼："好你个败坏祖宗十八代的淫妇，让我先一脚把你踏死！"

一声撕心裂肺的喊叫随着郝忠落下去的脚从地上震了出来。

"玉……娥……"

从没有人叫过她的名字。就凭着小木匠这一声出自肺腑的呼唤，翁玉娥顿时感到一股热血涌上了心头，她觉得，就算此时被郝忠一脚踢死也毫无怨言。她奋力挣扎着，又喊出了第三句："别……管……我，快跑……"

声音渐渐低了下去。

郝忠陡然愣了一下。趁这当儿，小木匠冲出了房门消失在黑沉沉的夜空里……

四

第二天，望夫楼前，古榕树下，人山人海拥挤着全村的男女老少。人们在等待着一个百年不遇的"壮举"在这儿举行。

已是中午时分，烈日像一团毒火毫无遮掩地扑向人们。海面上，一缕缕白炽的热气缓慢地朝蓝得令人感到惨淡的天空蒸腾而上。海静悄悄的，连一朵小小的浪花都没有，如同一面被磨得光洁无比的巨大镜面，反射着这火一般的光芒，把人的眼睛刺得直想流泪。

然而，没有一个人退却。任凭额头上的汗珠子摔成八瓣，仍然目不转睛地盯着村口那条血一般的红土路。

时间在静默中消逝。除了人们的交头接耳声，其他一切都好像是静止的，就连这脚下的火球似乎也停止了转动。

终于，有人惊呼了起来："快看，来了，来了！"

红土路的那一头，出现了郝忠那高大的身躯。他，赤裸着上身，古铜色的肌腱在烈日的照耀下，熠熠闪烁着红色的光。他，下身穿一条棕色布裤，裤管卷至膝盖上面，一条同样是棕色的布腰带在腰间绕了两圈而后在右前方打了一个扎实突起的结。他，肩上扛着一个长圆形的大青皮竹篓。竹篓里，装着四肢被捆绑着的、自己的结发妻子——翁玉娥。

红土路干燥得如同一块烤红的铁板，冒着灰白色的雾气。郝忠的脚板砸在上面如同在擂动一面铜鼓，发出"咚咚"的响声。那声音由远而近，震撼着人们的心也随着"咚咚"地猛烈跳动着。

郝忠的胸部高高挺起，腰杆直直的，头昂起，双眼一动也不动地注视着正前方，连眼皮都不曾眨一下，俨然似一个古时候出征前的勇士。

竹篓里的翁玉娥，脸色苍白得像一张白蜡纸，长长的黑发散乱地从竹篓的编织空隙垂出篓外，像古榕树上那些倒垂的根须，随着郝忠晃动的身子颤动着。她的眼眶黑黑的，眶内没有一点水，像是被这炽热的太阳光烤干了似的，原本黑白分明，活灵活现的眼珠子，此刻也变得混浊不清，呆呆得像一颗龙眼核。一条粗大的麻绳紧勒着她的四肢，呈现出一道道深深的凹痕。全身唯一在动的是那干裂的嘴唇。仔细一瞧，就会发现，一排皓齿咬住下唇，一条细细的血线沿着嘴角流淌着……

一个不谙人世的小男孩惊恐地扯着身边母亲的衣角问："阿母，阿伯为什么把婶婶装在竹篓里？他要把她扛到哪儿去？"

"婶婶犯了错，阿伯要把她沉海！"

"为什么要沉海呢？会淹死的！"

"小孩子懂什么，别问了！"

母亲朝自己的孩子瞪了一眼。男孩吓得舌头伸出老长。

世界上，惩罚奸夫淫妇的办法也许有很多很多，但在泉南一带渔村，却是把人沉海。相传，蔚蓝的大海可以洗却人的罪恶，免除地狱之苦，来生投胎做个贤良之辈。

小木匠早已逃得无影无踪，一切罪责全由翁玉娥一人承担。

说话间，郝忠已经走到了望夫楼前，沿着石阶下到了沙滩上。

人们的眼光随着他的身影转动着。有的人在为他的壮举赞叹欢呼，有的人在为翁玉娥哀鸣惋惜，也有的人感到心惊肉跳。几个年老的妇人，点燃了一束束清香，微闭双眼，低声喃喃念着什么，然后把它们插在古榕树那错综盘卷的树根裂缝处。

金黄色的沙子在郝忠宽大的赤脚板的碾压下，发出一阵阵痛苦的呻吟而后向四周逃离，留下一个个深深的印坑。

郝忠就这样，头也不回地朝前走着。没有一句话，脸沉沉的。脸上的肌肉始终绷得紧紧的。

沙滩终于走完了，前面是黑色的滩涂地。淤泥下，到处是看不见的陷坑。郝忠顿住脚步，挪动了一下肩上的竹篓，然后抬脚朝滩涂踏去。没想到第一步就踏空，掉进一个泥坑，身子一晃，摔倒在滩涂上，肩上的竹篓也被抛出一米多远，在黑泥上滚了一圈而后停住。

望夫楼前的人们不由得一阵惊呼，但没有一个人的脚跟移动。

只见郝忠奋力爬出泥坑，重新站了起来。他稳了稳身子，便朝前走了两步，弯腰双手提起竹篓，重新扛到了右肩上。

就在他要跨出步子的时候，他忽然又犹豫了一下，若有所思地扭头朝望夫楼前的人们望了一眼，然后回头用眼角的余光瞟了一下竹篓里的女人，低声地问了一句。

"摔疼了没有？"

也许，这是一句多余的问话。但是对翁玉娥来说恰如旱天惊雷。她的心猛然一震，一股热血像是从爆裂的心脏倾涌而出，随着，干涸的眼眶竟然也有了一小片酸楚的潮湿。是爱还是恨？是苦痛的忏悔还是对生命的眷恋？被血迹粘住的嘴唇轻轻嚅动了几下，似乎想说什么，但又没有说出来。

还有什么能比得上心灵创伤的疼痛更令人锥心蚀骨？

郝忠继续朝前深一脚、浅一脚迈去。他似乎觉得肩上的竹篓越来越沉重，脚的迈动也越来越艰难。紧绷的脸庞松了许多，就连像铜板一样的脊背，此时也弯了一个不小的弧度。当他的脚背被海水淹没的那一刹那间，他的心忽地凛了一下，像被什么尖锐刀具猛扎了一下。

半晌，他缓缓地将肩上的竹篓放下，用双手抱在自己的胸前，目光迟滞地望着篓中的女人。曾几何，多少个日日夜夜，他也这样抱着她，可那却是另一番情景：没有竹篓，没有怨恨，只有洁白的胴体和亢奋的激情。可现在，他却要将她——一个他曾深深爱过，也给过他无限柔情蜜意的女人亲手沉入大海。

他无法抗拒这延续了成千上百年的旧俗。相反，他是这个郝氏宗族的忠实代表，他唯一的选择只能是顺着这条旧俗划定的路子走下去。

尽管她犯了不可饶恕的罪过，但是让他亲手沉了她，对于他来说，这太残酷了！他的心在隐隐作痛，甚至于是在流血。

她也望着他，眼光里充满哀怨。要是他对她温柔一些，要是他不把她只当作宣泄欲望和生育的工具，要是自己认命，也许……

他似乎受不了她的眼光，扭过头去，问："你还有什么要交代的？"声音低沉中带着沙哑。

她困难地摇了摇头。

"你恨我！"他又问，忽然觉得喉咙像被什么东西塞住。

她仍旧没有回答，绝望地望了他一眼，然后合上了眼睑。

终于，他弯下腰，将竹篓轻轻地放进了养育自己的大海之中……

骤然间，海面上刮起一股旋风，卷起一条长蛇状的巨大浪潮朝竹篓猛扑了过来，发出一阵震撼天地的轰鸣声。

稍瞬，风浪又突然消失。人们发现，竹篓已经无影无踪了……

五

这事已经过去了几十年。但是如今，每当人们重新提起它，仍然是那样地津津乐道。

经过这件事，郝忠成了村里说一不二的人。人们在格外敬重他的同时，内心似乎也多了一种惶恐的畏惧感。

郝忠从此没有再婚娶。人似乎也变了许多。脸色一年四季都是阴沉沉的像一块冰冷的黑铁板。偶尔见到一两次笑颜，也是极有分寸。

现在他老了，既下不了海也驾不了船，只好专心当他的村老大了。然而，他每天清早，总要到望夫楼前，远远眺望这碧波万顷的大海，一站就是一个多小时，就像身边这棵古榕树一样，没有一句话。

但是，今天他却一反常态，怒气冲冲的呵斥声把两个年轻人吓得魂不附体。

也许，他是想起来什么……

阿礁无可奈何地走到郝忠跟前，怯怯地低声问："三叔公，您找我有事？"

"快给我回去！"郝忠的脸像一块青石板。他狠狠地瞪了阿礁一眼："你阿母在找你！"

"嗳！"阿礁应了一声，身不由己又扭头朝立在滩涂中间的海妹子望去 。没想到，这一望竟引来郝忠一阵斥骂。

"看什么？以后不许你再和那狐狸精的女仔来往，否则，看我不打断你的腿！"

这话是扯着嗓门吼的，分明是也要说给海妹子听的。

海妹子的心像被撬蚝刀猛扎了一下，顿时全身一阵颤抖，几乎站立不住。泪水刹那间像断了线的珍珠，"扑哧扑哧"滚了下来。

郝忠双手背着，撩开大步"噌噌"地朝村里走去。

阿礁一步一回头地跟在他的屁股后面，一句话也不敢再说。

挨到郝忠和阿礁走远，海妹子终于再也忍不住，双手猛地捂住脸庞，放声大哭了起来："阿母，你为什么要那样做？为什么呀……"

海妹子一边哭着一边跌跌撞撞地往上跑。黑色的淤泥，黄色的沙子带着咸涩的海水，溅了她一身。她全然不顾，一直跑到古榕树下，抱着这棵苍老的古树，发疯似的哭着，喊着。

"告诉我，这到底是为什么？为什么……"

是啊，这到底是为什么？为什么郝忠不让阿礁和海妹子在一起？为什么郝忠这样骂海妹子的阿母？

这，还得从头说起……

第三章 · chapter three

一

那是十八年前仲秋的一天。

夕阳斜挂在紫云山尖，粉红色的余晖穿过飘拂的游云，呈放射状射到微波荡漾的海面上，折射出无数道五彩缤纷的光线，像剪影似的映衬在停泊在湾口的船舶上。一群群回归的海鸟"吱吱喳喳"叫唤着在古榕树尖、望夫楼顶翱翔盘旋着，寻找着它们栖歇的巢。上山下海的人们或扛着犁耙，或抬着渔网，或挑着柴禾，或提着篓筐从望夫楼前经过，回到一幢幢用花岗岩砌成的宅院里。

这时，通往湾外的红土路上，出现了一个中年男人，他的身后紧跟着一个年轻的女人。

那中年男人，白色西式上衣，灰色背带吊裤，头戴一顶白色圆形"南洋帽"，脚穿一双棕色皮鞋，右手提着一只小巧的橙色皮箱。

那年轻女人，身穿桃红色旗袍，外套一件浅紫色马甲，黑色布鞋，左手肘弯处挎着一个蓝色细白花布包。也许是走得急的缘故，旗袍开襟处不时露出白花花的大腿，夕阳下显得格外引人注目。

远远的，望夫楼前来来往往的人发现了他们。

于是，便有人惊呼了起来。

"喂，快来看呀，谁家来了大番客了！"

泉南人把华侨称为"番客"。

"看那架势，够气派的。准是个大富翁！"

"那还用说，瞧那身打扮！还有那皮箱，里面肯定是装得满满的美钞！"

有人羡慕，也有人感叹："我要是也能过过洋，也回来风光风光，这一辈子也就算没白活了！"

"可惜呀，你离不了你老婆那对大奶子！"有人故意戏辱了一句。

"嘿嘿！我那口子，老得像快上牛灶的母牛，有啥恋头！"先前说话的人并不生气，反而呵呵笑了："瞧人家那娘们儿，那才叫俏哩！看那大腿，白得像磨了三遍的番薯粉面一样。"

……

村野渔夫，历来好奇。不一会儿，望夫楼前便呼啦啦聚集了一大群人，人们似乎都忘了回家，都想亲眼目睹一下这一男一女的尊容。也许，说不定他们还是自己哪一辈分的远亲哩！

人们就这样七嘴八舌议论的议论，想心事的想心事，有几个少不更事的小男孩竟跑着迎了前去。

然而，羡慕也罢，感叹幻想也罢，人们做梦也没想到，当这一男一女走到他们跟前时，他们竟都傻了眼，一个个像受到突如其来的惊吓一样，呆呆地张大着嘴巴说不出话来。

这男子二十七八岁上下，个头和郝忠差不多大致在一米八左右。长形脸，粗而短的眉毛黑浓浓地挤成一堆，像一条僵卧卷曲的蚕茧。

眉和眼眶之间的间隔似乎比常人宽了许多，给人一种吊眼的感觉。眼珠子显得有点暴突，虎虎的犹如两颗没有完全镶嵌进去的玻璃球闪着夕阳的折光。嘴大大的有些露齿，下颚宽宽的，耳朵大而长，侧看似乎都超出了鼻尖。整个脸庞看起来倒还白净，只是额头上此刻正布满淡黄色的汗珠子。

那女人大约二十一二岁的样子。高挑个，脸形像一颗倒置的鸭梨。细长的眉毛微微向眼角弯垂，水汪汪的眸子眼里游离着两颗像是会说话是珠子，此刻似乎有点羞怯地窥视着周围的人们。和南方人相比显得有点过于挺直的鼻梁给人一种正值善良的直觉。嘴唇紧紧抿住，使得两个嘴角微微上翘，给人一种甜甜的笑意。桃红色旗袍更是勾勒出苗条的胴体曲线，柔和而又匀称。高高的乳峰也许是由于走得太急的影响，此刻仍在一起一伏颤动着；圆翘的臀部下，旗袍开襟处露出一条白白的腿线，使得那些少见多怪，本能特别旺盛的渔家男儿，禁不住想入非非。

谁也想不到，刚才令他们羡慕感叹甚至佩服得五体投地的大"番客"，竟是五年前被他们赶出湾子的"乌贼"。

二

说起五年前那件事，乌贼可真真是闯了大祸，否则，他也不至于离乡背井。

乌贼这人秉性暴躁又不善思考，直肠子，且又喜欢逞硬汉，再加上嗜酒如命，三天两头喝得烂醉，今天和这个吵嘴，明天和那个斗殴，闹得人人讨厌他，都巴不得他走得远远的图个安宁。

也是活该有事。

这日正值村里郝氏家族祭祖。

祭祖在这一带是一件非同寻常的大事。每年农历七月十五举行一次。除了祭奠祖先，祈求保佑子孙兴旺发达之外，还有一件顶重要的议程，就是修增族谱。这一年内谁家有老人仙逝，谁家添丁加女，谁家娶亲嫁女，都要在这一天里记入族谱，以示有根有源。因此，这天显得格外庄重、神圣。

祭祖用的供品和各项开销，都是由各家各户按惯例根据人头的多少摊派的。

祭祖大典当然是在郝家祠堂里举行。

祠堂位于村子的正中央，是一座仿闽王式建筑的大厝。一方天井把大厝分成前房和后房，上厅下厅和东厢西厢。岁月蹉跎，风雨无情，大厝随着郝姓家族人丁日益兴旺而逐日衰败下来。东厢早已坍下一角，西厢也已大片漏顶，眼下勉强用几张草席盖住挡雨；两间上房因长久无人打扫而充满令人恶心的潮湿和木板腐蛀的霉味。椽梁之间，房顶上到处布满蜘蛛网，梁瓦空隙处成了老鼠和蝙蝠的天地，每到夜间到处是"吱吱"的尖叫声，给人一种阴森森的感觉。两间下房虽说较好，却也门窗破落，成了柴草间。上下厅原先红得发亮的一尺二寸方形红地砖，如今都已破碎不堪，残留下高高低低的坑洼。唯有上厅供奉祖宗神位的地方，房顶似乎修缮过。淡红色的新瓦与陈年灰褐色旧瓦混杂在一起，就像"花姑"虫身上的红斑点一样，让人看了很不是滋味。几根大柱也早已没有那朱漆镂金雕画的腾龙翔凤，斑斑驳驳地裸露着暗红黄色的杉木纹。那木纹深一道、浅一道，弯弯曲曲，别别扭扭。

曾有几次想翻修这偌大的祠堂，皆因那年月兵荒马乱，民不聊生，拿不出这么大一笔开支而作罢。

郝忠每次光临祠堂，总是摇头稽首："子孙无能，子孙无能啊……"

祠堂上厅正中靠墙的是一个木平台，上面放着一个偌大的神龛，里面排列有序地摆着一块块一尺来长、四指来宽的小木条，每块小木条上都用朱笔写着郝氏家族历代祖先的名讳。这些用柏木或桃木做成的灵牌——泉南人称之为"木主"或"神主"牌，在长年累月的香火熏烤下，发黑的发黑，变形的变形，犹如一堆烧焦的朽木。

神龛的前面，是一张一丈多长、两尺来宽的龙头案桌。桌面上以正中向两侧共放着三个褐黄色的紫铜香炉。中间的香炉最大最考究，由三只镂刻精巧的狮子组成三个炉"脚"。

今天整个祠堂里共摆着十二张八仙桌。上下厅和东西厢各两张，天井依四角摆四张，桌上堆放着大碗小碟的各式各样生熟供品，而上厅居中的龙头案桌上则齐刷刷摆着一长溜白瓷酒杯。

主祭人理所当然是郝忠了。

今天，他的打扮与平时大相径庭。一身藏青色长衫外加一件黑色马褂，头上戴一顶黑色瓜皮帽，全是纯缎料制品。当然，这都是族人出资置办的。为了表示恭敬，他今天破例连长烟杆也没拿。

上午十时左右，充当司仪的一声喝唱："良辰已到，祭祖大典开始！放鞭炮……"

话刚落音，祠堂门外立时响起一阵震天动地的"噼里啪啦"声。几十串大大小小的鞭炮在同一时刻点燃，其声胜过望夫楼前的海浪，几乎把人的耳朵震聋。

鞭炮声过后，司仪又是一声高唱："上……香……"

郝忠扯了扯长衫马褂，双手正了正领子，然后走到案桌前，拿起原先准备好的一束清香点燃，双手高高将它擎过头顶，而后节奏分明地三鞠躬，嘴里喃喃地说了些什么之后，把手里的清香分成三份，恭恭敬敬地插在三个香炉里。

上完香，司仪接着高唱："敬……酒……"

郝忠双手捧起酒壶。酒壶是青铜做的。郝忠先从中间酒杯倒起，然后一左一右按顺序向两边依次倒去。据说，这是因为长幼要有序分清。看来，不仅人间，连阴间也是论资排辈的了。

就在郝忠恭恭敬敬倒酒，小心翼翼生怕洒出一滴的时候，祠堂外却传来一阵吵吵嚷嚷声："干……干你老……母的，为……什么不让我……进……去！"

"今天不比寻常，你醉成这模样进去，会冲撞神灵，惹祖宗们生气的！"

"干……干他老母……的！什……什么祖宗不……祖宗的，他们给……给了我什么？除了这……这一百多斤还……还有什么？"

"你怎么能这么说！没有祖宗哪有你？"

"我干……干他老母的是……是从石头缝里蹦……蹦出来的！今天你们不……不让进，我偏……偏要进！"

外面的吵嚷声惊动了里面。司仪三步并作两步跑到门口，一看，喝道："乌贼，你太不成体统了！"

乌贼睁着被酒精烧得血红的眼珠子，斜眼瞅了他一眼，"关……关你什么屁……屁事！"说着，摇摇晃晃颠到了司仪面前，猛地 伸出手一推——司仪冷不防被推得倒退了两步。

乌贼晃进了祠堂内。

一个踉跄，乌贼一个站立不稳，全身扑在下厅的一张供桌上。立时有几个碗碟被碰翻掉到了地上，摔得粉碎，供品散落到了地面上。

"干他……老老……母的！活人连……连糠菜都……咽……咽不饱，死人倒……倒大鱼大肉供……供着，人都干他老……老……母的不……不如鬼……"

乌贼颠三倒四地嚷着，伸手抓起一块红烧肉塞进嘴里又含含糊糊地说："敬鬼不……不如敬……敬人，老子先……先尝尝。什么，还有酒？祖宗不喝……老……老子喝……喝……"说着，一摇一晃上到了上厅的案桌前，抓起郝忠刚刚斟满酒的杯子，仰起脖子，一杯一口直灌了起来。

这一下，可真把郝忠气得一佛出世二佛升天，七窍冒烟，浑身颤抖，鹰一般深邃的眼睛闪射出一种怒不可遏的光芒直逼乌贼。

"住手，你太放肆了！"郝忠猛地一声断喝。

乌贼一怔，手中的酒杯一歪，白色的液体便倾倒而下洒在了地上。他眯着朦朦胧胧的醉眼斜瞅着郝忠。

"住……住手？我住手你……拿……拿走……走？你不也是沾……沾光白吃白喝……喝吗？你不过装……装得体面些，借……借这些死……死鬼的名……捞……"

没等乌贼的话落音，"啪"的一声，他的脸上已经重重挨了一巴掌。

"给我住嘴！你这狗日的王八蛋！来人！"随着郝忠一声吆喝，立刻有几个青壮年男子冲了进来。"把这个不孝子孙给我拉出去捆起来！"

不用费多少精神，早已醉得头重脚轻的乌贼三下五除二便被人们连拉带扯弄出了祠堂。马上有人递过来一条粗大的船缆，大家七手八脚一会儿工夫便把他捆得结结实实扔在祠堂外的大埕角，等待郝忠来发落。

祭祖仪式继续进行，但却比刚才冷清了许多。最后，倒似乎有点草草收场了。

郝忠哪还有心思吃喝。乌贼闯入祠堂大闹，着实大失了他的身份和威严，他岂能咽下这口恶气。他三步并作两步走出祠堂，身后呼啦啦跟上一大群人。

郝忠走到乌贼跟前一看，不由得怒发冲冠。

乌贼被捆绑在埕角，没想到此刻竟呼呼地睡得像头猪。

一种被愚弄、被藐视的耻辱感像一条无形的鞭子在郝忠的心尖上猛抽了一下，他顿时全身一阵颤动，一股无名的烈火直蹿脑门。这些年来，有谁敢在他面前如此放肆、如此撒野？这口气他岂能咽得下去。他再也顾不得平日里的威仪了，气急败坏地朝围在身边的人吼道："你们还傻愣着干什么？给他一桶水！"

立马有人提来一大木桶水，"哗"的一声全泼到了乌贼的身上。

一股突如其来的冷意侵入乌贼的肌肤，他猛地打了个寒战，不由自主地睁开红得流血的眼睛，人醒了，酒也醒了。

"你们这是在干啥？"乌贼疑惑地巡视着围在自己身边的人们，不解地问。随着想站起来却突然发现自己被捆绑着，不由得怒从心头起。

"干你母的！是谁把老子捆起来的？是哪个狗娘养的干的？"乌贼破口大骂了起来。

"是我！"随着应声，郝忠一步踏到了乌贼的鼻尖下，"你敢再骂一句，我就撕烂你的嘴！"

乌贼一看是郝忠，心里怯了三分，但嘴上却不服软："为什么捆我？"

一个老妪走到乌贼跟前，一条腿半跪了下去，对乌贼说："孩子，你真不懂事呀！刚才你……"

乌贼听着听着，这才朦朦胧胧想起刚才自己像是进了祠堂，吃了肉，喝了酒，后来……

"唉，孩子，这下你可真是闯了大祸了，祖宗们肯定生气了呀！"末了，老妪长叹了一口气又说。

乌贼总算彻底清醒过来了。故意坏了祭祖大典，辱骂祖宗神灵，按族规弄不好会被沉海的。乌贼的头不由自主地垂了下去。蝼蚁尚且偷生，何况人？

看到乌贼垂头丧气的样子，郝忠有了几分得意。但还是板着铁青的脸。

"知错了？"

乌贼无力地点了点头。

"那你说说，该怎么处罚你！"

乌贼抬起头，没想到鼓起的眼珠子却映进了郝忠裸露出内心的得意样，心里不由得一阵不快："仗势欺人，得意什么！"

如果这时乌贼能说几句恭维郝忠的话，能表示点求饶的意思，也许事情不至于弄到不可收拾的地步。可乌贼却偏偏就领受不住郝忠那得意的神气。

"你想怎么办就怎么办！"乌贼沉声嘟囔了这么一句。

郝忠万没想到乌贼竟还如此嘴硬，刚刚有些平熄的心头火又燃烧起来。

"沉海！"郝忠猛地扬起右手随着又向下狠劲一劈，大吼了一句。

掷地有声，几个年轻人立时拥了上来。他们大多平时没少受乌贼的欺侮。

就在这时，刚才说话的老妪走了过来，哀怜地望了望地上的乌贼，转身小心翼翼地对郝忠说："大兄弟，我说句话，行不？"

郝忠对那些高龄的老妪还是另眼相看的。他点了点头说："您老说吧。"

老妪指了指地上的乌贼，叹了一口气说："看他也是酒后一时乱了性，大兄弟要是真的把他沉了海，他这一房就要绝后了。这……在祖宗面前恐难……"

老妪说到这儿打住，见郝忠脸色缓和了些，便接着说："不如给他个悔改的机会，如果再不改，那时……"后半句老妪没有明说，郝忠心里也明白。

按惯例，单丁独户是可以网开一面不"沉海"的，毕竟绝人后代非同小可，祖宗面前也属大逆不道，郝忠岂有不知之理？老妪的话正好给他搭了个下台的梯子。

于是，郝忠就顺着梯子下来了。只见他若有所思地想了一下，说："既然您老说情，那就这样处理吧。"郝忠提高了声调，"从即日起，逐出村子，待到痛改前非，悔过自新之日方可回来。否则将永远把他的名字从族谱中革除！"

这等于是在宣判。

郝忠说完，双手朝后一背，大踏步走去。围观的人们纷纷给他让出一条路。那神情、那气派俨然就像个执法官。

乌贼自知回天无力，第二天黎明就卷起铺盖锁上门，扬长而去。

然而，谁能料到，五年前几乎是落荒而逃的乌贼，今天却风风光光凯旋而归。

三

惊讶之中的人们还没完全醒悟过来，乌贼已将皮箱放下，双手抱拳朝大家一拱，哈哈笑了一声，说："众位叔伯婶婆，兄弟姐妹，我乌贼总算不辱众颜，今日回来啦！"

乌贼高高昂着头，满脸春风，扬扬得意。

人们开始骚动了。

"乌贼，这些年在哪儿发的大财啊！"

"乌贼，你这可真是今非昔比，风光了！"

……

"哪里，哪里！托福，托大家的福了！"乌贼笑容满面，朝人们打着揖。

年轻男人则在对那女人评头论足。

"你看那娘们儿，又嫩又白。真干他母的比天鹅还好看！"话中无不流露出妒忌。

"那身材，苗条得像根水葱似的！那腰软得像条水蛇一样！"

……

但也有岁数大一些的人却这样悄声议论。

"唉，看那样子，说不定是骗来的！要不，凭他那个德行，谁愿意跟他？"

"可惜了这么个俏女子，将来肯定要跟他遭罪！"

也有人这样说。

"难说，出去了几年，说不定真的变好了！"

"狗改不了吃屎！他要是能改好，海水都会倒流！"

"哎，好不好以后就知道了。我们这是在杞人忧天！"

……

人们喧喧嚷嚷，议论纷纷，说三道四，问东问西。乌贼忙着回这个，答那个，大有天下唯我独尊的样子。

而那女人，则怯生生地望着眼前这群粗犷带着野性的人们，任凭小伙子们带着邪气的眼光在自己隆起的胸部来回扫描穿梭着，手里紧紧抱着那个蓝色布包。

"喂，过来。"乌贼朝那女人喊了一句。

女人挪到了他的身边。

"他叫翠香，我的老婆。"乌贼带着夸耀的神情介绍，顺手把她朝前一推，"来，见过诸位乡亲。这是五婶，这是三伯父，这是……"

乌贼每介绍一个，翠香就朝那人鞠一下躬。一圈下来，腰都快直不起来。

乌贼见该打招呼的已经差不多了，便又双手朝众人一拱。

"以后还请众乡亲多多照应了！"乌贼说着，朝女人瞪了一眼，"快把糖果拿出来孝敬大家！"

翠香急忙打开蓝布包。乌贼迫不及待手朝里一伸，抓起一大把糖果撒向人群，红红绿绿的像凋落飘散的花瓣落在人们的手上，身上，头上……

就在乌贼大把散糖的时候，紧围的人墙忽然裂开一条缝，齐齐地闪到两边让出一条窄窄的通道。

乌贼一愣，定睛一看，心里不由得叫了一声苦："我的妈呀，刚踏进村口就撞上了黑煞星！"

郝忠背着手，大踏步沿着这条通道向他走来，握在身后那支三尺多长的柚木烟杆，不时打在后脚跟上，发出"嗒嗒……"的响声。

"三叔，您老好！"乌贼只好硬着头皮，脸上堆着笑迎上去招呼。

"嗯！"郝忠鼻孔里嗯了一声算是回答。虽说几年不见，可乌贼仍然感觉到他那双眼睛还像鹰眼一样锐利。

"改好了？"郝忠的眼光在乌贼的脸上盯了一歇，沉沉地问了一句。

乌贼先是一愣，马上就醒悟了过来。心里不由暗暗骂了一句。

"干你母的老不死，五年前的旧账你倒还记得清楚！要不是看在你是上一辈的分上，老子才不尿你哩！"

乌贼心里虽这么想，可嘴上却不敢这么讲。这次可不比五年前单枪匹马，现在是有了老婆，老婆肚里还有他的种。这心里有气事小，真的被从族谱上除名那才是事大。于是，他忍着点了点头连声应着："改好了，改好了！"

郝忠又"嗯"了一声，斜着眼瞅了翠香一眼，掉转身沿着通道"踢踏踢踏"地走了。

原本热闹非常的场面，经郝忠这么横插一杠立时冷了下来。人们纷纷悄然或者借故离开。

乌贼一见，心里又是一阵怨恨。

"老不死的，改什么改！老子五年前是乌贼，今天照样还是乌贼，改你母个屁！"心里骂着，朝翠香一瞪眼，"走，咱们也回家去。"

乌贼说着，提起皮箱，径直朝前走去，翠香急忙扎好蓝布包紧紧跟上。

乌贼的家在村子的西头，从望夫楼起大约也就五六分钟就到了。

这是一座四房一厅的旧宅，用花岗岩石块砌成。宅院是一人多高的土墙。院门早已没有，宅门上吊着一把锈迹斑斑的大铁锁。

乌贼走到前，伸手在口袋里摸了一气这才想起钥匙早已不知丢到哪儿。于是，他折转身到院子里找来一块石头，朝门锁猛砸了下去。

"哐唧"一声，锁被齐齐砸断掉到了地上。乌贼使劲一推，门"吱"的一声打开。随着，一股浓烈的潮湿霉腐的臭气迎面扑了过来。乌贼被呛得连打了几个喷嚏。

已是日落黄昏时分，房里黑漆漆的。

乌贼掏出火柴划燃，东找西寻好不容易才找到落满尘土的一盏旧油灯点着。一时，厅堂里才有了点光亮。

翠香匆忙走进东屋，解开布包，取出一套蓝色粗布衣衫换下旗袍，头上包上番巾，然后急忙把全部门窗打开，又找来一把扫把，开始忙着打扫房子。乌贼则在翠香刚扫过的靠背椅上半躺了起来，闭目养神。

翠香忙了大半夜，总算收拾了个大概，又摸黑到井口提水回来做饭。等到一切就绪吃过饭，翠香早已累得腰都直不起来，躺在床上连动都不想动。

可是，乌贼却干劲十足，硬是在翠香身上折腾了一阵，才心满意足，头一歪呼呼睡死了过去……

第二天清早，吃过稀饭以后，乌贼对翠香说："走，老子今天带你到处逛逛，让你开开眼界，看看我们泉南的大好风光。"

翠香早就听乌贼吹嘘过不知多少次了。今天碰上乌贼有这兴趣，心里也痒痒的。于是，她匆匆换上衣服，便跟在乌贼的屁股后面出门朝海边走去。

翠香随着乌贼来到望夫楼前。翠香站在台阶上，乌贼一屁股坐在石狮子头顶晃着二郎腿。

旭日正冉冉升起，如同一个刚刚出世的婴儿，通体通红。红得鲜艳，红得可爱。大海，这个养育了无数人类子孙的母亲，以她博大无比的胸怀拥抱了这个大自然恩赐给人类的宠儿。五彩缤纷的霞光像是无数披红挂彩的倩女，蜂拥着将她高高托起。

于是，远处挺拔的紫云山峰最先被染红了，紧接着，远处的桅尖被染红了，浩瀚的蔚蓝色海面被染红了。晨光下，微风习习，碧波荡漾，成群的海燕时而像箭一样直冲云霄，时而从万丈高空一个俯冲直抵水面，划出一道道优美的弧线；时而低回翱翔，盘旋在一座座小岛海礁之间，那清脆的啼叫声犹如长笛在奏鸣，又像是双簧在低吟，巧妙地融汇成一支悦耳动听的晨曲。远处，不时可见成群的鱼儿漂浮海面，熠熠的鳞光如同一面会移动的、巨大无比的镜子闪烁着耀眼的银光。近海处，透过清澈海水，隐约可见红色的珊瑚，绿色的海藻……一切是那样地美妙，那样地令人心旷神怡，赞叹不已。

"真美啊！大海真是太美了！"翠香看着看着，不由得感慨地说。接着，又像是在自言自语："俺家乡也有一条大河，可是比起眼前的大海实在是太小太小了，而且一到夏秋发洪水就浑浑的，哪像海水这样蓝得清亮、好看。"

"少见多怪！好看的还多得是。"乌贼应了一句，随着从石狮子上滑了下来，"走，到紫云山去！"

正值龙眼成熟的季节。山坡上到处是一株株硕果累累的龙眼树。一串串带着晨露的龙眼果实像一串串闪烁着金黄色光泽的珍珠。

乌贼顺手摘了一串。

翠香想阻止已经来不及。

"这是别人的，你怎么能随便摘，让人看见多不好！"

"干你母的咋呼什么！看见了又能怎样？我乌贼就这个德行！"乌贼狠狠地瞪了翠香一眼说。随着，摘了一颗龙眼丢进口里，咬破皮，吐出核嚼了起来。翠香心里有些不快，可又不敢再说，只好低着头走路。

冷不防，乌贼将一颗龙眼塞进她的嘴里。

"你也尝尝滋味。"乌贼说着，得意地一笑，"里面有核。"

翠香想吐掉。她可不吃偷来的东西。但看乌贼那津津有味的模样，强烈的好奇心又驱使她跃跃欲试究竟。于是，她第一次违心地用细白的米牙轻轻地将果皮咬破。立时，就有几滴白色的液体淌在舌尖上，一股令她无法用语言形容的奇特味道沁入她的心扉。这味道不像蜂蜜那样甜得发腻，又没有家乡山枣的酸涩。它甘甜嫩滑，清新爽口，让人回味无穷。

"也许，这就是传说中的南国仙果吧！"翠香心里思忖着。

这当然不是什么仙果，但它确是泉南水果王国中的珍品。

"难怪他要回来！"

翠香心里想着。忽然，她的眼光被一株形似芭蕉又不是芭蕉的绿色植物吸引住。那树干处弯垂着一大串排列整齐形同一个个弯弯的黄牛角的果实。

"喂，那是什么？"翠香脱口问道。

乌贼的眼光顺着翠香手指的方向望去。

"连这个也不懂，那叫香蕉。"乌贼说着，走过去摘了一条，递给翠香，"想吃就吃！把皮剥掉。"

翠香接过手，立刻有一股清香扑鼻而来。她慢慢剥去黄绿色的皮，裸露出洁白如玉的果实。她张开嘴咬了一小口，浓郁的香味直沁心扉。

穿过一片密密的相思树林，前面出现一片绿草坪。草坪尽头，有座六角形的石亭，亭中横卧着几具石棺。石棺长两米半左右，宽约七十厘米。棺盖为一条弧形半圆柱体石板，棺身是一条长方形的石槽，棺座扁平与棺身呈凹弧线形相接，四周浮雕着形似莲花瓣的图案。

"那是什么？"翠香好奇地问。

"石墓，也叫石棺材。"乌贼斜眼望了一眼，不紧不慢地答。

翠香更觉得奇怪了。

"你们这里死人都用石头装吗？俺们那儿可都是装在木棺材里然后再用黄土埋上的！"

"我们这儿和你们一样，也做木棺材也挖土坑。"乌贼有点不耐烦地应着。

"那……"

"那是从外国来的信什么伊……伊斯兰教，叫什么阿拉……拉伯人的墓，他们才用石头装死人！"乌贼答。

"他们离这里很远嘛？干吗要跑到这儿来？"

"天知道是来传什么教，叫人们信什么真主，还有的是到这儿来做生意的。"

"哦……"翠香似懂非懂地点了点头，然后走到石棺前。她看见石棺四周刻着一些弯弯曲曲，别别扭扭的图形，感到疑惑不解。她想问乌贼，回头却发现乌贼躺倒在草坪的另一头正闭目养神。

此时，正好有一个戴着白布帽子的老翁也走到了石棺前。

翠香迟疑了一下，便恭恭敬敬地朝老翁点了一下头，问："大叔，您知道这上面刻的是什么吗？"

"你不是本地人吧？"老翁打量了一下翠香，反问了一句。

"嗳，俺是内地人。"

"哦！难怪你不懂，那是阿拉伯文字。"

"哦！"翠香点了一下头，心想，"世上还有这等奇怪的字。"于是又问："您老能看懂吗？"

"我是个回族人，多少懂得一点。"老翁说着，弯下腰仔细辨认了好大一会儿才直起腰来把内容告诉了翠香。

原来，那棺上刻的文字是《古兰经》里的一段话，原意是：

"'我必以些微的恐怖和饥馑,以及资产、生命、收获等的损失,来试验你们,你当向紧忍的人们报喜,他们遭难的时候说:我们确是真主所有的,我们必定只归依他。'这等人,是蒙真主的祐佑和慈恩的;这等人,确是遵循正道的。"

　　翠香既不懂《古兰经》,更不知真主是什么。但是朦胧之中,她似乎一知半解地按照自己的理解懂得了一点模模糊糊的意思:

　　"人,是要经过艰难困苦甚至灾难的考验。只有经得起考验的人才是走正道的人……"

　　翠香想着,自己在心里默念着。点着头走到了乌贼的身边。推了推正打着呼噜的乌贼。

　　"俺们再往上走吧。"翠香说。

　　"还往上爬呀!"乌贼伸了伸懒腰说。

　　"俺想到上面那座大宫殿去看看。"

　　"那不是什么大宫殿。"乌贼头也不抬地应了一句,"那是'妈祖庙',也叫天后宫、天妃宫。"

　　"妈祖是什么样子呢?她跟观音娘娘一样吗?"翠香又问。

　　"唉,你怎么没完没了。"乌贼不耐烦地挥了挥手,赶走了一只正朝他脸上飞来的蜜蜂。"妈祖不是观音。据老人们讲……唉,我干脆全告诉你,免得你没完没了问个不停。"

　　乌贼说着坐了起来。

　　翠香盘腿也坐到了地上,和他面对面。

　　"我给你讲个大概吧!"乌贼清了清嗓门说,"听老人讲,妈祖原是泉南莆田湄洲湾人,姓林,名字叫默娘。她从小就会游泳,经常跟父兄出海打鱼。有一次遇上大风,船被打翻,默娘奋不顾身地救起父亲,找回兄长的尸体,大家都夸赞她。后来,她经常在海上抢救遇难的渔民。27岁那年她突然死了,变成了神升了天,保佑我们渔民出海打鱼平安归来。再后来,皇帝老爷封她做了天后,天上圣母的大官。现在,每次出远海,大家都要到这儿来点香祈求保佑……好了,就这些了，你要去看自己去，我可懒得爬！"

尽管乌贼说得颠三倒四，但翠香心里却产生了一种强烈的崇敬感，无论如何她是一定要上去瞻仰一下这个类似观音娘娘救苦救难的海神！

翠香顺着崎岖的红土路往山上爬……

太阳已经升高了许多。临近中午的阳光越来越炎热。红土路开始发烫冒着白白的潮湿热气，使人感到呼吸越来越急促，步履越来越艰难。

翠香一步一喘，不时用手支撑着膝盖。待到她爬到庙前，已是香汗淋漓，气喘吁吁了。

这是一座古典高雅、气派非凡的庙宇，依山望海掩映在一片浓密的相思树林之中。四周用花岗岩条石砌成院围，山门酷似牌楼，两根浮雕着翔龙图案的花岗岩圆柱，高高挑托着一块大理石横匾，上面凿着四个金色大字："天妃圣地"。

进入山门，一条与牌楼同宽的石板路直抵大殿台阶。路的两旁是两行整齐划一齐胸高的翠柏。东西两侧贴着围墙的地方是两排平房，房门前的空地上栽种着含笑、茉莉、秋菊等各种花卉，尽管品种众多，但却井然有序。

大殿东侧的台阶下，有一座"化纸亭"，以供香客焚烧纸钱。

整座"天妃宫"由前殿、过亭、两厢和大殿组成。前殿面阔五间，进深两间，单檐歇山式。过亭建有藻井。大殿正面四根盘龙青石柱顶托着从檐前引申出来的横拱构成一条一丈来宽的走廊。一堵百叶窗式的木板墙将走廊与正殿隔开。

"妈祖"高坐于神坛之上的龙椅上。两条"金龙"从扶手卷曲盘旋至靠背昂头含珠对望，似是依附在"妈祖"双肩之上。"妈祖"身着淡色大袖锦衣，外罩绣着龙、云、海图案的"半臂"，红色披巾垂着网格状金黄色"风带"披肩绕臂。长裙遮足。头戴冲天霞冠，冠上珠光宝气横溢；双手平摊抱"苍天旭"勒令牌于胸前；粉面红唇，低眉垂睑，仪态端庄肃穆。

"妈祖"坐像上方大堂之上，悬挂一块楠木黑底大匾，上刻四个朱红描金大字："海天元后"。坐像前的龙案桌上，除了一长溜红烛在燃烧之外，尚摆满各式各样的供品。案桌与殿门之间，置一特大铸铜香炉，一缕缕白色烟雾袅绕向上。整个大殿飘逸着浓烈的清香气味。

翠香默默地注视着，一种神圣的崇敬感油然产生，在她的心里，似乎已经把这位美丽端庄的海神当作了自己后半生的保护神。

她缓缓走到住持那儿，买了一束清香，在供桌上的烛火上引着，又轻轻晃了晃直至火焰熄灭留下一簇红色的火苗，冒出一股浓郁的白色烟雾。

翠香在供桌前的草蒲团上跪了下来，双手把清香高高擎过头顶又收回至胸前，然后又擎起，收回……一连三次，而后嘴里喃喃地祷告："祈求妈祖娘娘，保佑俺翠香合家和睦，保佑俺丈夫乌贼改掉恶习走正道……"

她把刚才刻在石棺上的《古兰经》格言用到了这里。天知道，妈祖娘娘是否认的真主？是否看过《古兰经》？

翠香是一个人回到家的。走进东房，见乌贼正半倚靠着床头点着钱。黑色的皮箱放在地上。

"俺们用这些钱买一条船吧！"翠香走过去，拾起皮箱，望着乌贼说。

"买船干啥？"乌贼抬头白了她一眼，没好气地应了一句。

"下海打鱼啊！不然俺们靠什么过日子？"

"以前没出海打鱼不也活过来了！"

"以前是以前，现在俺们回来了。俺们那里有句俗话叫作'靠山吃山，靠海吃海'，不买船打鱼吃什么？"

"饿不死你！"乌贼没好气地应了一句，接着又说："我想开个小酒店，这里的渔民汉子个个都是酒鬼。"

翠香嘴唇动了一下，想说什么又忍住，低着头走出了房间。

乌贼果真开了小酒店。自家厅堂摆上几张桌子、几条凳子。除了卖酒，还兼卖些下酒的小菜。

对此，湾里的人议论纷纷，褒贬不一。

"这下好了，买酒用不着跑那么远的路了。"

"还是乌贼行，这些年算是没白跑。哪像我们就会死死拖住那条破船，不知哪天就回不来了！"

"农民种地，渔夫讨海。这是祖宗传下来的规矩，乌贼他竟然……唉，世道不一样了……"

"唉，卖什么酒哟！分明是叫他老婆在卖头卖脸，说不定哪一天卖疯了，连'人肉'都卖！"

……

最为恼火、最为瞧不顺眼的当然要首推郝忠了。酒店开张的那天，乌贼曾亲自登门恭请，他不但不来，反而把乌贼骂了个狗血喷头。

"祖宗的规矩都让你给糟蹋了！你说你改了，改个屁……"

骂归骂，可开酒店既不是偷也不是抢，抓不了把柄你能把他怎么样？乌贼的小酒店不但没有关闭，反而越经营越红火，惹得不少人得了"红眼病"。

翠香一边站柜台，一边跟前来买酒、喝酒聊天的人学习闽南话，用了大半年的时间，好不容易把难听难说又难懂的闽南话学了个大概。她必须尽快消除语言障碍，把自己融入到眼前这个群体里。

第二年春，翠香生下了个女儿。取名叫"海妹子"。

就在海妹子刚过满月的一天，乌贼的酒店来了一个人。谁能想到，平静的生活从此掀起了波澜……

四

来人姓朱，单名一个"富"字。岁数和乌贼相差无几，一米七左右的个子。一身暗灰色衫服，脚踏木屐。尖头窄长脸，俗称"马面"；

平而略有点低的眉骨，稀稀疏疏杂草似的长着几根黄褐色的细毛，一双常常眯成一条缝的小眼，两颗龙眼核般的眼珠子转动起来滴溜溜快。全身干瘦得正如常人所说的皮包骨头；尖细又瘦长的手指如同五根长短不一的筷子，拨拉起算盘来真可谓是"如鱼得水"，左眼瞧着账本右眼瞅着算盘珠子。别看他一心二用，却是很少算错，即便有那么几回，也往往是多算给自己，少算给别人。因此，便得了个绰号——鬼算盘。

朱富在郝家湾开了个鲜鱼收购的铺子。他把从渔民们手中低价收购来的鲜鱼制作成鱼干、咸鱼等，再倒卖到城里。碰到大鱼汛，他就把鱼价压得很低，从而牟取更大的暴利。人们对他恨之入骨，却又不得不卖给他。这是因为，朱富除了开鱼铺，还兼放高利贷。湾里的人平日里要是缺钱，都可以向他借，到时用鲜鱼抵债。朱富的高利贷又称日日利，就是利息是按日计算的。借一百元当场扣十元利息只给九十元，以后每天按一元计息。一天不还利，隔天利成本，利上加利，人们管这叫"驴（利）"打滚。村里的人每次出海回来，几担鲜鱼抵过债，所剩无几。

朱富除了雇佣十几个季节工帮着处理收购来的鱼外，还专门从外地请来了两个保镖。在这郝家湾，朱富也算是个人人知晓的"人物"了。

令朱富感到美中不足的是：在郝家湾他毕竟是个插户的外姓人。而郝家湾则是郝氏家族的天地。

俗语说："强龙压不过地头蛇。"朱富深知要想在郝家湾站稳脚跟，得找个靠山。

这靠山，自然而然地就是郝忠了。因此，平日里，朱富见了郝忠总是卑躬哈腰，笑脸迎送，逢年过节，提上两瓶好酒孝敬一下。而郝忠呢，见朱富这么个有钱请得起保镖的财主在自己面前如此毕恭毕敬，不由得平添了几分虚荣心。再说，买卖也好，高利贷也好，总是双方情愿的事，也不好挑剔什么。于是，对朱富的所作所为也就睁一只眼闭一只眼了。

朱富光棍一条，已过而立之年还未娶过老婆。帮他跑腿的猴三有一次问他："朱爷，你为什么不娶个老婆？"

"你懂什么？"朱富一边拨拉着算盘珠子，一边说："女人嘛，玩玩可以，娶是绝对不行的！你想想，娶一个老婆少说也要花五百元，这五百元一天就是五元的利息，用不了三个月，五百元就长成一千元。而玩一次女人，顶多花个几角钱，几元钱就能玩她个十天半个月的。再说，这娶老婆的钱可是一去不复还啊！你算算，这一进一出，一年下来要花多少钱？"

猴三听了，不由得自叹不如，天底下竟有这等人！也有这等算法？

没想到，如此抠算的人，今天竟也光顾乌贼的小酒店。这不能不令乌贼大感惊讶！

乌贼一见朱富，急忙起身迎了上去。

"哎哟，朱大掌柜今天怎么肯光临小店，怎么样，先来两杯？"

"乌贼兄弟，你是知道的，我从不喝酒！"朱富眯着眼摇了一下头，一边说着，一边走到一张桌子前，拉过一条板凳坐下。

"那就喝杯茶吧！"乌贼说着，扭头朝东房喊道："喂，快给朱大掌柜泡一壶茶。"

随着乌贼的声音，翠香走出了东房。刚刚生过孩子的翠香，比以前丰满了许多。胸部显得格外高耸，鼓鼓胀胀的，白里透红的脸颊比起原先更加细嫩诱人。刚刚给海妹子喂过奶而匆忙间忘了扣扣子的衣襟斜搭在一边，微微露出白皙光滑的胸肌和深深的、闪着脂光的乳沟。

从未被女人搅乱过心绪的朱富，此刻破天荒头一回真正感到心旌摇曳，一种从未有过的骚动从身上的某个部位直涌上来，搅得他心不宁，神不安。像是从未看过女人似的，他一双从未睁大过的眼睛此刻上下眼皮像是被什么东西支撑着久久落不下来，眼珠子像被钉住一样，死死地一动也不动注视着翠香微微露出的胸部。直到乌贼喊他喝茶，他才像刚刚收回魂魄缓过神来一样。

"弟妹真是个大美人啊，像仙女一样！兄弟艳福不浅啊！"朱富心不由己地脱口说了一句。这大概也是他平生说的唯一一句真心话了。

"哎，美有什么屁用！能当饭吃还是当酒喝？来，来，喝茶。"乌贼应了一句。

翠香站也不是走也不是，正在为难之时，东房传来了海妹子的哭声，她急忙像逃命似的大步回到东房。她实在受不了朱富的眼光。

"前些日子就一直想来看你就是抽不出空。兄弟出去了几年，大开眼界，挣了大钱吧！"朱富的眼光从翠香的臀部上收了回来说。

"哪儿的话，眼界是开了，可钱嘛，嘿嘿！"乌贼说着，给朱富倒了一杯茶，"朱大掌柜今天到我这小店来，不知有何贵干？"

"唉，我能有什么贵干？不过，近日在家里新张罗了几张牌桌，想请兄弟去凑个热闹！"

说起赌博，乌贼的手就犯痒。但如今可不比以前光棍一条了。

"怎么，娶了个老婆就变了样？"朱富看出了乌贼的内心，便诱劝了一句，"至于酒店嘛，唉，叫弟妹照管一下不就行了。"说着，站起来伸手拉了乌贼一下。

乌贼就势站了起来。

"喂，我和朱大掌柜出去一会儿，你照看一下店。"乌贼朝东房喊了一句，抬脚朝门口走去。

"嗳！"随着应声，翠香抱着海妹子走出了东房。

朱富朝翠香的胸前瞟了一眼，似乎有些依依不舍地跨出了门槛。

……

深夜，乌贼才晃悠悠回到家。

"到哪儿去了？这么晚才回来！"翠香睁开睡意蒙胧的双眼问。

"发财去啰！"乌贼说着，从口袋里掏出一大把花花绿绿的钞票，得意扬扬地在翠香面前晃了几下，随着往她身上一掼。

"赌一个晚上，顶卖一个月的酒。"乌贼说着，身子一歪，倒头便睡着了。

翠香望了望散落在身上的钞票，又瞅了瞅躺在身旁的丈夫，眉头越锁越紧，好半晌，才长长叹了一口气。

"哎，明天再说吧！"翠香说着，吹灭了油灯。

然而，第二天早上，当翠香从海滩上捡了海带回来时，乌贼已无影无踪不知去向。昨天晚上收起来压在枕头下的钱也不翼而飞了。一直到鸡叫二遍时才见他摇摇晃晃回到家。

以后，乌贼几乎天天如此。酒店的生意全让翠香一人支撑着，而每天收回放在抽屉里的钱，第二天就被乌贼拿得精光。

忍不住，翠香劝了几句。

乌贼却牛眼一瞪："这酒店是我开的，钱也是我赚的，我想拿就拿，管你什么屁事！"

"可你也不能老是去赌啊！再这样下去，总有一天连老婆孩子都会被你赌掉的！"

乌贼理也不理，腿一拔就走。

翠香望着乌贼的背影，想起紫云山石棺上的那句话，不由得泪如泉涌：什么时候，他才会走正道啊！

生活在贫困、哀怨的苦熬中过去了一天又一天。转眼间，海妹子已经长成了小姑娘。

翠香每天天刚黎明就拉着海妹子到望夫楼前的海滩上捡些海带、海菜、海螺以及其他的小鱼小虾，变卖点钱苦苦支撑着全家的生活和小酒店。然而，她怎么也无法阻止乌贼的疯赌。小酒店越开越不成样。而就在这时，乌贼却又干了一件令翠香痛心疾首的事。

这天早上，翠香从海滩上回来，看见乌贼正往酒桶里倒水。她先是一愣，而后又是一惊。

"你……你这是在干什么？"

"加点水。"乌贼头也不抬应了一句。

"你往酒里加水，这是缺德又伤天害理的事啊！俺们做生意可不能干亏人的事，要走正道啊！"

翠香说着，急忙上前阻止乌贼。没想到乌贼猛地腾出一只手狠劲一推，翠香冷不防一个跟跄撞到墙角。

"干你母的，懂个屁！杀人放火的事都有人干，加点水算什么！"

翠香气得脸色由白转青，又由青转白，站在那儿半天说不出话来。

"谁教你的？"翠香心里清楚，像乌贼这样的直筒子是想不出这样的歪点子。

"是朱掌柜告诉我的，怎么样！"乌贼不但不以此为羞，反倒像是学到了什么真本事似的。"朱掌柜说了，'天下无商不奸，无奸不成商'！他娘的，朱富这小子脑子就是灵！"

翠香头"嗡"的一声，全身软绵绵的一屁股跌坐在地上……

这事瞒天瞒地，瞒神瞒鬼，却就是瞒不了人。没多长时间，乌贼就栽了，而且偏偏就栽在郝忠手里。这一次，可比那年被赶出郝家湾更惨啰……

第四章 · chapter four

一

这是海妹子 7 岁那年冬至过后的一天。

天异常的冷。咸涩的海风带着寒霜冷嗖嗖地直往人们的衣领里钻，又下着茫茫的细雨，益发使人感到手脚冰冷。

自从乌贼回到村里开了小酒店就从未踏进他家门槛一步的郝忠，今天却破例拉着小阿礁光顾了乌贼的小酒店。

那年，阿礁 10 岁，大海妹子三岁。

郝忠在靠墙角的一张桌旁坐了下来，举起随身不离的长烟杆在桌面上敲了两下。

刚刚起床正在穿衣的乌贼从东房里探出头，一看是郝忠，大感意外，急忙扣好衣裳，走了出来。

"是三叔呀！"乌贼朝郝忠弯了弯腰，打躬似的问："您老今儿怎么……"

"怎么，来不得？"没等乌贼说完，郝忠鼻孔"哼"的一声，戳了他的话。

一句话把乌贼顶得敢怒不敢言。

郝忠要了半斤地瓜白干，一小盘炒小海螺，一小碟炒花生。

花生是给小阿礁的。喝着喝着，不知为什么，郝忠的脸色不但没有泛起红，反而越来越青，越来越难看。粗粗的眉头越挤越紧几乎连成一条粗浓的黑线。忽然，他"霍"地站起来，手掌使劲往桌面上一拍，大吼了一声："乌贼，你给我滚过来！"

"三叔，您老这是怎么啦？"乌贼大吃一惊，急忙走到郝忠桌旁，躬身问。

"怎么了？"郝忠深邃的鹰一般眼睛闪射出一束咄咄逼人的光芒，直冲乌贼而来。

"我问你，这是酒，还是水？"郝忠说着，抓起酒壶狠劲往桌面上一掼。

酒壶碎了。白色的液体顺着倾斜的桌面流到了地上，散发着一股淡淡的酒精气味。

"是……是酒……酒啊！"乌贼两颗鼓起的眼珠子窥视着脸色铁青的郝忠。

小阿礁吓得呆在凳子上，一动也不敢动。两颗圆圆的眼珠子一会儿瞅瞅郝忠，一会儿看看乌贼。

"酒？那你给我喝下去！"

郝忠猛地抓起喝剩下的半杯酒，朝乌贼的脸上泼去。

"坑人坑到我郝忠的头上！你这混账东西真是吃了熊心豹子胆了！"

郝忠骂毕，酒杯朝地上一摔，伸手拉起小阿礁，"咱们走！"脚一跺，怒气冲冲地走出门去。

乌贼望着郝忠离去的背影，气得七窍冒烟。

"干你母的！我前世踏破了你的棺材盖，今生你才来和我作对！"

骂归骂，毕竟自家做了亏心事，只能哑巴吃黄连，有苦说不出！

得罪了郝忠，在郝家湾等于自寻绝路。到乌贼小酒店来喝酒的人转眼间都没了踪影。没多久，小酒店就关门倒灶了。

乌贼断了财路，越发破罐子破摔。整天要么泡在朱富的赌桌旁，要么喝得醉醺醺地指桑骂槐，瞪着血红的牛眼珠子恶狠狠地瞅着从自家门口经过的行人。

这可苦了翠香。天天拉着海妹子起早摸黑，上山拾柴禾，下滩捡海贝，卖几个钱支撑着这个家。

钱总有花光的时候，酒也总有喝光的那一天。起先，乌贼卖粮、卖衣服，接着卖桌卖椅卖家具。当这一切都卖完的那一天，乌贼就向翠香要那几个用来度日的辛苦钱。翠香不给，他就往死里打她，直到翠香被抢得一文不剩。翠香的胸部、胳膊、腿上，时常是青一块、紫一块的。

这天午后，朱富又晃着两条麻柴棍的腿来找乌贼。自从乌贼泡进了赌场，朱富就时常光顾。一进门，朱富就眯着两道眼缝瞅着乌贼。

"乌贼兄弟，不是老哥我不讲义气，你那笔债已经过期了好几天了，今天无论如何是不能再拖了！"

这对乌贼来说，无疑是落井下石。

"朱大掌柜，你看我现在这个样子，哪有那么一大笔钱还你？能不能……"

"不行啊！要是都像你这样，我朱某岂不是要喝西北风？"没等乌贼说完，朱富就戳断了他的话。

正巧，翠香拉着海妹子从东房走了出来。

朱富一见，窄窄的眼缝立马撑大了许多，一束淫邪的蓝光射到翠香那穿得过于单薄而显得格外突起、丰满的胸部上。

翠香急匆匆拉着海妹子拐进西边的灶房。

每次见到翠香，朱富总有一股难以抑制的欲望骚动。好不容易他才缓过神来，瞅着乌贼说："兄弟为什么不叫弟妹帮着想想办法呢？"

"她能有啥屁办法！"乌贼没好气地骂了一句，而后换了另一种口气，说："您大人有大量，就再宽延几天吧？"

朱富皱了皱眉，长叹了一口气。

"唉，算我倒霉，就再宽限三天吧！过后是一定要还的啰！"朱富像是无可奈何地说。

"一定，一定！"乌贼松了一口气。心想，过一天再说一天的话。

人在屋檐下，不得不低头。乌贼再凶，也只能低声下气说好话。杀人偿命，欠债还钱！乌贼还算认这个理儿。

三天一晃就过了两天。到了第三天中午乌贼仍然是两手空空。四处告借也都碰壁。环顾家中，除了三个大活人，已是一无所有。急得乌贼抓头搔脑，坐立不安，凭空无名火直冲脑门。

翠香拉着海妹子从小镇卖了海螺回来。乌贼一见，手立马伸了过去。

"喂，快把钱给我！"

翠香没理睬，径直往里走。

乌贼身子猛地朝前一探，伸手一把揪住翠香的后领子，往后使劲一拉。

"干你母的，装什么聋哑！快把钱拿出来！"

冷不防，翠香被拉得倒退了几步。

"没钱！要钱你自己挣去！"翠香一边奋力挣脱乌贼的手，一边怨恨地回了一句。

"好啊，干你母的是活得不耐烦了，竟敢顶撞老子！"乌贼吼着，扬起右手掌甩了过去。

"啪"的一声，翠香的腮帮子立时绽出一个血红的掌印。

被突如其来打蒙了的翠香木然地站着。慢慢地，两颗硕大的泪珠子从眼角滚落了下来，接着，又是更大的两颗。终于，泪珠连成泪线像泉水一样涌了出来。

海妹子被吓得"哇"的一声大哭了起来，惊恐地紧紧抱住翠香的腿。

孩子的哭声并没能使乌贼的心慈软下来。相反，却像注射了一剂兴奋剂。原先鼓胀的眼珠子，霎时间似乎又暴胀了许多，血红血红的像一只狼似的盯在海妹子的身上。

"干你母的，真的不给钱？"乌贼吼着，"那老子就拿她换钱！"话音一落，乌贼伸出右手抓住海妹子后背衣裳往上一提，把人夹在胳膊窝里拔腿就往外走。

"给俺把女儿放下！"翠香先是一愣，旋即朝前一扑，双手死命抱住乌贼迈出的双腿，悲愤地哭喊道："你这天杀的，竟要卖自己的亲骨肉！天啊……"

海妹子早已吓得面如死灰，连哭都哭不出来。

乌贼转过身来，恶狠狠地盯着匍匐在地的翠香。

"要孩子？也行！钱拿来！"乌贼大声吼着，伸出一只手，在翠香的面前抖了两下。

翠香急忙从贴身衣襟的口袋里掏出所有今天卖海螺的钱，放到乌贼的手掌上。

"就这么一点？"乌贼瞟了一眼手上的钱说，"就这么一点顶屁用！还不够老子打半斤地瓜酒！"

"没了，真的没有了。快把女儿还我！"翠香仰头望着乌贼，哀求着。

"没了？没了那就怪不得我了。滚开，别挡老子的路！"乌贼咬着牙，恨声道。随即，脚一抬，猛地朝翠香胸口踢去。

一阵剧烈的震痛，像是整个胸腔裂开似的。翠香仰天倒地，头重重地砸在地板上，随着一声凄厉的惨叫，血涌了出来……

叫声引来了好奇的村民，一个个踮起脚尖，扯长脖子拥挤着朝里观望。

"真狠心啊！把人打成这个样子！"

"当长辈的不积德，后代子孙要遭殃啊！"

"这么个水灵灵的妮子，也舍得卖！真是铁石心肠！"

"唉，他本来就不是什么好东西，将来一定不得好报！"

……

翠香挣扎着爬起来，声泪俱下地向人们哭诉着。

"想当初，他穷得要饭要到俺家门，是俺爹可怜他，收留了他。后来，俺爹又把俺许配给了他。原想能和他和和睦睦过一辈子，没承想一回了这儿，他就变了一个人，把俺不当人。如今，竟连自己的亲生骨肉也要卖！俺真是后悔啊……呜呜……"

人们的议论本来就令乌贼满肚子怒火，翠香又当众揭他的丑，更是火上浇油。他一步蹿上前，揪住翠香的衣领狠劲一拉，然后，又一推，"扑通"一声，翠香又重重地摔倒在地。

"这是我的家事，跟你们有什么屁关系？要你们在这儿嚼烂舌根子？滚，都马上给我滚开……"乌贼朝围观的人们吼着。

人们讨了个没趣，"哗"的一声全散开了。唯独一个廋汉子仍然站在原位不动。等到人全走光了，他才提起罗圈腿，踱到乌贼门口。

二

此人姓侯，名三。是朱富的把兄弟。为了讨好朱富，他管朱富叫朱爷。

侯三个子只有一米五左右，干瘦干瘦的，岁数比朱富和乌贼小几岁。论相貌，湾里的人有一句评判："连猴子都不如！"于是，大家就都叫他"猴三"。

此时，猴三已走到乌贼的身边。

"乌贼兄弟，为啥事动这么大的肝火啊？"猴三皮笑肉不笑，瞅着乌贼问。

见到猴三，乌贼如见催命鬼。一股无名火骤然升腾，全烧向翠香。

"干你母的，还不快爬起来！"乌贼骂着，用脚狠狠地朝翠香的腰部踢去。随着，将夹在胳膊窝里的海妹子往地上一丢，"干你母的，也给我滚远点！"

海妹子早已被乌贼夹得脸色青紫，一落地，便摇摇晃晃要跌倒。

此时，不知从哪个角落里突然跑出来一个小男孩，拉起海妹子就往外跑。

翠香吃力地爬起来，一看，急得不顾伤痛地喊了一句："阿礁，小心点！"

"嗳……"

声音被风刮走了。一忽儿工夫，人也跑得无影无踪……

猴三跨过门槛，走进厅堂。乌贼推过来一条长凳。猴三一屁股坐了下去，又把右脚提起也踏在了凳子上，而后从屁股后面摸出一瓶白酒，又从怀里掏出一小包用油纸包的熟猪头肉片，摊在桌上。

"兄弟，来喝个痛快！消消气！"猴三说着，用拇指和食指拈起一块肉丢进嘴里。

乌贼转身到灶房找出两只黑瓷碗。

猴三拧开酒瓶盖。

一股浓烈的酒精味直冲乌贼鼻孔。已经断了好几天酒的他，不由得深深吸了一口带着烈味的空气。

猴三给乌贼倒了大半碗，给自己倒了小半碗，然后端了起来。

"喝，喝……"猴三说着，手里的碗在乌贼的碗边碰了一下。

乌贼一把抓起碗，一个字也没吭，头一仰，脖子一直，"咕噜"一声全灌了下去。

"再满上！"猴三说着，给乌贼续上酒，三角眼斜瞟了乌贼一眼问："兄弟今天又跟弟媳斗嘴了？"

"那贱货，我跟她要几个钱，她竟敢不给，你说气人不气人？"乌贼发了一句牢骚，脖子一仰，又一大口酒下肚。

"女人嘛，头发长见识短。把钱看成命根子！"猴三说着，呷了一口酒，瞅了乌贼一眼又说"说到钱我才想起来，朱爷让我问问兄弟，那钱不知准备妥了没有？要是准备好了，叮嘱我顺便带回去。"说完，嘴角咧开一丝不易觉察的冷纹。

这分明是狗腿子在替主人逼债。乌贼再直筒子也明白。可他眼下上哪儿去弄这么大一笔钱？不得已，只得忍气吞声。

"猴三兄弟，我眼下一时到哪儿筹措这么多钱？刚才你也都看见了！"乌贼说着，又猛喝了一大口酒，接着说："你跟朱大掌柜是拜把兄弟，就拜托你给说说情，再宽限几天吧！"

"这……恐怕不行！"猴三吞吞吐吐地拒绝，"是你亲口答应过朱爷，三天过后一定还，让我空手回去，我也交不了差呀！"说着，眼珠转了几个圈接着说，"再说，就算朱爷度量大，再宽限几天，你老兄又上哪儿去弄这么大的一笔款子呀！"

"猴三兄弟，你脑子比我灵光，无论如何也要帮我想个法子救急一下。"乌贼几乎是在恳求了。往日的威风不知都到哪儿去了。

"唉，兄弟你这是在抬举我了！"猴三抿了一口酒，然后用手抹了抹嘴唇，说"我是个过一天混一天算一天的人，哪帮得起兄弟！"猴三伸出两根黑细的指头，拣起一块猪耳朵塞入嘴巴，嚼了嚼使劲一咽，接着说："不过，话又说回来，总不能看着兄弟有难不帮吧？钱，我是没有。办法嘛……倒是有一个，只是……"猴三说到这儿顿住了。

"什么办法？快说！"乌贼如蒙大赦，头朝前探出一尺多远，鼓鼓的双眼紧盯着猴三。

"兄弟，咱们丑话说在前头，办法我可以说，做不做由你，到时可别怪我多嘴啊！"猴三像是故意在卖关子，又确实像是心有余悸。

"不怪，不怪！只要能救了这阵子急，什么办法都行！"乌贼连连摆手说。

"那好。"猴三说着，三角猴眼朝四周溜了一圈，然后把头伸到乌贼跟前，闪着猴光把尖嘴凑到乌贼的耳朵上。

"朱爷说了，要是没钱还的话，也可以用别的东西抵押。不过……这东西嘛就是……"

猴三只顾说着，全然没有注意到乌贼的脸正由红变白，由白变青，两颗眼珠子像要爆出来似的凸出眼眶。

"干你母的，别说了！"

猛地，乌贼大吼一声，随着双手一撑，冷不丁把个猴三从凳子上推下来摔了个人仰马翻。

"干你母的，老子再贱也贱不到这个地步！"乌贼骂着，怒气冲冲地抓起桌上的酒瓶子就要往地上砸。

"别，别砸！砸了就没得喝了！"猴三似乎早就预料到乌贼会有这么一下，一边急着喊着，一边连滚带爬地从地上爬了起来，一只手握住乌贼扬起的手腕，另一只手夺下乌贼手里的酒瓶子。

"兄弟，何必发那么大的火呢？我可是有言在先的啊！"猴三重又一脚踏在凳子上坐下，然后给两只酒碗倒满，干笑了一声说："嘿嘿，其实这种事也算不了什么。兄弟为什么就那么看不开？女人嘛，就像男人身上的衣裳，穿旧了也就没啥意思了。男人嘛，只要有钱，还怕弄不到新的？"猴三斜眼瞟了乌贼一眼又说："自古都是笑贫不笑娼，兄弟堂堂男子汉，将来肯定是个干大事的人，如今却……唉，有得必有失嘛！"

一席话，连说教带吹捧把个乌贼的火气给灭了一大半，身子顿时软了下来，一屁股跌坐在凳子上。半晌，才长叹了一口气说："唉……这终归不是件光彩的事啊！"

乌贼瞧在眼里，心里的鬼点子又敲开了。

"这也是没办法的办法呀！"猴三眨了眨三角眼，故作同感地说："再说，你历来钉是钉，铆是铆，说话算数的。如今三天已到，如不按时把钱还给朱爷，岂不毁了一世英名？"

"我把海妹子卖了顶他的债！"乌贼垂着头说。

"一个小女仔能值几个钱？恐怕连还朱爷的利息都不够。再说，以后呢？你还想这样叮当响过一辈子？"猴三干咳了一声，又说："况且，就算卖海妹子，你老婆会同意吗？还不跟你闹翻天！"

"她敢？我揍死她！"乌贼恶狠狠地应了一句。

"嘿嘿……"猴三一阵干笑。过后又说:"我说兄弟你真是聪明一世,糊涂一时。揍死了不就人财两空了?与其这样,倒不如……嘿嘿,图个日日进财,兄弟你不就有逍遥日子过了?再说了,对外咱们只说是去做帮工,你不说,我不说,鬼都不知道!"

"反正又不是明着来。"乌贼似乎心动了。

此时,翠香正好从里屋出来从他们桌前经过要到院子里去。高高的乳峰托起薄薄的单衣,使人感到悠晃悠晃的。细细的腰围像一条圆滑的弧线巧妙地将上身和匀称的臀部连接在一起。尽管几年来,心灵和肉体备受乌贼的摧残,但青春的活力使她仍然不失少妇的神韵。

乌贼的眼光落在翠香的身上,似乎觉得今天的她特别诱人。心里不由得骂了一句:"干他母的,还真有点勾人魂魄的骚味!"

猴三的褐色眼珠子闪亮闪亮地盯在翠香的身上,一直到翠香走出厅门还收不回来。

"难怪朱爷舍得花那么大的本钱,费那么多的心思,值得值得!"良久,猴三才喃喃自语了一句。

"你在嘀咕什么?"乌贼问。

"没什么,没什么!"猴三回过神来,连连摆手应道,"兄弟你想好了吗?"

"干他母的!不就是个骚娘们,没什么舍得舍不得的。犯不着为了她把自己给逼得走投无路!"乌贼狠心地想着,终于咬了咬牙说:"逼上梁山了!"

"好!"猴三一听,手往长满黑毛的大腿上一拍,"来,兄弟,干了这一杯!"一仰脖子灌了一大口,放下酒碗,奸猾地溜了乌贼一眼又说"兄弟就这样一言为定了。"

"君子一言,驷马难追!我乌贼什么时候诓过人?"乌贼说着,抓起酒碗,"咕噜噜"喝了个底朝天。

"那好,咱们现在就立个字据吧。"猴三紧追着说。

"什么字据?干你母的,干这种鸟事还立什么字据!"乌贼不悦地说。

"唉，就是嘛！要是兄弟我哪要这个。"猴三晃着脑袋附和了一句，紧接着话尾一掉，"只是朱爷这人你也知道，精细过人。他是担心兄弟你万一有个悔意什么的，就口说无凭了。"猴三顿了顿，瞟了一眼乌贼，接着说："不过，话又说回来，这其实对你也有好处，说不定哪一天他忘了，再向你讨债，这字据不就成了你的……你说呢？"

乌贼想了想，觉得这话似乎还有点尿臊味。于是，手一拍桌面，连应带骂了一句："干你母的，杀猪连砧卖。立就立！"

猴三急忙从怀里掏出两张黄色绵纸，铺在桌面上。乌贼从锅底刮出一小撮黑灰，又找出一小截黑木炭，然后把酒碗倒扣，朝碗底倒了点水，磨了起来。

一会儿，猴三看看磨得差不多了，从贴心窝里掏出一支秃尾毛笔，先把笔绒在嘴唇上沾了沾又转了几个圈，再往炭墨里一浸接着又滚了几下笔尖，然后左手压住纸，右手将笔提起在其中的一张绵纸上首正中位置重重地写下了"契约"两个歪歪斜斜的大字。猴三正要往下写，捏笔的手忽然被乌贼抓住。

"慢着！"乌贼叫着，紧接着问："写多长时间？"

"不是说好了，三个月。"猴三不接地抬头望着乌贼答。

"不行，只能让她去一个月！"

"喂，兄弟怎么又反悔了？这可不像是个大丈夫啊！"猴三放下笔，搓着手说。

"三个月也行。"乌贼自觉理亏，搔了搔头皮，说："不过……除了抵旧债，每个月得再给十五元！"

"这……未免太……"猴三犹豫着。

"不干就拉倒！"乌贼说着，伸手抓起桌上的黄绵纸就要撕碎。

"好好……好！"猴三一看乌贼动真格的，慌了，急忙阻止道，"就依兄弟的，就依兄弟的。我现在就先代垫一个月的。"说着，急忙把手伸进怀里掏出钱来，递到乌贼的眼前。

乌贼接过钱，把抓在手里的黄绵纸放到桌上。

猴三小心翼翼地把纸展开，抚平，然后提起笔，饱蘸浓墨继续写下去……

猴三迈开罗圈腿，哼着小调美滋滋地回去向朱富邀功领赏了，丢下乌贼一个人呆呆地望着摊在桌上的那张"契约"发愣……

也许，此时此刻他想起来什么？想起了曾经有过的恩爱，想起了那流浪的日子，想起了翠香一家对他的种种好处……也许，他甚至想起了翠香那原本只属于自己所有的白嫩躯体，明天却要……

像打翻了食杂店，酸甜苦辣一齐涌向乌贼。"一夜夫妻百日恩"，他乌贼也不是没有丝毫知觉和灵性的木头。

乌贼就这么坐着，想着……一句话也没有。

终于，他若有所思站了起来，走进灶房，取下挂在竹钩上的菜篮子。里面除了一小碟小鱼干外，再就是一碗咸萝卜条。

乌贼犹豫了一下，把鱼干和萝卜条取出来放在饭桌上，机械地摸了摸口袋里刚才猴三交给他的银元，撩开大步朝村口走去……

三

冬天的夜来得特别早。

挂在紫云山顶的残阳不知什么时候已经落到了海平面以下，像一颗耗尽了全部光和热的火球洒尽最后一缕粉红色的淡光从海面上悄然消失了。

灰黑色的帷幕像网一样撒向整个大自然。慢慢地，这网越变越大。先是网住了紫云山，网住了望夫楼、古榕树，最后将整个渔村连同浩瀚无边的大海一齐笼罩住。望夫楼前的海湾处，出海的鱼船接二连三返航了，一盏盏桅灯点燃了起来，在海风中摇曳着点点红光。

夜幕下，举着火把的人们在浅滩上穿梭来往，喧喧嚷嚷。无数的火把在风的鼓动下，伸着长长的火舌连成一片火海，把整个望夫楼照得如同白天。裸露着紫铜色壮实肌肤的渔家汉子，踏着跳板，把一篓篓闪着白光、泛着绿辉、耀着各种五彩缤纷鲜艳油亮颜色的，活蹦乱跳的带鱼、龙虾、红鲟以及黑鲨、黄花鱼等各种各样的海鲜从船上搬到望夫楼前的滩地和石阶上。女人们抿着难以掩饰的笑意，两人一篓抬着往村里走；老人们站在一旁，一边吸着旱烟，一边指手画脚指挥着，吆喝着；孩子们欢呼雀跃，光着屁股在柔软的沙滩上奔跑、追逐、扬沙，到处是笑声、呼唤声、粗野但却是善意的叫骂声；到处是咸涩的酸汗气息和浓烈的鱼腥味……

翠香木然地站着，呆滞的眼光在火海中寻找着海妹子……

此时，在一片远离人群的沙滩上，海妹子和阿礁正玩得入迷。

"海妹子，咱们玩过家家吧？"小阿礁拉着海妹子的手说。

"不，不嘛！"海妹子用力甩开阿礁的手，朝后退了两步。

"为什么不呢？可好玩哩！"

"我阿母和阿爹过家家，阿爹天天打阿母，我怕……"海妹子撅着小嘴唇，连连晃着梳着羊角辫的头说。

"你别怕，我不打你！"

"真的？"

"真的！"

"拉钩！"

"拉钩就拉钩！"

两只小手伸了出来，两根细细的小指钩在了一起前后摇晃了起来。

"拉钩上吊，一百年不许变……"两人异口同声念着古老的童谣。

"好了，现在咱们开始玩过家家。"小阿礁说着，学着大人走路的模样和说话的语气，说："海妹子，吃饭啰……"

"嗳，我来了！"

小阿礁把一只小龙虾放在了海妹子的手掌上。

"这是生的，怎么吃呀！"海妹子说着，咯咯地笑了起来。

小阿礁也笑了起来。

......

　　翠香默默地望着两个天真无邪的孩子，内心不由得涌起一股悲哀的伤感。眼前的海妹子似乎就是她小时候的影子。她想起了自己的家乡。那儿有一条宽宽的大江，也有一片沙滩。小时候父亲常常带她到江边去看船，在沙滩上捡漂亮的、五颜六色的石子。那石子圆圆的、滑溜溜的好看极了。父亲常把她背在脊背上在河滩上跑啊跑，有时跌倒了，她哭了，父亲就说，"爱哭的孩子会把眼睛哭得像青蛙的眼睛一样"，她马上就会止住哭声，破涕为笑。

　　家乡的山很多很高。父亲每天一大早把她放在背篓里背上山。父亲一边爬着窄窄的山路，一边哼着家乡的山歌。到了山顶，父亲用一条绳子一头捆住她的腰，一头拴在一棵大杉树干上，自己则去砍柴或者挖草药。每次她都想哭，但一想起眼睛会变得像青蛙，就又强忍着。

　　后来，她长大了。父亲就拉着她爬山，识草药。再后来，她成了大姑娘，就自己上山了。

　　她从来没见过亲娘。每次问父亲，父亲的脸色就变得很难看。到了她开始懂事的时候，有一天，父亲把她带到了屋后的一个坟堆前。

　　"妮子，你不是一直想见你的亲娘吗？这就是你的亲娘！"父亲指着坟堆说，"她生下你的当天就因难产去世了！"

　　当时，她看见父亲的脸上淌着泪，顺着皱纹流到了地上。

　　坟堆高高的，长满青草。她默默地望着，轻轻地叫着："娘，女儿来看你了！"不一会儿，她也和父亲一样，淌了满脸的泪水。

　　从那天起，她就下了决心：一辈子不离开父亲。

　　可没想到，刚刚能为父亲分忧却远远离开了他。而且，如今自己却……

　　翠香想着，想着，止不住泪水盈眶。几年了，父亲现在怎样了？还住在老屋里？还天天去挖草药？还是已经……

　　翠香不敢再想下去。她悔恨，感到自己对不起父亲。她不该嫁给乌贼，不该到这儿来……

眼下，她所拥有的只有女儿。女儿是她人生的支柱，是她活下去的全部意义。可就连这一点，乌贼也要剥夺。

"即使让自己死上一百次也决不能让女儿受苦、受罪，更不能让她落入虎口 。"翠香望着无忧无虑，正玩得入迷的海妹子，心灵深处暗暗在发誓……

天越来越黑了。用火把燃起的白天正在消失。而村子里，一幢幢用花岗岩砌成的房子却越来越多地透射出一缕缕灰白色的光，传来一阵阵欢快的笑声，飘逸出一股股带腥味的鱼香。

望夫楼前，古榕树下开始平静了下来。

终于，只剩下翠香孤零零地立在台阶上，望着同样孤零零的望夫楼。伤心的泪水，不由自主地涌了出来，洒在脚下的石阶上……

阿礁拉着海妹子跑到了翠香跟前。

阿礁仰起头，闪着晶亮的大眼望着翠香。

"婶婶，您怎么哭了？谁欺侮你了？"小阿礁奇怪地问。

"婶婶没哭！婶婶没哭！"翠香一边急忙伸手擦去脸上的泪水，一边抚摸着阿礁的头说："好孩子，快回家去吧，你阿母一定等急了。"

"嗳，那我回去了！"阿礁应了一声，正想抬腿走，海妹子拉住了他的手。

"阿礁哥，明天一早，你还来叫我，咱们还玩过家家，好吗？"

"好！"阿礁应了一声，撒腿朝家跑去。

"俺们也回家吧！"翠香拉起海妹子的手说。

没承想，海妹子使劲挣脱翠香的手，几乎快哭出声地嚷道："不，我不回家！我怕……"

"你怕什么？"翠香低头问。

"我怕……怕阿爸……他……"

翠香先是愣了一下，旋即把海妹子紧紧拥在怀里。

"好孩子，别怕！有阿母在。阿母会保护你的！"翠香哽咽地安慰着，拉起海妹子的手，默默地挪动沉重的双腿，离开了望夫楼……

四

翠香推开院门，拉着海妹子走进厅堂。

眼前的情景让她惊呆了！

厅堂正中，摆着一桌她从未见过的丰盛晚餐。红烧猪腿肉，糖醋黄花鱼，散发着诱人浓香的当归炖乌鸡……三碗盛得冒尖的白米饭，三双红漆竹筷连同三只汤匙整齐地摆在三个方向。

翠香以为是自己昏头昏脑走错了家门，急忙折转身想退出来。

"阿母，别走，咱们到家了呀！"海妹子拉着翠香的衣角，叫了一声。

翠香愣了一下，使劲揉了揉眼睛：没错，这是自家的厅堂啊！

这时，乌贼从灶房里走了出来，手里端着一盘炒鸡蛋，见到翠香母女，脸立时堆起笑。

"还愣着做什么？饭都做好了！"乌贼说着，上前几步把门关上。

自从回到郝家湾，翠香从未见过乌贼这样对她笑过，这样柔声说过话，更从未吃过这样丰盛的饭菜。在翠香记忆中，乌贼只是在她家的时候曾有过几次笑，说过一些显得直筒却也甜蜜的话。而自从离开老家至今，乌贼所给予她的除了瞪得像牛眼大的眼珠子和榔头般的拳头外，就是悔恨和悲伤。

翠香疑惑了！甚至有点受宠若惊而惶惶不安了。在乌贼的一再催促下，她挪动几乎僵直身的躯走到桌旁，正襟危坐地望着桌上的东西，竟连动手去取一下筷子的勇气都没有。

"难道他突然醒悟了？难道他动了菩萨心肠？不，不！那又是为了什么？"翠香呆呆地想着，想着……

"吃，吃，快吃！"乌贼说着，用手撕下一只鸡腿，放到了翠香的碗里。

"我也要鸡腿，我也要……"海妹子望着翠香的碗，低声地说。

"好，好！"乌贼说着，撕下另一只鸡腿，递给了海妹子。

海妹子伸手接过，立刻狼吞虎咽地啃了起来。

"你……你这是……"翠香手没动。良久，才壮着胆子问了一句。

"噢，没什么！"乌贼摇晃了一下脑袋，似笑非笑地说："今天晚上一来是向你赔不是，二来嘛……就是……还是等吃了饭再说吧！"

翠香的心头瞬时凛了一下：乌贼从未向她认过错，赔过情。仅有的是在老家的那一次……可那不是赔情，而是跪地求情。也就是那一次，她跟他来到了郝家湾，丢下了父亲一个人孤零零地守着老家的旧房子……此时的翠香顾不上想这些，她似乎预感到又有什么厄运正在等待着她。

"还有什么你说吧！要不，这饭俺也咽不下去！"翠香颤声地说。

乌贼瞅了瞅翠香，放下手中的酒杯，想了想，犹豫了一下。

"既然这样，那你自己看吧！"乌贼说着，从上衣口袋里取出那张"契约"，递给了翠香。

翠香从小跟父亲学过字。眼下，她双手抖索地接过那张黄棉纸，把它展开……

翠香看着，看着，双手越抖越厉害。那张薄薄的纸在她手上似乎越来越沉重，脸色越来越苍白，全身的血液像是突然凝固了，四肢冰凉。紧接着，她全身一阵猛烈的颤动，犹如有无数钢针在锥心刺骨。猛地，她摇摇晃晃地站了起来，将手中的纸"哧"的一声撕成歪歪斜斜的两半，继而又撕成无数碎片，朝乌贼的脸上砸了过去。随着，一声撕心裂肺的尖叫骤然响起。

"不，不！俺死也不去！老天啊，你为什么不睁眼看看，为什么不……"尖叫过后，是号啕大哭。

尽管翠香砸过来的只是一把碎纸，但乌贼仍然条件反射地把头一偏躲开。

散开的纸片，像飘浮在空中的纸钱灰铂一样，不一会儿便又轻悠悠地全落在了桌上的饭菜上、地上和人的身上、头上……

冷不丁，乌贼稍微愣了一下，马上"霍"地站了起来，睁着鼓胀的眼睛瞪着翠香。刚才虚假的柔情蜜意此刻已荡然无存。

"号什么！"乌贼开口吼叫了起来："告诉你，不去也得去！"

乌贼骂了一句，绕过桌子，伸手揪住翠香的头发往后向下一拉，翠香的头不由自主地向上仰起。

翠香看到的是一张被罪恶扭曲了的脸，看见的是两颗似乎就要爆出的血红血红的眼珠像一条吃人的狼。

"干你母的，敬酒不吃吃罚酒！你要是敢不去，老子就……"乌贼说到这儿，一边抬起一脚向正瞪着惊恐的眼睛望着他们的海妹子踹了过去，一边吼叫着，"老子就先把这死丫头卖了！"

海妹子"嗵"的一声重重地从凳子上跌落到地上，脸色顿时刷地惨白，良久，才听到"哇"地哭出声来。

"阿母……"

"哭什么！"乌贼朝海妹子吼了一句，又狠劲把翠香的头发往下一扯，咬牙切齿地威胁道："卖了她还债，然后嘛……嘿嘿！"他忽然冷笑了一下，"再把你卖到城里的窑子里当婊子，让你求生不得，求死不能……哈哈哈……"一阵狂笑过后，乌贼将翠香的头往桌面上一按，"好好想想，走哪条路，由你自己挑！"说完，脚一抬，走出了厅门……

夜深了。

劳累了一天的人们歇息了。

幽深的黑暗中，望夫楼前的海面上，狂风毫不留情地卷起巨浪，又狠狠地摔向望夫楼前的石阶，砸得粉身碎骨。轰隆隆的撞击声连同巨浪被撕裂的哀鸣声，无休止地抨击着那些流血的心扉。

厅堂桌上，那盏油灯摇曳不定，忽闪忽闪的淡光给厅堂带来飘忽不定的阴影。

翠香紧紧搂着海妹子，畏缩在厅堂的阴暗角落里。她轻轻抚摸着女儿冰凉细嫩却布满条条泪痕的脸蛋，心如刀绞。在这人世间，她已一无所有。女儿就是她的全部、她的生命。如果，此刻躺在怀里的女儿，不是只有 7 岁的幼女而是成年的少女，也许，她会毫无眷恋地放心而去……

翠香的心整个儿麻木了，像是全部的血都已经被魔鬼吸干一样。她觉得这世界就像这厅堂一样狭小、阴森、可怕，到处是吃人不吐骨头的豺狼，到处是飘逸的鬼魂。

她不能不去！不是为了自己苟生，而是为了女儿。她只能用自己的耻辱和生命来保护自己那可怜无辜的幼小女儿。她知道，那个恶棍是什么事都干得出来的，哪怕是丧尽天良。

没有眼泪，泪水早已流尽。只有屈辱的心灵和无穷的怨恨……

第二天，猴三早早就来带人了。

翠香挽着个小布包，低着头跟在猴三的后头。

"这么早到哪儿去？"有路人问她。

"到朱富家帮工。"她茫然地答。

……

朱富一见翠香，就像蚊子见了血，立时叮住不放拼命吮吸。他奸笑着走到翠香跟前，眯着眼细细端详了一阵，然后伸出尖尖的手指捏住翠香的脸庞。

"好白嫩啊！"

翠香一阵恶心。手一甩像赶走一只蚊子一样把朱富的手从脸上拨开，厌恶地吐了一口唾沫。

朱富眨了眨眼皮，猴三知趣地抿着嘴溜了出去。

朱富把翠香拉进了卧房，反身插上门闩，便像一条饿极了的狼见了鲜肉一样朝翠香猛扑过来。

翠香像一具冰凉僵硬的尸骨摆在那儿，毫无知觉地任由朱富摆布，宰割……

在人的一生中，三个月也许是短暂的。但是对于翠香来讲却像三年、三十年那样漫长。在这漫长的日日夜夜，她只是一个供朱富玩弄宣泄欲火的工具。她无时无刻都在惦记的只是她那可怜的女儿。

她没法去看一眼自己的女儿。朱富像一条老狗似的紧盯着她不放，连大门都不让她迈出一步……

翠香"死"去了三个月。终于，她带着满身的伤痕、满腔的耻辱掩面回到了女儿的身边。

海妹子早已是脸黄肌瘦，皮包骨头。

然而，翠香万没想到，刚刚逃出狼窝，却又被推进了火坑。

一次的屈辱带来终生的饮恨。在乌贼以卖掉海妹子的威逼下，翠香从此走上了一条肮脏、耻辱的邪路：她成了郝家湾唯一的暗娼。

乌贼的小酒店重又开张了。

乌贼照样在酒里兑了水。但是仍然有不少人光顾。他们是冲着翠香来的。

于是，男人们在这里倾尽所有，女人们则把翠香恨得入骨。她们骂她，咒她，朝她脸上吐口水，在她家的门框上挂上破草鞋……她极少出门，就是偶尔有也是低着头急匆匆来回。她似乎真成了"聋哑人"。

为了女儿，翠香含羞忍辱，日日夜夜像一具僵尸停放在自家里屋。男人们只要扔上几个钱，谁都可以上去蹂躏、摧残，发泄自己那过剩的兽欲……

乌贼照样天天喝酒，天天赌钱。似乎这一切都和他毫无关系。

日复一日，年复一年。一晃过去了十个春秋。海妹子在苦水中泡大，翠香在血泪中苍老。昔日的风韵已不复存在，刚刚40岁的人像已近半百。眼窝开始凹陷失去妩媚，肌肤开始松弛失去光泽，心灵上、肉体上的无休止摧残，使她过早地失去了青春年华。

终于，再也没有人来找她了，也没有人来小酒店喝酒了……

小酒店又倒闭关门了。

乌贼又开始在翠香母女身上出气了。昨天晚上，翠香又被打得遍体鳞伤躺倒在床上。

海妹子只好今天一大早就下了海滩。她想多捡些海螺什么的，好多卖几个钱给阿母买药。

没承想，她刚刚遇上了心底里一直挂念的阿礁哥，正想向他倾诉心中的委屈却被郝忠的长烟杆给硬生生打散……

此时此刻，海妹子仍旧扑在古榕树上痛哭着，似乎这天底下只有她自己似的。

然而，并非如此。

迷蒙的雾中，有一个人正迈着大步，顺着她的哭声朝这边急匆匆走来……

一

来人踏着大步，旋风般卷起的浓雾随着飞快向前移动的身影而急骤地朝四周涌流，"咚咚……"的脚步声，宛如两把十二磅大铁锤轮番砸在青石板上一样，远远地就把扑在古榕树上痛哭的海妹子从悲伤的意境中惊醒过来。

海妹子举目一看，急忙伸手揩去泪水。但是，还没等她的神情完全恢复过来，一声问话如同闷雷震开雾幔，灌进了她的耳朵。

"海妹子吗？站那儿做什么？"

话刚落音，人已立在了海妹子跟前。

此人长得牛高马大，肩宽体阔。头大而圆，发短而乌黑坚硬，像刺猬身上的刺一样直挺挺的。一对粗浓的大刀眉，眉头几乎连接在一起。

老人们说，那是一对生灾惹祸的短命眉。浓眉下那双眼睛，虽说看不出有多少聪慧机巧的灵光，却也虎虎生光给人一种简单、急暴却又疾恶如仇的正直感。全身除衣着的地方外，裸露的肌肤黑得锃光发亮。此时，他身穿一身发白的棕色粗布衫，胸前挂着一块玉坠，赤着宽大的脚板，就像一座黑铁塔一样堵在海妹子的眼前。

他叫贵祥，小名阿祥，外号黑牛。乡下人取大名似乎只是为了落族谱。叫得最多的是外号，小名除了阿礁和海妹子，还有已故的奶奶叫过。

黑牛和阿礁是同龄人。阿礁长得英俊，个头虽不算太高但匀称结实，性情稳健，刚柔相济。而黑牛外观上总给人一种粗鲁愣头的直感。凡事认死理儿。只要是他认准的道，九头水牛也拉不回头，你要是多说他几句，硬邦邦的拳头马上就会在你面前晃几下。此时你要是不立刻闭嘴，拳头就会砸向你的鼻尖。

猴三之所以塌鼻子，就是被黑牛砸断鼻梁所致。

那是大前年的一个傍晚，出海归来的人们忙着围在朱富的鲜鱼收购铺前交售鲜鱼。

这交售先要由猴三验鱼定价，而后过秤算账，除去原借高利贷本息，剩下的再到账房去领。

这猴三仗着朱富的势，对前来交售鲜鱼的百般挑剔，该给十足价的给八成，该给八成的给半价。人们虽敢怒却又毫无办法。

一个老汉和他未成年的孙女抬着一筐带鱼放到猴三跟前。

猴山眨着三角眼，提起一条放到鼻底下闻了闻。

"这鱼怎么这么腥臭！"猴三故作惊讶地说着，拿起柜台上的抹布揩了揩手朝旁边一扔。"像这样的鱼本不该收，看在乡里乡亲的分上，就按半价吧！"说着，手一挥："过秤！"

老汉一听，急了，双手使劲抱住鱼筐。

"猴三兄弟，这鱼刚刚下船，怎么会是臭的呢？你不能只给半价呀！"

"没臭？我看你是鼻子坏了吧！嘿嘿……"猴三斜着三角眼，冷冷地嘲讽道。

老汉的脸顿时发青，半晌说不出话来。

"猴三兄弟，我老汉打这一篓鱼不容易呀！你就高抬贵手，给个七八成价吧？"良久，才忍气吞声地说。

"不行，我猴三收鱼从来不讨价还价。要卖，按半价！不卖的话……"猴三手一挥，恶狠狠地喊道，"抬回去自家吃去！"

这明摆着是以势压价，众人虽然都在替老汉愤愤不平，却又不敢据理力争。

"猴三兄弟，你不能不讲理啊！"老汉不由怒气上升，脱口质问。

"什么？你说我不讲理？"猴三歪着头，斜着眼盯着老汉。话锋一转："这鱼我不要了，抬回去！"

老汉傻眼了。这筐鱼猴三要是不收，一时到哪儿卖去？更何况欠朱富的高利贷这次要是不还，等下一次出海回来，本利不知要翻几番，到时恐怕连房子卖了也不够抵债。

"猴三兄弟，半价就半价吧！"老汉顾不得许多了，低声下气哀求道。

猴三得寸进尺，见老汉就范屈求，竟"嘿嘿"冷笑了起来。

"这是你求我了？刚才半价你不卖，现在嘛……你就是白送我也不要！"

"这……"

"这什么这！快抬走！别放在这儿挡道！"猴三瞪着小眼喊着。

"猴三兄弟，求求你，收了吧！"老汉几乎要跪下来了。

"不收，不收！少废话，快抬走！"

谁都知道，这是在"杀鸡给猴看"，再求也没用。

老汉默默地招呼小孙女，爷孙俩一人一头抬起鱼筐摇摇晃晃地往回走。路过黑牛家，正遇上黑牛蹲在门口，端着大粗海碗，"呼呼"地大口喝着稀粥。

"阿伯，您这鱼怎么原抬回来了？"黑牛感到奇怪，问。

"猴三说这鱼臭了,只给半价,我理论了一句,他就……"老汉顿住脚,看着黑牛,哽咽地说不下去。

黑牛看见老汉眼里噙着泪。

黑牛把大海碗往门槛边上一放,立起身走到老汉跟前,从鱼筐里拿起一条鱼闻了闻,又看了看。

那带鱼足有四指宽,银光闪闪。这是打鱼人俗称的"钓白"最新鲜不过了。

黑牛火了,气不打一处来,腰一弯,把整筐鱼扛到了肩上。

"阿伯,您跟我走!"黑牛说着,撩开大步朝鱼铺走去……

"这鱼你为什么不收?"黑牛把鱼筐往猴三脚尖处使劲一砸,睁着虎虎的眼睛,盯着猴三喝问道。

猴三冷不丁被鱼筐砸得"哎哟"尖叫了一声,蹲到地上,一手捂着脚尖,一手使劲把鱼筐往前推,嘴里嚷着:"这鱼臭了,这鱼臭了!"

"臭了?"黑牛怒气冲冲地反问了一句。猛地抓起一条鱼朝猴三脸上掼去。"干你母的,你再好好给我闻闻,是鱼臭了,还是你的鼻子臭了!"

冷不丁,猴三的脸被鱼掼得满是鱼腥味和咸涩的海水,眼睛眨巴眨巴地一阵难受。

"我说臭了就臭了!我说不收就不收!"猴三使劲揉了揉三角眼,气急败坏地叫着。

"干你母的,你再说一遍!"黑牛更火了,如雷地吼了一句。

猴三被黑牛的吼声吓了一跳,但马上就又恢复了常态。他认定黑牛不敢把他怎么样。

"别以为我怕你!别说一遍,就是一百遍也敢说!"猴三眨了眨三角眼,瞅了瞅脸色黑得如炭,两眼冒着火的黑牛接着说,"我现在就说给你听,你小子好好给我听着……"

就在猴三絮絮叨叨给自己壮胆的当儿,黑牛的手不由自主地并拢了起来，形成了一颗粗大的拳头，拳心冒着津津热汗。

"我说这鱼臭了就……"

"咚"的一声，猴三的话刚说了一半，鼻梁上已重重挨了黑牛一拳。顿时一阵天旋地转，眼冒金花，只觉得鼻子一阵难忍的剧痛，两股热乎乎、带着腥味的稠状液体从鼻孔里淌了出来，伸手一摸，不由得"啊"的一声惊叫。

"血！血……疼死我了……"猴三一边叫着，一边捂着鼻子，摇摇晃晃，跌跌撞撞地跑去找朱富。

看到一贯仗势欺人、耀武扬威的猴三今日如此狼狈不堪，人们禁不住开怀大笑了起来。

不一会儿，猴三领着朱富带着两个满脸横肉的打手来了。

黑牛双拳抵腰，像一座黑铁塔一样立在众人前面。此时，阿礁也闻讯赶来，站在他的身边。

有人敢挑大梁，就有人呼号子。人们自然不自然地站到了黑牛和阿礁的身后。

朱富原想好好教训一下黑牛，没承想一看，竟是众怒难平，又瞟了一眼那一筐鱼，心里不由得骂了猴三一句："他妈的，真是成事不足，败事有余！事情真是闹大了，别说在郝家湾待不住，弄不好连小命都得搭上！"

朱富想着，急忙走到柜台前，却看见郝忠背着手正朝这边走来。

原来，就在猴三跑去求主子搬救兵的时候，有人也去向郝忠通风报信了。

朱富心念一动，细眯的眼睛裂开了一条缝，牵动眼角也挤出几道微微翘起的眉尾纹，似笑非笑地朝大家抱起双拳弯了一下腰。

"诸位乡邻，今儿的事都是我朱某的不是，在这里我代猴三向大家赔个不是，道个歉。我朱某能在贵地落脚，做点小买卖，全都是仰仗众位乡邻，尤其是郝三叔的鼎力关照！"

此时，郝忠刚好走到众人背后，朱富说到后半句声音又特别高，郝忠是听得清清楚楚，心里立时乐滋滋起来，不由自主地点着头。

朱富瞅在眼里，脸上不动声色仍然挂着笑。站在一旁的猴三却是一边不停地擦着鼻血，一边疼得"哼哼"直叫。

"今天这事全是猴三的不对，请诸位乡亲看在我朱某的薄脸上，饶过他这一回。至于这筐鱼……"朱富说到这里，故意停顿了一下，瞅了瞅众人，才又接着说："甭说没臭，就是真臭了……"

朱富说到这里时，黑牛的火气又蹿了上来。

"干你母的，夹起狼尾巴装羊！"黑牛心里骂着，拳头攥得"咯咯"直响，双眼怒视着朱富。

阿礁听到这里，眉头也不由自主地皱了一下。急忙伸手按住黑牛那随时都会挥出去的拳头。

朱富像是没有看见，照样说他的。

"就是真臭了，我也是要收的！"朱富说着，朝两个过秤的年轻人一招手，"抬过去过秤，照全价收！"

猴三原以为朱富会替他出了这口恶气，没想到竟是这样的结局。挨到朱富走出店铺门，急忙尾随了过去。

"朱爷，您……"

"笨蛋！"没等猴三说完，朱富狠狠瞪了他一眼，没好气地骂了一句："心眼长到屁眼里去了！"

猴三白挨了揍又挨了臭骂还摸不着头脑，只好自认倒霉。捂着疼得他龇牙咧嘴的鼻子朝村口跑去……

没想到，黑牛的那一拳竟把猴三的鼻梁骨砸了个粉碎性骨折，从此落了个塌鼻子。

黑牛的拳头也从此出了名。

二

黑牛从小就没有父母，是他奶奶从鲨鱼礁的岩洞里捡回来的。

鲨鱼礁在离望夫楼百余米的滩涂地。涨潮时，它被海水围住，像一座小小的孤岛，退潮时，它宛如一头僵毙横卧在滩地中间的巨鲨。

黑牛的奶奶捡回黑牛，着着实实在观音菩萨像前磕了好一阵响头。尽管当时也把那对抛婴弃儿的狗男女骂了一通，但心里却是感天谢地的。

总算有了续接香火的人了。

那年，她已经是五十好几的了，没儿没女。原想把黑牛当儿子养，后来，大概是因为年岁相差太大辈分不顺的缘故，在黑牛5岁那年让他改称她为奶奶。

黑牛被捡回来时，除了胸口塞着一块写着生辰年月日时的红布条外，脖子上还挂着一块奶白色泛点淡黄的玉坠，坠呈连心锁样式，用一条红头绳穿着。只可惜，那玉锁缺了一半，上面有一个凸出的"祥"字。另一半，黑牛的奶奶后来在鲨鱼礁周围找了好一阵也没找到，大概是被海潮卷走了。

也许是冲着那半块玉锁上的"祥"字，或许是为了图个吉祥如意，奶奶给他取名"贵祥"，平日里叫他"阿祥"或者"祥儿"。没想到，这名字与他后来的性格和长相竟格格不入。于是便有了"黑牛"这个外号。

黑牛几乎谁都不怕，连郝忠他都不怕。论辈分，他和阿礁一样叫郝忠三叔公。可黑牛偏偏就怕阿礁。他比阿礁小九天零三个时辰，因此，管阿礁叫"哥"，叫阿礁的母亲"阿母"。这里有个缘故。黑牛的奶奶捡回他时，到处找不到奶喂，饿得他没日没夜地哭，瘦得只剩下一把骨头，刚巧阿礁的阿母刚生下阿礁没几天，于是黑牛也就吃了阿礁母亲的奶水。奶奶去世时，黑牛才14岁，阿礁的母亲便把他接过来一起住。直到18岁那年开始随船出海讨鱼才搬到老房子住。

说来也怪，凡遇到黑牛的牛脾气发作的时候，人们只要把阿礁叫来吆喝一声"阿祥，跟我回去"，黑牛再凶也会立即闭嘴，跟在阿礁的身后乖乖回去。

因此，人们背地里常说："黑牛的牛鼻子只有阿礁才牵得动。"

黑牛虽说脾气暴躁又显得粗鲁，但却是个知恩图报的孝子。从懂事那年起就知道伺候奶奶。后来，奶奶常病，又正值他到了学龄，竟把书本往海里一扔，上山捡柴，下海摸蟹，操起家务来。所以，黑牛至今斗大字不识一个。

黑牛14岁那年，奶奶一病不起，奄奄待毙。黑牛不分昼夜守在身边。临终前，奶奶把黑牛叫到"仙铺"前。

泉南人把为临死之人在祖厝厅堂边临时搭的床叫作"仙铺"。

"祥……祥……儿……"

奶奶艰难地嚅动着毫无血色的嘴唇，断断续续地叫着黑牛。

黑牛双膝着地，匍匐着爬到奶奶的"仙铺"前，把耳朵贴近奶奶的嘴，哽咽地说："奶奶，您说，您说。"

黑牛拼命地止住哭泣，但滚圆滚圆的硕大泪珠子却不断地从他虎虎的大眼里涌出，洒落在奶奶苍白的脸上。

"祥……儿别……哭……"奶奶吃力地说，"我就要……去了……这些年我……把你当……亲孙儿看……待……"

黑牛不住地点头，像小鸡啄米。

"我想……让你接……接了本家香……火，不……知你肯不……肯？"

"我接，奶奶我接！"黑牛连声应着。

奶奶那核桃般的脸上奇迹般地露出一丝宽慰的笑意，像是完成了人生的一件壮举。她挣扎着，试图抬起右手，但终究没能做到又垂了下去。

黑牛迟疑了片刻，像是突然领会了奶奶的意图。伸手轻轻扶起奶奶的手臂，朝自己的胸前移去。

奶奶吃力地展出食指，指着黑牛胸前的那半块玉锁片。

"千万别……别丢了！千万……"奶奶游丝般地喘了一口气，又断断续续地接着说："别忘了，一定要……要找……找到你……你的生身父……父母！"

黑牛犹豫了。他从不愿意别人问起自己的生身父母。小小的心灵从懂事那天起埋下了对人间丑恶的憎恨。他不想知道他们是谁，更不想将来去寻找他们。更何况天地之大，人海茫茫，上哪儿去找？可现在，奶奶却要他将来去找他们。

黑牛没有马上回答。

奶奶的眼瞳突然放大了许多，一种充满慈爱、期待又明显带着深深责备的光亮死死盯着黑牛。

奶奶的嘴唇又动了几下。

……

在这生与死的临界线上，人总有一些未竟的事要交代，总有一些未了的话要讲。在这条临界线上，也往往是人性最崇高的体现，也是最能感化活人的时刻。

也许，愣头愣脑的黑牛直到此时此刻，才从奶奶垂暮的眼光里明了这样一个人世间最朴素、最简单的千古定律：

"没有生身父母，哪有自己这血肉之躯？哪有眼前这恩恩怨怨？滴水之恩当涌泉相报，更何况十月怀胎这生身大恩？"

黑牛终于使劲地点了点头。

奶奶干瘦得如同木乃伊的脸上露出了一丝不易觉察到的笑意。嗖嗖的穿堂风不时将她银色的长发扬起又凌乱地散开落下，像一堆白蓬蓬、杂乱无章的长绒丝。高高凸起的眉骨像两道小小的山脊梁，稀稀撒撒地抖动着几根灰白色的眉毛。塌陷的双颊衬托起尖尖的颧骨显得格外凸起。摇曳不定的灯光下，被撑得紧绷绷的颧骨顶端那层惨白的皮肤，闪着两点发灰的亮点，像眼窝里那两点迟迟不肯消失的生命之光。

奶奶的嘴唇又动了几下。

"盒……盒……盒子……"奶奶上气不接下气游丝般地喃喃念着。

黑牛用手擦了擦泪水，站起来走进里屋，从破旧的衣柜里取出一个木盒子。

木盒大约一尺左右长，半尺来宽，三寸来厚。朱红的漆面上点缀着几朵金花，一把锃光发亮的插式古铜锁穿过两个铜扣眼把盒盖和盒身紧紧绞连在一起。

这是一个普通的梳妆盒。泉南人嫁女儿必定要陪嫁这样一个梳妆盒。

黑牛把梳妆盒捧到奶奶跟前，奶奶的眼光突然明亮了许多。好长一段时间，这目光紧盯着盒子没有丝毫的移动。

终于，奶奶像是凝聚了生命的全部力量，再一次微微张开了嘴唇。

"祥儿，这是奶奶我……我一生的全……全部积蓄，你把……它保……保管好，过几……几年娶一门好……好亲，生个一男半……女的，传宗……接……接代……"奶奶的声音虽然断断续续，却是异常地清晰。

黑牛听着，听着，止不住泪水又夺眶而出，放声大哭了起来……他想起来三年前那个雷雨交加的傍晚……

三

猛然间，浓密的乌云突然裂开一条长长的口子，一道金色的闪电从裂缝中朝外迸射出万丈光亮，紧接着一声惊天动地的响雷从紫云山上炸响。随着这雷声，黄豆般大小的雨点乒乒乓乓地从半空中砸了下来，干燥的地面上被击起层层白尘，散发出一股股湿热的泥土气息。

整个郝家湾如同被捅破的蜂窝，陷入了混乱和恐慌之中。风声、雨声、紫云山上松林的呼号声、海浪的狂啸声夹杂着人们匆匆的脚步声、呼儿唤女的喊叫声。

"狗仔，快去把……猪圈……拢……好……"

"阿贵，阳台上……晾的鱼干还……没收来，快……把梯子拿……拿过来……"

"死鬼，你到哪……里去……去了？快去看……看船揽好……好了没……有……"

……

"咔嚓！"

又一道更亮的闪电掠过，灰暗的村子顿时又一次被照得惨白。片刻的光亮中，一个男孩向一幢石屋奔去……

"祥儿！"卧病在床的奶奶卷曲着干瘦的身子，朝着外间问："这么大的风雨，你到哪里去了？淋湿了没有？"

"我……我……"

浑身湿漉漉的黑牛惊恐不安地走到奶奶床前，双手朝后背着。

长期的营养不良使得那张过早卷入生活旋涡的脸显得格外黑瘦。尖尖的下巴，宽宽的额头，高高的眉骨，浓黑的大刀眉，深深的眼窝镶嵌着一对乌黑发亮的眼珠。赤裸的上身清晰地呈露出一根根凸起的肋骨。深深凹下的腹部，紧紧扎着一条宽大的黑色宽筒裤，膝盖上打着两个整整齐齐的铁灰色补丁。此时此刻，这条宽大的筒裤早已被雨水湿透而紧贴着干瘦的大腿。

一盏褐黄色的青铜灯盏放在紧靠奶奶床头的桌上，浅浅的灯碟里盘着一小圈棉纱搓成的细线，上面覆盖着一层薄薄的黄色清油。纱线的一小端被拉出灯碟沿外，一点淡红色的火苗在风中颤抖着。

奶奶默默地望着灯下的黑牛，一种深深的内疚油然而生。天地间最大的爱莫过于母爱。虽说，黑牛并不是她的亲生骨肉，但自打把他从鲨鱼礁捡来的那一天起，她就把全部的爱都倾注在他的身上。如今，孩子瘦成这个样子，她能不感到痛心疾首吗？

"别傻愣着，快去换件干衣服。"奶奶心疼地说着，又长长地叹了一口气，"这雨也下得太大了，这雷声也太响了。唉……"

该是做晚饭的时候了。奶奶挣扎着从床上下来，拖着无力的双腿走到灶房，揭开锅盖，往里倒了一瓢清水，又拿起几块洗净的小红薯，想了想又放下。

"今天是祥儿的生日，该给他做碗长寿面呀！"

奶奶想着，又长叹了一口气，犹豫了一下，反身走回内房拉开旧衣橱从里面取出一个红漆小木盒。

奶奶依着床沿坐下，双腿并拢，把梳妆盒平稳地放在两腿之间，沉沉地凝视了一会儿才缓缓地打开。

映入奶奶眼帘的是一叠揉得皱巴巴却又理得整整齐齐的花花绿绿的钞票和一小摞闪着白光的银元。奶奶又迟疑了一下，取出压在钞票上的银元一个一个仔细端详了一遍，又数了一遍，一共是十八个。奶奶把十八个银元放在右手掂了掂，然后小心翼翼地放在床边又取出那一叠花花绿绿的钞票，也一张一张点了起来。

数着数着，不知为什么，奶奶的脸沉了下来，阴了下来，继而又变得恐慌和惊讶。发黑的眼圈显得更黑，闪着灰色亮点的瞳光随着那不断翻动的钞票一闪一闪地跳动着。奶奶似乎觉得自己数错了，急忙又重新数了起来。数得很慢很慢，手却越来越猛烈地颤抖着……接着又数了一遍……再数了一遍……终于，奶奶失望了：少了一张钞票。

奶奶沮丧地把钞票和银元重又放进梳妆盒，而后又呆呆地、失神地望着。

慢慢地，奶奶灰白色的眼光变得通红了起来。猛地，她朝正在外屋敲着木炭的黑牛大声吆喝一声。

"阿祥，你进来！"

黑牛吃了一惊：奶奶怎么了？他急忙放下铁锤，小跑进了里屋，满头汗水地站在奶奶面前，睁着惶惶不安的大眼望着怒气冲冲的奶奶。

"我……问你 ？"

奶奶泛着青光眼圈的眼睛紧紧盯着黑牛那忽闪忽闪的眼瞳，厉声地问："你偷……偷了盒子里面的钱？"

"我……我……"黑牛吞吞吐吐，眼光避开奶奶那因愤怒而发红的眼睛，脚不由自主地朝墙角挪移后退着。

"你……你到底偷……偷了没……有？"

"我……我……"黑牛的头重重地垂了下去。眼窝里，两颗晶亮晶亮的泪珠子在滚动着。

"你……"奶奶浑身像打摆子似的猛烈摇晃了起来，双唇急促地抖动着。她做梦也没想到，祥儿竟会做出这种事来。

"气死我了……"

奶奶终于哭出了声。

"我怎么就教出来这么个败家子啊！祖宗呀……"

奶奶哭着，双手把梳妆盒往床上重重一搁，人随着站了起来，跟跟跄跄地颠到外屋，从柴禾堆里抽出一支马尾松枝条反身回到里屋。

"我……打死你这……这个不孝子……孙，我……打……死……"

奶奶哭着，骂着，挥起松枝朝黑牛那被晒得黑亮的光脊背抽了下去。

"啪"的一声，干硬的松枝击在赤裸的后背，立时绽出一条紫红色的痕印。

黑牛直挺挺地站着，双唇紧紧抵咬着。两颗硕大的泪珠在明亮的眼眶里翻滚着。

伤心透顶的奶奶似乎什么也没看见。

"你知道这些钱是怎么来的？做什么用的吗？你好浑啊……"

奶奶一边哭数着，一边又挥起松树枝抽了过去——

随着"啪"的一声，黑牛的双肩猛地一阵抽缩，一件东西从黑牛的身后掉了下来。

灰暗的灯光下，奶奶隐隐约约看见，那是一件用黑牛那件淡棕色外衣紧紧包裹的东西。也许是由于灯光太暗，或许是由于伤心气愤过度的缘故，奶奶竟然没有发现黑牛的后腰上还别着东西。

"那是什么？"奶奶停下挥动的松枝问。

"我……"黑牛蹲下身子，一边抬起头望着奶奶，一边迟疑地将包裹解开。

三个土黄色的纸包呈现在奶奶的眼皮下。雨水浸透了黑牛用来包裹的外衣，也浸破了纸包，露出了几根褐黄色的东西，房间里立时弥漫出一股浓烈的当归味道。

奶奶惊呆了！她蹲下身去，将三个纸包统统打开：那是三贴中药。

"我……原想用我的压……压岁钱买，可是先生说……说，奶奶的病很……很重，这点钱根本不……不够，我就拿……拿了梳妆盒里的钱。我原本是想……想先跟您说的，可又怕您不同意，所以就……我……错了！奶奶，您打……打我吧！打我您就不会生气了……"

黑牛颤声说着，两颗晶莹透亮的泪珠顺着眼角滚落了下来，接着，又是更大的两颗，终于泪珠连成泪线，像两股涌流的清泉。

奶奶痴痴地、失神地凝视着黑牛。一股滚烫的热流犹如潮水般地在体内涌流，强烈地冲击着那颗饱受辛酸苦楚的心。一种神圣的责任感诱发了她千丝万缕的联想。苦命的孩子啊！奶奶不仅没有给你做一碗盼了多少个日日夜夜的生日面，而且还不分青红皂白打了你一顿。奶奶错怪了你的一片孝心啊！

面对着这张泪痕斑斑的幼稚的小脸，面对着青一条、紫一条伤痕的瘦小脊背，奶奶像被无数把撬蚝刀深深扎进心窝，只觉得一阵阵剧烈的疼痛，似乎自己的心正在被宰割，被剁成鲜红鲜红的肉泥，就像被捣碎的红珊瑚一样。

窗外，雨仍在下着。

猛然间，又是一道强烈的闪电光芒扑进屋里映在奶奶身上、脸上。奶奶只觉得眼前一片白光闪耀，眼睛模糊了，视野模糊了，摇曳不定的火苗飞离了灯盏扑向了自己。

随着这道白光闪过，一个响雷炸响了，房子被震得摇晃了起来，人也摇晃了起来。奶奶的身子一阵猛烈的颤抖，手中的松树枝"啪"的一声掉在了地上。紧接着，奶奶急促地向前跟跄了两步，一把将黑牛紧紧拥住。

"孩子，奶奶的好孙儿。是奶奶错怪了你，奶奶对不起你呀！"

奶奶颤声说着，泪水像屋檐上的雨水一样，从苍白的脸上流淌了下来……

一阵惊呼把黑牛从沉沉的痛苦回忆中拉回到现实。

"阿礁哥，你快看，奶奶这是怎么了？"

这是海妹子的惊恐叫唤声。

自从黑牛的奶奶垂危搬到厅堂边的"仙铺"，阿礁就天天来陪着黑牛，帮着照看奶奶。而海妹子一有机会也会跑来。

只见奶奶的眼光突然明亮了起来，紧紧盯着黑牛，嘴里大口大口喘着粗气。

然而，片刻之后，奶奶眼里那神奇的光亮又突然消失了，像一盏熬干了油的灯，摇晃了最后一下光芒，便永远归于熄灭了……

奶奶寿终正寝了。

黑牛三天三夜饭也不吃，水也不喝地守在奶奶灵柩前哭得嗓子都哑了。引得海妹子也陪着哭了又哭。

黑牛请人为奶奶办了一场很体面的丧事，请了道士，做了"功德"，念了三天三夜的往生超度经。出殡那天，黑牛的头在棺材板上磕碰出了血。奶奶入土后，黑牛又在奶奶坟边搭了个草棚，着着实实守了七七四十九天的新坟。尽管这个风俗早已废弃了多年，但黑牛还是拗着性子做了。

阿礁没有阻止他。白天他邀上海妹子一起陪他，给他送吃的喝的。晚上自己则留在草棚里陪他过夜。

从那时起，黑牛和阿礁更是情同手足了。

这不，此时此刻，他正四处寻找阿礁。没想到在古榕树下碰到正在痛哭的海妹子。

一时间，海妹子竟不知道该如何回答黑牛的问话，傻愣着站在那儿不知所措。

粗心的黑牛竟没有看到海妹子未能揩净的泪痕。

"海妹子，你看见阿礁哥了吗？"

"刚才被三叔公叫走了。"海妹子稳了稳神情，问："你慌慌张张找他做什么？"

　　"阿母在等他去后山扫墓，他却一大早就跑了出来。"黑牛说着，折转身想走。

　　海妹子叫住了他。

　　"阿祥哥，你……"海妹子吞吞吐吐的。

　　"怎么了？"粗心鲁莽的黑牛这一下总算看清了海妹子脸上的泪痕，惊讶地问："阿礁哥刚才欺侮你了？"

　　"没……没有！"海妹子一个劲摇头。然后，压低了声音说："你要是找到阿礁哥，告诉他，我……我晚上在……在老地方等他。"说完，脸红了一半，头也垂了下去。

　　"在老地方做啥？"黑牛朝海妹子做了个鬼脸。

　　海妹子仰起头，红着脸朝黑牛瞪了一眼。

　　"明明知道，还偏要装傻笑话人！"海妹子说完，一扭身飞也似的跑开……

第六章 · chapter six

一

　　就在黑牛和海妹子在望夫楼前相遇的时候，阿礁已经到了自家门口。

　　老远，阿礁就看见阿母在厅堂门口的"五脚架"下，踮起脚尖向外张望。

　　阿母是个童养媳。

　　阿母没有闺名，只有姓。从两岁那年抱到郝家，就成了郝家的既定儿媳。于是，人们按照传统习俗，叫她黄氏。

　　黄氏今年 41 岁，长着一副劳动人的粗大骨架。少女时代，她曾是一个体态丰盈健美的姑娘，有着两个深深的酒窝，算不上娇嫩细腻的脸庞却也圆润红艳，是一个泉南称之为"媳妇相"的贤惠能干型女人。

　　岁月蹉跎，人世艰难。如今的黄氏已找不出丝毫昔日的影子。

过于消瘦的肌肤与粗大的骨骼显得很不协调，几乎所有骨节的地方都显得突出。高高的颧骨，宽而布满深深皱纹的额头，下巴似乎尖突了许多。常年挽起袖子的手臂只剩下近似长方形条状的尺骨裹包着一张黑黄的皮，给人一种棱角分明的感觉，那双长期在海水中浸泡的手，粗糙地嵌满裂口。此时，深陷的眼窝里，迟缓地转动着两颗浊黄的泪珠焦急地望着越来越近的儿子。

黄氏命苦，尽管公公婆婆视她如亲生女儿，小丈夫也像哥哥一样处处体贴她，但穷苦的渔家儿女哪一个不是早早就被卷入生活磨难的旋涡。黄氏5岁就随小丈夫提着小鱼篓下滩捉鱼摸虾拾海贝，夏天滚得一身是泥是水，冬天冻得手脚僵硬，到处是裂口子；7岁那年就独自一人上山放牛砍柴，时常摔得鼻青脸肿，浑身是伤。现在，每遇到阴雨天，黄氏的右腿就经常感到酸疼，就是那年摔断小腿骨所致，虽然后来接好，却落下这么个遗疾。到了10岁，黄氏已经织得一手好鱼网。穷人家命贱骨头硬，黄氏在苦海水中泡大，16岁那年和小丈夫圆了房，21岁那年生下小阿礁。

阿礁生下来的时候，脸只有酒杯那么大，浑身软绵绵的像一只脱了毛的"兔子"，全身赤红赤红的。接生的阿婆说，那是怀胎的时候，母亲吃得太差，身体虚弱的缘故。小阿礁生下时正值寒冬腊月，天冷得要命，嗖嗖的海风无孔不入。没办法，黄氏只好把结婚时缝的棉被拆开，抽出棉絮，又找了个大抽屉，把小阿礁用棉絮紧紧包裹着放在抽屉里，自己则日夜守着。眼熬出来血，脸也变得蜡黄，又加上黑牛奶奶那时也捡了黑牛回来，一天几次抱来吃她的奶水，黄氏益发瘦了下去，一下子显得老了好几岁。

好不容易熬过这个冬天，小阿礁算是活了下来。没承想，还没等黄氏喘一口气，刚过周岁的阿礁却得了"猩红热"病，四处求医无效，眼看奄奄待毙。这可活活苦煞了黄氏，哭得眼肿得像两颗水蜜桃，脸也哭大了。阿礁的奶奶是个虔诚的佛教徒，不惜颠簸"三寸金莲"到处磕头求神问佛，讨得一包包"香灰"，硬生生用筷子撬开阿礁的小嘴灌了下去，呛得小阿礁黑眼珠子转，白眼珠子翻。细嫩的脖颈上挂了十几个铜的、银的"长命锁"，勒出一道道深深的红印痕；枕头下，压的是一个又一个神庙里求来的保命"香袋"；所有的门窗上，屋里墙上，到处贴着各种各样画着稀奇古怪图案的"黄符"纸，据说是用它来驱鬼辟邪，护法安宅。

然而，小阿礁的病并没见好转，反而日趋严重。好在吉人天相，刚好有一游方郎中来到郝家湾，好歹又折腾了半个多月，小阿礁才算脱离险情，捡回一条小命。

黄氏原以为生活从此有了希望。谁料到，天有不测风云，人有旦夕祸福。就在阿礁5岁那年，丈夫竟在一次出远海中遇上风暴，葬身鱼腹。

黄氏哭得死去活来，在望夫楼前呼天抢地整整哭了七天，一粒米，一口水未进。要不是有小阿礁，要不是还有一对年迈的公婆，那阵子，黄氏真会从望夫楼跳下去，到海龙王那儿去哭诉，去寻找自己的夫君。

没有尸身，连坟也立不起来。黄氏已经哭得死去活来没了半点主张。还是本家郝三叔为她想了个办法，将望夫楼前那棵古榕树的粗枝丫锯了一截，请人照样子凿成丈夫的模样，黄氏又向亲朋告借了点钱，扯了几尺布，做了件新衣袍，连同丈夫平日穿旧的衣裳一起套在木人身上，然后请道士在木人的额头上用朱笔点了丈夫的名讳。据说，这样做是为了让鬼魂认得。

出殡那天，正好赶上狂风暴雨天。那雨淋湿了置于棺材上面纸糊的"棺罩"，一张张被风卷起而又纷纷被雨打落，零零散散地落在道上。"棺罩"只剩下几根细细的竹片子；斜风斜雨直接冲刷着棺材上新油上的红漆，像血水一样流淌在同样血红的红土路上。黄氏一手抓着棺材底板的边缘，一手扯着小阿礁，披麻戴孝，脚踏草鞋，拖着沉重得如同失去知觉的双腿，哭号着伴随着摇摇晃晃向前蠕动的棺材。

上了后山的路，是歪歪斜斜的红土坡路，在雨水的冲洗下，又滑又黏，一步没踏稳，哧溜溜地朝山下滚出好几丈远。黄氏就这样，连滚带爬，时而拖，时而背着小阿礁，把丈夫送上山。那情景，别说送葬的乡亲，就是望夫楼前那对龇牙咧嘴的青石狮子，也会伤心落泪，为黄氏哀叹鸣不平的。

黄氏埋葬了丈夫，也从此埋葬了自己的青春年华。郝家湾从此少了一条闯湾赶浪的硬汉子，多了一个悲哀的年轻寡妇。磨盘般沉重的生活担子，压在了黄氏的身上……

丧子的悲痛也完全摧垮了两个早已病魔缠身的老人，从此卧床不起，拖到第二年春，便先后离开了人世。

黄氏送走了丈夫，送走了公婆，过着孤儿寡母的生活。日复一日，年复一年……每当夜深人静，她总是一个人呆呆地坐在厅堂前的"五脚架"下，默默地望着天上的月亮，数着忽明忽暗的星星。朦朦胧胧之间，她时常看见丈夫那高大的身影正朝她走来……有时，她想埋怨他，连说一声"走"都没有就狠心地抛下她和儿子，独自一人走了；有时，她又想跪在他的脚下向他忏悔，求得他的宽恕，在她的内心深处，埋藏着一个永远也无法诉说的秘密，无时无刻都在折磨着她……

又过了几年，不知怎的，附近的渔村刮起了一股寡妇改嫁风。黄氏所在的郝家湾也受到了波及。那些和黄氏年岁差不多的女人纷纷骚动了起来。年纪小一点的，求神拜佛，托人说情，想找一个年轻的"童男"；年纪稍大一点的，长得差一些的，只好找一个"二锅头"凑合；有些一时找不到合适的又实在熬不住的，甚至和附近村里的野男人明来暗往，就连乌贼的小酒店似乎也兴旺了许多……

有几个常到城里去的人，回来说得有根有据，活龙活现。说是城里的女人正在搞什么"妇女解放自由"，还说他们看到成群结队的女人在大马路上摇着红红绿绿的小旗叫喊着什么"自由民主，男女平等"，等等。他们甚至还说，看见光着身子，摇着屁股，晃着大奶子的女人在大街小巷光天化日下游逛着等等，说得神乎其神。

村野渔夫，少见多怪。不见得真有光屁股的女人上街，女人游行也不是就意味着"解放"就是可以"乱搞"，可他们偏偏就这么神秘地，又逐渐变成公开的相互传闻着，以至于闹得连这偏僻的渔村也不得安宁。

郝忠抵死不信有这事，可又未曾亲眼见到，也就不好过多出面阻止。不过，有一点他是确信的，那就是：这世道确实是变了。而且和那年的"剪辫子"大不一样。

黄氏30出头。尽管生活的磨难和失去丈夫的痛苦给她带来无数的悲哀和失落，但青春的活力毕竟掩不住。一种中年妇女的成熟美不可阻挡地从她的身上流露出来，再加上她是出了名的贤惠、勤劳，不知有多少豪壮的渔家汉子登门求婚，可恁凭别人怎么苦口婆心规劝，她总是摇头，最多就是一句话"我有礁儿就够了"。

也许，这句话只表达了她内心深处想说的一半，而另一半，则是她认为只能用这种守寡的孤独来惩罚自己。或许，还有其他的什么……

一晃又过去了十个年头，小阿礁已长成壮实的小伙子。这里面凝聚了黄氏大半生的全部心血。过度的劳累，生活重担的磨难，使她过早地跨入了人生的暮景。深深的抬头纹像耕耘过的红土沟一样布满整个额头，细密的眉尾纹，每一道都铭刻着一次心酸的不幸。原本圆润的脸庞如今已消陷下去，平添了不少永不消失的黑色斑点，和那黑色的粗布衣裳相映衬，益发显得苍老。

此时，她见阿礁已推开院门，急忙走下"五脚架"，迎了过去。

"昨天刚回来，今天一大早就又下滩，你这孩子真是不要命了！"

"没事的，阿母！"阿礁若无其事地说。

"唉！"黄氏叹了一口气，"跟你阿爸一个脾气，到死也改不了！"

说道这儿，黄氏不免自己感到心酸。半晌才又说："礁儿，今天是清明节，咱们该去给你阿爸上坟了。"

"嗳！"

"去，把厅堂桌上的供品提上。"黄氏说着，忽又想起黑牛，便问："礁儿，你碰见祥儿了没有？刚才我让他去找你。这一阵又不知跑哪儿去了？"

"那……我去找他？"

正说着，院门外雷声似的响起了黑牛的粗嗓门。

"阿礁哥，你倒跑得快，害得我到处找不着！"话音刚落，人就到了阿礁的跟前，一把扳过阿礁的膀子大声说道："刚才我在古榕树下碰到海妹子，她让我告诉你，晚上在老地方见。"

黑牛说这话的当儿，急得阿礁直朝他使眼色，可黑牛像是根本就没看见一样，只管把话说完。

这一下可捅了娄子了。

"礁儿，你跟海妹子咋啦？什么老地方？"黄氏听了个似懂非懂。

阿礁狠狠瞪了黑牛一眼。

"阿母，没什么。阿祥是说他刚才在古榕树下碰到了海妹子。海妹子跟他说，清早那是个好地方。"

"哦……"黄氏将信将疑地"哦"了一声，掉过脸问黑牛："我和阿礁上后山扫墓，你去不去？"

郝家湾的人们把他们村后的紫云峰叫作"后山"。

"我不去了。"黑牛答，"我昨天已经给奶奶上过坟了。"

"哦……那我们走吧！"黄氏说着，抬腿向院门外走去。

远远地，她看见乌贼从朱富的大门出来，垂着头朝西走去。她不由得皱了一下眉，又长叹了一声。

阿礁提起竹编的漆篮子，关好院门，疾走了两步，追上了黄氏……

二

鲜红的太阳不知什么时候已离开海平面三竿多高。强烈的、毫无拘束的光芒呈辐射状直逼得刚才还大肆淫威、猖獗的浓雾无处藏身。有的被蒸腾化作烟雾飘走，有的结成水珠坠落海里，有的被压进山谷像清晨的炊烟，一缕缕消失在高山密林之中。无边无际的苍天现出了和海水一样的碧蓝清亮。

一切都现出了真面目：蓝色的海水，灰黑色的礁石，白色的帆点；绿色的山峦，红色的土路，黄色的相思树花絮，飞飞扬扬飘洒着扑鼻的清香。

一切都是那样的美好……

然而，并非所有的人的感觉都是一样的。在那些怀着悲戚戚哀情前来扫墓，祭奠亲人亡灵的人们眼里：太阳是那样的有气无力，歪歪斜斜地悬吊在天上，惨白的光晒在那弯弯曲曲的红土小路上，就像晒在一个醉汉通红的脸上一样，给人一种昏昏沉沉、摇摇晃晃的感觉。时而刮来一阵咸涩的海风，又扬起一股干燥的红色灰尘，使得本来就觉得苍白的太阳光更变得混混浊浊了……

这是一片普普通通的平民百姓坟地。尖圆顶的坟堆一个个乱七八糟地散落在大片寸草不生的红土坡上。有的似乎是刚垒起不久。在这兵荒马乱、天灾人祸的年代里，哪一年没有人因饥饿或因病无力医治而夭折丧生？

坟地里，此时此刻已有不少人在走动着。男人女人，老人孩子，还有不少头上戴着白花的少妇和中年妇女。从昨天到今天，已有不少坟堆被修饰过了。富一些的人家，重新整修墓埕、墓围；穷一些的人家，买几张五色纸，剪成一小张一小张的"献纸"，花花绿绿的压满整个坟头，再烧上几张"纸钱"，燃放一小串鞭炮，算是了却了这一年一度的悲切心愿。

人们总是静静地来，静静地在自家亲人的坟堆前祭奠祈祷一番，然后又静悄悄地离去。时而可听见一两声低低的哭泣声，又往往勾勒起扫墓人不同的心酸苦楚的往事回忆。

一切都在静寂中进行着。只有坟地边缘那儿的相思树林上，零零散散地栖落着一群秃头鸦在树枝上"呱呱"地长声叫唤着，一双双灰黑发亮的眼睛，虎视眈眈地盯着墓碑前那些还微微冒着热气的祭品。那血红的尖嘴不时在枯枝上"嚓嚓"地来回磨动着，像一把把尖锐的匕首在干燥的磨刀石上磨动一样，让人感到一种无形的恐怖。在这贫穷的地方，这些祭品无疑是它们难得的丰盛美餐。这此起彼伏的"呱呱"叫声，也许正是它们在互相传递信息，互相庆贺吧！而善良的人们听起来，却像当年报丧人的沙哑声一样，令人心悸胆寒，毛骨悚然。

黄氏母子俩小心翼翼地在坟堆中间穿行着，不时碰到相熟的人点点头，相互低低道一声："您也来了！"

"嗳！"

没有多余的话，也没有客套的礼仪和笑意，人人都是一张绷得紧紧的脸和一副沉沉的表情。

黄氏母子俩在一个旧坟堆前停了下来。

这坟显得比周围的坟堆要高大得多，占的地方似乎也大得多，甚至还有一小片简单的墓埕和一方一米多高、半米来宽的花岗石墓碑，尽管有些粗糙，但在这片坟地里，却也显得特别醒目，表明死者的身份与众不同。墓碑正中位置刻着阿礁父亲的名讳，而令人不解的是，落款处却细细刻着许多人的名字，而这些人又不都是阿礁家的亲戚。墓碑上的字显然曾用红漆描过，如今只剩下斑斑驳驳的痕迹。

黄氏默默地站在坟前望了一阵，然后从阿礁的手里接过竹漆篮子，揭开盖在上面的蓝布，从里面取出祭品：

一碟炒花生，一条半斤来重的煎黄花鱼，一盘凉拌的小海螺和一碗冒尖的白米饭。

黄氏把祭品齐齐摆在墓碑下的石阶上，然后，又取出一个瓷碗和一瓶白酒。

阿礁走了过来，帮黄氏拧开了酒瓶盖，倒了大半碗酒，而后双手捧到坟头恭恭敬敬放下。

接着，黄氏取出一束清香，阿礁划燃了火柴把它点着。黄氏看看清香燃了一截，便使劲摇了摇，把火焰晃灭只留下红红的火苗，然后插了三支在坟的右侧，其余的全插在墓碑前。

阿礁取出花花绿绿的"献纸"，一张张地把它用小土块压在坟堆上。

黄氏则取出"金纸钱"，一张张慢慢地折叠了起来。而她那深陷的眼睛却死死地盯在墓碑上，像是在寻找那早已应该淡忘的记忆。

　　慢慢地，强烈的太阳光照在白色花岗岩墓碑而形成的反射光开始刺激她那过于集中的双眼。她感到眼珠子像是被针扎一样疼了起来，眼眶分泌出一种黏黏的黄浊液体又似乎遮住了她的视角膜，眼前的一切开始变得迷蒙而又恍惚了，那些原本已在淡化的往事，神奇般地在这朦朦胧胧的恍惚间清晰地再现了出来……

　　那是临近除夕的前几天。

　　晚饭后，婆婆把她叫到房里。

　　"好妮子，我看你也长大了，过两天我找人看个黄道吉日，你就跟福儿圆了房吧？"婆婆看着她说。

　　黄氏知道早晚会有这一天，可猛一听却也感到突然。她和阿福从小青梅竹马，她一直叫他"阿哥"，他也一直喊她"小妹"，现在，哥哥要变成丈夫了。她似乎在情感上一时转不过弯来。

　　"阿母，这……"

　　"怎么，你不愿意？"

　　"不……我……"黄氏一时竟不知如何回答，脸霎时间红得像刚刚绽开的玫瑰。在心里，她着实喜欢阿福哥。

　　阿母是个过来人，一看便明白。

　　"男大当婚，女大当嫁。从古到今都是这样。更何况，你和福儿从小就定下婚约，全村的人都知道。再说，阿母也老了，急着抱孙子哩！你要是同意，就点一下头。"

　　黄氏的头低了下去，轻轻点了一下。

　　阿母抿着嘴笑了。

　　"孩子，咱家穷，摆不了大场面，我看就简单一点，摆上两桌酒席，请一下宗亲。你说行吗？"

　　黄氏又点了一下头。

　　"可是这样一来，就委屈你了！唉，都怪咱家穷啊！"阿母说到这儿，竟有些伤感了起来。

黄氏一听，急了，抬起头望着阿母。

"阿母，您快别这么说。是您把我从小养大，待我像亲生女儿一样。我……都听您的……"黄氏说着，也哽咽了起来……

就这样，黄氏和阿福圆了房，成了一个地地道道的女人。

新婚的第一个晚上，黄氏头埋在阿福那结实宽厚的胸膛，静静聆听着他强有力的"怦怦"心跳，感到一种从未有过的依托，像一条在风雨中飘摇不定的青藤紧紧缠靠在一株苍劲的大树上，又像海中漂泊流离的小舟找到了停泊的避风港。她感到安全的同时又有一种发自内心的幸福感。

"哥，你会一直都对我好吗？"她轻轻地问。

"会的！我会像以前那样对你好！"阿福伸出胳膊，把她紧紧拥在怀里，抚摸着她光滑细腻的脊背。

"真的？"

"真的！"

她一阵激动，头朝他怀里一钻。

"我也对你好。给你做饭，洗衣服……还给你……"她似乎有些难以启齿。

阿福双手捧起她的脸，借着从天窗投射进来的淡淡月光，望着她绯红的圆脸和那对含羞的眼睛。

"跟我什么？嗯，你说。"

黄氏顿感不好意思。忸怩了一会儿，猛地伸出双手扳开阿福捧着自己腮帮子的双掌，重又扑进他的怀里。

"给你生……生儿育女！"

阿福一阵激动，双臂重新绕到了她的脊背，像章鱼的触须一样紧紧把她缠绕住。

"你想要女儿还是要儿子？"她问。

"儿子。"他答。

"为什么？"

"我们渔家人，世世代代靠出海打鱼养家糊口为生。儿子长大了，将来又是一条闯海赶浪的汉子。我们郝家的船帆不能倒！"

末一句，他说得铿锵有力。

她点了一下头却撞在他的胸肌上。

"像你一样的汉子？"她问。

"是，像我！一定会像我！"

他相信，她也相信。

她紧紧地依偎着他，把自己完全融化在他的身心里……

然而，事与愿违。

黄氏圆房四年多，却一直没有怀上孕。就在她急得到处求神问佛的时候，又偏偏发生了一件令她终身难忘却又不能诉说的事情……

那是在郝忠沉妻后不久的一个漆黑如墨的深夜……

那天刚好是农历的七月初八郝家湾"普度"的日子。家家户户都尽其所能准备了各种各样的祭品摆在自家的门口，祭祀那些过往的神灵鬼魂。望夫楼前也一早就搭好戏台，刚过黄昏，戏就开锣了。

黄氏祭祀好神灵，做完"普度"后，没有去望夫楼前凑热闹看戏，而是早早圈好猪，笼好鸡，又收拾好晾在外面的鱼干，然后安顿两个老人睡下。当这一切都做好以后，黄氏便掩上门，在灯下织起渔网。

银色的梭子在她的手中飞快地穿行着，不一会儿便织起了一大片。然而，不知为什么，才织了一个来时辰，她的手就越来越慢了，似乎有些不听使唤了；眼皮也越来越沉重，甚至于有些耷拉了下来；头也感到昏昏沉沉，似乎整个人疲惫不堪。平日里可从没出现过这种现象。

黄氏自己也感到奇怪，勉强打起精神细细想了一下，这才记起，刚才吃了一小包从庙堂里求来的药。那药是一种细细的黑灰色粉末，有点像烟灰但又不是。庙堂的住持和尚对她说，吃了这药就容易怀孕，不过要连吃一十八天。黄氏算计着，阿福这次出海大约再有半个月就该回来，现在开始吃，到时正好赶上。但没想到，今天第一天就这样昏昏欲睡。

眼看实在是无法再坚持下去了，黄氏不得已匆匆收拾好网线和梭子，勉强半睁着眼迷迷糊糊、跟跟跄跄地颠进自己的卧室，连厅门和房门都忘了插上门闩，便身子一歪躺倒在床上，昏昏沉沉地睡了过去……

常言道："日有所思，夜有所梦。"

黄氏刚一沉睡，梦幻便降临了。

她觉得自己恍恍惚惚地走出家门，独自一人来到望夫楼前。

四周黑沉沉的，只有天际边几颗淡黄的星星时而露出浓云，闪烁着淡淡的光。这光在半空中便消失了，大地仍是黑乎乎的一片。潮水已经涨满，望夫楼前的石阶全被淹没。一艘原来搁浅在滩地正中的小船，此刻已漂浮在水面上，正顺着潮水涌动的方向朝"望夫楼"漂来。

慢慢地，这船靠在了岸边，就在黄氏的脚底跟前。像是有人在催促似的，黄氏自然而然地走上了船，两手摸索船桨。然而，不知为什么，没等她找到船桨，船竟像有人在暗中操作似的自己掉转船头，飞速朝沉沉的海面驶去。

海面上正刮着夜风。船一会儿被托上高高的浪尖，一会儿被摔下深深的峰谷。这一上一下造成的失重感，像是把人托上半空又掼下来一样头昏眼花，整个心悬了起来。黄氏但觉得摇摇晃晃，呼吸困难，像是被什么沉重的东西压在胸口上一样给人一种即将窒息的感觉。

也不知过了多长时间，黄氏感到风小了许多，浪也少了，小船正沿着一条通道航行着。不久，黄氏看见了几盏闪烁的桅灯，淡淡的红光映出了几艘大船，而最前面的那艘船的船头，影影绰绰地立着一个壮汉。

正费力辨认间，小船已靠上了大船，壮汉放下了软梯。

黄氏犹豫了一下，便仰起头，双手抓住软梯向上爬。

就在黄氏爬上大船的当儿，她忽然认了出来：眼前这个壮汉，正是她日思夜想的丈夫阿福哥。

她正想问他：你怎么在这里？这是什么地方？我又怎么会到了

这里？但话还未出口，已被他紧紧拥住，他的嘴封住了她的嘴。

她又一次感到呼吸困难，同时全身不由自主地颤抖了起来。

她慢慢地合上双眼，任凭他把她抱进船舱，放在床上。奇怪的是，整条大船似乎只有他一个人。

他伸出粗大的双手，开始狠劲地扯她的衣服……终于，她感到身上的一切都已脱落，就像新婚之夜那样……所不同的是，她已没有了新婚之夜的那种羞涩和恐惧感。相反，却恍惚有一种急迫的期待和热烈的响应。

她原想告诉他："我吃了神药了，这一次肯定能怀上。"但她还没说出口，他的手已经探进了她最神秘的地方……她难以自抑地激动了起来，心跳加快，呼吸也变得急促了起来。

他扑了上去，进入了她的身体……

她承受着，热烈地迎承着、扭动着，像久旱的荒田遇到了久违的甘霖。激情越来越亢奋，像决堤的洪水一样瞬间淹没了她的整个身心，把她推上情欲的峰巅浪尖……

"哥……哥……"她梦呓般地呻吟了一声。

随着她的声音，他猛地停止了动作，像是受到突然的惊吓似的。

她感到奇怪：阿福哥可从来没有过这种现象。

还没等她反应过来，他又开始发疯似的，拼命地撞击着她……双手更加狠劲地搓揉她的乳房，像是在无情地撕扯她的肉体一样。她的激情瞬间冷却了下来，梦幻也随之消失了，一种不祥的恐惧迅速闯进了她的脑海中。她本能地伸手向四周探去……她的手碰到了一盒火柴，她把它紧紧抓在手心里。

就在这当儿，他从她的身上滚落了下来。失去重压的她，趁这机会"嚓"的一声划燃了一根火柴。

红红的火苗照亮了屋子。黄氏终于彻底清醒了：自己不是在什么船上，而是在自家卧室的床上，这男人也不是她的阿福哥，而刚才所发生的一切却又都是真的。

像被突然抽走了三魂六魄，黄氏顿时吓得脸色苍白，浑身猛烈地颤抖了起来。她张嘴想叫喊，却喊不出声来……

那男人"噗"一口气吹灭火柴。

"你要是敢说出去，我就说是你勾引我，陷害我，然后把你拉去沉海！"沉闷的声音充满着露骨的威胁和恐吓，令人感到透骨的胆寒。男人说完，摸黑穿好衣服，拔腿就往外走。

当房门被"咣"的一声关上时，她终于"哇"的一声痛哭了起来。

第二天，第三天……一连几天，那男人都在半夜敲开了她的房门，一次又一次地占有她，撕咬她的肉体和灵魂……

黄氏不敢拒绝，也不敢说。她亲眼目睹郝忠沉妻的情景。她只能把耻辱埋葬在心灵深处。

不久，黄氏发现自己的身体发生了从未有过的变化……

此时此刻，黄氏站在丈夫的坟前。她真想痛哭一场，向九泉之下的丈夫诉说这一切，向他忏悔，求得他的宽恕。

然而，她不能！为了儿子，她只能把这杯苦酒重又咽了下去。她默默地跪在坟前，把叠好的纸钱摆在墓碑前，迟缓地从阿礁手中接过火柴划燃，把纸钱引着。

立时，一撮火焰腾起。黄氏对着火光，眼里噙着泪，嘴里喃喃地自语着什么……

三

常言道："触景生情。"

在阿礁的记忆中，阿爸长得魁梧健壮，个字高高的，棱角分明的长方形脸泛着褐红的光。鼻子高高的，嘴宽宽的，嘴唇特厚，连须胡子。总是高高卷着裤管、袖子，手臂晒得黑黑的。

小时候，阿爸每次出海，阿母总是细细计算着时间，在估计阿爸快返航的日子里，阿母每天晌午过后就早早带他到望夫楼前等待。

每次他总是爬上古榕树，坐在粗壮的树枝上，一边摇晃着，一边望着无边无际的苍茫海面。当海平线上出现第一杆船桅时，他马上就会高兴地大喊起来："船来了，船来了……阿爸回来了……"

听到他的喊声，阿母那颗悬挂的心落了地，焦虑的脸上会立刻开朗，如同浓云散开见到太阳一样明亮、兴奋。而后，她就会一会儿仰起头朝树上喊："礁儿，小心点，快下来。"一会儿又踮起脚尖，目不转睛地紧盯着那越来越高的桅尖。阿爸每次回来，总是一下船就先跑到榕树下，双掌托着自己的两个胳膊窝，然后伸直双臂，把他支在半空中，原地连转带甩几个圈圈，逗得他"咯咯"笑个不停。没等他笑够，阿爸就在他的腮帮子上亲一顿，那密密匝匝的粗硬胡茬扎得他的小脸痒痒发疼直喊叫，而阿爸却哈哈大笑了起来。那笑声是那样粗犷、洪亮，那样地开心。

每当这时，阿母总是站在一旁抿着嘴笑，脸红红的，酒窝深深甜甜的。

"看你们父子俩亲热成这样，连家都不想回了！"等到父子俩闹得差不多了，阿母便会这样说。而阿爸便会接着说："小子，回家吃饭去啰……"每当这时，自己总是骑在阿爸的脖子上，跟着大声喊着："回……家……啰……"

然而，自那一天以后，阿爸的笑声永远地消失了。

那是阿礁 5 岁那年中秋节的前几天……

一连下了七天七夜的暴雨，刮了七天七夜的台风。风挟着雨，雨裹着风肆意横行。紫云山上，相思树被拦腰斩断，桃树被连根拔起，刚刚成熟的龙眼被打得七零八落，像一颗颗破碎的珍珠被撒满整个山坡。雨水冲刷着红土坡、红土路，把一条条山沟灌满、染红，像一股股血水一样争先恐后地涌入大海。近海处，原本碧蓝的海被染成红色，在狂风的裹挟下，掀起一排排汹涌澎湃的红色巨浪，直向望夫楼、向古榕树扑来；远海处，只见白光闪闪，巨浪冲天。巨浪时而相互撞击起更高、更猛的浪头，时而撞击在黑色的礁石上，摔成无数白色碎片，有的纷纷扬扬落下，有的被狂风卷起携带到更远的海面，然后从半空中狠狠砸下来，重又击溅起新的浪花。轰隆隆的浪潮声和此起彼落的雷声一上一下遥相呼应，交织在一起融合成更大、更震撼天地的响声。

整个郝家湾陷入在恐慌之中。房子有的被台风揭了顶，有的土墙被雨水浸塌，门窗整日死死关闭着，没有晾晒透的鱼干开始生蛆发臭。人们的心沉沉的，就连牲畜也像是通了人性一样，没有一声啼鸣号叫。整个村子除了风声、雨声、雷声和房屋倒塌的轰隆声，再就是人们长长的叹息声。

最令人揪心的还是那些出远海讨鱼的人。他们的亲属一个个整日坐立不安，忧心忡忡。

黄氏一会儿穿着蓑衣，带着斗笠，冒着倾盆大雨跑到望夫楼前望着巨浪滚滚的大海；一会儿又浑身湿漉漉地呆呆坐在厅堂的凳子上发愣。

"阿母，阿爸快回家了吧？我要到榕树下等他……"小阿礁偏偏在这时一个劲地问。

"礁儿，等雨停了，阿爸就会回来。妈祖娘娘会保佑你阿爸平安回家的！"每次，她总是把小阿礁搂在怀里，魂不守舍地安慰着。

终于，挨到中秋节的前两天，风雨停了。

雨停时，已是快正午了。太阳像一颗会移动的火球朝大地吐着烈焰，正像应了那句"雨后天晴太阳红"的谚语一样。浪也静了，天空和海水一样碧净得没有一丝云彩，使人益发感到湿热难耐。远处翠绿欲滴的山林，在阳光暴晒下，蒸腾起一股股白色的水汽，弥漫着整个山谷。

郝家湾又恢复了生气。被禁闭在屋里几天几夜的人们纷纷打开门窗，让尽管是闷热却也是新鲜的空气荡涤家中的潮湿腥臭气味。

"礁儿，别到处乱跑了，等会咱们要到滩上等你阿爸。"黄氏一边忙着把发霉长了白毛的湿鱼干拿到院里晾晒，一边朝里屋喊着。

"嗳！阿母。"

随着这声清脆的童音，小阿礁从厅堂里一溜烟跑了出来。他穿着蓝色的粗布短裤，白色的"龙头布"短袖衫，光着两只宽宽的脚丫子。大大的眼睛，长长的睫毛，圆圆的脸蛋在强烈的太阳光照射下，显得红扑扑的。

"阿母，阿爸这次真的要回家了吗？"小阿礁蹲到黄氏的身边，一边帮着把鱼干铺开，一边问。

"真的！"黄氏答着，心里想：要不是遇上这几天的台风暴雨，他早该回来了。想到这儿，又不免担心了起来。

"那咱们现在就去滩上吧？"

"傻儿子，现在才刚刚正午。再快也要等到傍晚啊！"黄氏说着，其实心急如焚。

小阿礁仰起头。

天上没有一丝云，火辣辣的太阳挂在蓝天正中，耀眼的白光刺得他不由自主地眯起双眼。

小阿礁失望地垂下了头……

好不容易挪过了晌午，小阿礁就急不可待地拉着黄氏来到望夫楼前的古榕树下。

想不到，这里已经来了不少人，大多是妇女和孩子。

"郝家黄嫂，你也来了！"

"嗳，你们来得早哇！"

"是啊，今天他们该回来了。"

……

人们相互打着招呼。然后各自找好地方或坐着、或站着、或蹲着，一边闲聊着，一边望着海面。

小阿礁像往常一样，爬上了古榕树。

时间在悄悄流逝。火红的太阳慢慢地向西方的海平面滑去，刚才的酷热逐渐退了下去，但是，人们的心却焦躁不安了。

再没有人有心思聊天了，再没有人坐得住了，一个个像针扎屁股似的站了起来，走到台阶前，踮起脚尖，伸长脖子，睁大眼睛紧紧盯着远处的海平面，生怕漏过一点蛛丝马迹……

残阳终于西坠了，像一个耗尽了全部光和热的巨人，闪烁了一下最后灿烂的回光，便悄然躺倒，沉进了深深的海里。

望夫楼前，人们纷纷骚动了起来，不安的情绪随着越来越暗的天而越来越浓。没有人说话，只有头顶上归巢的海鸟"吱吱喳喳"的叫鸣声搅得一颗颗烦躁不安的心更加焦虑恐慌。

黄氏的心早已提到了咽喉上，只觉得胸闷气短，浑身哆嗦几乎站立不稳了。

小阿礁从树上失望地溜了下来。海，黑沉沉的，什么也看不见。

短暂的黄昏很快逝去。夜的黑色帷幕罩住了整个郝家湾。整个村子静得出奇，静得没有一点生气，静得令人感到恐惧。没有一个烟囱冒着烟，没有一家窗户透出灯光，而所有的门扇却又都是开启着的，好像整个郝家湾突然从地球上消失似的。

唯有望夫楼前，火光冲天。全村的人不分男女老幼，全都聚集在这里。人们高举着油松火把，把眼前的海面照得通亮、通红。一阵风刮来，火焰和火焰被吹扬连接在一起，形成一片涌动的火海，把刚刚冷却下去的海水烤得滚烫，把人们的身子烤得像是要连同火把一起焚烧一样，而人们的心却像腊月的寒霜一样冰冷……

又到了涨潮的时分。潮水呼啸着排着巨浪前呼后拥地、凶狠地撞击着人们脚下的石阶，溅起的水花打湿了人们的衣裤。然而，却没有人后退一步，更没有人离开。轰隆隆的潮浪声无休止地碰撞着一颗颗频临破碎的心……

火把一直燃烧到第二天黎明。

四处静悄悄的。只有在苍茫曙色庇护下的浓雾在睡意蒙胧的树木上慢慢地化成露珠，点点滴滴地聚集在叶面上，然后顺着叶尖滴落下来的"滴答"声显得格外清晰。

一切都在朦朦胧胧之中。残星在隐退消失，晨鸡在啼叫最后一次鸣，偶尔也能听见一两声懒懒洋洋的狗吠。

望夫楼前。

孩子们躺在母亲的怀抱里沉睡着。母亲们或靠着望夫楼的圆柱，或倚着石狮子，或偎着榕树坐着、半躺着。唯有那些年事已高的老弱妇妪才被人劝回村里。

小阿礁依偎着黄氏躺在古榕树下。黄氏摘来几叶宽大的香蕉叶子盖在他的身上。她的眼睛红红的布满一条条血丝，脸色蜡黄。燃尽的油松把丢在一边。

没有一个人说话。偶尔从湾里传来的几声稀稀疏疏的鸡鸣狗叫，又加剧了人们的凄凉感。

人们的心沉沉的，就像这拂晓前的空气一样沉闷得让人喘不过气来。

天越来越亮了。

泛着白光的晨阳又一次露出了海面，给一张张蜡黄的脸涂上一层薄薄的霜色。

潮水也退了下去，露出了一大片和女人们一般焦黄的沙滩和老汉的脸色一样铁青的滩涂地。

人们重又慢慢地扶着背靠的物体支撑着身子颤悠悠地站了起来，使劲揉了揉发黑的眼眶，伸了伸酸疼的四肢，呼儿唤女地拖着沉重的双腿朝沙滩走去。

黄氏拉着小阿礁，走在人群当中。

"阿母，阿爸昨夜回来了没有？"小阿礁揉了揉睡眼惺忪的眼睛问。

黄氏默默地摇了摇头。

"咱们到哪儿去？"小阿礁又问。

黄氏没有回答。

走在前面的人在沙滩上跪了下来。

黄氏拉着小阿礁也跪了下来。

有人送过来一大捆清香。一束束分给每一个跪着的人。

于是，一束束清香被点燃了起来又一次次高高举过头顶，然后又一束束被插在沙地上。接着，一个个结着发髻的头一次次垂了下去，和沙子碰撞了起来，沙地凹下去一个个深深的坑。而后，人们双手合掌，双眼微闭，喃喃祷告着什么……

整个海滩散发着一股股焦热的气味，飘逸着一缕缕灰白的烟氤……

太阳越升越高，转眼间又到了正午。

8月的泉南，正午的太阳照在人的身上，就像烤鱼一样。每当这时，海面上就会蒸腾起一股股烟霭似的水气，像薄薄的雾一样随风飘荡，沙滩会被烤得烫人脚板。

跪在沙滩上的人们被暴晒得全身直冒虚汗，晕头转向，昏昏欲倒。

"礁儿，你先回家去吧！阿母等这炷香燃完，就回家做饭。"

"不！阿爸不回家，我也不回家！"小阿礁撅着小嘴说，肚子却饿得"咕咕"直叫。

"唉……"黄氏无可奈何地长叹了一口气。

正在这时，郝忠出现了。

昨天晚上，他也曾来过几次。每次都是看一看，摇摇头又背着手走了。

此时，他站在望夫楼前的石狮旁，手里挥舞着长烟杆朝沙滩上跪着的人们吆喝道："大家都先回去，吃了晌午饭，到后山的妈祖庙求神……

人群开始松动了。

有人站了起来。接着，又有更多的人跟着站了起来，再接着，人们终于拖儿带女纷纷离开了海滩。

黄氏吃力地站了起来。她觉得双腿发麻，膝盖骨钻心地疼痛。她稳了稳身子，拉起小阿礁的手。

"礁儿，咱们也回家吧！"

"咱们不等阿爸了？"阿礁睁着两只红红的大眼，不解地望着黄氏问。

"等求过妈祖娘娘后再来等！"

"妈祖娘娘会保佑阿爸吗？"小阿礁边走边侧着仰起小脸问。

"会的！"黄氏像是十分肯定地答着，"她会保佑你阿爸平安回家的！"

黄氏虽然这样说着，可心里却总有一种不祥的预兆在纠缠着。

……

晌午刚过不久，人们就纷纷赶到后山的妈祖庙。

郝忠早就等在那儿。他依旧是那身祭祖时穿的长衫马甲瓜形帽。

妈祖神像前的供桌上，摆着以猪头为中心的五样供品，这里的人称为"大五牲"。

郝忠看看人到得差不多，便朝主持祭仪的人望了一眼。于是，人们便齐刷刷地跪倒在石埕上。膝盖一挨石板，便有一股灼热钻入体内，几乎所有的人都不由自主地颤抖了一下，皱了皱眉头。但却没有一个人出声，更没有一个人站起来。人们庄重却机械地随着郝忠的吆喝声一会儿举香祷告，一会儿朝神像磕头，一会儿又齐刷刷掉转身面向大海顶礼膜拜。而后是烧"黄符"，焚"纸钱"，放鞭炮……

就这样，人们不管白天黑夜，或海滩上跪拜求龙王爷显灵，或上妈祖庙祈求祷告，一连几天从不间断。终于，在中秋节过后的第三天，出海的渔船陆续归来。

然而，阿礁的阿爸却没有回来。

原来，结伴出海的船只就在返航的时候，遇上了台风暴雨。他们只好在附近的岛礁避风。但是，一天夜里，一条靠近外面的船的缆绳突然断了，只剩下锚绳，随时都有被狂风巨浪卷走的危险。阿礁的阿爸只身跳进海里，在风浪中将缆绳接上。就在反身上船之际，猛然一个巨浪排山倒海般扑来，把他卷入旋涡之中……

当归来的人把这噩耗告诉黄氏时，她一阵天旋地转，嘴唇发黑，当场就昏死了过去……

一晃十几年过去了。

然而，当时的情景，此时此刻的阿礁仍然历历在目。

后来，那些得救的人们，为阿礁的阿爸修了坟，立了碑，并在碑上刻上了自己的名字，以示永远不忘救命之恩。每年的清明节前后，他们也总是结伴来给阿福扫墓祭奠。

阿礁是后来才知道这一切的。但阿爸的形象却永远铭刻在他的心中。

此时，他默默地望着墓碑，望着即将焚尽的"纸钱"……

终于，火焰消失了，纸钱化成了纸灰，一阵风吹来，纸灰被扬起在空中悠悠飘忽……

"阿母，咱们回家吧！"阿礁扶起黄氏，轻轻地说。

黄氏哀伤地又望了一眼坟头，木然地点了点头，随着阿礁，沿着崎岖的红土小路慢慢地下了山……

第七章 · chapter seven

一

黑牛走后，海妹子独自一人在古榕树下又伤心难过了一阵。

太阳已经驱散了浓雾，大地在一片蒸腾中开始发热。

海妹子揉了揉发红的眼睛，抬头朝东望了望。阿礁的家就在村子的东头，海妹子家在西头，这望夫楼正好居中。

雾已散尽。红土路上人影绰绰。

海妹子默默望了一会儿，似乎有些失望地转身朝西走去……

这当儿，阿礁正陪着阿母黄氏在后山扫墓。

海妹子刚刚走进自家门口，就听见从里面传来高一声、低一声的粗野谩骂声，紧接着又是一阵"噼里啪啦"的砸东西、摔碗碟的碰撞破碎声。

海妹子抬起的脚踏不下去了，她真想掉头走开。然而，此时，屋里传来了翠香断断续续的哭泣声和凄楚的哀求声。

"女儿都这么大……大了，求求你别……别再逼俺做这……这见不得人的……事了……求求……"

海妹子的心像被尖刀刺了一下，一阵剧烈的疼痛使她全身发颤，摇摇晃晃站立不稳。她急忙伸手扶住门框。

海妹子明白，阿爹在逼阿母做什么。

这事还得从翠香脱离朱富回到家里的第一天说起……

天刚拂晓。天际尚有几颗发黄的残星摇摇欲坠，大地朦朦胧胧，树木、房屋恍恍惚惚；时而几声尖锐的鸡鸣划破沉闷的长空，惊起几只酣睡的海鸟张开双翅"扑棱棱"在迷蒙中瞎撞。拂晓时分的景象，给人一种凄凉荒芜的感觉。

此时，湾子东头的一座黑乎乎的大厝，一扇厚厚的后边门"吱"的一声裂开一条窄窄缝隙，紧接着，一条瘦瘦的人影挤了出来，四处张望了一下，便撒开双腿，逃命似的向西跑去。

朦胧的天色，路面忽明忽暗像浮在半空中似的，一脚踏空在凹坑里，"扑通"一声摔了个四脚朝天，爬起来顾不得抖一抖身上的泥土又奔了起来。手中的小布包一甩一晃的。

到了望夫楼，似乎确实跑不动了，便一屁股坐在古榕树下凹凸不平的树根上，大口大口喘着粗气。片刻，两只拳头使劲捶打着两条大腿，那地方麻木得如同失去了知觉。

天本来就灰灰的再加上古榕树巨大树冠的遮掩，树下就越显得暗了，黑咕隆咚的看不清人的脸面，只听见呼呼的上气不接下气的喘气声。

大约过了半炷香的时光，这人走出了古榕树的阴影，跌跌撞撞，摇摇晃晃地继续朝西奔去。不过，步履显然比刚才缓慢了许多。

终于，这人在一幢旧石头房前站住了，长长喘了两口气，像是在极力稳定情绪。片刻，朝大门伸出了右手。

门虚掩着，轻轻一推便老鼠叫声般"吱"的一声开了。

屋里黑得伸手不见五指，借着屋外淡淡的灰色光，凭着自己的记忆，慢慢地挪到厅堂前的桌边，摸索着找出一盒火柴。

"嚓！"

火柴划亮了一根，立时有一点红红的光射在脸上。

这是一张苍白如同白瓷土的脸，黄浊的眼窝，青紫的眼眶，蓬松而散落着长发丝的发髻给人一种像是遭受过什么大变故折磨的直观感觉。

这就是被典给朱富三个月的翠香。昨天晚上，她咬着牙忍受朱富最后一次蹂躏。那精于算计的色狼绝不浪费属于他的一分一秒，没玩没了的像畜牲一样在她的肉体上摧残折磨了整整一个晚上，一直到黎明时分，她才得以脱身。像"刑满出狱"，又像逃离虎口一样跑回家。

翠香把火柴在油灯上引着，便举着灯走进里屋。

里屋满地扔的是破衣服，被子一头搭在床头，一头垂在又黑又脏的地上。

没有乌贼，也没有海妹子。

翠香心头骤然一凛：莫非他真的把女儿给卖了？

"海妹子，海妹子……海……妹……子……"片刻，翠香像着了魔似的大声呼喊了起来。随着，又旋风般地卷出厅门外，举着忽明忽暗，随时都会熄灭的油灯在房子的四周乱找。

没有。

翠香呆呆地立在门外像木桩一样，两眼发直，双腿发软摇摇晃晃地站立不住，随时都会一头栽到地上。

三个月，整整三个月没有见到女儿了。她无时无刻都在惦记着她。为了女儿，她才含羞受辱到了朱家。

可如今，女儿在哪儿呢？不祥的念头重又在脑中闪现：

"莫非真的被他卖了？莫非已经……"

她不敢再想下去。心一阵阵绞痛，像是有两只大手揪住她的心尖，使劲拧绞着，把血一滴一滴绞出来。

忽然，她像是突然想起什么，疯一样转身跑回屋里，扑向灶房间的门。就在这一转身之间，原来就蓬松的发髻碰在门框上散开了，长长的乌发纷纷扬扬落在肩上，垂在身后，掩在脸上，她顾不得掠一掠，一把推开灶房的门。

昏暗的煤油灯下，她看见了，一个瘦小的、穿着破旧单薄衣服的身躯卷缩在灶台下的稻草堆里。

翠香呆傻般地望着，好大一会儿才蹑手蹑脚地走进灶房，把油灯放在灶台上，蹲下身，弯下腰，伸出哆嗦的双手，把这瘦小的身躯紧紧抱在怀里。

"海妹子，你醒醒……海妹子，你醒醒……海妹子……"

翠香呼喊着，手不停地摇晃着海妹子。

蓬头垢面，迷迷糊糊的海妹子在翠香的摇动下，慢慢地睁开了红红的、困倦的眼睛。她用因意外而感到吃惊的眼神疑惑地望着眼前这张朦胧不清的脸。然后，又用肮脏的小手使劲揉了揉双眼。

"海妹子，是阿母，是阿母回来了呀……"

"你……你真是阿母？"

翠香直点头。此时此刻，她真恨不得把这黑沉沉的拂晓撕开，把太阳从海底深处捞出来，让强烈的光照在自己的脸上。

海妹子又狠劲揉了揉发红的双眼，定睛细细注视着。

翠香把油灯移到自己眼前，那长长的火舌不时舔到她苍白的脸颊，她感到一阵炙热的疼痛。然而，她仍然一动也不动。

时间在静谧中一分一秒悄然消失。天渐渐地越来越亮了，一缕灰白色的光穿过破裂的窗缝投了进来……

"阿……母……"猛地，海妹子发出一声撕心裂肺的哭喊，随着一头扎进翠香的怀里，大声恸哭了起来。

这哭喊声，如同一把锋利无比的撬蚝刀，深深�剜进翠香那颗本来就破碎的心脏。她不由自主地全身一阵猛烈索抖，举在手里的灯盏不停地晃动着，像是突然间把持不住从手中滑落了下来。

"叭"的一声，灯盏砸了个粉碎，一点淡淡的光随着熄灭了。

海妹子的哭声掩盖了这一切。

从窗外透进来的灰白色光随着油灯的破灭而显得亮了许多。

翠香把海妹子紧紧地抱在怀里。此刻，她只有流淌的鲜血，没有洒落的眼泪。

良久，海妹子终于停止大声恸哭，抽泣着，仰起泪痕斑斑的小脸望着阿母。

"阿母，你……到哪里……去了……为什么不……不回家啊？"不停地啜泣，使得海妹子的问话也断断续续的。

"阿母去了很远很远的地方，所以今天……才回……回家。"说到后半句，翠香也哽咽了起来。她能在女儿面前说出实情吗？

"阿爸说，阿母死了！我不信。阿爸扇了我一巴掌。"

"阿母没死。阿母这不是回来了吗？阿母要看着海妹子长成大姑娘。"

"阿母，那你还去很远很远的地方吗？"

"不去了。阿母从今以后就守着海妹子！"翠香强忍着悲痛安慰着。

"可阿爸会打你的。"

翠香内心一阵热血涌动，泪水在这一瞬间盈溢了她的眼眶。一时，她竟不知如何回答这小小心灵发出的问话。

"阿爸还说，你要是不给他钱，他就把我卖了换钱。"海妹子说着，全身一阵颤抖，惊恐不安地重又把头埋进翠香怀里，"阿母，我……我怕……怕……"

"海妹子，别怕！"翠香紧紧地把海妹子拥进怀里，像是害怕突然从门外伸进来一只无形的巨手把海妹子抢走似的。"从今以后，俺决不让他打你一下，拼死俺也要护着你。宁可让他把俺……"

翠香原本想说"宁可让他把俺典卖一百次、一千次，也决不让他把海妹子卖掉"，可话到嘴边又咽了下去。

"阿母，你走了很远很远的路吧？为什么不等天亮才回来？晚上路上会有鬼的！"海妹子忽地仰起头问。

"阿母心急赶回来看你呀！"翠香说着，心里想着："宁可让鬼捉了，也比在那儿活受罪强！"

海妹子像想起什么似的，从翠香怀里挣了出身子。

"阿母，你饿了吧？"海妹子说着，把手伸到翠香嘴边，"阿母，你吃，你快吃呀！"

翠香这才看到，原来海妹子手里一直拿着一块啃了一半的地瓜干。

"阿母，你吃！我这儿还有。"海妹子说着，伸出另一只手去掏小口袋。

翠香心头一热，盈盈的泪水溢出了眼眶，滚烫滚烫地洒落在海妹子的脸蛋上。

惊讶万分的海妹子慌了。

"阿母，你怎么哭了？"海妹子伸出的小手慢慢地缩了回来，委屈地说："阿母，地瓜干要煮熟了才好吃，可阿爸不让我煮，我……我……"海妹子说着，眼泪掉了下来。

"阿母吃，阿母吃！"翠香哽咽着说，猛地伸手抓过海妹子正要往口袋里放的地瓜干，一把塞进嘴里，用尽全身力气嚼了起来。

泪水和地瓜干搅和在一起，硬生生地咽进了翠香的肚子里。

海妹子吃惊地，瞪大着双眼望着翠香。心里似乎在想："阿母比自己还饿得慌。"

忽地，翠香想起，自己的小布包里还有两个昨晚偷偷留下来的肉包子，忙从胳膊上解下布包，掏了出来递给海妹子。

"海妹子，这是阿母给你买的，快吃吧！"

海妹子红红的眼光马上被吸了过去，她犹豫了一阵，拿了一个。

"阿母，咱们一人一个。"

"不，不！都是你的。阿母已经吃了很多很多了！"

"真的？"

"真的！"翠香的头狠劲点了几下。

海妹子又望了一会儿翠香，慢慢地将包子送到嘴边，然后猛地一张口，塞进了大半个，眼珠子憋得鼓了起来。

海妹子站了起来，走到水缸边，拿起螺壳做成的水瓢，舀了半瓢冷水，喝了起来。

"海妹子，不能喝冷水。"翠香急忙阻止。

"没关系的，阿母。"海妹子说着，又喝了一大口，"阿母不在家时，我渴了就喝冷水。"

望着海妹子那近似疯狂的狼吞虎咽，翠香的泪水又一次涌流了出来，冰凉冰凉的……

天亮了许多，一缕粉红色的光从窗隙透了进来。

翠香拉起海妹子，慢慢地走出了灶房。

然而，就在这时，赌了一天一夜，赌得晕头转向头重脚轻的乌贼一摇一晃进来了，血红的眼睛一下子瞅见了翠香。

"干你母的回……回来了？贵妇人不……不当了？"乌贼短舌根似的连骂带说着，眼珠竟瞅上了海妹子手上的包子，手一伸抓了过来。

"干你母的先孝……孝敬老……老子！"乌贼骂着，把包子往黑乎乎的嘴洞里一塞，"呷呷"有声地嚼了起来，口水顺着嘴角流了出来。

海妹子惊恐地依偎着翠香，望着乌贼。

乌贼鼓着眼珠子使劲咽了一下，又朝翠香伸出一只手。

"没有了。"翠香强忍着气，拉着海妹子想走开。

乌贼猛地向前跨了一大步，挡住翠香。

"干你母的，还不赶快给老子拿来！"

"我跟你说没了就是没了！"

"干你母的，我说的是钱，钱钱钱！"

"钱？没有！"

"没有？"乌贼反问了一句，鼓起的眼珠子瞪得像牛眼大。"我干你母的才不相信，他一个铜板也没给你？"

"不信你自己问去！"

这事能问吗？

"不管你有没有，你要是敢不给，老子就……"乌贼恶狠狠地说着，一把扯过海妹子，"先把她卖了，再把这房子也卖了！"

"你……"翠香气得连话都说不出来。

"怎么？舍不得？那你卖去！反正也不是头一回了！"

海妹子惊恐地望望乌贼，又望望翠香。她不懂阿爸要阿母卖什么。但她看到，阿母的嘴唇发黑，全身抖索不停。

人到了绝望的时候，要么变得疯狂失去理性，要么冷漠得麻木不仁。

翠香一阵抖索之后，眼光突然变得冷若冰霜，两束寒凛的光直逼乌贼那通红的眼珠子，发黑的嘴唇此刻也变得苍白如雪，一阵嚅动之后，从牙缝里迸出两个硬生生的字："真的？"

乌贼从未见过翠香有过这样的眼光，一时竟浑身不自然了起来。

"我只要钱！不然……"乌贼硬着牙根说。

自从乌贼把她典给朱富抵债的那一天起，翠香的心就已经彻底死了。她知道，深陷赌债旋涡的乌贼已经完全丧失了人性，什么丧尽天良的事他都做得出来。为了海妹子，她只有铤而走险，用自己这具早已被"畜牲"凌辱践踏过的血肉之躯来保护未成人的女儿。除此之外，她没有别的办法。

一缕殷红的血丝从翠香的嘴角流淌了出来，她稍稍伸出舌尖把它舔进口里，咽了下去……

二

第二天，人们惊奇地发现，关闭了几个月的小酒店又开张了。更令人感到惊讶的是，翠香穿着第一天到郝家湾时人们看到的那件桃红色旗袍，侧身倚靠在自家店门边，旗袍开襟处露出修长白皙的大腿。脸上堆着笑频频招揽着客人。尽管那笑有些勉强、做作，但像今天这样主动招呼过往行人还从未见过。

乌贼一次脸也没有露过。按翠香的话讲就是：一大早就死去了。

这郝家湾因盛产黄花鱼而闻名。每当渔汛到来，每天都有不少城里和外地鱼贩子到这里来买鱼。因此，翠香的小酒店也常有外地人进来歇脚喝两口。

晌午刚过，一个瘦瘦的壮年人走进了小酒店。

翠香忙走过去，撑着笑脸问："您要点什么酒？"

客人稍一想，答："二两米酒。"

翠香打了二两酒，又端来一小碟炒花生和一小碟凉拌螺片。

客人瞅了一眼，皱了皱眉头，闷声问："就这下酒菜？"

翠香忙应道："您要是不满意，俺马上给您换别的。"说着，伸手去取碟子。

没承想，客人突然伸出手，压在了翠香的手背上，一双色迷迷的眼睛紧盯着翠香的脸，小声说："我想吃肉！"

翠香心头一震：这家伙醉翁之意不在酒。想着，便说："您稍等一会儿，我这就给您做去。"说着，想把手抽出来。

然而，客人却用力抓住了她的手，一双淫邪的眼睛从翠香的脸庞上滑到鼓鼓的胸部而后又一直向下溜至旗袍的开襟处，停在翠香那白嫩的大腿上。

翠香的脸立时发烧发红，像被火烙子烫上一样，"吱吱"冒着热气。

"别……这样，让人看……看见了不……不好。"

客人似乎根本就没听进去，心不在焉地应了一句："好，好！又白又嫩，这才真正有味道！"

"你……"翠香正要发火，猛地想起昨晚那一幕，心头一凛："乌贼今天要是拿不到钱，这……"想到这儿，翠香知道自己已经没有了退路，只有破罐子破摔了。"心都死了，还顾惜这身臭皮囊做什么？"心念一动，翠香换上了一副似笑非笑的脸孔，冷冷地说："就怕您吃不了……"

客人先是一愣，而后像是突然明白似的，把手在腰里摸索了一阵，掏出来一把银元，望桌面上一拍："怎么样，我不会白吃你的！"

翠香拿眼角瞟了一眼，二话没说，转身朝里屋走去……

客人随着立马站了起来，三步并作两步走到店门前，贼眼飞快地溜了一下外面，便"咣"的一声把店门关死插牢，转身急急进了里屋。

翠香紧闭双眼，仰面躺在床上。高高的胸脯猛烈地、一起一伏地颤抖着，修长的双腿紧紧地绞盘在一起……

客人的手迫不及待地伸向了旗袍的扣子……翠香猛地抖了一下。当丰满成熟的酮体完全裸露在他眼底下时，他的呼吸骤然急促了起来，色迷迷的双眼变得惊讶无比：高挺的双峰，粉红的乳晕，平滑的腹地，浑圆的脐眼；神秘的"V"谷，柔软的芳草……一件件无一不是精美绝伦的艺术品。他要拥有这些艺术品，要彻底摧毁这些艺术品。片刻的惊讶过后，他飞快地扒光自己的衣服，像狼一样扑了上去……一双像锉刀一样粗糙、散发着鱼腥臭味的大手锉平了峰峦，压塌了平原，又狠狠地戳进了芳草萋萋的谷地……

随着他那沉重的一扑，床铺"吱"地发出一声痛苦的哀鸣和颤抖，紧接着，便是猛烈的、持续不断的肉体撞击声和狼在撕咬猎物时一样亢奋的粗喘声……

没有兴奋，也没有激情，只有钻心的疼痛和被掠杀般的感觉。翠香紧闭着双眼，牙齿紧咬着嘴唇，不让自己发出一丝一毫的呻吟声。此刻呈现在她脑海中的，只是砧板上那块带血的猪肉，要把它砍成一小块一小块，然后再剁成肉泥，和上地瓜粉再搓成一颗颗圆圆的肉丸子放进油锅里炸一炸才能卖出去……她又想起，人也是肉做的。人吃牲畜的肉，畜牲也吃人的肉，不是有人被狼吃了吗？所不同的只是：人吃牲畜的肉时，总要煮得烂烂的、香香的，或者像做肉丸子那样炸一炸；而畜牲吃人时，却是生吞活剥，又撕又咬，血淋淋的……翠香感到一阵难忍的恶心，像整个腹腔突然被掏空了一样……

翠香睁开眼睛的时候，客人已经走了。凌乱不堪的床上，丢着一枚明晃晃的银元。

翠香双手撑着床板爬了起来，呆呆地坐着，目光迟滞地望着那枚银元。慢慢地，眼泪顺着眼角滚落了下来……

从这一天起，翠香便重又坠入了火坑。起先，她只接外乡人，可后来，渔汛已过，外乡人越来越少直至几乎绝了迹，而乌贼就像吸血鬼一样，翠香只要一天不给钱，海妹子和她便要受一顿皮肉之苦。看着海妹子那细弱身上的条条伤痕，翠香的心就像刀剜一样。她再也顾不得什么"兔子不吃窝边草"的说法了，只要肯给钱，不管是外地人还是本村子的人，她都接，像一具没有灵魂的僵尸一样。

然而，有一天，却出了这样一件事……

那是刚过土地爷生日的第二天。

一大早，乌贼就揣起翠香昨晚交给他的卖身钱，一溜烟去了赌场。不一会儿，猴三晃着罗圈腿进了小酒店。

"大妹子，你好哇！"

猴三一脚踏着门槛，一手扶着门框，三角眼瞟着正忙着擦桌摆凳的翠香，学着翠香家乡的口气，怪声怪气地喊了一句。

"好不好跟你没关系，用不着你操心！"翠香身子转都不转地吭了一句。

"话咋能这么说呢？都是乡里乡亲的。再说，乌贼兄弟……"

"呸！"没等猴三说下去，翠香狠狠地朝地上吐了一口唾沫，又用脚尖踏上使劲地来回磨蹭了几下。

"好，好。不提他，不提他。"猴三忙不迭地说着，借机朝翠香的身边靠了过去，又黑又尖的手指向翠香的旗袍开襟处探去。

翠香立时感到一阵奇痒，像有一只毛刺刺的虫子在大腿上爬着。她用眼角瞟了一下，挥起手中的抹布朝腿边用力甩去，"啪"的一声，正好砸在猴三的手臂上。

猴三连忙把手缩回，身子朝边上挪了几寸，换了一副面孔，嬉皮笑脸地瞅着翠香。

"大妹子，今天能不能陪陪我呢？"

猴三已不是第一次来找翠香了。翠香在朱富家的时候，猴三就一直在翠香身上打主意。无奈朱富看得紧，以至于他猴三只能饱饱眼福，连翠香的手指头都没碰过一次。到了翠香开始背地里接客的时候，猴三便像苍蝇闻到了鱼腥味，立马就飞了过来。可是每次都碰了一鼻子灰。翠香要么是身子不舒服，要么是来了月经，要么是……急得猴三憋都憋不住了，真成了猴急。今个早上，他瞅准机会，又急呼呼跑来碰运气了。

　　也不知为什么，今天翠香没有像以往那样一句话把他打发掉，反而转过身子，正脸朝着猴三，冷眼望着他，挖苦地问了一句。

　　"怎么，你也懂那事？也想试试？能行吗？"

　　猴三没想到翠香会说出这样的话，不由得愣了一下，心里暗暗骂道："臭婊子，摆什么架子，树什么贞节牌坊！"可嘴里却说："嘿嘿，大妹子说笑话了，那档子事，畜牲都懂，何况我猴三也是堂堂男子汉！"

　　翠香听了，心里也骂道："你也配做人？充其量不过是一条供人使唤的狗而已。要不是你，俺也不至于落到今天这个地步。"想着，一种仇恨的报复心里油然而生：你把俺推进火坑，俺也要把你榨干！于是，她换了一副脸孔，媚笑着说："你不怕花钱？"

　　"不怕，不怕！"猴三闻言，顿觉喜从天降，身子立马酥了半截，忙不迭地应着："花在大妹子的身上划得来！"

　　"真的？"

　　"真的！"

　　"那……"翠香说着，朝猴三伸出一只手。

　　猴三心领意会，急忙从口袋里掏出一枚银元，放到了翠香的手心里。

　　翠香并没有急于把银元收回，眼光不冷不热地朝手掌心里的银元瞟了一眼，手掌缓缓一倾斜，"当"的一声，银元从手中滑出，落到了地上。往常要是碰上吝啬的客人，翠香要想得到这么一枚银元那可不是那么容易的。可今天，她却不屑一顾地故意让它掉在地上。

猴三先是一愣，立马又急忙弯下腰捡起银元，扯起衣角擦了擦上面的灰尘，拿眼角瞅了瞅翠香的脸，犹豫了一下，把手伸进贴身口袋又摸索出一枚银元，叠在一起递到翠香眼前。

翠香摇了摇头。

猴三又掏出一枚银元。

"你看俺就值这么点钱吗？"翠香朝猴三抛了一个媚眼，扯了扯旗袍，原本就高耸的乳峰立时凸显得更加丰满，更加轮廓清晰；左脚稍稍弯曲，脚尖微微踮起，旗袍下摆开襟处裸露的大腿又向上延伸裸露了许多，几近那雪白的圆臀。

猴三一见，顿时三魂丢了两魂，恨不得立马就扑上去。虽然也心疼钱，也明白翠香是在故意敲诈他，可眼下浑身欲火焚烧，再不上，待会儿恐怕连剩下的一魂也烧死了。还是命比钱当紧。于是，他狠狠心，咬咬牙又摸出两枚银元，凑成五枚一起放到翠香的手心里。

翠香眼角瞟了一下猴三，拿着银元一枚枚正面、反面细细看了一阵，又一枚枚拿起对着吹气听了听声音才五指合拢，握在手心里。

早已欲火攻心的猴三见翠香收下钱，便急不可待地抢上一步，朝翠香扑了过去。没想到，翠香身子一侧，猴三张开的双臂扑了个空，气得脸立马铁青了起来。心里暗暗骂道："臭婊子，待会儿老子非把你整得死去活来！"

翠香并不瞧他，而是朝里屋喊了一声："海妹子，出来。"

随着翠香的话音，从里屋跑出来海妹子，手里拿着一只自己折叠的纸船，昂着脸问："阿母，叫我做什么？"

"海妹子，阿母有事要忙，你自个去找阿礁哥到榕树下玩，好吗？"翠香说着，走到柜台前，伸手从瓷罐里抓起一把炒花生塞进海妹子的上衣口袋里。

海妹子抬头望了望阿母，又瞅了瞅猴三，应了一声"嗳"撒腿跑出了家。

翠香等海妹子没了背影，对着猴三朝店门使了个眼色，然后转身朝里屋走去。猴三见状，急忙转身去关门，也许是被欲望冲昏了头脑，竟连门闩都忘了插上就拔腿朝里屋扑去。

翠香走进里屋，把银元塞进枕头底下便双目一闭，仰躺在床上，还没等她的双腿伸直，猴三已扑了进来，就听见房门"咣"的一声，被关紧插牢，紧接着便是一阵稀里哗啦的脱衣服声。随着一股扑鼻而来的臭烘烘的气味，扒得一丝不挂的猴三像一条饿极了的疯狗扑了过来，开始扯解她的衣襟扣……片刻，旗袍被脱下扔到了地上，衬裤被扒下甩在了墙角，胸兜被扯下丢在了床下……两只猴爪子般的手掌落到了她赤裸的乳房上，狠劲地搓揉了起来，那尖尖的猴嘴吐着血红的舌头企图撬开她的嘴唇而被拒之唇外后便一口咬住那高挺的乳尖，贪婪地吮吸了起来，而另一只骨瘦如柴的手则顺着她平滑的腹部探向那令他朝思暮想神魂颠倒的神秘禁地……终于，猴三再也忍耐不住，整个身子压了上去，呼哧呼哧的粗喘声随即从门的缝隙吃力地挤了出去……

然而，就在猴三玩命似的撞击折腾眼前"猎物"的时候，突如其来的意外发生了……

海妹子回家了。

望夫楼前古榕树下，海妹子没有找到她的阿礁哥只好折转身往回走。当她推开没有插上门闩的家门见阿母不在柜台里时，便径直朝里屋走去，却在接近房门时，听见从房间里传出来一阵阵怪异急促的撞击声和粗粗的喘气声。好奇心诱使她蹑手蹑脚地走到门边，将脸轻轻贴近门扇，从破裂的门缝朝屋里窥视。

海妹子惊呆了。眼前的情景让她惊恐万分：

猴三气喘吁吁赤身裸体地压在翠香同样赤身裸体的身上拼命撞击着；翠香双手摇摇晃晃地撑着猴三干条条像拔光了猴毛的胸部，头歪在一侧，眼睛闭着。一条打满补丁的破被子一半斜搭在床沿上，一半垂落在地上……

刹那间，惊慌失措的海妹子脑子里闪过一个可怕而又简单的念头：猴三正像阿爸那样在欺侮阿母。于是，她挥起两只小拳头，狠劲朝门扇砸去，随着又大声叫喊了起来：

"不许打阿母，不许打阿母！快来人呀，有人打我阿母了！快来人……"

如同遭到电击雷轰，里面的人立时魂飞魄散，四肢僵直。片刻，猴三像仓皇逃命的越狱犯从床上连滚带爬跌落到地上。

翠香脸上顿时血色全无，惊慌失措地抓起破被围住身子，跌跌撞撞地扑到门边，隔着门扇，全身直打哆嗦地阻止海妹子的叫唤。

"海妹子，别……别喊！海妹子，快……快别……喊！"

慌不择路的猴三好不容易套上衣服，却一头撞上南墙，一声"哎哟"，额头上立时肿起一个青紫色的血包。

猴三顾不得疼了，一手捂住额头，一手猛地推开翠香拔掉门闩拉开门，撒腿就往外跑。

海妹子冷不防被突然打开的门扇掼倒在地，她哭着爬进屋里，扑向翠香。

此时此刻的翠香如痴似傻地偎着破被坐在地上，两眼红红的，直勾勾地望着打开的门，如泉的泪水顺着白瓷般的脸颊洒落在胸前的破被上。

"阿母，阿母……"海妹子哭喊着，双手扳着翠香的肩头使劲地摇着。

猛地，翠香双手捂住脸，"哇"的一声恸哭了起来。随着双手的松开，那围着的破被也滑落了下来，露出了消瘦的双肩和赤裸的上半身。胸前，布满横一道，竖一道鲜红色的、褐紫色的深深的指甲印痕。乳房上，几个深深凹陷的泛着血丝的齿印更是清晰醒目。

海妹子扑倒在翠香的怀里，母女俩抱成一团，哭成一团……

良久，翠香停止哭泣，长长出了一口气，然后，双手支着腿站了起来，捡起被扔在地上的衣裳穿上，把散乱的头发拢了拢，绾成一个发髻，又对着镜子把泪痕擦干净，把破被子往床上一扔，伸手拉起海妹子，走出里屋。

翠香后脚刚刚跨出里屋的门槛，却见乌贼的前脚已踏进大门。乌贼几个大步走到翠香面前，一只被烟卷熏得焦黄的手立马朝翠香伸了过来。

翠香急忙折转身回到里屋，翻开枕头。一时间，她傻了，枕头下一无所有。也许是刚才又放到别的地方了？她想着，又把被子整个儿掀掉，也没有。翠香慌了：会不会刚才掉到床下了？她赶紧趴到地上一寸一寸地找……终于，所有的地方都找遍了，一枚银元的影子也没有。翠香一屁股瘫坐在地上，两眼呆呆地望着床上的枕头发愣。

乌贼见翠香进去了好大一会儿，又听见传出翻箱倒柜的声音，却一直不见翠香拿钱出来。耐不住，几步蹿到了里屋，瞪大着鼓起的眼珠子，吼道："干你母的，钱呢？"

"我……"翠香一时答不上来，不敢说猴三刚才已经给过了可现在却找不到了，只好吞吞吐吐地说，"没……钱……"

乌贼一听没钱，眼珠子立马又暴突了许多，伸出去的手就势朝翠香的领口一抓，"砰砰"两声，两颗扣子应声脱落。继而骂道："好啊，干你母的，想独吞了不是？"

"真……真的没……没有……"就在说这话的瞬间，翠香突然想起来，刚才和猴三在一起的时候，自己的头曾有几次从枕头上滚下，其间似乎有一次听见轻轻的叮当声，莫非……对，肯定是猴三这条狗趁自己闭着眼睛不注意时，把钱又偷了回去。想到这儿，不由得恨从心头起，应了乌贼一句："他没给钱！"

乌贼一听立马暴跳了起来。"好啊，干你母的猴三，想白玩了不成？老子找他算账去！"骂着，一转身，抬脚就要出门。

翠香立时慌了神，猛地从地上一骨碌爬了起来，展开双臂拦住乌贼。

"别……别去……"

"好啊，干你母的婊子竟护上奸夫了！"乌贼把火烧向了翠香，赤红的眼睛恶狠狠地盯着翠香因恐惧而变形的脸，"想来长久的？"

"不……不……"翠香惊恐的是：乌贼一旦去找猴三，肯定会大闹一场的，这等于是把自己往死路上逼！自己死了倒也干净，可女儿怎么办呢？她还是个孩子呀！自己就是做牛做马做婊子也要撑到女儿成人以后才能死啊！于是，她战战兢兢地求着，"你别去，他还会再……再来的，到时候俺……俺跟他一齐要……"

"干你母的，他要是不来呢？"

"俺去……去找他要……"

乌贼一想，讨这种账也实在说不出口。既然她肯去找他，还怕他飞了不成？于是，缓了一口气说："明天要是再没有钱给我，小心你的皮肉！"说完，气呼呼地大踏步走到厅桌前的凳子边，屁股"咚"的一声重重地坐了下去。

翠香一直悬着的心放下了一半，缓了缓神，又用手背擦了擦眼角，匆忙走出里屋到灶房去收拾午饭。

不谙人事的海妹子瞪着惊恐的大眼，一会儿望着翠香，一会儿又瞅瞅乌贼，待到翠香走进灶房后，她终于壮着胆子走到乌贼的跟前。

"阿爸，你怎么现在才回家？"

"碍你什么事，管起老子来！"乌贼没好气地吼了一句。

海妹子被吓得倒退了一步，可还是又说了。

"刚才……"海妹子朝灶房方向望了一眼，接着说，"猴三把阿母按在床上打了。"

乌贼先是一怔，当明白是怎么一回事后，脸刷地涨成猪肝色，气不打一处来，猛地扬起右掌朝海妹子的头刮了过去。

"干你母的，再胡说八道，老子打烂你的嘴巴！"

海妹子一个踉跄倒退了几步，"扑通"一声跌倒在地，瞪着恐惧的双眼，半晌哭不出声来。

翠香闻声从灶房里跑了出来，抱起海妹子一折身回到了灶房。良久，才从里面传来海妹子惊恐的号啕大哭……

三

光阴如梭。

一晃间，海妹子从一个不谙人事的小丫头长成了亭亭少女，可阿爸还在逼迫阿母做那种见不得人的事。

此时此刻的海妹子倚靠着门框，追忆着留在心灵深处的依稀记忆。当她的思索刚刚回到现实，就又听到里面的谩骂恐吓声。

"干你老母的到底做不做？"

海妹子的心猛地紧缩了起来，一股热血直冲头顶，胆子也似乎陡然增长了几倍乃至几十倍。她霍地扬起手，狠劲朝门扇砸去。

"咣"的一声，门开了。

这一瞬间，里面的人立时止住了声音，像电影中的定格一样，怔住了——乌贼高举着竹扁担，她的脚边是衣衫不整、伤痕累累的翠香。

海妹子柳眉倒竖，双唇紧咬，脸上青一阵、紫一阵，一双愤怒的杏眼逼视着乌贼。

乌贼从未见过海妹子用这种充满仇恨的眼光看他，先是一愣，片刻过后便恢复了本性，恶狠狠地朝海妹子吼道："滚——开——"

海妹子没有走开，反而径直朝阿母走去。望着躺倒在地、脸上毫无血色的阿母，海妹子的心就像被蚝刀撬刮一样疼痛，一种从未有过的愤慨油然而生。就在乌贼高举的扁担即将劈下来的刹那间，她心不由己地猛地大喝了一声："住手！"

随着声音，海妹子闪电般地冲上前去，用自己的后背接住了那劈向翠香的扁担。"叭"的一声，海妹子的背上重重挨了一扁担。

一阵剧烈的疼痛直钻后心，整个骨架像是被突然砸碎，肌肉被撕裂一样，一股浓烈的血腥气味从喉咙涌向七窍。刹那间，海妹子眼冒金花，天旋地转，一阵摇晃，"扑通"一声栽倒在翠香的身上。

突如其来的变故也使乌贼顿时愣住了。他万没想到，一贯温顺胆小的女儿今天竟这样刚烈，用自己的柔弱身躯护住了自己的母亲。一时间，他垂下双手，扁担滑落到了地上。

然而，一个被赌债逼得走投无路的赌徒酒鬼，就如同被魔鬼吞噬了良心一样早已丧失了理智，泯灭了人性。片刻的惊讶过后，他又恢复了疯狂的兽性，伸手揪住海妹子的后衣领猛地往上一提。

"干你老母的，找死！"乌贼瞪着赤红的眼珠子，恶狠狠地狂喊着。

衣领勒住海妹子的脖子，她身不由己地顺着乌贼的手势站了起来。

"好啊，干你老母的！既然能替她挨揍，那你就替她给老子挣钱去！"乌贼吼着，顺手用力一推，海妹子站立不稳，一个踉跄，重又摔倒在地。

单薄、陈旧的布衫哪能经得起这样狠劲地一拉一扯，"哧"的一声从衣襟扣的地方连同贴身的肚兜一齐断裂开，斜垂在一边，露出了一大片雪白娇嫩的前胸。

乌贼那邪恶的眼光立时僵直了，像苍蝇一样叮在海妹子那浑圆匀称的乳房上。

翠香的心像突然被眼镜蛇猛咬了一口，全身不由自主地抽搐了一下……她竭尽全身力气，忍着剧烈的伤痛，奋力挪动着身子爬到海妹子的身边，一把将她抱住，用自己的前胸护住女儿。

翠香仰起头，用自己悲哀怨恨的眼光抵住了乌贼那充满邪恶的眼神，撕心裂肺地狂喊了一声："畜牲！"

乌贼怔了一下，随着缓过神来，自知理亏，一脸煞气顿时去了一大半，但仍不甘示弱地威胁了一句：

"干你老母的，等着瞧！"

说罢，脚一跺，转身走出了家门。

夜，又一次降临在这对不幸的母女身上。

不死不活的油灯有气无力地闪烁着淡黄色的光，将整个房间倒映得更加苍白蜡黄，更加充满悲哀和伤感。

翠香倚坐在床头，两眼泪汪汪地看着躺在床上同样两眼泪汪汪的海妹子。四目相对，哀怜无声。

海妹子终于忍不住把头侧向灰白色的墙。她想起了阿礁。此刻，他在哪儿？在做什么？也许，他正焦急地等在古榕树下望夫楼里盼着自己。她不由得后悔起，不该约他今天晚上……

知女莫若母。望着海妹子伤心难过的样子，翠香心中的痛苦远远超出了肉体上的伤痛。她知道女儿此时此刻心中想着什么，在期盼着什么。她微微俯下身去，贴近海妹子的身子轻轻地说："要不俺去把他叫来？"

海妹子扭转头，望着翠香，摇了摇头。

"唉……"翠香长长叹了一口气。

就在母女俩相对长吁短叹之际，外面的厅门响起了轻轻的叩门声。

"谁？"翠香颤声问着，忙忙下床，套上木屐，"踢嗒踢嗒"地走出里屋来到厅堂门边。

"是我，阿礁。"

随着门外的答话声，门"吱"的一声被打开了一条缝，一张狭长的脸挤在门缝上。

阿礁认出了那是海妹子的阿母，连忙恭恭敬敬地叫了一声："婶子。"

翠香心头一喜，急忙把门拉大。"是阿礁啊，快，快进来！"

原来，阿礁天刚傍晚时就到了望夫楼，左等右等也没等到海妹子，于是又走下楼在古榕树徘徊良久，眼看夜幕越来越深，阿礁不由自主地担心起海妹子来……终于，他再也忍不住，匆匆赶到了海妹子的家。

阿礁前脚刚踏进厅堂，翠香便迫不及待地抓起他的手，焦急地说："快，到里屋看看海妹子，她正想着你盼着你！"

"是阿礁哥吗？快进来！"翠香的话刚落音，里屋就传出来海妹子的沙哑声。

阿礁疾步走进了里屋。

海妹子躺在一张简陋的老式木床上，身上搭着一条旧被套。旁边的一张旧桌子上放着一盏油灯，微弱的灯光刚好罩住海妹子苍白的脸。见阿礁走了进来，海妹子双手撑着床，试图想坐起来。然而，脊背上的伤口一阵钻心的疼痛，不由得失口叫了一声："哎哟……"

阿礁心头猛地一紧，连忙疾走两步来到床边，俯下身去。

"别动，快躺下！"阿礁扶着海妹子重新躺好，而后转过脸问翠香，"婶子，海妹子这是怎么了？"

"唉！"翠香叹了一口气，把今天发生的事粗略说了一遍，隐去了其中难以启齿的羞耻事，末了，又是一声长叹："哎，都是为了护俺，才连累海妹子遭受这么大罪啊！"说着，眼圈儿又红了起来。

阿礁默默无语地坐在床沿，忧心忡忡地望着海妹子。

海妹子也望着阿礁。两人静静地对视着，没有一句话，只有眼神在静默中悄然传递着心底里的情感……

翠香悄悄退了出去，轻轻地掩上房门。

时间在静谧中一分一秒地流淌着……忽然，海妹子猛地奋力双手撑着床板，翻身坐了起来。还没等阿礁反应过来，她已经迅速朝前一探扑进了阿礁那宽大的胸怀。

"阿礁哥……"海妹子忘情地喊了一声，泪水夺眶而出。

阿礁的心猛烈地颤抖着，随着也冲动地伸出双手将海妹子紧紧环绕住。

忘记了伤痛，忘记了时空，只有两颗紧贴的心在撞击着、交融着……油灯也似乎红了许多。灰白色的土墙上，映衬着两个紧紧依偎在一起的影子，久久不能分离……

第八章 · chapter eight

一

泉南沿海一带，素有早婚的习俗。那年月，女孩到了十四五岁，早的十二三岁；男孩到了十七八岁，早的十四五岁就开始定亲婚配。女孩一旦过了十八，男孩一旦过了二十还未定下亲事，就成了众矢之的。怀疑其或是家族门面门风不顺，或是女德男风不好，或是身上有什么不可告人的隐疾、隐私，抑或是私情等，因此，不管是男是女，一接近婚配年龄，老一辈就急忙四处张罗，为儿女寻找合适的对象，催促早日成亲。

早在阿礁 15 岁那年，阿礁的母亲黄氏就在背地里张罗着给儿子寻亲了，可几年下来却总是东不成西不就的，没有一个女孩能让阿礁的三叔公郝忠看上眼。眼看阿礁已经 18 了，黄氏急得没了主张，只好去求郝忠帮忙了。

这郝忠择亲最看重的是对方的门面门风，品行德性，"男才女貌"这一古老的择偶标准对他来说根本没用。凡是郝氏家族里的人，不管哪家哪户娶亲嫁女，都得先经他过目，点头才行。否则，不仅新娶进门的女人就连将来的子孙名字都不能写入族谱，死了"木主"也不能进入郝氏祠堂的神龛供奉。而一旦是经过他点头的，抑或是他亲自选中的，你不娶也得娶，不嫁也得嫁，即便是对方反悔变卦，他也要上门兴师问罪。如果是本族的少男少女，稍有悔意或是违抗的，他便施以族规族法。情节较轻又知悔改顺从者，就用手中那支三尺长的烟杆痛打一顿，臭骂一通，然后罚跪在列祖列宗的灵牌前反省一番也就算饶了过去；而对那些他认为情节严重，有辱郝氏祖宗门面的且又不知悔改的，则会被捆绑吊打，然后赶出家门，逐出郝氏家族。

对此，老一辈见得多了，似乎也就麻木了，最多也就是唯唯诺诺而已；而年轻一辈，虽常有怨气，却也敢怒不敢言，临到自己头上，要么委曲求全，要么外逃南洋谋生。

郝忠把为阿礁寻亲的重任交给了湾里的老资格媒婆"白脸婆"。

白脸婆个子不高，大概还不到五尺，廋廋的身骨架子。脸狭长，从额头到尖尖的下巴，整个脸涂满白粉。也许正是因为这样，人们才管她叫"白脸媒婆"，而把真名给忘了。白脸婆今年已五十挂零，粗略一瞧却像只有四十出头的人，一辈子就靠说媒吃饭，两片嘴唇显得特别的薄，能把死人说活。白脸婆一年四季大多穿着红色斜襟上衣，绿色绸裤，后脑勺绾个发髻，发髻上套着一圈串在一起的含笑花蕾，发髻中间横插着一支玉簪子。一双尖尖的绣花鞋，鞋尖上绣着一对水鸳鸯。

白脸婆接受了郝忠的委托，深感荣幸，也着实奔走劳累了许久。据她后来讲，绣花鞋都磨破了好几双，为此，阿礁的阿母黄氏多给了她四个银元的辛苦跑路钱。

然而，郝忠的选择条件也确实太高了，甚至连白脸婆这种媒婆里的行家里手都觉得过于苛刻了。刚开始，一连找了好几个，都让郝忠头一摇给否定了，而后又断断续续找了几家，也都高低不就，结果三拖两拖就拖到阿礁 20 岁的今年，总算大致看上了离郝家湾 40 里的西湾村俞寡妇的独生女萧秀姑。

据说，郝忠之所以选中萧秀姑，主要是因为她的家风门面都好。理由是萧家祖上曾得过什么皇帝老爷子朱笔题写的"贞女烈妇"的牌匾。郝忠随白脸婆前去萧家探门风的时候，就见那匾高高悬挂在萧家正中厅堂之上，下面摆着供桌。虽说那匾早已朱红暗淡，却仍然日日享受着萧家供奉不断的香火。当时郝忠站在那匾下，仰头望着，着实感叹了一番。

接着是双方互换生辰八字帖。郝忠又叫黄氏抽签问佛，在祖先神灵面前卜卦征得恩准之后才确定了下来。

当然，所有这一切都是背着阿礁悄悄进行的。这期间，黄氏也曾提出是否先告诉阿礁一下，让他心里有个数，当场就遭到郝忠的训斥。

"都这么大岁数的人了，连这点规矩都不懂？儿女的婚事，历来都是父母之命，媒妁之言，哪有先征求下辈的理由。当初，你难道也事先知道！"

郝忠说完，把烟锅在地板上磕了几下，又装上烟丝，把用花生梗搓成的火捻子放在嘴边使劲吹了几下，火捻子冒出了一股蓝色火焰。郝忠伸直胳膊，把火苗对准烟锅猛吸了几口，然后抬起头，长长地吐出溜长的一股白烟。

一句话把黄氏训得脸红一阵、白一阵的。想当初，自己到郝家当童养媳的时候，还只是不懂事的孩子。此刻，她似乎有点畏惧地望着郝忠，就在刚才郝忠训斥她的时候，曾有一段不寻常的记忆从她的脑际一闪而过，她的嘴唇也曾嚅动了几下，但却没有说什么。她看到郝忠那正襟危坐，一副庄重专横的模样，想起郝忠沉妻那情景，哪还敢再多言半句。

就这样，黄氏对阿礁缄口不提他的婚事，一直到了非让他知道的地步，郝忠才允许黄氏告诉阿礁，而这已是昨天晚上的事了。因为明天女方就要来相门风了。

昨天晚上天刚擦黑，阿礁和海妹子就悄悄来到了望夫楼上，等到他再依依不舍地把海妹子从望夫楼送回家时已是下半夜时分了。

黑沉沉的天际边稀稀落落地点缀着几颗黄豆般大小的星星，像是即将垂落的泪珠一样，闪着灰白淡黄的光。望夫楼前，海潮已经涨满停止了咆哮，静静倒映着点点红色的桅灯。

阿礁踏着朦胧的路面匆匆往回家的路赶。他似乎觉得今晚这路陡然变得特别的长。好不容易走过望夫楼，远远地就看见自家房子的窗子还透着光亮。黑漆漆的夜空里，这光显得格外清晰明亮。

阿礁匆匆紧走了几步。

阿礁推开了虚掩的大门。

油灯下，黄氏正凑近油灯织补着渔网。听到身后的推门声，急忙放下手中的梭子，转过身来。

"礁儿，去哪儿了？怎么这么晚才回家？"黄氏心疼地问。

"找阿祥去了。"阿礁不敢说是去找海妹子，只好违心撒了谎。

黄氏站了起来，走进灶房，端出两块温得热乎乎的番薯，说："饿了吧？快吃！"

"嗳。"阿礁应着，接过番薯，坐到桌边，大口吞咽了起来。

黄氏拉了条板凳坐在阿礁的斜对面，稍稍犹豫了一下，说："礁儿，阿母有件事要跟你说说。"

"什么事？阿母，您说吧！"阿礁说着，抬起头。突然，他发现，阿母的神情有点异样，似乎有些不自然。

黄氏见阿礁望着自己，越发像是做错了什么亏心事。

"这事，我……我本想早点对你说，但……但是你三叔公不同意，所以就……"

"是很要紧的事吗？"阿礁放下手中的番薯，问。

黄氏点了点头。然后把给他寻亲事的前前后后大致说了一遍，末了又说："明天一早，女方的阿母就要来探门风了。"

阿礁刹那间愣了，呆坐在桌边半晌说不出话来。就在刚才，他还在海妹子面前信誓旦旦，山盟海誓，转眼间，阿母却已经为他找好了对象。

黄氏见阿礁整个人呆呆地一言不发，心急了，忙问："礁儿，你怎么了？"

阿礁缓过神来，他不知道该如何回答阿母。犹豫了一阵，才吞吞吐吐地说："阿母，我……我还不想……找……"

"都这么大的后生家了，还说这种傻话！"黄氏顿了顿又说，"咱们村里和你一般岁数的，不管是后生还是闺女，都早就娶的娶，嫁的嫁，有的都生了两三个孩子了。"

"阿母，我……"阿礁想说什么，可又不敢直说。

"礁儿，你怎么了？就咱母子俩，有什么话,就照直跟阿母讲,啊！"

"阿母，我想……想自己找！"阿礁壮了壮胆子说。

黄氏愣住了。好一会儿才长叹了一口气。

"礁儿，阿母明白你的心思，可娶妻嫁女自古以来都是这样的。你阿爸早早就没了，凡事都是你三叔公替咱作主，他说个啥，谁敢不依？"黄氏停了停，望了望阿礁又说，"礁儿，你就依了你三叔公的，死了这条心吧！"

"阿母，您常不出远门不知道，人家外面早就不兴这一套了，都兴新式的自己找了。"阿礁争辩着说。

"唉，说归说，传归传，哪会真有这事。"黄氏摇了摇头说。

"阿母您不信？"阿礁接着说，"咱们村子早在十几年前就有人自己找了。"

"净胡说！"黄氏瞅了阿礁一眼，"村子里哪家娶媳妇嫁女儿我不知道？哪有这种事！"

"海妹子的阿爸和阿母就是！"阿礁顺着嘴说。

黄氏愣了一下。随着便摇了摇头，长长出了一口气说："唉，那算是个什么样的家呀！"

阿礁明白阿母指的是什么，嘴里也就不再说什么，心里却想：她要来看就让她看好了，反正我不同意，三叔公他还能强迫我不成！

黄氏见阿礁不再说什么，便起身收拾桌子，然后说："礁儿，夜深了，去睡吧！"

"嗳！"阿礁应着，"阿母，您也别织了，也去睡吧！"阿礁说完，走进自己的房间，身子向后一仰躺倒在床上。尽管他已打定主意这一辈子非海妹子不娶，但心里总还是忐忑不安。至于担心什么，他自己也说不清……

厅堂里的油灯灭了。

隐隐约约，从不远处传来一阵阵蛙鸣和昆虫的鼓噪声……

二

阿礁照例一大早就去了海滩。尽管黄氏一再交代他今天就不要下滩捡海蛏了，可他还是去了。

上午十点多钟，黑牛急匆匆跑去了海滩，隔着沙滩，老远就扯着大嗓门 喊："阿礁哥，快回家……阿母找你有……有急事……"

阿礁知道是昨晚说的那件事，心中一阵不快，无可奈何地提起鱼篓，踩着没小腿的淤泥，走到黑牛的跟前，冲着跑得气喘吁吁的黑牛没好气地嚷了一句："喊什么喊！像勾魂似的！"

黑牛被阿礁劈头盖脸嚷得莫名其妙，心想：阿礁哥今天是怎么了？吃了枪药了？于是，粗着嗓门跟着嚷了起来。

"喂，这可不能怪我！是阿母叫我快点把你喊回去的！"黑牛当然不知道给阿礁说亲这事，更猜不出来此时此刻阿礁的内心感受。

阿礁知道，这不能怪黑牛。于是缓声说："知道了，我这就回了。"说着，刚想转身忽又顿住脚对黑牛说，"海妹子被她阿爸打伤了，有空你也去瞧瞧！"

"嗳，我这就去！"黑牛点点头说，又愤愤不平地骂了一句，"乌贼这混蛋，简直连畜牲都不如！"骂过，跨起大步朝西赶去……

阿礁刚刚推开自家院门，黄氏急忙迎了上来。

"叫你不要下滩你偏要去，这不，人家都来了好一阵子了！"黄氏埋怨了一句，接过阿礁手中的鱼篓子头前走。

阿礁垂着头跟在黄氏的后面。黄氏没有直接朝厅门走去，而是领着阿礁拐到"五脚架"东侧，那儿放着一大盆水，盆沿搭着一条毛巾。黄氏把鱼篓往边上一放，说："看你溅得满脸满腿的泥，像个乞丐，还不把人家吓跑？快好好洗一洗！"

阿礁二话没说，蹲下身子垂下头，把整个脸浸进水盆里，像搓衣服似的使劲搓了起来。

"哎，都这么大的人了，连洗个脸都不会！"黄氏站在一旁看着，摇了摇头，爱怜地嗔怪了一句。

阿礁洗完脸又冲了冲脚，然后随黄氏进了厅堂。

厅堂暗红色的旧八仙桌两旁的太师椅上，端坐着一男一女，左边是郝忠，右边是一个中年妇女。

"三叔公，您来了！"阿礁朝郝忠点了一下头说。

郝忠正举着他的长烟杆吸着旱烟，于是，嘴含着青铜烟嘴含含糊糊地"嗯"了一声，算是回答。

阿礁又朝中年妇女也点了一下头，说："您来了！"

"嗳！"女人应着，很有分寸地朝阿礁欠了一下身子。

黄氏搬来一张方凳，招呼阿礁坐下，自己则准备立在儿子身旁。阿礁没有坐下，而是看着黄氏，说："阿母，您坐！我站在您身边就行。"黄氏明白儿子的心，于是坐下。

中年妇女的嘴角露出一丝不易觉察的笑意。

阿礁低着头，用眼角的余光偷偷窥视了一眼那中年妇女。

她中等略高的个子，头发梳得净光发亮在后脑绾了个发髻，发髻外罩着一个黑色的发网；一身猩红色的旗袍紧束着苗条匀称的身躯，旗袍下摆处稍稍露出一双尖尖的红色绣花鞋尖；略显清瘦的椭圆形脸虽说颊骨显得有点高，脸色有点过于白，但仍不失高雅、端庄。40 岁的人，看起来要比实际年龄小好几岁。

她，就是郝忠给阿礁选择的对象萧秀姑的生母——俞氏。

俞氏出身于名门望族，也算是个大家闺秀，也曾有过闺名叫俞桂兰。14 岁那年由父母做主嫁到了萧家。

俞氏的丈夫是个诗书琴画样样出类拔萃的书生，在西湾村方圆数十里以才子称谓。其父曾对他寄予厚望，期盼将来能中个举人进士，谋个一官半职，也好光宗耀祖。没承想，这朝代一变，连人的运气也跟着变，最后只落了个私塾教书匠。好在俞氏嫁鸡随鸡，嫁狗随狗，从无一句怨言，夫妻俩倒也十分恩爱和睦，相敬如宾。

俞氏 17 岁那年怀了第一胎，不幸早产夭折。此后一直到 23 岁那年才又怀上秀姑。

秀姑生下来时也是纤纤细细、弱不禁风。夫妻俩把她视为掌上明珠。然而，好景不长，乐极生悲。就在秀姑 3 周岁不久，俞氏的丈夫染上了肺痨病，经百般医治，终究无效，一命呜呼，撒手西去。

那年，俞氏正值青春旺盛之际，却又不敢越雷池一步。白日里，她总是大门紧闭，独自一人站在厅堂中央，木头似的呆望着那块高悬在半空的"贞女烈妇"的牌匾；夜深人静时，则伴着豆大的油灯，泪流偷泣。丈夫在世时，乡里乡亲都称她师娘或者叫她桂兰；丈夫死后，就再也没人这样称呼她了。按照这儿的风俗，寡妇只称姓，于是人人都改叫她俞氏。

秀姑开始懂事的时候，俞氏就时常把她叫到这牌匾前，诉说它的辉煌历史和萧家的荣耀。尽管所有这些她也都是从已故的婆婆那儿断断续续听来的。但俞氏毕竟是书香门第出身，经她一串，再加上自身的领会，竟也说得头头是道，绘声绘色。从哪一代出了贞女，哪一代又出了烈妇以至于说到自己是如何洁身守寡，令小秀姑听了每每泪流满面，小小的心灵从此罩上了一圈非同寻常的光环。秀姑 5 岁开始识字。俞氏从《三字经》开始，《女儿经》为主，一字一句地教秀姑背得滚瓜烂熟。而后又不厌其烦地逐句解释其中深奥的含义，尤其是做女人时时刻刻都要恪守的三从四德，妇道为人……随着秀姑年龄的增长，俞氏又教她女红针绣，再接下来……

寡妇门前是非多。俞氏自丧夫之后，几乎是足不出户。太阳出来三竿才敢开门，太阳离下山还有三竿就关门。至于院门，非到万不得已是不开启的。村里的婶婶大娘们找她，也只能隔着围墙上的花窗匆匆说上几句。

秀姑从生下来到长成少女，几乎不出家门一步。除了每年正月初二随俞氏回一次姥姥家，清明节上后山扫祭一次祖坟外，就只有 7 岁那年单独出过一次院门。

那天下午，俞氏到村前的小店铺称些油盐酱醋，走时竟鬼使神差忘了把院门反锁住。等到她返回家时，却不见了小秀姑。这可急煞了俞氏，冒着浑身冷汗，颠着三寸小脚满村子呼寻……

而这当儿，小秀姑正和一帮秃脑小子玩得热火朝天。

"喂，你叫什么名字？从哪儿来？"一个赤膊光屁股，浑身晒得黑不溜秋的男孩睁着圆溜溜的眼珠子好奇地问。

"我……我叫萧秀姑，住……住在萧家院……院里。"小秀姑有些胆怯，吞吞吐吐地应着。

"我们怎么从来没见过你？"

"我阿母从不让我出门。"

"噢！"

男孩们把小秀姑围在中间，七嘴八舌地嚷着。

"秀姑，跟我们一起玩吧？"

"玩什么呢？我……"

"好玩的可多哩！"一个男孩想了想说，"今天有你，我们就玩猪八戒背媳妇吧！"

刚才那个光屁股的男孩自告奋勇地站了出来。"我叫山猪，就让我来当猪八戒！"说着，把腰弯了下去。

还没等小秀姑明白这是怎么一回事，其他男孩一哄而上，把她连拉带扯地推到那光屁股男孩黑黝黝的脊背上……

童心纯真无瑕。没一会儿，小秀姑已完全放弃了先前的戒备和害怕，开心大笑了起来。等到俞氏好不容易找到她的时候，已是满脸满身的泥和水。

俞氏小脚踏不得沙滩烂泥，只好远远站在海岸上，气得扯开嗓门疾呼："秀……姑，秀……姑……"

小秀姑顿时吓得魂飞魄散，"哧溜"一声从那个叫"山猪"的男孩的脊背上滑落到地上，好一阵，像拴船缆的木桩一样僵在那儿，小小的脸蛋吓得苍白如雪。

俞氏气得七巧冒烟。没等小秀姑跌跌撞撞跑到跟前站稳，一把按住肩胛扯了过去，紧接着就是"啪啪"两个耳光子。

"谁叫你偷跑出来的？谁叫你玩这没廉耻的下流游戏？"俞氏的嘴唇哆嗦了起来，"真真气……气气死……我……呀！"泪水顺着细细的鱼尾纹淌了下来。

小秀姑刚才还是苍白如雪的脸蛋，此刻已被俞氏的巴掌染成鲜红。她"哇"的一声，放开喉咙大哭了起来。

"阿母，我……我再也不……不敢了……"

小秀姑被俞氏扯回家，着着实实被罚在厅堂案桌前跪了一炷香的时辰。从那以后，小秀姑果真再也没有单独出过一次家门。

就这样，母女俩靠着做点针线刺绣活计，加上俞氏出嫁时带来的一些金银首饰逐渐变卖，苦苦熬了一十三年，直到白脸婆上门，郝忠登门求见之日。

今天，俞氏是专程来回访男方家风的。

此时，阿礁就站在她的对面。

事关女儿的终身大事，俞氏也就顾不得大家闺秀的风度了。仔仔细细地左看看，右瞧瞧，从阿礁那宽宽的额头到赤裸的大脚，一丝不苟，一寸不少地端详着……

良久，俞氏的嘴角露出了一丝微笑朝郝忠点了点头。

郝忠也点了点头，而后朝黄氏瞅了一眼。

黄氏急忙掉转脸，对阿礁说："礁儿，把我准备好的茶给你三叔公和俞阿姨端来。"

阿礁走进灶房，不一会儿端出两杯红茶水。先递了一杯给俞氏，然后把另外一杯放在三叔公桌前。

俞氏礼貌式地朝阿礁点了一下头。

这是一杯红糖茶水。按照这里的风俗，相亲的人只要喝下这杯甜茶，就说明你已经有六分的应允了。

俞氏从阿礁手里接过茶并没有马上喝，而是轻轻地把它搁在桌上。

阿礁回到黄氏的身边。黄氏看了看郝忠，然后对阿礁说："礁儿，家里的盐用完了，你去称一斤吧。"

阿礁"嗳"地应了一声，朝郝忠和俞氏点了点头，说："你们坐，我出去了！"

郝忠头也不抬，只是鼻孔"嗯"了一声算是回答。

阿礁心里明白，这是阿母有意要把自己支出去。下面该是他们上一辈的事了。

初次见面，一般谁也不会直接当着下辈的面问什么或者问下辈什么，更不会直接议论什么。这是这一带的传统习惯，也是为了给自己留下回旋的余地。

郝忠见阿礁走出厅门，把烟嘴从口里拉了出来，然后垂下烟杆，在自己的鞋帮子上敲了敲，倒掉烟锅里的烟灰，把烟杆靠在桌子边缘，端起茶杯。

"大妹子，请吃茶！"

俞氏听到郝忠请吃茶，眼光急忙从即将消失在院门外的阿礁后背上收回来，双手做了个捧杯的姿势，应声道："三叔，您请！"说完，手又慢慢离开了茶杯。

坐在一旁的黄氏心慌意乱，像有十五只水桶在胸腔里七上八下的。像自己这样的家境，本来要讨一门媳妇就不那么容易，更何况要攀上这样有名望的好亲家，更是难上加难。就在俞氏看阿礁的那一会儿，她就像过年似的难熬。

"大妹子，你看阿礁这孩子……"郝忠问到这便打住了。

"看起来，这孩子应该是挺老实的，人也长得周正结实，走路也很正的，是个挺不错的孩子！"俞氏想了一下答。

黄氏紧绷的心头立时松弛了许多，急忙接过俞氏的话尾："大妹子说得对，礁儿就是个老实疙瘩，一句诳人的话都不会说，又很会体贴人。这些年要不是礁儿起早摸黑，把什么活儿都揽了，我这条老命早就没有了。"黄氏说着又长长叹了一口气，"唉！咱穷人家的孩子从小就苦惯了，能吃苦，哪能比得上大妹子大家闺秀调教出来的好闺女，有福呀！礁儿干起活来，一个顶两个，还有……"

黄氏爱子心切，巴不得把自己的儿子的好处全都倒出来，于是说起来就没完没了。

郝忠听着听着，眉头不由得慢慢地挤了起来。他用眼角的余光瞟了俞氏，见她脸上挂着淡淡的笑意。他猜不透她的笑意，是在讥笑黄氏没教养，说话出了格，还是在笑自己长幼尊卑不分？为了不出岔子，他朝黄氏甩去了火辣辣的一束眼光。

黄氏正说在兴头上，冷不防被郝忠的斜眼光一碰，心头立时"咯噔"了一下：莫非我说错了什么？于是慌忙刹住口，把吐到嘴边的半句话硬生生地咽了下去，脸立时被憋得红了起来。

俞氏正听得入神，见黄氏突然缄口不言，也不由自主一愣：这是怎么了？疑惑不解的她随之向黄氏望去。

黄氏的心凛了一下，暗暗叫了一声苦：这一下糟了！

这一切怎能逃得过郝忠的眼光。他内心嘀咕了一下：不好，再这样下去黄氏非出丑不可，这亲恐怕也会相不成！于是，他急忙借机咳嗽了一声。

咳嗽声把俞氏的目光引到了郝忠的脸上。只见他挂着干裂的笑，正朝她伸出一只手，掌心向上。

"大妹子，你请！请吃茶！"郝忠客气地招呼着。待到俞氏的手捂住茶杯，他才把手照原样收了回来。

黄氏此时也缓过了神来。尽管心里仍然忐忑不安，但脸色已正常了许多。借着郝忠递过来的"梯子"，她就势起身走进灶房，重新泡了一壶甜茶端到桌边，给两人的杯子续了些，笑着说："大妹子，请吃茶！"

"谢谢！"俞氏客气地谢道。

"大妹子，这门亲事你看……"郝忠不失时机地问了一句。

"三叔您老也看过我家秀姑了，不知您老对……"俞氏以问作答，反客为主。她也要先探探对方的底。

"没得说，一百个满意！"郝忠显得有点恭维地夸道，"大妹子调教出来的闺女，知书达理，三乡五里找不到第二个啊！"

这话正中俞氏下怀，脸上立时荡出难以掩饰的喜气。俞氏心里斟酌了几许，才接口道："为人尊长，总要尽点做长辈的责任。小女虽说识得几个字，但从没出过门，说到底还是没啥见识！"

"自古以来，女子以德为重，门面为贵。像大妹子家这样的门风门面，这样的好闺女，到哪儿去找啊！"郝忠逢迎着，随着"嘿嘿"笑了起来。

"是啊，是啊……"黄氏在一旁也跟着搭腔不停。

俞氏内心舒服极了，不由得点了点头说"既然三叔您老人家和黄家大姐这样抬举我家小女，两个孩子的生辰八字又是那样的和谐相配，那……三叔您就看着办吧！"俞氏说完，端起茶杯呷了一小口甜茶，然后从衣襟边取下手绢，极有分寸地在嘴唇边轻轻拭了一下。

郝忠和黄氏同时吃了一颗定心丸。

郝忠想了一下，又说："大妹子，你看能不能让孩子们打个照面？"

俞氏稍稍犹豫了一下，答："也好！"

"那就明天吧？明天是个黄道吉日！"

"也好！"俞氏说着站了起来，拉了拉有点皱褶的旗袍，朝前走了一步，说："那我就先回去了。明天在家恭候了！"

"咋能就这么走了？吃了午饭再走吧！"黄氏急忙上前拦住。

"不啦！家里还有事。再说路也挺远的。以后成了亲家叨扰的事还多着哩！"俞氏边笑着说，边抬腿朝外走去。

郝忠把俞氏送到厅门口，黄氏接着把她送到院子外面的路口……

三

东方刚刚露出鱼肚白。

天地间，一片朦朦胧胧。山、海、石、树以及各式各样的建筑物尽在隐隐约约之间，像披着一件神秘的外衣，让人看起来迷迷茫茫、似是而非又浮想联翩。

偶尔，一声高亢的五更鸡叫划过，立时引发一阵阵此起彼落的啼鸣声，更使人平添一种晨空的寂静冷漠感。

一辆陈旧的牛车沿着坑坑洼洼的海岸线蹒跚蠕动着。一头黄色的老牛拉着木头架子车迈着沉重的步子。用石榴木做的牛弯子深深地嵌进牛肩，勒出一条深深的凹痕。老牛不时昂起头，"哞哞"地长叫几声，那声音像是包含着什么委屈，又像是在长叹平生的不幸。

牛车缓缓地朝西移动。远远望去，就像一只巨大的海螺背着沉重不堪的花贝壳在沙地上吃力地爬行着。"吱呀吱呀"的车轴摩擦声，像呻吟声似的在晨空中艰难地回荡着；木质车轮时而压过坚硬的红土路面，留下两道隐隐约约的白印，时而碾过松软的沙地，则勾画起两条深深的辙沟。

架子车上放着两只低矮的小竹凳，分别坐着郝忠和黄氏。

阿礁没有坐在车上，而是手握一支相思树枝条，跨着大步赶着牛。

谁也没有说话，好像根本就无话可说似的。

郝忠不停地"吧嗒吧嗒"地吸着旱烟。红红的一点火苗在灰色的晨空中一明一暗地闪烁着。黄氏默默地坐着，眼望着不时扬起树枝狠狠抽打牛背的阿礁。她知道，阿礁是在把气出在牛身上。

昨天晚上，当她告诉阿礁说今天要去西湾村相亲时，阿礁的脸立时就沉了下来……

"阿母，我不去！"

阿礁满脸不高兴，把手中的毛巾往脸盆里一丢，水溅出了盆，洒了一地。

黄氏放下手中的梭子停下织网，望了望阿礁，起身走过来，弯下腰伸手从盆里拿起毛巾拧干。

"礁儿，你怎么了？这是一件大喜事，你怎么反而不高兴了？"

阿礁一屁股坐在桌边的凳子上，嘴唇撅得老高，嘟囔着："我早就说过，我要自己找。可你们，偏偏要……"

黄氏原以为阿礁以前只是说说而已，没想到他竟当真，一时不知如何是好。她默默地把手中的毛巾搭在厅边的绳子上，然后走到原来的位置，坐到小凳子上，重又拿起梭子却呆呆地望着。

"礁儿。"良久，黄氏才开口说话："不是阿母要逼你！你想自己找，阿母也不想反对。可是，你阿母做不了这个主啊！咱郝氏家族，历来都是上一辈说了算。如今是你三叔公在主持族事，他是个说一不二的人，你和我都拗不过他呀！"黄氏说着，长长叹了一口气，"唉！想当初，我和你阿爸，不也是你奶奶一句话说了算？"

"那是满清，现在是民国。时代变了！"阿礁不服气地顶了一句。

"时代是变了，可人没变呀！"黄氏接口说，"礁儿，听阿母一句话，不要再想自己找的事了，啊！"

"不，阿母！我什么都听您的，就这一件事，我要自己做主！"

"你……"黄氏生气了，"阿母算是白养你了！"说着，赌气地飞快织起渔网，头也不抬。

阿礁见阿母真动了气，心里顿时感到十分内疚。他不能没有海妹子，可又不能伤了阿母的心。他像一条搁浅的船，进退两难。

黄氏默默无声地织了一阵渔网，见阿礁一句话也没有，不由得抬眼看了看。当他看到阿礁那难受的样子，心不由得又软了下来。

"礁儿，阿母何曾不是为了你好？阿母大半辈子快到头的人了，还能图什么呢？就图个你能找上个好女人，生个一男半女，为咱家传宗接代，延续香火；图你能有个好日子过，将来阿母到了阴间，也好向你阿爸有个交代！我……"黄氏说着说着，眼圈子也红了起来，泪水盈满了眼窝。

看到阿母伤心难过的样子，阿礁的头垂了下来。"阿母，我……知道，我不能伤您的心，可……我……"

"礁儿，你怎么了？你到底有什么心事？就不能告诉阿母吗？"黄氏抬头望着阿礁说。

到了这步境地，阿礁不能不说了。

"阿母，其实……其实我……我已经自己找……找好了对象，我……"

"你是说，你……背地里已经有……有相好的了？"

阿礁点了点头。

黄氏立时感到一阵头晕眼花，身子也摇摇晃晃了起来，手中的梭子"哧"的一声扎进了手心，一缕鲜血瞬间涌了出来，浸入洁白的网线，将其一段一段染红……

阿礁一声惊叫，慌忙扑了过去，一手扶住摇摆不定的阿母，一手拿起她流血的手，把自己的嘴唇贴在伤口上……就在这一瞬间，阿礁突然想起了过去。他想起了阿母拉着自己给阿爸送葬，想起来阿母为养活他而没日没夜地给人家织补渔网，想起了阿母喝着番薯汤而把米饭留给自己，想起了……每想起一件事，阿礁的心就像被刀割一下疼痛不已……

"阿母，您醒醒！您醒醒啊！我听您的……我明天就去……去……"阿礁不停地、使劲地摇晃着即将昏迷过去的黄氏，大声呼喊着，泪水顺着眼角滚落了下来，洒落在黄氏苍白的脸上……

迷蒙中的黄氏如梦幻一样，隐隐约约像是见到丈夫魁梧的身影正朝自己走来，她一阵惊呼，正想扑过去向他哭诉一番，却见他摇了摇手，飘逸般地把一句话送进了她的耳朵：

"这些年让你受苦了！我知道你的心事，可是，我们也不能为难孩子，不能逼迫孩子做他不愿意做的事呀！别忘了'儿孙自有儿孙福，莫将儿孙作马牛'这句古训呀……"

黄氏还想问什么，却突然感到有什么冰凉的东西落到了自己的脸上，随着，眼前那高大的身影消失了，幻觉破灭了。她从迷蒙中醒来了。

黄氏缓缓地睁开沉重的眼皮，发现自己躺在儿子的怀里。她抬眼望去，儿子两眼泪水汪汪，正一滴一滴淌落在自己的脸上。她不由得一阵难以抑制的伤心。

"礁儿，阿母刚才看见你阿爸了。他说了我好多，也说得很对！只要你好，阿母什么都可以不要。"黄氏顿了顿，像是在积蓄气力。她喘了一口粗气后又接着说，"礁儿，你也别难过了。你要是真的不愿意……"

没等黄氏说完，阿礁情不自禁地接过话尾："阿母，我明……明天去……"

黄氏像是没有听见似的，继续说她的。

"别怪你三叔公，他也是一片好心，更何况，他……他……"说到这儿，黄氏突然停住，心头一颤：我这是怎么了？

阿礁见黄氏突然停住不说，而且刚刚缓过气色的脸立刻又变得青白，顿时吃了一惊。

"阿母，您怎么了？三叔公他怎么了？"

黄氏没有立即回答，像是在内心责备自己什么似的。好大一会儿才说："他是你的叔公呀，你要尊敬他！"

阿礁似乎并不满足黄氏这样的回答。然而，他还是点了点头，尽管他内心仍然感到疑惑不解。

……

太阳终于露出了海面，红艳艳地把所有的光和热洒向人间大地。

天地间变得分明了。一切景物在阳光下露出了真面目。在这苦难的年代里，只有这纯真的太阳才是无私的。

海岸线上，牛车仍旧慢吞吞地走着，老黄牛依旧不时昂起头，"哞哞"叫几声……

郝忠照样不停地抽着旱烟，只是那火苗在阳光下显得是那么的微弱、藐小。

黄氏还在默默地想着心事……

阿礁还是不停地用树枝鞭打着老黄牛。昨天晚上的一幕幕，同样在他的脑海中不断地重复闪现。今天，他不能不去西湾村，他不能伤阿母的心，但他更不能失去海妹子……他绞尽脑汁，想找出一个两全齐美的办法……

郝忠也在想着。"吧嗒吧嗒"的吸烟声节奏分明地伴随着他的思索：七十了，是个过了今天不知有没有明天的人了。一生风风雨雨、坎坎坷坷，到头来却是两手空空，连个承接香火的儿孙都没有。人活着到底图个啥？

想到这儿，郝忠真想仰天长叹一身。然而，他不能，这个素以刚烈著称、威慑族人一辈子的硬汉，即使内心在流血，也从不在别人面前叹一口气。

郝忠继续想着：这一辈子，自己为郝氏家族费尽了毕生心血，而失去的却是永远也无法弥补的。平生无憾于族人，却有愧于另一个人。二十余年了，每当想起这事，心中就有一种难以言表的愧疚……无论如何，自己也要办成阿礁这门亲事。也许，这是最后一次了……

慢慢悠悠的牛车终于到了西湾村口。阿礁猛地勒住牛的笼头，车上的人身不由己地前倾后仰了一下。

"三叔公，往哪儿走？"阿礁稳住脚跟，转身问。

郝忠从长长的思索中醒来，眺眼望了望，举起长烟杆，指着不远处的一幢大厝，说："就那儿。"

阿礁松开牛笼头的缰绳，举起手中的树枝条使劲抽了一下牛背，嘴里随着吆喝了一声："驾！"

慢吞吞走了几个小时的老黄牛突然发了疯，扬起四蹄猛地跑了起来。车上的人顿时吃了一惊。黄氏急得大喊了起来："礁儿，快，快拉住……"

阿礁没想到自己一鞭子竟惹疯了牛。看来，别说人了，就是再老实的畜牲也会发脾气的。阿礁使劲拉住缰绳，身子朝后仰着，双脚狠劲抵着路面，随着牛蹄子朝前摩擦着。

老黄牛疯了一小段路，终于放慢了蹄步停了下来。车上的人定睛一看：已经到了大厝的院门外。

院门居然是虚掩着的。

郝忠和黄氏下了车，三人一起走进了院子。

这是一幢用花岗岩条石和红砖砌成的、古色古香的闽南风格的大厝。厝脊上两条瓷龙高翘昂然，跃跃腾飞；大厝的前壁上镶嵌着一块块墨绿色的青石板，上面精雕细琢着各种各样的人物花鸟，栩栩如生；"五脚架"矗立着四根大理石圆柱，研磨得光亮如镜，八条神态各异的石龙浮雕在石柱表面，两条一对盘卷在一起，蜿蜒向上……大厝虽说已陈旧，却也气派非凡。

阿礁把老黄牛拴在院子的木柱上。

黄氏理了理被风吹乱的鬓发，把脑后的发网重新紧了紧。

郝忠把长烟杆掖在背后，走近紧闭的大门，伸手轻轻叩响了虎头门环。

里面的人像是早就等待在门后似的，门应声开了。

俞氏还是那一身打扮，微笑着站在门槛边。

"你们来了，快请进！一路辛苦了！"

"哪儿的话，倒是让你久等了！"郝忠急忙客气地应道。

说话间，三人随着俞氏鱼贯进入了厅堂。

黄氏和阿礁一眼就看到了那块悬挂在厅堂正中的红色金匾。

俞氏招呼郝忠坐在厅桌边的太师椅上。请黄氏坐到郝忠一侧的椅子上，而阿礁则站立在黄氏的身边。

俞氏，转身从另一房间捧出一个绘着彩画的漆盘，上面放着四杯红茶。她先端了一杯给郝忠，而后是黄氏，接着又示意阿礁自己走过来拿。然后，自己在厅桌边的椅子上坐下。

"大妹子，你看能不能让孩子们见个面？"郝忠脸朝着俞氏说。

俞氏点了点头，掉转脸朝里屋喊了一声："秀姑，秀姑！"

"嗳！"随着一声清脆的应答，里屋的门帘一挑，款款走出一位少女。

这是一位典型的惠东女打扮的少女。身着天蓝色斜襟圆摆的短衫，下穿一条暗绿色宽筒裤，脚踏一双小巧玲珑的红色绣花鞋，上衣和裤腰口之间，浅浅裸露出一小片洁白如玉的腹肌，隐约间可见一点淡红的肚脐眼。中等偏低一点的个子，骨骼显得清秀苗条而让人略有点过于纤细的感觉；长圆脸，一双明净的、带着羞怯的眼睛不大不小和细细的、经过精心修整的柳叶眉相配衬着；额头梳整得十分滑净连刘海也一起卷进头顶的秀发在后脑勺绾着一个圆形发髻，中间不偏不倚横插着一支银簪子。脸色洁白得有点过分而微微泛着淡淡青光，短袖外，裸露出瘦细的前臂和修长的手指。

黄氏和阿礁见了秀姑这身打扮，都不由得睁大双眼愣住了。

俞氏看出了他们的惊讶和疑惑，便笑着解释说："萧家祖上是惠东籍的。因此，除了像我这样的外来媳妇外，后代子孙都要遵循家训，仍然保留着惠东人的穿着和打扮。"

黄氏和阿礁恍然大悟地同时"哦"了一声。

说话间，秀姑已来到了俞氏跟前，轻声地叫了一声："阿母！"

"去，见过客人！"俞氏说。

秀姑转过身，朝郝忠深深鞠了一躬："叔公，您好！"

"好，好！"郝忠应着，也点了一下头。

秀姑走到黄氏面前，也深深鞠了一躬："阿婶，您好！"

黄氏也急忙"嗳"了一声，又连着点了几下头。

秀姑朝边上跨了一步，她的眼光和阿礁的眼光相撞了。一刹那间，她愣住了：这是一个多么英俊的后生仔呀！顿时，她心里像有一只小鹿在冲撞一样，"嘣嘣"狂跳，一时间竟忘了该怎样称呼阿礁。

阿礁也望着她。但只是一瞬间他就避开了。他看得出，这是一个乖顺的女孩，也是一只被长期关在笼中的"小鸟"。然而，自己却不能打开"鸟笼"。

秀姑呆立着。她完全被眼前这个后生仔吸引住了。被禁锢的少女之心开始不安分地"怦怦"乱跳了起来。继而，又想起了什么……脸立时红了起来。就在这时，俞氏的声音传了过来：

"秀姑，秀姑！"

秀姑像是突然被惊醒，惶恐地朝阿礁点了一下头，急忙转身踩着碎步回到里屋。

郝忠也喊了一声："阿礁，去看看牛拴好了没有？"

阿礁朝俞氏点了一下头，走出了厅门……

第九章 · chapter nine

一

俗话说："世上没有不透风的墙！"

没几天，阿礁到西湾村相亲的事便传了出去。

这天中午，阿礁正在院子里晾晒鱼网。

突然，院子的篱笆门被人一脚踹开了。紧接着，赤裸着黑不溜秋上身的黑牛，满脸怒气地几个大跨步抢到了阿礁的跟前，猛地伸出沾满泥土的右手，一把揪住阿礁的领口，两道粗黑的大刀眉向上昂翘，一对虎虎大眼两束火辣辣的光芒直逼阿礁。

阿礁冷不防被黑牛这么狠劲一揪，身子不由自主地超前倾移了一步。没等他站稳脚跟，黑牛已破口大骂了起来。

"好你个阿礁，没想到你原来也是一肚子坏水，专干那些见不得人的勾当！我黑牛算是瞎了眼，才认你这种人做兄弟！"

阿礁被黑牛莫名其妙地骂得狗血喷头，心里不由得也来了气。自从到西湾村相亲回来以后，他的心情就一直没有好过。今天，又让黑牛平白无故骂了一通，犹如火上浇油。他愤愤地甩掉还拿在手里的鱼网，双手握住黑牛抓在领口上的手，狠劲一扳，随着，也大声喊了一句："阿祥，你疯了不成！快放手！"

"你今天不说清楚，我就不放手！"

黑牛的牛脾气一上来，声音吼得比阿礁的更大。

"说，说！"阿礁一边狠劲朝两边将黑牛的手掰开，一边喊道，"我一不偷二不抢三不杀人放火！你叫我说什么？你凭什么这样无缘无故辱骂我？"

"骂？"黑牛眼珠子一瞪，扬起被阿礁掰落的手，"我还想揍你哩！我问你，为什么这样无情无义？为什么要脚踩两只船？"

"我怎么就无情无义了？我又怎么脚踩两只船了？"阿礁不服气地反问。

黑牛扬起的拳头终究还是没有朝阿礁砸下。但火气仍然很大。

"装什么蒜！"

"我没有装什么蒜！"

"那好，我问你！"黑牛说着，就势把刚才扬起的拳头收回插在腰口上，仍旧气势汹汹地责问："你既然和海妹子好，为什么还要去相亲？"

"这……"阿礁总算明白了黑牛为什么骂他了。可是，他却无言以对。"我……"

"怎么样，心虚了不是？"阿礁的难以应答，使得黑牛的火越发烧旺了。"你这没良心的东西！是不是看上好的了，想把海妹子甩了？"

阿礁一听这话，急了，赶紧辩解道："不，不是这样的！"

"告诉你，别以为没有了你海妹子就活不下去了！"黑牛不听阿礁解释，继续吼着。

此时此刻，阿礁就是长着十张嘴，一时也难说清，人竟呆了下来。

黑牛又骂了一通，见阿礁呆在那儿一句话也不吭，一时竟也无话可说。

两人就这么默默对视着。

天已正午，太阳赤裸裸地把强烈的光照射在他们的身上。阿礁宽阔的额际，汗水津津；黑牛赤裸的胸前，流淌着一条条汗线。

半晌，阿礁才轻轻说了一句："阿祥，你听我解释一下，行吗？"

"有什么好解释的？亲也相了，人也看了。还有什么好说的？我不听！"黑牛没好气地又瞪了阿礁一眼，粗着嗓门说。

"唉……那只有我自己去向海妹子解释了。"阿礁长叹了一口气，说。

没想到，黑牛一听这话，又火了："你还有脸去见她？"

"你……"

"我怎么了？"黑牛反问了一句，"我不像你那样背信弃义！"黑牛说完，脚一跺，转身又是大踏步朝院门赶去。临出门，又朝阿礁扔过来一句："我这就去找海妹子，把什么都告诉她！让你一辈子后悔不得心安！"

阿礁一听，立时慌了神。急忙赶上前去，想拦住黑牛。

但，黑牛走起路来，就像一条疯了的公牛一样，一眨眼的工夫，人已走出院门老远。

阿礁知道追不上，只好大声喊着："阿祥，别……别去，千万别……别告诉她……"

黑牛理也不理，连头都没掉一下径直朝西赶去……

阿礁立在院门口，六神无主。黑牛这一去，不知会闹出什么乱子来。他心里越想越不踏实，急忙转身返回院子里，把扔在地上的鱼网收起胡乱散开搭在竹竿上，折转身，急匆匆就朝外赶去……

阿礁大步紧走，没想到，离开自家院门才一百来米，却迎面碰上了黄氏。

"礁儿，你这急匆匆的，是要去哪儿？"黄氏当道看着阿礁，问。

阿礁一时语塞，犹豫了一下才应道："去找阿祥。"

"找祥儿？"黄氏像是忽然想起什么，"我刚刚才在前面碰上了他，满脸不高兴的样子，叫他好像也没听见。你们是不是吵架了？"

阿礁只好顺着梯子往上爬，忙点了点头。

"唉，都是大人了，有话慢慢说，吵什么呀！"停了停又指责阿礁说，"你当大的，也应该让着他点，怎么能这样呢？"

阿礁只能唯唯诺诺说是。

"好了，先别去找了，免得又吵！等他的牛脾气过去了，再找他说说，就没事了。"

"这……"阿礁还想说什么，但被黄氏截住了话尾。

"别这个那个的了，先跟我回家去。下午咱们还得到后山坡锄番薯地。"黄氏说着，自个朝前走去。

没多大工夫，黑牛就满头大汗地出现在海妹子的家门口。

黑牛脚步不停，门也不敲，双手朝前一撑，用力一推，门"咣"的一声开了。黑牛一边朝里走，一边扯着大嗓门喊："海妹子！"

没有人回答。黑牛走到厅堂中间，又高声喊："海……妹……子！"

这一次，随着他声音，从西屋传出一声脆弱的回音："是阿祥哥吗？快进来！"

黑牛几个大步走到西屋。门虚掩着。他照例双手一推，门"吱"的一声开了。

黑牛走了进去。

几天前，海妹子受了风寒病倒了。此时正和衣躺在床上，脸色十分苍白。她见黑牛进门，便吃力地支撑起身子靠在床屏上。

屋里没有凳子，海妹子只好招呼黑牛坐在床沿上。

黑牛早就憋不住了。屁股刚一挨着床沿，嘴就火爆爆地嚷开了："海妹子，阿礁这小子把你给甩了！"

海妹子丈二和尚摸不着头脑，疑惑地望着黑牛，问道："阿祥哥，你在说什么？阿礁哥把什么给甩了？"

"他把你给甩了！"黑牛重复嚷了一句。

这一下，海妹子是听清楚了。她的心猛地"咯噔"了一下。然而，很快，她就又恢复了平静，脸上露出了微笑。

"阿祥哥，你真会开玩笑！"

"开玩笑？"黑牛反问了一句，接着问："这么说，你不相信？"

"不信！"

"你呀，好心不得好报，让人卖了都不知道！好好，我全都告诉你。"黑牛急了。

于是，黑牛把从白脸婆那儿听来的，郝忠是如何托她给阿礁找对象，俞氏是如何到阿礁家来探家风，而阿礁又如何和郝忠以及黄氏到西湾村相亲的经过，一五一十如竹筒子倒豆，"哗啦啦"地全倒给了海妹子。

海妹子听着听着，原本苍白的脸越发苍白了，嘴唇微微颤动着。她只觉得全身的血液都凝固了，心冻住了，从头到脚冷冰冰的，像一座石膏坐像一样。

她不相信这些都是事实。但是，她也相信黑牛是不会骗人的。如今，他说得有鼻子有眼，容不得她再不信了。

黑牛只顾一个劲地往外倒，全然没有发现海妹子的反应，待到他说完，见海妹子没有吭声，便扭头一看，不由得大吃一惊：海妹子头耷拉在一边，人已昏迷了过去，脸和嘴唇像白纸一样。

黑牛着慌了！他知道自己闯了大祸。瞬间的惊慌过后，黑牛迅速将海妹子小心翼翼地平放在床上，然后勾起右拇指，掐住海妹子鼻尖下的"人中"。生死关头，他也顾不得什么了，用了全身的力气狠狠掐了下去。一下，两下，三下……

海妹子的鼻尖下由白变红，由红变紫，又由紫返红。细嫩的皮肤被掐下一道深深的指甲印，继而，凹下去部位的皮肤被掐破了，津津的鲜血渗了出来，染红了黑牛的半个大拇指。

然而，他只能咬着牙继续掐下去。凭他在海上救过人的经验，他知道，海妹子只是一时急火攻心昏迷过去，只要没有错过抢救时机，就一定会苏醒过来。

终于，海妹子的嘴唇开始轻微抖动了。先是一下，两下……再接着是缓缓地嚅动，鼻孔也有了轻轻的气息嗡动，沉重的眼睑慢慢地张开了，脸上也开始有了血色。随着，便是一声长长的叹气……

黑牛总算松了一口气，把手从海妹子的鼻尖底下拿开举到自己的额头，抹了抹淋漓的大汗。

海妹子吃力地转动着眼珠子，目光呆滞地望着黑牛，浮想联翩……

就像和阿礁一样，黑牛和她也是青梅竹马。小时候，他们三人常在一起上山坡拾柴禾，一起下海滩捡贝壳，一起玩耍嬉戏……后来，他们都长大了……再后来，她和阿礁悄悄相爱了。于是，就不再像以前那样时常三个人在一起了，更多的是和阿礁一起在古榕树下，在望夫楼上……而把黑牛只看作是兄长一样。她爱阿礁，爱得无法自拔。可是，如今，阿礁他却……她不敢再想下去……

黑牛也望着海妹子。他好像今天才发现她是那样的美、那样的可爱。那颗淡红色的美人痣是那样的醒目、那样的诱人。

人非草木，都有七情六欲。黑牛即便再粗鲁、再牛，也懂得爱。他何曾没想过要和海妹子相好？他何曾不爱她？但是，他不能！因为阿礁哥也在爱着海妹子。他是他的兄长，尽管不是同胞亲兄弟，却是同吃一母奶水长大的。他把自己对海妹子的爱深深地埋在心底里。

他从没在阿礁跟前流露出一丝一毫的"醋"意，也没有在海妹子面前表现出一丁点的示爱。他爱海妹子，也爱阿礁。淳朴耿直的黑牛希望他们能真正成为一对好伴侣。

然而，如今，阿礁却要放弃。不，是抛弃海妹子。愤怒之余，他感到揪心地疼痛。他骂阿礁没良心，同情海妹子的不幸。此时此刻，他真想把她拥在怀里，对她说一句："我喜欢你！"

也许是心灵的感应。

就在黑牛痴痴想着的时候，海妹子突然翻身坐起，一个意想不到的前倾，扑进了黑牛那宽厚的、黑不溜秋的胸膛里。

黑牛愣住了。

女性柔软如水的躯体把他的心鼓荡了起来。少女所具有的那种令男人无法抵御的诱惑力使他忘记了一切，忘记了自己是来做什么的。猛地，他伸出粗壮有力的双臂，把海妹子紧紧拥住。

她感觉到，他的心在"怦怦"跳动，那样有力、清晰。

他也感觉到，她的呼吸细细的，带着温馨轻轻地拂在他的心口上。

……

太阳在悄悄西移，时间在静默中消逝……

偎依在黑牛胸膛上的海妹子似乎感到自己正靠着一座大山，那样坚强有力，安全可靠；又似乎像是一条漂泊的小船找到了避风港，抵御了突如其来的风暴袭击。她几乎忘了，此时此刻，自己在做什么。她的双眼微微合着……

紧紧拥着海妹子的黑牛，如同拥着一条正在流淌的小溪。那溪水明亮清澈，缓缓地，一路吟唱着流经他的整个身心，带来一种从未有过的畅悦。他真希望，这条小溪能永远环绕着他，永远陪伴着他……

酒再醉总有清醒的时刻，梦再甜也有终了的瞬间。

海妹子终于开口了。喃喃地，像是在自语。"阿祥哥，你说我现在该怎么办？"

黑牛以从未有过的轻声说："别怕，海妹子。我会护着你！"

"真的？"

"嗯！"

"阿祥哥，你真好！"海妹子柔声说。

黑牛的心颤了一下：莫非她真的不对阿礁哥再抱着希望了？莫非……他犹豫了一下，说："海妹子，要是阿礁哥他真的……你打算怎么办？"

"我……我不……不知道怎么办。黑牛哥，你……帮帮我……"海妹子颤着声，身子又往黑牛的胸膛贴紧了一些。

黑牛一阵激动，终于再也无法控制住自己迅猛发展的情感，用力把海妹子紧紧搂住，眼盯着她那黑油发亮的长辫，声音抖索地说："海妹子，要是真的那样的话，你就……就嫁……嫁给我吧！"

　　如同受到了惊吓，海妹子猛地直起腰来，推开黑牛，向后急速挪移了几个屁股位置，瞪着犹如惊恐的双眼望着黑牛。

　　海妹子突如其来的举动让黑牛吃了一惊。他没有丝毫的心理准备，措手不及地收回双手，疑惑地问："海妹子，你怎么了？"

　　海妹子直摇头。

　　"不，不！不是这样的！我……我要去问……问他。不，不！阿礁哥不是那样的人……"

　　黑牛终于明白了。海妹子心里爱的只有阿礁，刚才发生的一切只是她一时的冲动。在她的眼里，自己只能是她的兄长一样的人。

　　黑牛的脸顿时涨得通红。随着，一种深深的羞耻感油然而生，使他感到无地自容。他猛地扬起拳头狠狠地捶打自己的头。

　　"我，我真浑！我还算是个人吗？我……对不起阿礁哥！我……"

　　看见黑牛痛苦自责的样子，海妹子的心像被鞭子抽了一下。她顾不得什么了，伸手死死抓住黑牛扬起的拳头，哑着声音说："阿祥哥，别这样，快别这样！都是我不好，都怪我……"

　　海妹子说着，眼泪忍不住"扑哧哧"落了下来，洒在胸前。她哽咽着，垂着头。

　　"阿祥哥，我知道你的心。可是，我只能把你当成是我的好哥哥。你……你别生气，行吗？"看到黑牛点了点头，海妹子接着说："阿祥哥，你知道，我心里除了阿礁哥，再也装不下其他人了。我不能没有阿礁哥。如果他真的……真的不要我了，那……我就去……死！"说着，不由自主地抽泣了起来。

　　黑牛吃了一惊。

　　"海妹子，别这样！千万别这样想！我……我这就找阿礁哥去！"黑牛说着，立起身，拔腿就往外走。

黑牛走了。

海妹子呆呆地坐着，心里异常难受，一种难以言表的酸甜苦辣味直朝心头涌去……

二

黑牛心急火燎地赶到阿礁的家，却见大门上吊着一把大铁锁，心顿时凉了半截，一时竟愣在了门口。

"到哪儿去呢？到海滩去了？不会，刚才自己才从那儿经过！那……又会到哪儿去呢？"黑牛想着，抬头望望西方的天空。太阳已经快沉落了，他们怎么还不回家？莫非……黑牛猛然想起：莫非他们是去了郝忠家商量亲事？想到这儿，黑牛更急了，转身风一样卷走。

郝忠的家门敞开着。

黑牛不管三七二十一，大踏步跨了进去。

郝忠正半躺在竹摇椅上，眯着双眼，两个削陷下去的腮部正一鼓一瘪地"吧嗒吧嗒"抽着旱烟，吐出的白色烟雾充塞着整个屋子，弥漫着一股呛人的苦辣味。

黑牛刚踏进门，就先连着打了好几个哈欠。

郝忠睁开眼，见是黑牛，便不紧不慢地问："找我有什么事？"问完，眼照例又眯上，身子照样半躺在椅子上。

黑牛再牛，在郝忠面前也不敢乱使牛脾气。见郝忠问他，便说："我是来看看，阿母和阿礁哥有没有到您这儿来。"

"没有。"郝忠眼皮都不抬一下，只是晃了一下手中的长烟杆。

黑牛一听，立马转身退出房门，正准备撩开大步，却听见郝忠喊了一句。

"回来！"

黑牛只好止住脚，扭转身面对着郝忠，问："三叔公，您有事？"

郝忠睁开眼，把长烟杆往地上敲了两下，说："等会儿你要是找着他们，告诉黄氏一声，晚饭后我到她家，有要事跟她商量。"

黑牛"嗳"了一声算是回答，扭正身子撩开大步就走。没想到，刚出郝忠家门不远，却碰上朱富带着猴三正往这边走。

自那次收购鲜鱼风波以后，朱富知道黑牛不是一个好惹的"刺头"，而猴三一见黑牛心里就先怯了三分。

今天真是"冤家路窄"。

朱富见黑牛当道而立，便急忙堆起笑容，主动搭讪。

"黑牛兄弟，忙啊？"

黑牛牛眼一瞪，没好气地吭了一声。

"谁跟你是兄弟？忙不忙又跟你有什么屁关系！"黑牛说完，扳着腰，挺着胸，大踏步当道中央直走过去。

朱富和猴三急忙闪到路边。眼瞅着黑牛大模大样地走着，猴三愤愤地朝黑牛背影吐了一口水，骂道："干你母的穷鱼花子，神气个屁！"

朱富已换了截然不同的一副嘴脸，阴阴冷冷的，从喉底挤出一句话："君子不与小人斗！"

黑牛找不着阿礁，只好先折回自己家。

太阳已经西坠，泛红的晚霞正在消失，西方的天际只残留一小片灰白色，而大地却已开始昏暗了起来。

黄氏和阿礁踏着暮色，拖着疲倦的身子回到了家里。

黄氏一踏进家门，把黄斗笠往墙上一挂，便忙着动手做晚饭。

阿礁二话没说，把锄头往"五脚架"边一靠，便一屁股坐在台阶上，望着越来越暗的天空发愣。整个下午，他一直心不在焉，时时走神而把番薯苗当成杂草锄掉。

黄氏端了一盆水出来，朝阿礁喊了一声："礁儿，先洗一洗吧！阿母这就给你做饭。"

阿礁应了一声"嗳"，但身子并没有起来，双眼仍旧呆呆地注视着西方。

"礁儿，你怎么了？累了？"黄氏又问了一句。

"不累!"阿礁的眼光总算从遥远的天边收了回来,扭头望着黄氏,应道:"阿母,我没什么。"说完,头又转了过去,眼光又投进灰蒙蒙的天空里。

黄氏瞧在眼里愁在心里。她不由自主地长叹了一口气,转身回到厅堂里,忙晚饭去了。

再说,黑牛回到家,待了不到半炷香的时辰,就坐也不是,站也不对,浑身不自在。一个平时连一句话都憋不住的直筒子,哪能放得下这心急火燎的事?于是,饭也不做了,烧了一半的开水也不管了,从水缸里舀出半瓢清水,"咕噜噜"猛灌了几口,随手抓起一件搭在凳子上的外衣,门一掩,便又转身急匆匆朝阿礁的家赶去……

天色已完全暗了下来。

黄氏刚把稀饭熬成,正在院门边笼鸡。看见黑牛急忙忙大步走来,便招呼道:"祥儿,你来得正好,一起吃饭。"

黑牛没有回答,反而劈头就问:"阿礁哥呢?"

黄氏恍然了一下,答:"在五脚架边上的台阶上坐着哩。找他有事?"

黑牛猛地拍了一下后脑勺,大踏步进了院子,看到阿礁正坐在那儿望着天上的星星发愣。

黑牛走过去,伸手扳着阿礁的肩膀使劲摇了一下,喊了一声:"阿礁哥!"

阿礁像是刚刚从遥远的天际返回到地面一样,一听声音,忽地站了起来,掉转身,双手扳住黑牛的双肩,急忙问:"你真的去找海妹子了?"

黑牛点了点头。

"你都告诉她了?"

黑牛又点了点头。

阿礁立时像漏气的皮球,全身软了下去。扳着黑牛双肩的手也垂了下来。

此时的黑牛,心里也十分内疚。他难过地垂下头,低声地说:"阿礁哥,都是我不好!你骂我,打我吧!"

"唉，现在说这些还有什么用！我……"阿礁长叹了一口气说，腿一屈又要坐下去。

黑牛一把拉住他，着急地说："你还是赶快去看看海妹子吧！"

阿礁像刚刚醒悟过来，拔腿就往外走。

黄氏正巧要出来喊他们吃饭，见阿礁匆匆忙忙往外走，便喊道："礁儿，要吃饭了，你又要上哪儿去？"

阿礁脚步未停，只是大声应了一句："阿母，我有急事，你和阿祥先吃吧！"人随声音一齐消失在黑暗中。

黄氏望着阿礁的身影消失在夜色中，长叹了一口气："唉……这孩子今天是咋啦？魂不守舍的。"叹过，转身招呼阿祥："祥儿，咱们先吃吧！"

黑牛陪黄氏返回厅堂。

厅里早已点着油灯，淡淡的，随着从厅门刮过来的风摇曳着。

黑牛扶着黄氏坐在凳子上，然后说："阿母，我刚才把米泡在了锅里了，得赶快回去。"说着，转身就朝外走。临出门，忽又想起一件事，便又立住脚扭头说："三叔公说，等吃了晚饭要来找你，有什么事要和你商量。"

黄氏"哦"了一声，听着黑牛的脚步声逐渐远去，两眼呆呆地望着桌上的稀饭咸菜发愣……

阿礁心神不宁地朝西一路小跑，冷不丁差点把一个迎面走来的人撞倒。吃惊之余，定睛一看：翠香正瞪着恐慌的眼睛望着他。忙问："阿婶，您这是要到哪儿去？"

"海妹子不知到哪儿去了，我四处都找不到，正想去问你。你有没有看见她？"翠香气喘吁吁地说。

阿礁听了，心猛地一沉：莫非她听了阿祥的话，就……他不敢再想下去，只好硬着头皮安慰翠香说："也许，她有什么事，一时来不及告诉您。天这么晚了，您回去吧！我去找她。"

"也好，找到了就叫她快点回家。"翠香想了想应道。

"嗯！"

翠香又犹豫了一下，然后转身往回走。

阿礁却站着不动了。一时间他竟也想不出海妹子会到哪儿。莫非……

阿礁又往坏处想了。想着，想着他又给否定了："不，不会的！海妹子绝对不会……对，她一定在那儿，一定……"想到这儿，阿礁撩开大步，小跑似的拼命往前赶去……

三

天又黑了许多。

望夫楼内更是伸手不见五指。慌乱之中的阿礁忘了带火柴，只好一步一挪摸黑往里探着走。

好不容易伸出去的手碰上了楼梯的扶手，便立即抓住，然后伸出一只脚先试探着踏上一级楼梯。

楼梯是木头做的。天长日久，每一级都露出一道深深的凹痕和一圈圈坚硬的木纹。

赤着脚板的阿礁手扶着楼梯扶手，脚踏着楼梯的凹痕，一级一级往上登。爬了一半，他终于听到了从上面传来的低低的抽泣声。

阿礁的心颤了一下，压低着声音喊道："海妹子，海……妹……子。"

没有应声。

稍停，刚才低低的抽泣声变成了嘤嘤的哭声。

哭声把阿礁的心重又提了上来。人一急一走神竟丢开楼梯扶手，朝上猛跨了一步，没想到一脚踏空，身子向后猛地一仰，骨碌碌一个倒栽葱顺着楼梯往下滚……

声音惊动了楼上的人。哭声戛然而止，继而是一声惊恐的呼叫："阿礁哥，你怎么了？"

随着声音，"嚓"的一声，楼上亮出了一点红红的火苗。

淡淡的光亮中，海妹子手举着燃烧的火柴梗急急地朝楼梯口走来，当她看见躺倒在楼梯下的阿礁时，便不顾一切奔了下来。

阿礁躺倒在地上，一动也不动。

海妹子使劲地摇晃着他的身子，嘴里不停地惊呼着："阿礁哥，阿礁哥……"

没有丝毫的回应。

海妹子慌了，急得又哭了起来。而偏偏在这时，一阵风从望夫楼外刮了进来，燃烧了一半的火柴"忽"的一声灭了。

顿时，海妹子又惊又怕，抖索着站了起来。此时此刻，她唯一的念头就是赶快喊人来救阿礁，其他的一切全都丢在脑后。

然而，就在她刚要迈出发颤的双脚时，一双大手猛地抱住了她。

海妹子差点没被吓昏了过去。当她醒悟过来这是怎么一回事时，双腿一弯，扑倒在阿礁的怀里，带着哭腔说着："阿礁哥，你摔伤了没有？快让我看看……"一边说着，一边从口袋里摸出火柴，划亮了一根。借着微弱的光，她把阿礁上上下下、前后左右都详详细细看了一遍，确信没有受伤后又说："咱们到楼上去吧！"说着，站起身来，抬脚登上了一级楼梯。没承想，原本已经坐起来的阿礁随着也站了起来，却突然伸出双手，把她整个身子横抱在胸前，嘴里"嘿嘿"地笑着说："让我抱你上去吧！"

海妹子没有挣扎，只是小心翼翼地举着燃烧的火柴棒。

阿礁把海妹子抱上楼，放到海妹子早已铺好的草席上，两人紧紧相依偎着。

火柴燃尽熄灭了。

黑暗中，两人默默无语。

破窗外，几颗星星闪进了云层。

也不知过了多长时间，海妹子终于先开口了。

"阿礁哥，你真的去西湾村相亲了？"

阿礁无从回答，只能"嗯"了一声。

"那你……"海妹子顿觉一阵心中抽搐，胸腔立刻堵得慌。黑牛的话得到了阿礁的亲口证实。她的声音发颤："你……答……应了？"

黑暗中没有回答。

"你……不要……我了？"她的手在黑暗中探索到了他的手，并把它紧紧抓住，如同漂泊在茫茫沧海中捉住了一片赖以救命的悬浮物。

他感觉到，她的手在发颤而且异常的冰凉，自己仿佛是握住一块寒冰。

"你说，你快说呀！"海妹子已经忍受不了阿礁的沉默，克制不住了自己的情感，发颤的声音开始变得接近疯狂地喊叫。

阿礁实在是难以启齿。他该怎样向她解释呢？他默默地抚摸着海妹子冰凉的手，摩擦着她的手心……他的思索中仿佛又看到了那扎着羊角辫子，哭着吵着要和自己一起玩耍的小女孩；看到古榕树下那双含情脉脉遥望着自己的杏眼；看到那颗天天在为自己出海而担惊受怕的芳心……他十分清楚自己不能没有海妹子的爱。这爱来得那么艰难，从朦胧的孩提时代的青梅竹马到少男少女的春心萌动；从沙地滩涂上的憧憬相望到望夫楼上的约会吐情，这期间经历了多少个不眠之夜，饱受了多少世人的白眼冷语，咽下了多少屈辱的泪水……

突然，他听到了轻轻的抽泣声。刚才近乎疯狂的责问消失了，代之以极度伤感的哭诉："阿礁哥，你要是真的不要我了，我……我就从这望夫楼上跳……跳到海里去……"

阿礁的心颤抖了。黑暗中，他睁大着双眼紧紧凝视着眼前那张模糊不清的脸庞。无论如何，他不能再缄口不语了。

"海妹子，你能听我解释吗？"

她抽泣着，点着头"嗯"了一声。

于是，阿礁把相亲的前前后后经过详详细细地说了一遍。末了，阿礁又说："我真的是怕伤了阿母的心，否则，我是一定不会去的！"

"那萧姑娘长得很漂亮吗？是不是比我好看？"海妹子想了想又问，"你会不会是看上她了？"

"海妹子，别说傻话了。你还不知道我的心？"阿礁停了停又说，"不过，那萧姑娘也确实太可怜了，整天被关在家里，就像是一只被关在笼里的小鸟！"

"你可怜她？"海妹子问。

"唉，人哪一个没有点同情心！"

"那你娶她好了！"

阿礁知道海妹子说的是赌气话。他伸出双手把海妹子重又揽进自己的胸膛里，说："看你，又说瞎话了。"顿了一下又说，"我这一辈子永远只有你！"

"真的？"

"我发誓，我郝阿礁要是对海妹子存有二心，上山遭天打五雷轰，下海遇礁……"

一双潮湿温热的小手捂住了阿礁的嘴。

"谁叫你诅咒发誓来着？"海妹子破涕为笑，娇嗔地把头往阿礁怀里一钻，说："我信你！"

……

夜深了许多。

又到了该分手的时候。

阿礁紧紧拥抱着海妹子。

浑厚的男性气息鼓荡着海妹子纯洁的芳心。尽管她已经不止一次感受到这种激情，但今天似乎显得特别的强烈，令她心驰神往着一种连自己也说不清的缥缈感。她的脸顿时火辣辣了起来。

"得赶快离开，要不……"海妹子在心里提醒着自己。于是，她轻轻推开阿礁，说："阿礁哥，我该回家了。"

阿礁侧耳听了听，外面的潮浪声已不如刚才汹涌巨大了，是过半夜了。他似乎很不情愿地"嗳"了一声站了起来。

海妹子知道阿礁心里在想什么。她依偎着阿礁，柔声说："阿礁哥，你生气了？"

"没有。"

"别生气，我……我早晚都……都是你的人！再等等好吗？"海妹子说着，踮起脚尖，在阿礁的脸庞上甜甜地吻了一下。

"我送你回家。"阿礁说着，拉起海妹子的手朝楼下摸索着走去。

寂静的木楼，回响起依依不舍的脚步声，经久不息……

四

阿礁跑去找海妹子后，黄氏独自一人望着桌上的稀饭咸菜发愣了一会儿后，勉强喝了一碗，便草草收拾了一下碗筷，又拿出织了一半的渔网，正准备接着织，却见郝忠拖着木屐"踢踏踢踏"地走了进来。

黄氏急忙放下渔网和梭子，起身上前迎了一步。

"他三叔，您来了。快请进厅堂里坐！"黄氏说着，朝厅堂里紧走了几步，拿起抹布擦了擦厅桌边的椅子，然后又急忙折转身要去泡茶。

郝忠摇了摇长烟杆，示意黄氏不要泡茶。然后坐到凳子上，又用烟杆指了指旁边的另一张凳子说："别忙了，你也坐下！"

黄氏扯起蓝布衫下摆，擦了擦湿手，在厅桌另一侧的椅子上坐了下来，双手齐齐搁在膝盖上。

郝忠往烟锅里塞了些烟丝，然后把火捻子拿到嘴边，"呼呼呼"吹了几下，用花生梗搓成的火捻绳便燃起一小撮火苗，他拿着点着的火捻绳把手伸得长长的让火苗对准烟锅，猛吸了几口，火苗燃着了烟丝。

郝忠长长地吐出一股浓浓的烟雾，像是过足瘾似的半眯着眼，沉沉地说："聘礼得抓紧准备了，现在都快六月了。七月普度一过就赶快送聘礼正式订婚，腊月里就可以迎娶过门来了。"

黄氏正襟危坐地望着郝忠，听着他说话，嘴里不停地"嗯嗯"应着，头鸡啄米似的点着。等到郝忠说完低头吸烟时，她才像是鼓足了勇气似的，小心翼翼地开了口。

"三叔，我看礁儿好像对这门亲事不太满意，自打那天从西湾村回来，就一直闷闷不乐。"

郝忠头也没抬，继续抽他的烟。半晌才把烟嘴从口里拉出来，吭声说："男大当婚，女大当嫁！哪能由着他满意不满意，总不能任由他打着灯笼四处去找吧？岂不让族人笑掉大牙！"

黄氏头一句话就碰了钉子，心里怯了三分。可是又一想：孩子既然不愿意，勉强硬凑在一起岂不更苦了孩子一辈子。于是，又硬着头皮说："三叔，强扭的瓜不甜。既然孩子不情愿，我想，趁现在还没下聘礼，回了人家吧？"

郝忠一听，立时火了。

"这是小孩子在玩过家家吗？来也来了，去也去了，亲也相了，祖宗也问过了。哪能说不就不！"

"要不，我再去一趟西湾村，向萧家赔个不是，祖宗神灵前再求一求，行吗？"黄氏小心翼翼地接着说。

"不行！"郝忠斩钉截铁地说，"难道你想让外人说我们郝氏家族说话像放屁！这样做，族人的脸面岂不被我们丢尽！"

黄氏被郝忠抢白得满脸通红，好在油灯昏暗，郝忠又在气头上也就没有看清楚。

郝忠又往烟锅里塞了一撮烟丝，把火捻子又吹着对着烟锅吸了起来。待到他直起腰来吐出烟雾时，黄氏脸上的红晕已经褪下许多，心也平静了许多。她真想问问他，你这样逼孩子到底是为了啥？难道阿礁……她又不敢再想下去了，只是有些不安地望着郝忠。

郝忠吐完烟雾，神情似乎也平稳了些。他瞅了黄氏一眼，似乎也想起了什么，但很快，想法一瞬间就闪过去了。随着，却是几声有些尖锐的干咳。

"祖祖辈辈都是这样，我们当长辈的更要时时注意，不要听了孩子几句不着边际的话就没了主意，跟着瞎咋呼了起来。"郝忠说到这儿，忽又像是刚刚想起来什么，急忙问："你是不是已经同意礁儿退了西湾村的亲事？你跟他说了？"

"没有，没有！"黄氏连着摇头答。

"没有就好！"郝忠又抽了一口烟，吐烟时又猛咳了几声，喘了一口粗气后接着说："孩子嘛，不懂事，我们当长辈的要时常多开导开导他们，不要跟他们瞎掺和在一起……"

黄氏不敢再插什么话，只是静默地坐着，听着郝忠的说教。

"聘礼的事要抓紧点，虽说还有几个月的时间，但人家是有门面的，咱们也不能太小气了。到时，万一真的凑不够，该借还是要借一点。我跟朱富说说，让他利息算低一点。"

郝忠见黄氏没有吭声，也就不便再训斥她什么了。于是，他把长烟杆从左手掉到右手，烟锅在地板上磕了磕倒掉烟灰，然后站了起来。

黄氏见状，急忙也跟着站了起来。

郝忠看了看天色，说："天不早了，我该回去了。"又问，"阿礁到哪儿去了，怎么还不回家？"

"刚才阿祥来找他，说有什么事，一齐出去了。"黄氏连忙应着，又不敢直说阿礁是独自一个人出去的。尽管这样，郝忠还是皱了皱眉头。

"都快成亲的人了，以后不要再让他三更半夜往外跑，坏了名声。"郝忠说到这儿，忽又想起那次望夫楼前海滩上的事，便又接着说："听说乌贼家那女仔子常和礁儿在一起，以后叫他离她远一点，免得传出去什么风言风语的让萧家知道坏了大事！"

黄氏唯唯诺诺地点着头。

郝忠说完，把长烟杆往后领口上一插，背着手，弯着腰走出了大门……

黄氏目送着郝忠消失在夜色中，然后把门掩上，重又坐在小竹凳上，拿起梭子，却又愣住不动。她只觉得头一阵昏昏沉沉的。

"礁儿怎么还不回来？到哪儿去了？莫非真的是去找海妹子了？或许是……"

黄氏呆坐在那儿瞎猜着，忘了自己正准备做什么……时间在悄然中消失……

夜已经很深了……

第十章 · chapter ten

一

　　两千多年前，中国的大圣人孔夫子曾经说过这样一句至圣名言："人之初，性本善；性相近，习相远……"

　　在那混混浊浊，充满尔虞我诈的世间，邪恶扭曲了多少本该是善良的人性，泯灭了多少本该是洁净的灵魂。自从金钱这两个赤裸裸的字眼来到这个本来就多灾多难的人世间，便从此有了罪恶的邪念，肮脏的交易。人变得自私、贪婪，变得凶残、可怕！为了金钱，为了把那些本来就不该属于自己的东西占为己有而不择手段，不管自己掠夺的对象，甚至于自己的亲情骨肉。

　　于是，父子成了仇敌，夫妻成了冤家。一个个好端端的家庭一夜间支离破碎，妻子沦落为娼妓，儿女被卖抵了债……

自从朱富开了这间赌坊，乌贼几乎是无日不到，即使是在翠香被典当给朱富的那一段日子里，他也照去不误。偶尔有那么一天半天没去光顾，朱富也会打发猴三来叫他。

这不，天刚擦黑，猴三就把乌贼叫了出来。

"你老兄是怎么搞的，昨天让我们空等了一夜。"猴三埋怨地说。

"唉，前天晚上倒了八辈子霉，输了个精光。这些日子又干他母的没搞到一分钱，拿什么玩？"乌贼满腹牢骚地应了一句。

"朱爷说了，只要是你老兄需要，想借多少就借给你多少！"猴三晃了晃猴头说。

"借？先前借的还没还清，再借拿什么还？"乌贼皱了皱蚕头眉，忧虑地应着。

"哎，我说你老兄真是聪明一世糊涂一时呀！"猴三接过乌贼的话尾说，又"嘿嘿"干笑了两声，"难道你没听说赌博靠的是三分技巧七分运气。谁能担保个赢家常赢，输家就常输呢？兴许你今天晚上时来运转，赢个千把块的也说不定。老兄可别错过了机会呀！"猴三忽闪着眼珠子说。

"话虽是那么说，但没本钱胆怯手软就先输了三分。"乌贼心有余悸地说。

"哎，有朱爷做你的后盾，你老兄怕什么？好了，别犹豫了。走吧，走吧！"猴三说着，伸手扯了扯乌贼的袖口。

乌贼被猴三说得心里痒痒的，终究抵挡不住那刺激的诱惑，不停地搓着手说："但愿今晚能有个好兆头。"

"这就对了！"猴三急忙顺着杆子往上爬，"你老兄今晚要是发了，可别忘了赏小弟几个酒钱啊！"

"那当然，那当然！托你吉言，托你吉言。哈哈哈……"

"嘿嘿嘿……"

一声阳笑，一声阴笑，此起彼落在夜空中回响，继而慢慢远去，消失……

猴三和乌贼紧走慢赶，不一会儿便到了朱富家。猴三推开虚掩的大门，两人一前一后径直朝西侧走去。

赌窝就设在西厢里。

朱富的这幢房子盖得比平常人同样式结构的房子要大得多。因而，这西厢房自然也就比一般的西厢房要大，约莫有一丈七八长、一丈一二宽，整个房间呈长方条形房间里摆着三张四方桌。每张桌子的四个桌角各点一支白蜡烛。自然，买蜡烛的钱是参赌的人掏腰包或者是事先约定好由当晚的赢家出钱买。烛光摇摇晃晃的，不断走动的人又时常把烛光挡住。于是，便不时有哪一个角落成了黑暗，也常常有人抓牌时不小心或者是出于某种需要而故意把蜡烛碰倒，于是就有人开始发牢骚，有人骂骂咧咧的。每当这时，猴三这个赌场帮衬总是十分勤快地急忙上前，帮着寻找掉到桌底下的蜡烛，而且总是忘不了趁着这混乱的当儿，忙里偷闲地做点什么人家不易觉察到的小动作。挨到他找到蜡烛，并把它点着立在原来的位置上，这一局就又有人该倒霉了。

刚踏进门的右手，靠着门边立着一个三尺来长、一尺八左右宽的柜台，里面摆着香烟和各种食品，当然少不了蜡烛。这些东西比外面小铺卖的价钱至少要高出四五成，可赌昏了头的赌徒们却宁可多掏钱少跑路。

柜台上，还摆着一架十七档的算盘。原本黑色光亮的算盘珠子已被磨掉了不少，露出了血渍般的红木。乍一看，像是用赌徒涨得暴凸的红眼珠子一颗颗串起来的。紧挨着算盘的是一个偌大的铁皮钱匣子，这里面除了装着买东西的钱，同时也装着抽赌彩头的钱。

冬天里，朱富常裹着那件从内地带来的羔皮长袍，双手捂着热茶壶；夏天则穿灰色短袖绸布衫坐在柜台后面，手摇着偌大的蒲叶扇，转动着滴溜溜的眼珠子盯着每一个赌徒。

此时，朱富就是这身夏装，坐在柜台后面。

朱富也已是四十七八的人了。本来就消瘦的身架子如今益发成了"麻柴棍"一根，短而稀疏的眉毛，像是秃眉猴一样，额头间也平添了不少深深浅浅、长长短短的皱纹，脸颊也塌陷了许多。变化不大的只是那两颗眼珠子，依旧活灵活现地转得飞快，而算盘上的功夫却是日见精湛了。

朱富每日里大把大把地捞进银子。谁都知道他很富有，活得很自在，过着养尊处优的逍遥日子。然而，却不知是为了什么，最近一段时间，朱富似乎被什么烦心事纠缠着，时常听到他长吁短叹，令赌客们感到纳闷和奇怪，就连鞍前马后追随了他一二十年的猴三也摸不着头脑。

一日，朱富叫住猴三。

"猴三，你说人活着到底为了啥？"

猴三一愣：朱爷这是怎么了，活了都快半辈子了，才突然想起来问这个？想了一下，答："吃喝玩乐，活得舒服自在点呗！"

朱富点了点头，又问："你现在最缺的是什么？"

"钱！"猴三不假思索，应声答道。

朱富点了点头，而后又摇了摇头。

对于朱富来说，金钱的诱惑以及对金钱无穷无尽的占有欲至死也不会有一丝一毫的减弱。自从来到郝家湾，二十多年来，正常的经营所得也罢，变着法子巧取豪夺也罢，他搜刮到的钱财已足够他花几辈子了。然而，他仍然没有满足，他仍然"缺钱"。

与此同时，朱富也感到一种从未有过的失落和惆怅。已是年近半百的他至今仍是孤身一人，这偌大的家业将来交给谁呢？尤其是最近一段时间里，这个问题越来越明显地、没日没夜地折磨着他。他似乎开始在反思：我是不是应该要有个女人？

朱富并非是个不食人间烟火的圣贤，他也是个有七情六欲的肉体凡身，他也需要女人。二十多年来，他玩过的女人连他自己也记不清有多少。来他这儿赌钱的，男男女女都有。女的输光了，以身抵债；男的输净了，以妻女典当。翠香就是其中的一个不幸者。

财迷心窍的朱富，如今似乎也感到后悔：当初自己为什么就没想到要生个一男半女？

亡羊补牢。这些日子，朱富肚里的小算盘整天打个没完。先是盘算着找什么样的女人？而后是算计着怎样才能少花钱，哪怕是少一个铜板也好。

尽管这二十多年来，朱富一直嗜钱如命，但金钱毕竟比不上后代承接香火的重要。于是，他终于咬牙下了狠心。今天晚上，他让猴三去叫乌贼，就是他拨动的"第一颗算盘珠子"。尽管他心里清楚，乌贼早已是身无分文。

此时此刻，朱富见猴三拉着乌贼踏进了门，心里一阵窃喜：鱼儿上钩了。于是"嘿嘿"笑了两声，直起腰来招呼："乌贼兄弟，昨晚怎的就没来？"

"唉，前些日子输了个精光，欠您的……"乌贼有些尴尬地应着。

没等乌贼说完，朱富摇头笑着接过话尾。

"小意思，兄弟怎么就记挂这些呢？"朱富慷慨地说着，"我知道你最近手头上有点紧，这几块钱你就先拿去玩一玩吧！"说完，从柜台的钱匣子里取出十几个银元，递给了乌贼。

"这……"乌贼从没见朱富如此大方过，心里一诧：莫非他是中邪了？想归想，手一伸，还是把钱接了过来。"那就先记在账上吧！"说完，转身朝赌桌走了过去……

朱富脸上露出一丝不易觉察到的诡秘，他朝猴三使了个眼色。猴三急忙心领神会地点了点头，尾随着乌贼走了过去……

二

泉南沿海一带赌博的方式方法多得难以胜数，且又奇特，与内地大不一样。就连最普遍流行的"麻将"牌玩法也有很大差别。内地人耍"麻将"每人抓一十三张牌，讲究的是"清一色、一条龙"等；泉南沿海人则是每人抓一十六张牌，且亮有能自由填补空缺的"金"

牌，讲究的是所谓的"尤金"等。

乌贼讨厌玩"麻将"。他认为那玩意儿太麻烦，费事。他喜欢玩那种片刻就能见分晓且又带有强烈刺激的"纸牌"。

于是，乌贼便挤到玩"纸牌"的那张桌。

早已有七八个人围在桌边。其中大多数是像乌贼那样的惯赌，也有头一次来的。当然，已有少数是看家。

泉南沿海一带玩的纸牌样式最多的是一种从象棋上演化过来的小张纸牌。牌长两寸左右，宽不过半寸，分黄、红、黑（绿）、白四种颜色，每种颜色又分将（帅）、士（仕）、象（相）、车、马、炮、卒（兵）七种各四张，共计一百一十八张牌。

纸牌的玩法多种多样，诸如"翻焦"、"看胡"等。而最令赌徒们着迷又最刺激赌徒神经的，要算"抓仕九"这一种赌法。

纸牌"抓仕九"其实就是一种比点数的赌法，和掷色子类似，就是以占有点数的多寡决定输赢。赌的时候，由"庄家"按逆时针方向顺序给每人分两次发两张纸牌，然后各自把两张牌的点数加起来和"庄家"的点数比对。将（帅）和士（仕）各是两点，往下按象（相）、车、马、炮、卒（兵）的排列顺序每低一级加一点，卒（兵）是七点。两张牌的点数加起来以九点为大，十点俗称"目鱼"为最小，相同颜色的对子为最大。点数相同时则以其中一张的级别最高为胜出，级别相同时则按黄、红、绿（黑）、白的排列以黄色为最大，白色为最小。

乌贼最感兴趣的就是这种"抓仕九"的赌法，几分钟甚至于几十秒就能定输赢。

乌贼一挤到赌桌边，立时条件反射般地头也涨了，眼也大了，眼珠子也凸了出来，眼眶像冒血一样赤红了起来。他把手里的光洋使劲往桌面上一拍，随着嚷道："我也算一个！"手一伸就去揭牌。

正坐"庄家"的是一个瘦高个的鱼贩子。他一见乌贼要揭牌，急忙伸手挡住，笑着说："请等这一轮完了，你再来吧！"

乌贼见赌就没命，心急火燎的哪能等得住？见鱼贩子不让揭牌，不由得火暴脾气立时就上来，手一用劲，把鱼贩子那双干枯的手拨开。

"干你母的，等什么？老子现在就要赌！"

鱼贩子的脸色立马变成了猪肝色，但他还是强忍着，赔着笑脸，说："乌贼兄弟，一轮赌完了才能增加人，这是规矩，你总不能从中横插一杠子吧？"

乌贼当然懂得，但他横蛮惯了，根本不理睬这些。听鱼贩子这么一说，更是盛气难咽，猛地扬起手，重重往牌面上一拍，一按，然后把整副纸牌掀翻了过来。

"老子说赌就赌，管什么规矩！你要是看不惯，你滚！老子来当庄家！"

"你……"鱼贩子气得舌头顿时短了半截，说话都成了结巴。"你……你总总总……不……不能不……不讲……讲理理理……理吧？"

"老子从来就不讲理，干你母的要是再敢啰唆，老子就……"乌贼挥了挥拳头，代替了要说的下半截话。

站在一旁的猴三一看不对道儿，急忙挤到两人中间，干笑着打着圆场。

"大家都是乡里乡亲，朋友兄弟的，都是来玩、来寻痛快的，就互相让着点吧！乌贼兄弟是个豪爽的汉子，这里的常客，大家就陪他玩玩吧！嘿嘿嘿……"

猴三说完，朝大家干笑了两声，然后把鱼贩子拉到一边，嘴凑到他的耳根嘀咕了几句，鱼贩子发青的脸慢慢换了颜色。

片刻，鱼贩子返回桌边，出人意料之外地朝乌贼点了点头，说："乌贼兄弟，刚才多有得罪，兄弟向你赔不是了！"

旁边的人尽管都看得出，鱼贩子脸上的笑是装出来的，但仍感到疑惑不解。

乌贼倒是神气了，像凭空捡了个大便宜。他手一扬，大咧咧地嚷道："干他母的没什么，没什么！下注，赶快下注！"

其他的赌徒尽管心里不悦，但也都知道乌贼这个人不是好惹的，弄不好会引火烧身。于是，谁也不再吭气。

新的一轮赌博开始了……

也许真的是应了猴三的话，时来运转；抑或是赌博本来就是输赢无定论。整个上半夜，乌贼可真是春风得意，一路高歌。抓起来的牌不是对子，就是九点、八点。没有几个时辰，桌前就堆起几摞叠起的洋银元，白花花的闪着银光。他开始得意忘形了，声音也越喊越高了。

"前五后十，下注了！"

所谓"前五后十"就是前档五元，后档十元（泉南人称之为前水和后水）。七个点数只能赢前档五元，八个点和九个点或者对子才能赢前后十五元。也有分三个档次的。赌注的大小由赌客自己下，没有定论。当然，也可以在开赌之前约定，设定赌注的上下限。

先前，乌贼只从朱富那里拿来十几个光洋，岂敢一下子就下这么大的赌注？只是几个铜板试探着。随着手气越来越好，头脑也就越来越热，下的赌注也就越大。

眼看赢的钱越来越多，乌贼憋了好几天的酒瘾也上来了。一轮牌刚揭完，他"霍"地立起身来，朝坐在柜台里的朱富大声喊道："给我来半斤米酒，一袋烤鱼！"

平常，乌贼只能喝最便宜的地瓜酒或者是龙眼核酒就花生米而已。

朱富打好酒，取了一袋烤鱼。猴三给他送到乌贼的桌前。乌贼随手捻起一个光洋丢在猴三的手里慷慨地说："别找了，剩下的赏你！"

这半斤米酒和那一小袋烤鱼，顶多就值几个铜板。猴三的三角眼一亮，忙恭维了一句："乌贼老兄可真是时来运转了。小弟这就领赏了！"

"小意思，小意思！"乌贼得意扬扬地说着，端起酒碗，猛喝了一口，然后撕了一小片鱼干塞进嘴里嚼了起来，含糊不清地叫了一声："开……牌……啰……"

于是，"庄家"开始揭第一张牌……

乌贼就这么一边喝着，一边吃着；一边嚷着，一边赌着。半斤米酒不过瘾就再添半斤，一袋鱼干吃完，再拿一袋。慢慢地，人开始有点头重脚轻了，继而，眼也似乎有点花了，桌上的四支蜡烛成了八支，十六支……人头也多了起来，手里的牌也多了起来……桌上的银元也堆满了整个桌面……

站在柜台里面的朱富看见乌贼这番光景，心里开始暗暗发笑。他朝不时向自己张望的猴三使了个眼色，猴三心领神会地点了点头，走到坐庄的鱼贩子跟前，悄悄地塞给了他一副新牌。鱼贩子犹豫了一下，但还是接了过去……

猴三朝门口走去，一不小心，绊在门槛上跌了一跤，疼得他杀猪般地大叫了一声："哎哟哟……"

正全神贯注盯着赌桌的赌徒们，猛地吓了一跳，不约而同地扭转头朝门口望去。

就在这一瞬间，鱼贩子把桌上的纸牌和握在手心里的纸牌对调了一下。

有人过去扶起了猴三。

"没什么，没什么！谢谢，谢谢！大家接着玩吧！"猴三朝众人摆了摆手，呻吟般地说着，一手捂住腰部，弓着腰走回房里。

众人见他没事，重又聚集一起赌了起来……

像是撞了邪似的，乌贼一反刚才的手气，抓起来的牌不是三点，就是两点，且常常是十点"目鱼"，即使偶尔有那么一两次八点、九点的，庄家也往往是对子，来个"通吃"。起先，乌贼还以为是偶尔碰上，可一轮下来，自己竟连一次也没赢过。眼看着一大堆白花花的银元不断流进别人的口袋，乌贼急了，眼睛瞪得像发了疯的狂犬一样血红血红的。

"开牌啰……"

随着庄家一声吆喝，赌徒们纷纷把攥在手心里的纸牌亮开摆在自己眼前的桌面上。

乌贼的手抖个不停。两张对叠的纸片子似有千斤重竟然半晌磨挪不开。好不容易开上一张，上面有两个红色的小圆点，一看就明白，这是一张红色"马"牌。乌贼的心提到了喉眼上，显得十分笨拙吃力地将手中的牌翻转过来，开始磨挪另一张纸牌。

这次，乌贼可是倾尽所有了。他把最后的二十几个银元全压了上去。

乌贼的眼睛冒着血，赤红赤红地盯着越来越向上展出的牌面，嘴里大声喊着："凸凸凸……"额头上冷汗如雨。

"凸"就是牌面"车"的别称。然而，天不遂人愿。另一张牌竟是"白马"，两张牌的点数相加又是一个十点"目鱼"，输了个彻底。乌贼的心一下子透凉，两手一垂，牌落到了桌面上。

"庄家"鱼贩子嘴角露出一丝狡诈的冷笑，好像他早就知道了乌贼手中的牌点似的，猛地把自己手中的纸牌往桌面上一拍，随着得意地喊道："天王对子，通吃！"话刚落音，双手迅速伸出，将赌徒们押在桌面上的银元全揽到了自己面前。

乌贼眼睁睁地看着别人把钱拿走，心里是又气，又急，又恨。

"有钱的下注，没钱的让位！发牌啰……"庄家鱼贩子一边大声吆喝着，一边用眼角瞟了乌贼一眼。那眼光似乎是在讥讽乌贼："怎么样？刚才的神气劲到哪儿去了？"

输得发疯的乌贼，正找不到岔子出气。鱼贩子的这一喊、一眼，恰如火上浇油，"腾"地燃烧了起来。只见他"霍"地立起身，伸手抓起桌上的纸牌，猛地朝鱼贩子的脸上掼去，嘴里同时恨声骂道："干你母的叫谁让位？"

鱼贩子措手不及，冷不丁吃了一惊，躲闪来不及，纸牌全砸在了脸上。待到他缓过神来，垂在桌底下的双手不知不觉已经握成了拳头。

"这家伙输红了眼，要撒野咬人了！"鱼贩子心里嘀咕着，可嘴里却也不甘示弱。"谁没钱，谁就该让位！总不能占着茅坑不拉屎！"

乌贼气不打一处来。

"好啊，干你老母的，敢讥笑老子！老子非把你揍成肉酱不可！"乌贼骂着，"腾"地转过桌角，一步闯到鱼贩子身边，左手一把揪住他的领口，右手当胸就是一拳。

鱼贩子没料到乌贼真会蹿过来，一时躲闪不及，"通"的一声，挨了乌贼重重一拳。

"好啊，你……你敢打……打人！"鱼贩子倒退了一大步，左手指着乌贼，右手握着拳头。但他嘴里虽然硬撑着，伸出去的手连同两条腿却抖个不停，像是得了急性"伤寒"症，全身瞬间也哆嗦了起来。他瘦得像剥了皮的"油麻骨"，怎当得起乌贼那疯劲的大拳，要是真打起来，只当是乌贼的小菜一碟而已。

朱富走出了柜台。他希望乌贼发赌疯，但却不希望两人真的打起来。当然，他不是心疼鱼贩子，而是心疼他的那些家具、赌具。而且要是真打起来，他的如意算盘也会落空。于是，他走到两人中间，伸出干瘦的手轻轻压下乌贼扬起的拳头。

"乌贼兄弟，歇歇火，歇歇火！"朱富说着，趁势将乌贼揪住鱼贩子领口的手掰开。"有话慢慢说，慢慢说！都是到我这儿来玩的，别伤了和气。乌贼兄弟，你就看在我的薄面上，别再计较了。"

朱富一边说着，一边背着乌贼朝鱼贩子眨了眨眼。

好汉不吃眼前亏。鱼贩子知趣地退了两步，转身避开。

"不行，干你老母的不能走！"乌贼吼着，"老子要把输掉的钱全都赢回来！"

鱼贩子有点胆怯地立住脚，转身望着朱富。

朱富又朝鱼贩子眨了眨眼，说："既然乌贼兄弟还想和你玩，你就再陪他玩玩吧！"

鱼贩子有些不大情愿地嘀咕道："玩就玩。不过……总不能我们来实的，他来虚的吧？"

所谓"实"就是现钱，所谓"虚"就是记账。赌徒最忌"虚"赌。

"乌贼兄弟，你看这……"朱富有些为难地看着乌贼说。

没等朱富说完，乌贼就又吼了起来。"别干你老母的隔着门缝瞧人！朱爷，老子这就把房子压给你了，你就看着给吧！"

这正是朱富求之不得的。按照他的如意算盘，这只是实现最终目的的一步棋。于是，他假意劝道："乌贼兄弟，不就几个小钱嘛，犯不着抵押房子。我看，就先记账吧？"

朱富明知，此时此刻众目睽睽之下，乌贼就是让人砍掉脑壳也绝不会收回说出去的话。这个死要面子的蠢货，宁可典了老婆也不丢面子。

果不然，朱富的话刚落音，乌贼就吼了起来。

"不行，我乌贼历来说一不二！朱爷，您要是看得起兄弟，就看着给吧！"

这分明是在打肿脸充胖子！

朱富故作无可奈何地耸耸肩，说："既然乌贼兄弟执意要把房子押给我，朱富我虽于心不忍，却也十分佩服乌贼兄弟的大丈夫豪气，只好恭敬不如从命了！"说着，转身回到柜台，打开里面一个紧锁着的柜子，取出三条裹好的光洋条子，递给了乌贼。

"乌贼兄弟，这些怎么样？"朱富像是用商量的口气说。

"行！"

朱富唤过猴三，贴近他的耳根悄声说："快去把那张写好的契约拿来，马上让他按手印画押。"

乌贼接过银元，数也没数，反身回到赌桌边，把三条银元条子往桌面上一拍："老子有钱了，老子这回也做做庄家！"

乌贼嚷过，狠狠地瞪了鱼贩子一眼。鱼贩子心里虽然瞧不起，但还是挂着尴尬的笑，围拢了过来。

朱富急忙送来一副新的纸牌。乌贼接过来一下撕掉封条，把牌往桌面上一按，手腕一带，牌立时被带出一条排列整齐的弧线。

"下注，开牌啰……"乌贼得意忘形地叫喊了起来。

赌场又恢复了原先的样子。

整个房子弥漫着烟雾，荡漾着酒气、臭气和一股股令正常人感到恶心又说不出是什么的混浊气味。

猴三拿来了朱富早就写好的契约，把它摊在乌贼面前的桌面上，乌贼看都不看一眼，伸出右手大拇指朝印泥上用力一压，然后又往契约上使劲一按，一个偌大的清晰的大拇指印立时呈现了出来，鲜红鲜血的，让人恍惚是闻到了一股刺鼻的血腥味……

三

俗语说得好："输急了的赌徒像条狗！"

乌贼连狗都不如！

乌贼押了房子做了"庄家"，没承想，运倒如天倾。赌徒们见机行事，一般一次只下十来个铜板的小注，有时甚至只有一两个铜板，而瞅准机会，则狠下大注。乌贼偶尔赢进来的只是几个铜板，而输出去的却是大把银元。一轮"庄家"还没做下来，乌贼又输了个精光。

赌徒们见乌贼又是两手空空，揣摩着他再也没什么辙了，都想见好就收。于是，纷纷站了起来，拱拱手想溜，急得乌贼一手揪一个，睁着血红的突眼，开口大骂。

"干你老母的，你们赢了都想溜了？"

"这……"一个被乌贼抓住手腕的赌徒嗫嚅着说："乌贼兄弟，咱们可都是事先说好了的，现钱现赌的啊！"

"是啊，是啊……"

众人跟着附和了起来。

乌贼一听，眼珠子益发突了出来，像是得了疯病的狂犬红眼一样瞪着众人。

"好啊，你们一个个都干你老母的看我没钱了，不赌了，想白赢了？"乌贼恶狠狠地叫嚷道："老子拿老婆当赌注，怎么样！"

"你老婆？"有人反问了一句。而另一个竟忍不住"扑哧"一声差点笑出声来，急忙用手捂住嘴。

"就你老婆？"有人话中分明带着讥讽的冷意。

"我老婆怎么啦？"乌贼似乎没有听出其中的含义。

"腊月的黄花菜，早过时了！"不知是谁说了这么一句，于是又有人接了一句，"早尝过了，没味了！"

满房子的人立时哄堂大笑了起来。

人群中，有个胖子嘀咕了一句："换他女儿还差不多！"

万没想到，这轻轻的嘀咕竟然让乌贼给听见了。他猛地甩掉抓在手里的另外两个想溜走的赌徒的手臂，一步蹿到说话的胖子跟前，眼珠子瞪得牛眼大，牙齿咬得"咔嚓咔嚓"直响，双手紧握成拳，额头上青筋暴突。

所有的人都为胖子捏了一把冷汗。谁都知道，急疯了的狗是会咬人的。

半晌，乌贼没有一句话，只是怒视着胖子。

胖子自知说漏了嘴，腿肚子直颤抖，脸色发白，大气也不敢出一个。

乌贼的拳头缓缓地高举了起来……

众人的心都提到了咽喉。看来这一顿拳头，胖子是吃定了。大家都希望朱富能在这紧要关头站出来为胖子说两句。然而，当大家的眼光落到柜台时，才发现朱富和猴三并不在那儿。

乌贼高高扬过头顶的拳头终于狠狠地砸了下来……

但是，谁也没有料到，乌贼的这一拳竟没有砸在胖子头上，却落在了桌面上。随着"砰"一声巨响，乌贼狂叫了起来。

"干你老母的！舍不得孩子套不住狼，舍不得香饵钓不了鱼，老子拼了！干你母的，你们都下注吧！"

赌徒们惊诧了半天，面面相觑：这家伙莫非真成了没心没肺的牲畜、疯子？竟然连自己亲生的女儿也要……

一旦成了赌徒，哪一个不是疯子？哪一个还有良知？

胖子原本是说了一句无意的话，没想到乌贼竟当了真。一阵震惊过后，他拿眼瞅了瞅乌贼，确信乌贼不像是在说胡话，便用手肘轻轻捅了捅紧挨着自己身子的一个中年汉子，悄声说："狗蛋，看来这家伙是动真的了！怎么样，那女仔就像是只白天鹅，美着哩！"

叫作狗蛋的汉子今夜赢了不少，也曾经背着老婆上过翠香的床，见过海妹子。此刻经胖子一鼓动，不由得禁不住诱惑，蠢蠢欲动，撞着胆子问了一句。

"乌贼兄弟，你这话当真？"

"不当真，老子放屁不成？"乌贼没好气地应了一句，瞪了他一眼。

"那……"狗蛋支吾了一下，开了个价："第一次我下十元的赌注！"

乌贼一听，火了。

"干你老母的，你是想白占便宜不是？逛一回窑子也不止这个价！"

"那……二十元！"狗蛋狠狠心加了一倍。

"二十五！"有人加了五元。

"三十！"

"三十五！"

……

像注射了强心针和兴奋剂一样，赌徒们一拥而上，争先恐后，乱嚷嚷了起来。

价码越抬越高。赌徒们似乎完全忘了他们到这儿来是要做什么，倒更像是在抢购一件什么珍稀的物件似的。

当有人喊出"第一次出一百五十元"的时候，乌贼在心里骂了一句："干你母的，没想到这小屁女还这么值钱！"

就在这时，朱富和猴三出现在了门口。

朱富望着群情激奋、争先喊价的赌徒们，心里不由得冷笑了下。他走了进来，故意问了一句："你们在喊什么？"

立马有人把缘由告诉了他。

朱富听了，两道几乎光秃的眉际挤了起来，似乎怀疑地望着乌贼。

"乌贼兄弟，这是真的？"

乌贼无不难堪地点了点头。

朱富像是深表同情地长叹了一口气，说："一文钱难倒英雄汉呀！"说着，走到乌贼跟前，用手拍了拍他的肩胛，"可这也不是办法呀！传扬出去，于兄弟脸上也不光彩啊！"

"这……"

朱富瞅了瞅乌贼，拉长了声音又说："兄弟我倒是有一个两全其美的办法，不知你意下如何？"

乌贼一听朱富说有好办法，真是喜从天降，急忙追问："什么好办法，你快说！"

朱富想了想，像是很难启齿地嗫嚅道："这办法说起来其实也很简单，只不过……"说到这儿，朱富突然停住不说了。他稍稍偏转脸庞，避开乌贼的眼光，朝立在一边的猴三使了个眼色。

猴三心领神会地走到乌贼的身边。

"乌贼兄弟，朱爷的意思是……"说到这儿，猴三瞅了瞅众人，把乌贼拉出门，悄声嘀咕了一阵，然后领着他走进了上房……

大约过了一盏茶的工夫，猴三重又走出上房，朝朱富使了个眼色。朱富朝众人笑了笑说："大家继续玩，继续玩。兄弟去去就来。"

……

朱富走后，众人议论纷纷，东猜西测。

有人说："也许朱富又要借钱给乌贼！"

有人反对，说："这不可能！也许是乌贼以前从内地带回来什么宝贝，朱富想向他买。"

也有人说："朱富是不是又想起了翠香，要重温旧梦。"

……

然而，众人最终也没能猜出个结果来。

良久，乌贼终于铁青着脸回来了，手里还提着一个沉甸甸的小布包。只见他走到牌桌前，把布包使劲往桌上一掼，恶狠狠地嚷道：

"干你老母的，都给老子滚过来！老子今晚非让你们把赢去的钱一个个全都吐出来！"

众人听得很清楚，刚才那一掼，布包里传出来的是银元相互碰击的叮当声。

赌徒们疑惑地相互对视着，心里都在嘀咕着：这个拿他一文钱比割他身上一两肉还疼的朱富，今天是怎么了？

"莫非……"有人想到了一种可能，但很快就又自己否定了。"不可能，绝不可能……"

"有钱就是娘！"赌徒们再也懒得用心思去猜测乌贼这一袋子光洋的来历了，三三两两地又聚拢在一堆。

"下注，开牌啰……"

邀赌的吆喝声重又响起……

常言道："十赌九输。"

丧心病狂昏了头的乌贼哪里知道，他正糊里糊涂地往别人设下的圈套里钻，今晚他是注定要输个精光的。

乌贼的手一次比一次筛得厉害。常常是要么揭不起牌，要么是抓不牢牌掉下来。原先像淌着血浆的眼珠子如今又暴突了许多，活脱像一条被吊得半死的狂犬。

而在上房，朱富半躺着，脸上忽闪着狡诈的冷笑……

第十一章 · chapter eleven

一

　　遥远的海平线上露出了大半个火红的太阳，长长的椭圆形倒影把藏青色的海水染红了一大片并渐渐地向四周扩散变幻成金黄色。微微的晨风荡起层层涟漪使得这些红色的、金色的光线更加令人眼花缭乱，像剪影似的把大半个海面折射成无数光彩夺目镜片般的耀眼奇观。

　　海妹子一大早就站在自家门口。她眯着眼，仰着头望着这似乎神奇的太阳，像孩童时和阿礁拿着碎玻璃片争着看着太阳的七彩霞光。她似乎觉得，今天的旭日格外红艳、壮丽，格外可亲、可爱，格外令人感到舒畅、神往。单薄的布衣，冰凉的肌肤渗进了缕缕光的射线，全身渐渐地涌动起一股暖流。病后初愈的苍白脸庞，在阳光的亲吻下，泛起一层红润的光泽，洋溢出无尽的青春美。

太阳给予人类的恩赐是无穷无尽的。因为有了太阳，才有了这万物生灵，才有了这万紫千红的大千世界；同时，也才有了这穷人和富人，有了这人世间无数的悲喜剧。太阳是无私的，但是太阳普照下的人世间却到处充满着自私，充满着罪恶，充满着黑暗。

古老的华夏，素有文明古国之称。在那些闪耀着璀璨光华的无数文明之中，同样伴随着无数愚昧落后的无知。这些愚昧落后的陈规陋习，千百年来就像一条条绞索，一条条毒蛇，绞杀吞噬着数不清的无辜人们。

海妹子不懂这些。此时此刻，她正沐浴在太阳的七彩光里，陶醉在爱的海洋里。

从小在苦海中浸泡，生活在这样一个畸形的家庭中的海妹子，对爱的渴望和追求显得更为强烈。自那天晚上，阿礁向她盟誓表白之后，他们几乎每天都在望夫楼上约会。她毫无顾忌地把心灵深处的一切都掏给了阿礁。他们拥抱，接吻，除了那被认为是少女最圣洁的禁地，海妹子几乎把自己的一切都交给了阿礁。一个无法改变的事实已经确立：她爱阿礁，她的一切属于阿礁，她一定要嫁给阿礁。

然而，海妹子并不知道，自己已经在不知不觉中成了一个旧封建意识的叛逆者！自己所走的，是一条布满陷阱的荆棘之路。尽管以后明白了，但为时已晚。

海妹子对着初升的太阳，梳理着浓密的如同黑色瀑布的长长秀发，脸上荡漾着微笑。两个圆圆的酒窝显得越深越甜。嘴角下那颗"美人痣"像一粒镶嵌在白色大理石上的粉红珍珠，格外醒目，闪着诱人的脂光……

翠香一边扣着衣襟扣，一边拖着木屐走出了里屋。

海妹子听见"踢踏踢踏"的响声，便回过头来。

"阿母，您起床了。"

"嗯！"

翠香走到门口，揉了揉困倦的双眼，抬头望了望天边漂浮的七彩朝霞，又瞅了瞅海妹子，问："一大早站在门外想什么？"

像突然被窥破内心的秘密，海妹子的脸立时泛起了红晕。她急忙借机把绾在手中的长发掩到面前，含羞地否认道："没什么呀！阿母。"

"还说没有？是不是又在想……"翠香其实已瞅见了海妹子脸上的红晕。她带着笑，故意问着。

"阿母，您又猜到哪儿去了？"没等翠香说完，海妹子慌忙截住了话尾。

"好，好。没有就没有！"翠香微笑着说，"你进来，阿母有话问你。"

海妹子走回了厅堂里。

翠香拿起一块抹布，拉过一条长凳擦了擦。母女俩侧着身子面对面坐在一起。

两人对视着，一时间竟默默无语。

年轻人毕竟性急。海妹子终于忍不住开口了。

"阿母，到底有什么话要对我说？"

翠香凝视着海妹子，望着那已明显隆起的胸部和泛着微红的脸，心里想着，女儿大了，是该找婆家了。为了女儿，她几乎失去了一切，忍受了一切。如今，就只剩下最后这一件心事了，办好这件事，就是死，也可以瞑目了。

"你昨天晚上到哪儿去了？"翠香没有回答海妹子的问题，而是绷着脸反问。

海妹子愕然了。阿母明明知道自己去了哪儿了，为什么偏要问？她迟疑了一下，最后还是说："去找阿礁哥。"

翠香确实是明知故问。她扳着脸指责道："一个姑娘家的，三更半夜不着家，让别人知道了，以后还怎么找婆家？"

海妹子垂下了头。

翠香缓了缓口气，又问："一直和阿礁在一起？"

"嗯！"

"你真的喜欢他？"

"嗯！"

"他也喜欢你？"

"嗯！"

"你相信他？"

"嗯！"

其实，翠香何曾不相信阿礁？何曾不喜欢阿礁这个后生。她为自己的女儿能找到这样一个好后生而高兴。把海妹子交给他，她完全放心。然而，宽慰之中，却时常在隐约之间感到，似乎有一种可怕的危险潜埋在他们中间。但她又说不清，这危险到底是什么。

每天晚上，当海妹子出去找阿礁时，翠香总是身不由己地走到厅堂供桌前，点燃三支清香，跪在厅桌上供奉的观音菩萨像前，虔诚地为他们祈祷。

"大慈大悲的观世音菩萨，求求您保佑这两个深深相爱着的苦命孩子，求求您成全他们吧！"

每次祈祷完，她总要向这尊瓷观音坐像许个事成之后将如何如何答谢的愿，再磕上几个响头，然后缓缓站起，双手擎香。恭恭敬敬地把它插在像前的香炉里。

此刻她望着海妹子那自信的眼光，心似乎放宽了许多。然而，她还是不厌其烦地问。

"他是怎么对你说的？"

"这……"海妹子感到为难了。她羞于启齿，那可大都是些缠绵的情话。

翠香看出了海妹子的犹豫。便说："阿母是过来人。其实，也不该再问这些。可是，阿母实在是担心啊！"翠香长叹了一口气接着说："当初，你阿爸也是说得那么动听，甚至赌咒发誓，可现在……阿母真的是害怕你再找上一个像他那样的男人啊……"

翠香说着说着，又勾勒起消逝的往事。他太相信他了，太痴情于他了，以至于上了当，受了骗，落到今天这个地步。

俗语讲："一朝被蛇咬，十年怕井绳！"眼下的翠香正是这样。

海妹子见翠香又想起了过去，伤心难过，再也顾不得羞涩了，急忙说："阿母，您别担心。我都告诉您，都告诉您！"

于是，海妹子把她和阿礁的前前后后经过都告诉了翠香。当然，这其中隐去了那些实在说不出口的细节。

翠香听着听着，不时点着头。末了，她长长舒了一口气，连声说："这就好，这就好……"

听见翠香连声叫好，海妹子心花怒放。她忘情地偎进翠香的怀里，撒娇似的问："阿母，这么说，您同意了？"

翠香伸手轻轻抚摸着海妹子的头，疼爱地应道："只要你们是真好，阿母就同意！"

"阿母，您真好！"

"唉，阿母好什么呀！阿母这大半辈子都是为了你呀！"

"阿母，将来我一定和阿礁哥好好孝敬您，一定让您过上好日子，一定……"

翠香仍旧抚摸着海妹子长长的秀发，像是在回答海妹子，又像是在喃喃自语："有你这句话，阿母就心满意足了。只要你们将来好了，阿母就是死也瞑目了……"

翠香说着说着，眼圈儿有红了，潮湿了起来……

二

天擦黑的时候，海妹子才提着满满一鱼篓的海蛏回到家。

海妹子推开虚掩的大门。

厅桌上，一盏油灯闪着淡淡的光，灯芯上爆开着两朵红艳的灯花。

海妹子放下鱼篓走近油灯，看着那对灯花，想起再过一会儿她就又能见到心上的人儿，接受他那激情的亲吻和拥抱，不由得春心一阵荡漾，一个下午的辛苦疲劳刹那间消失得无影无踪。

油灯结灯花，好事成对又成双。灯花预示着今夜又是一个令人陶醉的良宵。

　　翠香从东屋走了出来。

　　"今天怎么这么晚才回家？"翠香无不心疼地问。继而，从厅边搭的绳子上取下毛巾递给海妹子，催促道："快去洗洗脸，我这就给你热饭去。看你，把自己累成这样子！"

　　"阿母，您别忙！我想先洗个澡。饭待会儿我自己热。"

　　"你还有那个时间？都什么时候了。"翠香嗔怪了一句。

　　海妹子一听，脸不由得红了起来，急忙折转身，拿起大木盆走进自己的房间，接着又提来一桶水倒进盆里，然后插上房门……

　　海妹子点着桌上的油灯。漆黑的空间立时有了一片淡白的光亮。

　　海妹子顺手拿起桌上的镜子，一张圆圆的、带着羞红的脸映了出来。海妹子望着镜中的脸庞，不由得嘴角微微翘起，绽开出了一丝甜甜的微笑。

　　"傻样！"

　　海妹子对着镜子笑骂了一句，又扮了个鬼脸然后放下圆镜，把油灯往暗里拨了拨，便开始脱衣服。

　　海妹子先是脱去浅蓝色的布上衣，露出里面桃红色的肚兜；接着，两只手腕向上向后弯起搭在自己的肩胛上，将细细的两条吊带捋下；继而，又解开裤带，让宽大的深色裤子顺着光洁的大腿滑下……不一会儿，海妹子便将自己解剥得一丝不挂。

　　海妹子一脚踏进澡盆。

　　就在此时，她忽然想起阿礁说的一句话："你真美，像海神一样！"

　　我真的美吗？真的有海神那么美吗？海妹子自己问自己。一种奇异得近乎荒谬的念头闪进了她的脑海。

　　"我为什么不好好瞧瞧自己的身子呢？"

　　尽管这是在自己的房间里，尽管除了这盏微弱的油灯，没有第二双眼睛，但是，海妹子的心还是怦怦狂跳，像有一只小鹿在胸腔里瞎撞一样。她似乎感觉到，在这淡淡的灯光下，透过门缝窗隙，有着无数双自己完全看不见的眼睛在悄悄窥视着自己。

海妹子神经质般地将双手盘到胸前，抽出那只踏在澡盆里的脚，踮着脚尖走到门后，细细检查了一下门闩是否插牢。当她确认没有丝毫危险的时候，便自己给自己壮了壮胆。

"怕什么！我想怎么看就怎么看！身子是我自己的，谁也管不着！"

海妹子喃喃自语着，朝房子中间走了两步，忽又停住。"要是让阿母知道了，她会不会生气？会不会骂我？"

"不会的，阿母现在正忙着哩！"

海妹子又自己安慰了一句，忽又想道：可要是让阿礁哥知道了，他会不会骂我是骚货？会不会看不起我？

"神经病！我不说，他又怎么会知道！"

海妹子自嘲自慰了一阵子，心情似乎也平静了许多。于是，她举步朝墙角走去，在旧衣柜的立镜前站住。顿时，她惊呆了。

"这就是我吗？"

海妹子似乎不相信自己的眼睛。长这么大，尽管有过多少次像今天这样赤身裸体自己一个人关在房子里洗澡，但却从未像现在这样在立镜前袒露过自己，也从未认真地正面直视自己的隐私。

坦诚地说，眼前出现的裸体，虽算不上是倾城倾国的绝色佳人，但也不失美人的风姿。那些从未见过阳光的地方洁白细腻，闪射着一种白玉般的脂光和那些常年裸露在衣衫外面的部位泛着白里透红的肤色形成强烈的对比；虽说比不上某些大家闺秀的通体雪白如银，但却熠熠闪烁着一种从内心渗溢而出的健康朴实的光华；正直适中的脖颈平滑地连接在略有点粗壮的胳膊，比起那些纤细得如同"油麻骨"、力不缚鸡的俏娘娇女更显示出少女生机勃勃的活力；丰满坚挺的乳峰，圆滑匀称的翘臀，处处都在暗示着：这是一个正萌动着春心的美少女。

海妹子如痴似醉地望在镜中的人儿，双手情不自禁地轻轻抚摸自己光滑的肌体，搓揉着挺拔的双乳……

蓦地，她想起，在那漆黑的小木楼里，阿礁那双粗大有力的手不止一次探索过这里，是那样的毫无顾忌，甚至于是贪婪的每次都要她把它拿开。可每次，那手都像是施展了魔法似的，令她的芳心鼓荡不已。

想到这儿，海妹子觉得耳根开始发热，呼吸陡然加剧，脸也跟着灼热了起来。一种少女固有的羞涩使她不由自主地用双手掩住眼睛……

良久，海妹子慢慢地张开手掌，从指缝间窥视着衣镜中那似曾相识又不识的人儿，心里窃窃地笑着……

这时，门外传来了翠香的呼唤声："海妹子洗完了没有？该吃饭了！"

海妹子这才想起，自己原本是要做什么的。急忙对着门仓促应道："快了，快洗完了！"说完，匆忙转身走到澡盆，一抬脚进了盆中，故意把水拨得哗哗直响……

海妹子走出了房间。

厅堂上，翠香早已为她盛好了番薯稀饭，正坐在一旁补着衣服。

海妹子坐到长凳上。

"阿母，您吃了吗？"

翠香点了点头。

海妹子端起那碗稀饭，连咸菜也没就，便呼呼地喝了下去。而后起身用毛巾擦了擦嘴，说："阿母，我出去一下。"

"早点回来！"翠香点了点头，叮嘱了一句。

海妹子"嗳"了一声，转身急匆匆走出了家门……

翠香望着消失的背影，默默地放下手中的针线，起身收拾好碗筷。而后，从厅桌边上找出一束清香，抽出三支在油灯上引燃，恭恭敬敬地插在香炉里，接着，双手合掌，双眼闭合，垂着头，嘴里喃喃地祷告着："救苦救难的观世音菩萨，求求您保佑孩子们，保佑……"

三

夏日之夜，天蓝得碧净，连一丁点儿的游云都没有。玉盘般的明月从天海之间的交接处徐徐升起，给这灰黑色的大地洒上一层银光。这光，虽然没有阳光的明亮、强烈、热情，给人一种生机勃勃，奋发向上的激情，但这光却是那样的纯净、洁白、温柔，给人带来无限诗情画意的遐想。

海妹子沐浴着月光，急匆匆朝望夫楼走去……

望夫楼里，月色朦胧。

海妹子小心翼翼地走到楼梯口仰脸朝上轻轻地喊着"阿礁哥……阿礁哥……"

没有人回应，也没有丝毫的响声。

海妹子一边轻声喊着，一边扶着楼梯扶手拾级而上。

楼上，除了那张卷成筒状的草席就是那从破落的窗叶漏进来的淡淡月光。

"阿礁哥怎么还没来呢？"海妹子自言自语了一句，把席子放了下来铺平在楼板上，用随身带来的旧包装纸擦了擦便坐到席子上，两眼痴痴地望着窗外那明镜一般的月亮。

不知是由于踩了一天滩涂太累的缘故，还是因为阿礁没来感到失望的原因，海妹子的眼光慢慢地从天边月亮上收了回来，又把身子朝后挪了挪靠在墙壁上，双睫缓缓地合上……

海妹子又想起了刚才……想起了前几天晚上，也是在这望夫楼上，阿礁哥他……

海妹子想着，想着。渐渐地，一种连自己也说不清的渴求不由自主地从内心深处悄然滋生了起来，而且，十分迅速地向全身扩散而变得难以抑制。

海妹子似乎有些昏昏沉沉了。她把持不住这种越来越强烈的躁动，只好任凭自己的思索像一匹脱缰的野马在脑海中狂奔乱撞。朦胧间，她似乎已经意识到，自己正在寻找的是一种本能的渴求。慢慢地，这种寻求的思索变得模糊了起来，演化成了虚无的幻觉。于是，她觉得自己身体的某一部分已经挣脱了肉体的束缚，走出了望夫楼，沿着灰色的海岸线缥缈而去……

迷蒙之中，远处，在海岸与山峦交接的地方出现了一片翠绿的相思林。朦胧的月光下，海妹子隐隐约约看见，阿礁就站在相思树下，正频频向她招手。

"阿礁哥……阿礁哥……"大喜过望的海妹子一边挥手呼喊着，一边朝他飞奔而去。整个身躯轻飘飘的，像一朵被风扬起的野花儿。

就在她即将靠近他的时候，他突然朝她诡秘一笑，转身钻进了相思树林。

海妹子呼唤着，追进了林子。然而，除了那一株株粗大的相思树和那条被落叶覆盖的弯弯曲曲的林中小路，哪儿还有阿礁的踪影？淡淡的月光穿过密密的叶丛像剪影似的投射到小路上。随着风的鼓动，地面上的淡淡白光也忽左忽右跟着飘忽不定。

海妹子继续一边呼喊着，一边在这丛林小路上追寻着。然而，当她定睛一看时，却惊讶地发现，自己追了一气，却又转回了原地，急得她额头上满是汗水，眼泪也快掉了下来。

"阿礁哥，你在哪里？你要是再不出来，我这就回去了，再也不理你了……"

海妹子带着哭腔，朝着相思树大喊了一声。

随着她的呼喊声，忽然间翠绿的相思林不见了，眼前出现了一片葱绿的草坪。密实油嫩的藤草将红色的坡地铺盖得严严实实，犹如铺上一条偌大无比的绿色绒毯。

阿礁就躺在这绒毯上赤裸着宽厚的胸膛朝她憨笑着。

海妹子追到他跟前，一屁股坐在他的身边，抡起双拳，一上一下地朝他的胸膛砸了下去，气呼呼地责问："为什么不在望夫楼等我？为什么要躲到这里来？为什么喊你不应声？为什么……"

连珠炮似的一连串"为什么"直问得阿礁不知该先回答哪一个，只好继续憨笑着望着她。

"我让你笑！我让你再不吱声！"海妹子说着，伸手捏住阿礁的胳膊狠劲一拧。

"哎哟！"阿礁疼得忍不住叫了起来，"我不笑，不笑！我回答，我这就回答！别别再拧了……"

瞧见阿礁这副狼狈的憨相，海妹子忍不住"扑哧"一声笑了出来。

就这一笑把刚才的怨气都笑没了。

阿礁也笑了。

"还要我回答那么多的为什么吗？"

"嗯……"海妹子想了想说，"就回答一个，为什么要躲我？"

"老天在上，我可真真是没有故意躲你呀！"阿礁一手指天，一手指着自己的胸膛。

"没有？"海妹子把阿礁指向天空的手按了下来，"那为什么我喊你不应声？"

"我知道你会找上来的！"

"为什么？"

"因为，我喜欢你，你也喜欢我，心灵相通嘛！"阿礁说着，又"嘿嘿"笑了起来。

"臭美！谁喜欢你了？"海妹子故意瞪了阿礁一眼，说，"要不是前世欠你的……"

然而，没等她说完，阿礁忽地伸出手把她拦腰一抱，拥在自己的胸膛上。海妹子就势把脸贴在了他的心口上。

两颗赤纯的心灵又一次撞击在了一起……

也不知过了多长时间，阿礁一个侧身轻轻地把海妹子放倒在草地上，然后欠起上身，双肘着地支撑着双掌托着下巴，脸朝着海妹子。

两人默默对视着。一个含情脉脉如秋水盈盈，一个激越澎湃似烈火燃烧。

终于，她抵挡不住他那赤裸裸的火焰的灼烤，缓缓地合上明亮清澈的杏仁眼。

他俯下脸，炙热的、微微颤动的嘴唇慢慢地靠近她的小口，就在即将触碰的瞬间，他似乎犹豫了，停住了。而就在这当儿，她忽地睁开双眼，那明净的眼光似乎告诉了他什么，于是，他不再犹豫了，猛地盖住了她那微微开启的红润小嘴。先是轻轻地嚅动，慢慢地越来越快，终于变成了咂咂有声的急促狂吻……

她的双睫又盖住了美丽的杏仁眼，而两只胳膊却身不由己地绕上了他的后背……

而在同一时刻，她感到了一只发烫的手掌探进了内衣，不安分地在胸前那敏感的隆起部位来回轻轻搓揉着，捏拨着那红豆般大小的乳尖。她不由得一阵心旌摇曳……慢慢地，这手益发不规矩了，竟顺着她那光滑平坦的腹部向下移去，探向她那最圣洁的禁地……

如同遭到突如其来的电击一样，她顿时感到一阵强烈的痉挛，全身肌肉迅速收缩绷紧，整个心如同被麻醉了一样。一种激越兴奋的超脱感瞬间反射到大脑，使她突然变得昏昏沉沉，飘飘然了起来，不由自主地发出了梦呓般的叫喊声。

"阿礁哥……阿礁哥……我……"

随着她的呼喊，她的耳畔神奇般地响起了一个男人的声音……

四

海妹子吃了一惊。

梦断了，人醒了。

海妹子睁开迷蒙的双眼，发现自己躺靠在阿礁的胸前。阿礁的双手正轻轻摇晃着自己的肩胛，一边叫唤着。

"海妹子，你怎么了？"

海妹子伸出手使劲揉了揉双眼，从阿礁的怀里直起腰来，望着阿礁问："阿礁哥，你是什么时候来的？怎么不叫醒我？"

"我来了好一阵了。"阿礁伸手给海妹子理了理鬓发，说："看见你睡得正香，就没叫你。"

"我睡了很长时间了吗？"

"差不多有一个多时辰吧！"

"都怪你！"海妹子撒娇地嗔怪道，"害人家早早到这儿等你。等着等着，不知不觉就睡着了。"

"好，好！怪我就怪我！"阿礁双手抱拳作了个揖，笑呵呵地说："要打要罚任由你！"

"着实该打！"海妹子说着，扬起手在阿礁的肩胛上捶了一下，问："今天怎么来晚了？"

"噢！"阿礁把海妹子捶在肩胛上的手拿了下来握在手心里，说："帮阿祥修了一下船舷，就耽搁了。"

说起阿祥，海妹子不由得又想起那天在家里，阿祥抱住她的事儿，脸立时一阵发热。

假如没有阿礁，也许她会嫁给阿祥。

阿礁重又轻轻地把海妹子揽进怀里，想了想，脱口问道："你刚才梦见什么了？直叫唤我。"

海妹子刚刚隐褪的红晕又泛了起来。她撒娇地往阿礁怀里一钻，否认道："什么也没有梦见！"

"我不信！要不明明你就躺在我的怀里，怎么还会一直叫着我的名字呢？"阿礁摇着头说。

这一下，海妹子没法再抵赖了，只好承认道："是做梦了。做了个又好又不好的梦！"

"好就是好，不好就是不好。哪有好坏不分的。"

"真的！"海妹子极认真地肯定着。

"那好。"阿礁说，"你说给我听听。"

海妹子把脸掉转向上，仰望着阿礁，说："是先说好的，还是先说不好的呢？"

"当然是先说好的！"

"嗯……"海妹子想了想说："好的嘛……是你终于第一次向我求饶了！"

"我向你求饶？不会吧！"阿礁摇了摇头否认，"我又没有做出什么对不住你的事，干吗要向你求饶？"

"反正我是梦见了，信不信由你！"海妹子撅着小嘴说，"既然你不信，那我就不说了。"

"好，好！我信，我相信！你说吧。反正求饶不求饶的也没人看见！"

"不好的嘛……"海妹子犹豫了，这话叫她如何说得出口？她摇了摇头，"不说了，不说了。"

"哪能说一半又不说呢？故意吊人家的胃口是不是？还是有什么……"阿礁有意激她。

海妹子经不起激，嘴一嘟："说就说，反正是你使的坏！"

"我怎么就使坏了？"

"你……你欺负人……"

"我欺负你？"

"除了你，还能有谁？"海妹子手指着阿礁的鼻尖说。

"我哪儿欺负你了？"

"还说没有！就是那天晚上，在这儿你……害得人家刚才又梦见了……"海妹子说着，脸上立时发热，心怦怦乱跳，头一低又往阿礁的怀里钻了进去。

阿礁终于恍然大悟。那天晚上，没有月亮也没有点蜡烛，自己的手在海妹子不注意的当儿，有一次滑到了她的那个神秘地方……

想到这儿，阿礁双手一展，猛地把海妹子紧紧拥住，让她那娇柔的躯体和那颗怦怦直跳的芳心紧贴着自己赤裸的胸膛。

时间在静寂中悄然消逝……

良久，良久。海妹子抬起头，仰望着阿礁，小声说："阿礁哥，夜已经很深了，咱们回家吧？"

海妹子说着，从阿礁怀里直起腰来，理了理散乱的鬓发站了起来。

阿礁一把拉住海妹子的手，把它放在自己的胸口上，抬眼从破落的窗口望了望窗外的月亮，又回头望着海妹子，说："再坐一会儿吧！你看，今晚的月亮有多圆多亮啊！"

海妹子抬眼朝窗外望去。

深邃的苍穹浩瀚无垠，明镜般的圆月像一个胆大的少女，无遮无拦地直视着人间大地，柔和的光把世间万物笼罩得隐隐约约，恍恍惚惚，充满着神秘的诱惑。

海妹子想起了月宫中的那个嫦娥仙子，想起了那个被仙子抛弃的后羿。也许，此时此刻，她正抱着玉兔，伫立在月缘，注视着人间，寻找着心中的人儿……

海妹子想着不由自主地叹了一口气，回过头来。

阿礁正痴痴地望着她。

月光下的海妹子，今夜显得比以往任何时候更加妩媚动人，更加温柔秀丽。

一头柔软黑亮的长发盘卷成一个渔家少女的发髻使得光滑的脖颈在月光下显得格外修长、洁白如玉；裸露、浑圆如白藕的胳膊一只垂在阿礁的胸口上，一只向上弯曲捻着自己的耳垂；乌黑的眼睛如同两颗发亮的星星在月光的映衬下，荡漾着柔情的波光；湿润的红唇微微张启着，像是在等待热烈的狂吻又像是渴望开垦的处女地在轻轻颤抖着……

阿礁凝视望着，望着，心不由得越来越急促地狂跳了起来。一种雄浑的男性荷尔蒙霎时间渗进了全身每一根血管，掀起一股强烈奔涌的血潮，激越而不可阻挡；全身的神经线像一条条紧绷的弓弦对着一个神奇而又令人发颤的目标似的。月光下，他的炯炯大眼像两颗燃烧着野火的火球直逼着海妹子，双唇紧咬像是在极力克制着什么。

猛然间，阿礁双手一绕，用力把海妹子又一次紧紧拥住，原本紧咬着的双唇颤抖着嚅开了。

"海妹子，我们结……结婚吧！我……我想……想……"

"什么？你说……说什么？"海妹子一时慌了神，她没有料到阿礁会在这个时候向她提起结婚，"这……"一时间，她不知道该如何回答。然而她的眼光却和他那燃烧着逼人的火焰的眼睛相撞，她感到自己全身像是要被融化变得松软无力，唯有心在怦怦直响越发跳得急促而有力。

她看出了他的渴求。她慌乱地摇头。

"不，不！阿礁哥，我们还没……没有拜天地，不能……不能……再等等，好……好吗？"

"海妹子，我……我现在就想……想要……海妹子，答应我吧？"阿礁颤声说着："我们现在就……就拜天地！"

"这……能行吗？我们连个媒婆也没请！"

"这有什么关系。"阿礁说着，一手指天，一手指着自己的心口发誓："老天作证，明月做媒，我阿礁今夜就在这望夫楼里和海妹子结为夫妻，今后，保证一生一世都对她好，如有变心，天打五雷轰！出海遭……"

海妹子听着听着，全身像是突然受到暖流冲击一样急促地颤抖了起来。脸刹那间像腊月的柿子一样，红得透亮。她想说，可又说不出口；她想拒绝，可又不忍心伤他的心。他从小就是她心目中的偶像。当少女的春心刚刚萌动的时候，她就认定了他就是自己今生的意中人，终生的伴侣。她不止一次对天祈祷，让他们能成双成对，双宿双飞。她无时无刻都在为他担心，为他牵肠挂肚，说穿了就是因为深爱着他，不能没有他。暗地里，她也时时期盼着那一天的早日到来。而如今，他向她开口了，提出来了，而且正以企求的眼光望着自己……

海妹子想着，想着。心不由得松动了。为了阿礁，为了自己心爱的人，还有什么舍不得的呢？而且，除了……自己不是早已几乎把整个身心都交给他了吗？还有什么好犹豫的呢？

"这……真的能行吗？"海妹子抬眼羞涩地望了阿礁一眼而后垂下头，低声说。

"能！"

"那……"

海妹子偎倒在阿礁的怀里……

月亮已经爬上了中天，柔和的光似乎明亮了许多。大海也不知什么时候停止了呼啸，平静得犹如一面广垠无比的明镜，把一缕缕的月光折射成一层层薄薄的、雾气般的光华。在这面明镜前，一对海的苦难儿女跪下了，对着明月，对着海神，一次，两次……

月光灵性般地悄悄暗淡了，时空模糊了而两双眼睛却越发明亮了。慢慢地，其中的一双闭上了，身子缓缓向后倾倒在洒满银光的席子上……一双滚烫的手探向了她的胸前，颤悠悠地摸索着……终于，扣子被一个一个解开了，紧接着，红色肚兜的蝴蝶结被打开了，腰带被松开了……慢慢地，一切都脱落了……再接着，男性的海卷着汹涌的巨浪朝地上的躯体淹了过去……高高的山峰被熨成了平地；平静的原野被撕裂成河谷。山在下沉，地在下沉，人在下沉，心儿也在下沉，一切都沉入了深深的海底之中，只留下轻轻的、急促的海吟和窗外古榕树传来的"沙沙"响声……

猛地，海妹子感到一阵难忍的剧痛，那神圣的禁地像是被两只无形的大手狠劲撕裂一样。忍不住，重重吟唱了一声。然而，随着这剧痛过后，一种巨大的、从未有过的激越快感像闪电一样击穿了海妹子整个身心。她顿时全身一阵痉挛颤动，整个心脏像是被麻醉了一样。上气不接下气的她忍不住嗫嚅着，像只受惊、受冻的小羔羊，紧紧贴在覆盖在她上面那火热的胸腔下……望夫楼在震动摇晃，似乎火山在爆发，大地在震撼……

人人都说，爱情像鲜花一样芳香，像蜂蜜一样甘甜。但，眼前这爱饱含着两颗苦难的心。也许，正是这些苦难，更加剧了他们对爱的追求和珍惜。也许，明天，他们会为自己今天的行为感到害羞甚至后悔，但此时此刻，他们已被自己的激情火焰所融化而结合在一起。

从小生活在那样畸形家庭的海妹子，对爱的追求似乎格外强烈。刚才的忸怩害羞此时已消失得无影无踪，像一株久旱的小草，拼命吮吸着来之不易的爱的甘霖，用明亮的呻吟和沉重的喘息回报着……

生命在这儿得到了升华和充分的体现。

海妹子似乎听见自己浑身的骨头都在呻吟，每一根血管都在欢唱。似乎觉得有一个神奇可爱的精灵在推动着、呼唤着自己的肉体：那是爱的深渊，那是天伦最大的幸福，那是人生最陶醉的享受，跳下去，快跳下去……

随着这呼唤声，海妹子感到似乎有一股力量在推动着自己，使自己再也无法控制住自己的身子，不由自主地、自然地、轻轻地继而是越来越猛烈地扭动起来，以此逢迎着，承受着那狂烈得如同火山爆发的激情。她觉得，自己的每一根神经都已被摧毁，肉体被融化，灵魂化成一片轻盈的羽毛，被热浪托上高高的蓝天，在月色朦胧的空中飘荡着……

第十二章 · chapter twelve

一

转眼间，又过了两个月。

已近寒露时节。秋风萧瑟，天气逐渐转凉，秋寒开始回侵大地。山上、地里的农活至此也已大多忙完，就连出海打鱼，也常因气候原因而渐次减少了许多。

于是，许多造屋乔迁，婚配嫁娶之类的大事就逐次开始张罗，且大多被安排在深秋之后，春节之前的这段时间里。

这天早饭过后，黄氏正在院子里搭网，准备把破洞补一补，好让阿礁下次出海时用。这当儿，郝忠推开院门进来了。

郝忠穿一套黑色布衣。也许是人老了，显得气脉不足的缘故，常年不穿鞋袜的他，今天竟破例穿一双深蓝色粗线袜子。尽管那袜子粗糙毛刺没有多少袜子的样子，但总算也护住了常会发麻的脚趾免受寒气的侵袭。脚下的木屐是新的而且是自己做的。他从不花钱买木屐。穿坏了，上后山砍一根粗粗的相思树干，锯成几截，晒上几天，然后用斧头砍一砍，一双新的木屐就成了。

郝忠照样弓着腰，照例提着那根长烟杆，二话没讲见了黄氏还是老样子咳嗽一声。

一听这咳嗽声，黄氏就是不回头也知道是谁来了。她不敢有丝毫的怠慢，急忙放下手中的活计，转过身来，恭恭敬敬地问了一声。

"三叔，您早！您来了，快请厅堂里坐！我这就来。"

郝忠仍旧是"嗯"的一声，照直朝厅堂走去。人虽老，可脚上的力气却还不小，步子还是迈得那么大。以至于木屐打在院子里铺的石头路面上，"踢踏踢踏"的格外清脆响亮。

黄氏紧跟在她的身后。

郝忠走到厅堂，在厅桌左边的红木太师椅坐了下来。

黄氏上前提起茶壶，折转身进灶房泡了一壶茶又匆匆走到厅桌前，为郝忠倒了一杯。然后，小心翼翼地用手扯了扯皱褶的衣衫，在郝忠斜对面的长凳上坐了下来。眼望着郝忠。

黄氏今天穿一件蓝色旧布袄，斜襟的，一条黑色粗布裤，一双黑色布质万里鞋，鞋面上已打了两个补丁，没有穿袜子。

郝忠把长烟杆往厅桌上一搁，双手端起茶杯，吹了吹热气呷了一口又放下。然后，顺手拿起烟杆，右手在烟袋里搓捻出一小撮黄色烟丝往烟锅里一塞，取下挂在腰口上的那一卷发黄的白色火捻子，把火捻头对准嘴使劲吹了几下。"呼"地轻轻一声，火捻头亮出了一点红里泛绿的火苗。郝忠左手扶着烟杆，右手拿着火捻伸直胳膊，颤悠悠地让火捻的火苗对贴着烟锅，然后两个腮帮子一凹，猛吸了几口，接着，从鼻孔里冒出了两股白白的烟雾，随着把火捻子往厅桌上一放，又猛吸了几口，看看烟锅里的烟丝已燃尽才松口，举起烟杆，把烟锅朝地上磕了几下，倒出了一小撮黑灰。

黄氏就这样默默看着郝忠慢悠悠地做着这一切，大气都不敢喘一下。

郝忠过足了烟瘾，又端起茶杯呷了一口茶水，润了润喉咙，咳了一声清了清嗓门，才把脸掉向黄氏，慢腾腾地问。

"中秋节都过了，孩子的婚事也该抓紧了。你准备得怎么样了？"

黄氏不知该怎样回答。为这事，阿礁和她怄了好几次气。每次提起萧家亲事，阿礁就满脸不高兴。任凭黄氏怎么说好话，他都不应承。弄得黄氏后来也不敢在阿礁面前多提这事。只是常常一个人哀叹："这孩子从小那么懂事听话，而今是怎么了？一提亲事，竟连一句也听不进去！唉……"

眼下，郝忠追问起来，黄氏着实为难了。可她又不敢直说阿礁压根儿就反对这门亲事，只好含糊其辞，嗫嚅地说："他三叔，咱家底子薄也准备不了什么，我看到时再想想法子，能简单就简单一些，能省就省一些好了。"

郝忠立刻反对。

"这不行！人家是有门面的人，说啥也不能抹了人家的脸面。再说，咱郝氏家族在这附近三乡五里也是算得上的大家族，孩子他爸又是为救人死的，也算是值得别人敬重的人了，岂能草率了事，让外人笑话。"

黄氏一听郝忠说得如此之绝，立时愁云密布。一双原本齐齐搁在双腿上的手此时也不知放哪儿好。一会儿夹在两腿间又觉得不雅观急忙抽出来，一会儿又垂在衣襟下捻着衣角又感到不妥，最后只好站了起来，走到桌前，提起茶壶给郝忠的茶杯续满茶水，然后又回到原位坐下，似乎觉得适顺了点，还是把双手平平搁在双腿上。

郝忠说完，两只手指又伸进了烟袋搓捻烟丝。一边捻着，一边问："你身边现在到底有多少积蓄？"

黄氏想了想应道："大概有三十来个银元，还有阿母留给我的一对玉镯和一支银簪子。镯子上次定盟时已经留给了女方做信物了。"

"就这些？"郝忠把捻出来的烟丝团往烟锅里一塞，问。见黄氏点着头，又说："这哪够！差得远哩！别说是纳彩礼金，就是桌面上，恐怕也是过不去的！"

黄氏苦着脸，说："这……可怎么办才好啊？"

郝忠塞完烟丝，拿起火捻子对准烟锅猛吸了一口烟，然后若有所思地想了想说："事在人为。活人还能让尿给憋死！只是……眼下还不清楚女方家会开什么样的礼单。"

"前些日子，您不是去了一趟萧家，有没有探探他们的口气？"

"探是探了。"郝忠又"吧嗒"吸了一口烟，说："他们说选个黄道吉日就把礼单送过来。"

"唉，娶一房媳妇压倒一个家呀！"黄氏叹了一口气说。

"净说些没用的丧气话！"郝忠白了黄氏一眼，训斥了一句："给下辈成亲，这是我们当长辈的责任，也是祖上立下的规矩。哪有不破费一些的道理！"

郝忠说着，把烟锅使劲在砖地上磕了磕，然后把烟杆往桌边一靠，又说："咱们渔家，历来讨一门亲都这样，掏尽所有的值钱东西，有的甚至卖地卖房，这都是常事，谁家没有过？"郝忠说着，竟也长叹了一口气，"唉，都是这世道不好啊！"

黄氏也附和着叹了一口气，说："都卖了，将来小两口住哪儿？吃什么？还有咱们这把老骨头将来连个埋的地方都没有了。人，活着怎么这么难啊！"

郝忠听着，似乎也有所感触，都快入土的人了还是孤寡一人，将来死了，连个收尸戴孝的人都没有。

郝忠不由得想起过去。想起翁氏。也许那时对她体贴一些，关心一些，她也不至于偷汉子！也不至于被沉海！也许，她也会给他生下一男半女的，如今自己也该是儿孙满堂了。唉，有什么法子呢？这都是祖上立的规矩呀！当初不那样做，如何服得了众人，自己在郝氏家族里又如何说话立人呢？

郝忠想着想着，不由自主抬眼看了看黄氏。

"才四十出头的人看起来就像是快五十的人了，老得太快了！"郝忠似乎从黄氏的脸上看到了什么，心里又长叹道，"唉，事情都过了二十多年了，还想它做什么！如今，只能尽自己的力，办好这门亲事了！"

想到这儿，郝忠把目光从黄氏的脸上移到自己的长烟杆上，说："你也不必顾虑太多，到时我会帮着想办法的。当然，能省的要尽量着省。"

黄氏鸡啄米般地点着头。她颇为感动，从来就没有听郝忠说过这样柔情的话。

郝忠说完，提起靠在桌边的烟杆，把火捻卷拿起照例往裤腰上一别，直了直腰想站起身来。

黄氏的嘴唇动了几下，似乎想说什么，但又忍住没有说出口。

郝忠见了，便问："还有什么事吗？"

黄氏犹豫了一下才应道："有句话，不知当说不当说？"

郝忠看了她一眼，说："自家人，有什么话就直说。"郝忠嘴里虽然这么说，但心里还是不由自主地"咯噔"了一下：莫非她要重提那件旧事？莫非她想……

黄氏听郝忠这样说，心似乎放宽了些，但还是心有余悸地偷偷瞅了郝忠一眼。

郝忠的脸色此刻不像平时那样铁青，倒有一种黄氏难以理解的疑虑神色。尽管是那样的微妙，但也不免从眉宇之间流露了出来。

黄氏感到惊讶，这可是极少的啊！也许……黄氏想：也许他也反悔了？也许这时说出来会好些。于是，黄氏壮了壮胆子，嗫嚅着说："他三叔，礁儿自那天相亲回来后，一直闷闷不乐，看来他是确实不喜欢这门亲事。我想，咱们这种穷苦人家也供不起大家闺秀，既然孩子不同意，能不能就不要为难他了，让他……"

郝忠一听黄氏说的是这事，刚才的疑虑顿时消失，脸立马拉了下来。

"这话你已经说了好几次了，我也回答了你好几次了，这事万万不能！我们说啥也不能失信于人！以后不许你再说这样的话！"

"可是，礁儿他……"黄氏惶惶不安地说不下去。

"他怎么啦？"郝忠戳过话尾，"是不是真的跟那个叫什么海妹子的死妮子混在一块儿了？"

黄氏一听，吓了个三魂丢了两魂，急忙否认道："没，没有。只是……只是听说见……见过几次面，没有在……"

"没有就好！"郝忠扳着脸说："你要死死给我看住他们，绝对不能允许他们再混到一起，免得到时做出什么伤风败俗的事来，丢了咱们的老脸不说，连自己的小命都搭上了！"

郝忠斩钉截铁地说着，离开凳子，径直朝门口走去。临出门时，忽又转过身来叮嘱了一句："萧家一旦把礼单送来，就打发人去叫我。"

黄氏"哦哦哦"连声应着。

郝忠说完，双手一背出了门。

黄氏把郝忠送到院门外。回到院里，想起刚才郝忠说的话，突然感到一阵心惊肉跳，茫然地望着搭在竿子上的旧鱼网发愣……

二

萧家终于把礼单送来了。

那是中秋节过后七八天的一个晌午。一个自称是萧家堂叔的老汉踏进了阿礁家门。

此人大约比郝忠小七八岁。个子不算高却精神十足。穿一身藏青色长衫，虽说与年龄相貌不甚相配衬，倒也显得利索大方；脚踏一双蓝色万里鞋，鞋尖上一层白白的尘土。天气虽说已转冷了许多，但此刻他仍是额头眉间汗水津津。

黄氏诚惶诚恐地把他迎进厅堂里，泡了茶，然后又急匆匆叫人去请郝忠。

郝忠一听萧家送礼单的人来了，正在睡午觉的他一骨碌从床上爬了起来，也来不及更换衣服，匆忙抓起床头的烟杆就赶了过来。

正在品茶的客人一见郝忠进来，立刻放下茶杯，离座站起来，极有礼貌地双手抱拳打揖，十分恭敬地说："您敢情就是郝大哥了？幸会，幸会！"

郝忠也立马双手抱拳回了礼，谦逊地应道："在下正是郝忠，您就是亲家兄弟了。快请坐，请坐！"

郝忠说着，右手朝前伸出作了个请的手势。

客人谦让地应了一句："您先请！"

论年纪，该是郝忠为大；论礼仪，来者是客应为先。

两人相互推辞谦让了一番，便几乎是同时坐在了厅堂左右两侧的红木椅子上。

黄氏急忙又泡了一杯茶递到郝忠桌前。郝忠向客人作了个请吃茶的手势。于是，两人又礼让了一下，然后各自端起茶杯极有分寸地抿了一小口茶水。

品过茶，客人先开口了。

"今天到贵府来主要是受了本家侄媳的托付，一来是向亲家大哥、亲家母问个安并呈上礼单；二来是想请教一下亲家打算什么时候办这喜事，我们也好有个准备。"

客人说完，从怀里掏出一个类似大信封的红包，离座起身双手呈到郝忠的面前。郝忠也急忙离座起身站起，双手恭恭敬敬接了过来，转身递给了黄氏。

黄氏双手小心翼翼地捧着红纸包，走到供桌前，在自家供奉的佛像前恭恭敬敬地行了个礼，然后把它压在佛像脚下的香炉下。

客人和郝忠站着看黄氏做完这一切，然后礼让着在原位上坐了下来。

"亲家大哥，亲家母看了礼单后，如果里面有什么不合风俗礼仪的，请指教，不必客气。"客人十分谦虚地说。

这话说得十分婉转文雅。

按照泉南风俗，女方开出礼单后，男方如果觉得数目过大或者品种太多或者有什么难以办到的，亦可与女方共同商量。有时候，这种事情竟变得如同在做生意一般，可以讨价还价。遇到这种情况，一般当事者都不直说，而是通过诸如媒婆这样的第三方交涉。因此，当女方的礼单送到后，男方一般都不会当着女方家人的面拆开看，而是压在供桌的香炉下，一则表示对祖宗神灵的敬重，二则也避免了当场看后出现什么尴尬的场面。

"亲家是有门面，知书达理的人家，哪会有什么闪失？到时一定讨教！"郝忠也客套地应道。

"那……依亲家大哥的意思这亲事打算什么时候办为好呢？"客人又问。

郝忠想了想说："眼下气候还不太稳当。依咱们这儿的习俗，冬至过后春节之前这段时间较好。不知亲家兄弟意下如何？"

客人略一思索，表示赞成。"就按亲家大哥所说的办吧！只是择了良辰吉日，务必提前通知一声。"

"这是理所当然，理所当然！"郝忠连声应着。

"那，既然这样，我也该回去了！"客人说着，起身离座。

郝忠和黄氏也急忙站了起来，挽留道："亲家兄弟，吃了饭再走吧！"

"不了。谢谢！我还得赶回去回复本家侄媳，免得她着急。反正，成了亲家，以后叨扰的机会多着哩，今天就不打扰了！"

郝忠听了，也就顺水送人情。

"说得也是。既然亲家兄弟这样客气，那我们就只好失礼了！"郝忠说完，手一伸，做了个请的手势。

客人双手一抱拳，朝郝忠和黄氏一揖："两位亲家请留步！"说完，左手一提长衫，跨出门槛，大踏步走去……

郝忠和黄氏目送客人的背影消失，便折转身回到厅堂里。

郝忠屁股刚挨凳子，便迫不及待地拿起烟杆，从烟袋里捻出烟丝塞进烟锅里，又伸手去腰口处取火捻绳。一摸空空的，这才记起刚才匆匆忙忙的竟忘了带，于是，朝黄氏"嗯"了一声。

"洋火。"

就是现在，泉南一带的老人，还有人管火柴叫作"洋火"的。

黄氏急忙折转身从灶房里取来火柴。

郝忠把烟杆往上提了提。

黄氏急忙划燃一根火柴，把火苗对准烟锅。

郝忠双腮一凹，猛地吸了一口，火苗立刻被吸进烟锅里。

黄氏待郝忠过完烟瘾，才小心翼翼地从香炉下取出萧家刚才送来的礼单，双手递给郝忠。

郝忠接了过来，先是左右前后认真看了一遍，才伸出两个指头，从没有封住的口子探进去，取出一折红帖。红帖正面描着一对飞舞的金龙银凤。郝忠又掉到后面看了看，才缓缓打开帖子。

"都开了些什么呀？"还没等郝忠过目，黄氏就着急地问。

郝忠不悦地白了黄氏一眼。

黄氏立刻抿住嘴，不敢再问。黄氏不识字，只是拿眼直直望着郝忠手上的帖子。

郝忠曾经读过三年私塾，一般的字他大都能认得。此时，他把礼单举到离眼睛约两尺远，睁大着双眼一个字一个字地辨认。

郝忠看着看着，眉头慢慢地锁了起来。待到整个礼单看完，眉际已经成一个疙瘩了。

礼单是按泉南风俗分为两部分写的，即"纳彩"和"轿前盘"。具体是这样开的：

纳彩礼仪：

九股银腰带一条，银镯一对，银钗一双，银簪两只；红酒、米酒各两坛，糖果四十斤，圆饼二十斤；绸缎各两匹，鲜花四百朵，喜包一百六十个。

轿前盘礼仪：

聘仪一百二十元，全猪全羊各一只，黄花鱼四尾，鸡两只，蛙八只，红茶四斤，红糖四斤，猪筋四两，猪肚两个，香四束，烛两对，槟榔二十四颗。

其他未一一开列的，如书仪、日仪、被帐仪、针线仪、花粉仪、盘仪以及衣服头巾等均按俗定办。

郝忠看完礼单，二话没说，默默地放下礼单帖子，拿起烟杆，慢慢地、单调地重复他那一套吸烟的程序……

黄氏的嘴唇动了几次，想开口问又不敢，只好一个劲地忍着，望着郝忠慢腾腾地捻烟、点烟、吸烟……

郝忠双目微闭，边吸着烟边似乎在思考着什么。一锅烟吸完又续一锅，一连续了三锅。

黄氏实在是忍不住了，起身走到桌前拿起帖子瞧了一阵又无可奈何地放下，长叹了一声走回原位坐下。

郝忠终于抽完了第三锅烟，缓缓地睁开双眼把长烟杆往桌边一靠，重又拿起礼单帖子，瞅了黄氏一眼说："我给你念念吧！"

黄氏的心立时紧张了起来，点了点头，支起耳朵专心听着，生怕听漏或者听错什么。

"纳彩礼仪：九股银腰带……"

随着郝忠往下念，黄氏的眼睛越睁越圆，嘴巴也越张越大，没等郝忠念一半，黄氏心里就已经叫苦连天了。

"天啊，这要多少钱啊！"

"天啊，就是把房子卖了也不够呀！"

……

挨到郝忠念完礼单，黄氏早已天旋地转，两眼发黑，头冒金花，差点没从凳子上栽倒在地上昏死过去……

三

婚姻乃人生一件大事，古往今来在这方面定的礼仪也最为讲究。但是，无论东西南北，也不管是古今中外，比来比去，就是泉南一带的婚娶礼仪最多、最讲究，堪称首屈一指，往往令内地人瞠目结舌，难以置信。

一起婚姻从父母主张，媒妁说合的"议婚"开始，要经过定盟（现称订婚）、纳彩、轿前盘、迎嫁妆这五次礼仪才能到最后的嫁娶，而这期间又有不少小的礼仪。这五次大的礼仪中又以纳彩和轿前盘为最慎重也最讲究，也是事情成败的关键。

阿礁的婚事眼下也正好处在这个节骨眼上。要么依照礼单上开列的种类和数目送，要么请人去和女方协商，可这样一来又往往会发生争执，伤了和气。

纵观礼单所列，其中的九股银腰带、银镯、银簪皆因女方所嫁是惠东籍女所致，这是当地风俗所不能免的。而其他的尤以鲜花和喜包为多且绝不可少。

喜包大者重约一斤，小的也在十多两（旧时十六两为一斤），其形如六寸直径大小的圆盘，厚一寸左右，用白面粉制成，以白糖、花生、肥肉、冬瓜为馅。纳彩时一般为一百二十至一百六十个即可。包面正中各盖红色的双喜圆印，分叠于若干格盘。每个格盘上面各有几个用软面搓成条状彩花、红花装饰的"包头"。其中最特别、最精致的"包头"有两个：一个包面上饰一"乾"字，上面插有面塑的面人萧史骑麒麟；另一个包面上饰一"坤"字，上面同样插有面塑的面人弄玉跨凤。另有四个各饰有四句吉语："一结松萝，两性合婚，百龄偕老，千枝传世。"纳彩时，女方家收下饰有前两句吉语和饰有"乾"字的包头，退给男方饰有后两句吉语和饰有"坤"字的包头。

眼下，黄氏的所有积蓄大约也只够置办这些"喜包"和鲜花了。

郝忠念完礼单，把帖子合上搁在桌面上，回头一见黄氏的脸色，吃了一惊，脱口问道："你怎么啦？"

经郝忠这么一问，黄氏似乎才略为缓过神来，有气无力地应道："没什么，就是头好像突然有点晕。"

郝忠又看了她一眼，说："那你去躺一躺吧！"

"不用了，一会儿就没事了。"黄氏急忙定了定神说，顿了顿又问，

"他三叔，您说这该怎么办啊？"

郝忠一时也拿不出什么主意。女方家会开出这么多、这么重的礼单确实大出他的意料。想了想，破天荒安慰了黄氏一句："你也别着急，办法总是会有的。你想想，我也想想。"

"能不能请白脸婆去跟萧家通融一下，少一些行不行？"黄氏望着郝忠，问。

"这……"郝忠犹豫了一下说，"萧家既然已经开出来了，总有他们的想法。咱们要是这时提出来要减少，恐怕有失体面。再说，我们送得多，他们也要回得多。我看，还是不去说的好些。"

郝忠说完，又不由自主地伸手去拿烟杆。

黄氏见郝忠不同意，不由得叹了一口气，说："唉，早知这样，还不如不说这门亲事的好！逼得人左右为难，连孩子也……"

郝忠正把烟嘴塞进口里专心点着烟，听黄氏嘀咕了一句，立时把烟嘴抽出了口，追问了一句。

"你说什么？"

黄氏不敢复述，只是小声辩解道："没什么，我是说……难办。"

好在刚才的话郝忠没有听清楚，否则又该吹胡子瞪眼了。听黄氏这么一说，才应道："难是难些。但是，这门亲事说啥也得办。这是件有关家族颜面的大事，就是借贷也要办好！"

郝忠说着，又把烟嘴含进口里猛吸了几口，看看烟锅里的烟丝已经燃完，才举起在砖地上敲了敲，倒掉烟灰。

"把礼单收起来保管好，别让孩子看见了又胡说一通。"郝忠不放心地叮嘱了黄氏一句。

"嗳！"黄氏应着，站起身来正想走到桌前，忽然听到院门外有人喊了一声，急忙收住脚，转身朝外望去……

原来是阿礁和黑牛回来了。

这一带有句俗语，叫作"白天不要说人，晚上不要说鬼"。意思是：白天说谁，谁立刻就会出现在你面前；晚上说鬼，鬼马上就会找上门来。

黄氏和郝忠这当儿刚刚说起阿礁，阿礁竟真的就出现在院门外和黑牛抬着一条小舢板，另一只手还提着一个沉甸甸的鱼篓。

　　阿礁一见黄氏，忙叫道："阿母，帮我接一下鱼篓。"

　　黄氏急忙走了出去，接过鱼篓。

　　阿礁和黑牛小心翼翼地把舢板从肩上放了下来。

　　"你们把它扛回来做啥！"黄氏有点惊讶地问。

　　"船帮子有个地方裂了道口子，阿礁哥说扛回来，他要帮我修一下。"

　　黄氏听了，又绕着船身走了一圈，见船帮上果然裂开了一条窄窄的缝。她"哦"了一声后对两兄弟小声说："三叔公来了，你们进去道一声。"

　　阿礁一听，不悦地问了一句："又来干什么？是不是又为那件事？"

　　黄氏急得跺了一下脚，嗔怪道："你就不会小声点！让你三叔公听见了还了得？"

　　阿礁见阿母要生气，急忙朝黑牛使了个眼色。

　　"咱们进去洗把脸！"阿礁说着头前走，黑牛紧跟着进了厅堂。

　　"三叔公，您来了！"阿礁和黑牛几乎是同时出声。

　　郝忠只是鼻孔"嗯"了一声，眼皮都没有抬一下，照旧抽他的烟。

　　没想到，一贯粗心的黑牛今天突然眼尖了起来，瞅见了厅桌上的红帖子。好奇心诱使他上前拿了起来。

　　郝忠的眼睛正闭着，没有觉察到。

　　阿礁已经走进灶房，也没有看见。

　　黑牛把帖子翻过来倒过去看了几遍。遗憾的是自己斗大的字不识一个。从表面上估摸着是一张喜帖什么的，却不知道都写了些什么。于是，他拿着帖子走进了灶房。

　　"阿礁哥，这是什么？你快来看看！"

　　阿礁正弯腰从水缸里往外舀水，一听黑牛叫他看什么，便直起腰，双手在裤腿上擦了擦，转过身来。

　　黑牛把帖子递给了阿礁。

阿礁接过来一看，说了声："这是一张喜帖。"便打开看了起来……
黄氏把鱼篓里的鱼倒在一个大木盆里，正想动手洗，忽又抬头看看天。

　　太阳已经西斜，不知不觉已到了后晌。

　　黄氏想了想，自言自语了一句："还是先做晚饭吧！"于是她
折转身也进了灶房，正好碰上阿礁在看帖子，吃了一惊，急忙又折
转身回到厅桌前，一看，心立时提到了喉眼上。

　　黄氏愣了一下，慌忙回到灶房，手一伸就要把阿礁手中的帖子抢过来。

　　阿礁手一偏。

　　黄氏扑了个空。

　　阿礁的脸铁青，望着黄氏问："这礼单是谁送来的？什么时候
送来的？"

　　黄氏知道已经瞒不过去了，只好照实说。"是萧家的一个堂叔
刚才送来的。"

　　"今天，三叔公来也是为了这事？"阿礁又问。

　　"嗯！"

　　"这么说，是已经谈好了？"

　　"嗯！"

　　"一定要娶萧家的萧秀姑了？"

　　"这……"黄氏不知该怎么回答自己的儿子。虽说，她是他的阿
母，可实际上在儿子的婚姻大事上，她是做不了一丁点儿主的。

　　黑牛睁着牛一样的大眼望着他们母子，听着他们的一问一答。他
已经揣摩出来了，那帖子是萧家送来的礼单。忍不住，他扯开大嗓门
嚷了一句："送他个屁！反正阿礁哥又不娶她，撕掉算了！"嚷过，
一把抢过阿礁手中的帖子就要撕。

　　这当儿，门口传来了一声低沉威严的呵斥："住手！"

　　三个人不约而同地掉转脸去。

　　郝忠手握着长烟杆立在门口。

　　原来，郝忠眼睛虽然闭着，人却没有睡着。他们三个人的对话

他听得是一清二楚。此时，他睁着老鹰般的眼睛狠狠地瞪了黑牛一眼，喝道："拿过来！"

黑牛再牛，在郝忠面前也不敢放肆，顶多就是背地里偷偷骂几句，发一发牢骚。这时，他只好乖乖地朝前走了两步，把红帖递了过去。

郝忠接过帖子，眼光扫了扫他们，哼了一声说："都到厅堂来！"说着，转身走回厅堂，原坐在刚才的太师椅上。

黄氏早已六神无主，步履艰难地跟在郝忠的身后也回到厅堂。

郝忠朝她作了个手势，示意她也坐下。

黄氏朝后倒退了两步，小心翼翼地坐到了刚才的长凳上。

灶房里，黑牛朝阿礁伸了伸舌头作了个鬼脸，说："阿礁哥，怎么办？只好去挨训了！"

阿礁的脸色极难看。黑牛的鬼脸并没能使他易容而松弛一下。他一声也不吭，大步走出了灶房。黑牛急忙跟在他背后。

黑牛走到厅堂，拉过一条长凳，屁股一挨就要坐下。黄氏见了急忙给他使了个眼色。黑牛只好又把腰直起，和阿礁一起像两根柱子一样立在一起。

郝忠故意不看他们，把脸掉转一边。良久，他才冷冰冰地问："谁拿去看的？"

"我拿去看的！"黑牛应声答道。没想到，这一答竟惹来郝忠一句臭骂："你能看懂个屁？"

"就是我拿的嘛！"黑牛不服气地嘟囔了一句。

"我看了！"阿礁瞅了黑牛一眼，接口沉沉地说。

原以为这一应答肯定也会引来郝忠的一顿臭骂，没承想，竟出乎意料。

"这么说，你都看清楚了，也都知道了？"郝忠淡淡地问。

"嗯！"

"你认为怎样？"郝忠把脸掉转了过来。

"让我说吗？"阿礁问。

"嗯！"

"那好！我就说了！"阿礁提高了嗓门，"那不是礼单，简直就是一张卖身契！"

这话一出，连阿礁自己也吃了一惊！黑牛两眼睁得老大望着阿礁；黄氏吓得脸色立时苍白。

再看郝忠，先是一愣，紧接着脸色变得铁青，拿着烟杆的手急促地颤抖了起来。半晌，才从牙缝迸出一个字。"你……"

"我怎么啦？"阿礁接口反问了一句。

这一下，郝忠受不了了，大发雷霆了。

"你……你目中无人，目无长幼，简直是……是狂妄到了极点！"郝忠气得吹胡子瞪眼，"我……我早就知道，你对这门亲事不……不满！你……你想怎……怎么样？"

"退掉！"阿礁对口应道。

"你敢！"郝忠吼道，"你简直是目无家法了！"

"家法也不能强迫人嘛！"

"你……"郝忠气得连话也说不成句，"你……想毁……毁了祖宗规矩……是……是吗？"

"我不想毁了祖宗规矩，可我也不想娶萧家闺女。祖宗规矩也没叫我一定要娶她！"

"你……"郝忠被阿礁顶得竟一时哑口无言。是啊，祖宗哪能顾及下辈子孙谁一定要娶谁！

"再说……"阿礁似乎根本就不理会郝忠气得七窍冒烟，只管说自己的，"再说，我已经有了自己喜欢的人了！"

"谁？"

郝忠正找不到台阶下，阿礁这一句正好给他搬来梯子。

"这……"这一下轮到阿礁语塞了。一时气急竟说漏了嘴。眼下是说也不是，不说也不是，就像搁浅的船，进退两难。

站在阿礁身旁的黑牛，直愣愣地以为阿礁是一时忘了名字，便主动地替阿礁应了郝忠一句。"就是村西的海妹子。"

正在犹豫不决的阿礁一听，心里立时暗自叫了一声："坏了！"随着狠狠地白了黑牛一眼，"谁要你多嘴！"

黑牛莫名其妙地挨了阿礁一闷棍，一时竟反应不过来又辩解了一句："就是叫海妹子嘛！"

阿礁又瞪了他一眼。

黑牛这一下算是明白了。他拿眼瞅了瞅郝忠，知道自己闯了祸了，咂咂舌头不言语了。

郝忠一听是海妹子，更是平添三把火，怒不可遏地吼了起来。

"你简直是要把祖宗八代的脸都丢尽了！你极力反对萧家这门亲事，原来是让那破鞋的女仔狐狸精给迷住了。"

"海妹子不是什么狐狸精！再说，不是她迷我，是我追她！"阿礁义无反顾地驳了一句。

"你……"郝忠气得全身发颤直打哆嗦。"家门不幸，出了败家犬，不肖子孙啊！"

黄氏早已吓得魂飞魄散，她抖索着站起身来，离开凳子走到阿礁的跟前。颤巍巍地说："礁儿，你就听……听你三叔公一句话，从……从今以后不……不要再去找……找她，啊！"

阿礁望着脸色惨白的黄氏，尽量轻声地安慰道："阿母，您别着急！"说着，扶着黄氏在黑牛刚才拉过来的长凳上坐下，继续说："海妹子是个好女孩，真的，阿母。我很喜欢她！"停了停用眼角偷偷窥视了正浑身发颤的郝忠，说，"再说，我和海妹子也已经……"

黄氏吃了一惊："已经怎么了？"

阿礁想了想：事情已经弄到这个地步，看来只有实说了。

"我和海妹子已经拜过天地了！"

这话如同晴天霹雳，差点没把黄氏从凳子上震下来。

"这……这是……是真的？礁儿，你……你可别……别吓我！"

阿礁点了点头。

黄氏叫了一声苦："天啊，这可怎么办呀！"

不知天高地厚傻愣愣的黑牛一听阿礁说已经和海妹子拜了天地，不由得不假思索地问："什么时候？在什么地方？我怎么就不知道？你们为什么不告诉我？"

阿礁气得恨不得立马给黑牛一巴掌。碍着阿母黄氏在身边，只好又狠狠地瞪了他一眼。

黑牛又是一愣："难道我又问错了？"

郝忠心里也着实吃了一惊：这混小子莫非真的和那骚蹄子私定了终身？这事要是真的，一旦传到萧家，天还不塌下来！吃惊之余，正想责问，没承想，多嘴的黑牛替他问了。

然而，阿礁并没有回答黑牛的问话。于是，郝忠怀疑阿礁是在故弄虚玄。

"谁信你的鬼话，无媒无证！"郝忠说。

"信不信由你！反正除了海妹子，我谁也不娶！"阿礁接口应道。

"你……敢！"郝忠旧火没熄又添了一把柴，越烧越旺了，"除了萧家闺女，你谁也别想！"

"我就不信这门邪！"阿礁似乎也火了，似乎忘了站在面前的是自己的三叔公，郝氏家族的族长。

黄氏早已有气无力，全身软绵绵地靠在黑牛的身上。

郝忠从来就没有让人这么当面顶撞过，而且是这么个毛头小子，无名火顿时直冲脑门猛地站起，举起手中长烟杆，往桌面上狠劲一砸，连骂带威胁地吼道："你这个混账的东西！你休想退了萧家的婚约！休想娶那个狐狸精！除非我死了！"骂毕，涨着关公一样的脸，手一背，怒气冲冲地大踏步迈出厅堂……

太阳已经贴近了海面，黄昏在郝忠的骂声中降临了……

第十三章 · chapter thirteen

一

郝忠气呼呼地离开阿礁家，一路上骂骂咧咧的。

"反了，反了！一切都反了……朝代变了，人也变了！变得长幼不分，变得连祖宗都不要了……这世道真真反了……反了……"

一踏进自家的门，郝忠连鞋都顾不得脱，身子一歪，和衣躺倒在床上。坐了大半个下午，又憋了一肚子气，于是腰也酸得受不了，支气管似乎也被怒气引发了，身子刚挨着床板便是接二连三的一连串咳嗽。咳得他头冒金花，眼生泪水；咳得他上气不接下气，喉咙里尽是血腥味了。他把长烟杆往床边一丢，左手不停地拍着前胸，右手朝后弯着捶打着后背。咳了一阵，实在受不了，于是又爬起来，抓起桌上的半碗凉开水，脖子一仰，"咕噜噜"全灌了下去，然后背靠着床架坐在床沿上，长长出了几口粗气。

良久，郝忠觉得堵在胸口的气似乎顺了些，咳嗽也少了些，于是，又想起刚才来。

"没想到，真没有想到！阿礁这小子竟变成这个样子，连我都敢顶撞！"郝忠又咳了一声，然后接着自言自语道："肯定是那狐狸精缠住了他！肯定是那狐狸精吸走了他的魂魄，迷了他的心性，要不，他怎敢这样！"

郝忠自个唠叨着，越想越不对劲。

"除非把那狐狸精赶走，不然，阿礁可就没药救了！再说，自己在列祖列宗面前如何交代？这事不能不管，而且是非管到底不可！要不，将来自己还如何做人，说的话还有谁听？对，不能耽搁了，一定要狠狠警告一下那狐狸精和她那破鞋阿母不可。对，现在就去！现在就去……"

郝忠一会儿心里想着，一会儿嘴里自言自语着，总算又有了主意。于是，他下了床，拉了拉皱褶的衣裳，拿起长烟杆，朝门口走去。

刚一出门，就觉得腰又酸疼了起来。于是，反手使劲在脊椎骨的地方捶了几下。也许是冲了屋外的冷空气，鼻孔一阵发痒，一连打了几个喷嚏，全身跟着几下猛烈颤动又牵动了肺部逼出了不停地咳嗽。

好不容易止住了咳嗽，喘了几口粗气，抬头看了看天色，夕阳早已沉入海底，黄昏已经到来。

郝忠提了提精神，双手往后背一背，大步朝西走去……

郝忠急匆匆赶到乌贼家，站在大门口喘了喘粗气，歇了歇脚，便举起手中的长烟杆在门板上使劲敲了几下，喊道："乌贼在家吗？"

随着他的喊声，翠香从里面走了出来。她盘着头，腰口上围着一块旧的蓝色围裙，两只手湿湿的。一见是郝忠，先是一愣，而后一边在围裙上擦着手，一边紧着迎了过来。

"是三叔呀！没想到您会到俺家来！"

翠香确实是想不到。自从十年前郝忠来过一次闹了小酒店后从此就绝了迹再没踏进她家一步。偶尔在路上碰见，翠香总是小心翼翼地给他、让道，朝他点点头，主动问候他。而郝忠总是理也不理，像是压根儿就没瞧见她似的大模大样地从她眼前走过去。在郝忠的眼里，翠香是个败坏祖宗颜面的荡妇、婊子，是个千人骑万人压的娼妓、破鞋，根本就不配和他讲话。好在翠香是个外地人，又不曾举行入谱仪式还不能算是郝氏家族的人，否则，郝忠真想把她正以家法。

此刻，郝忠只是像鼻孔出气一样"嗯"了一声，板着阴沉沉的脸，没好气地问："乌贼呢？"

"他还没回来。"翠香有点心慌地答。

"什么时候回来？"郝忠问。

"说不准。有时一连几个晚上都不回来。"翠香摇了摇头答。

郝忠一听，眉头皱了一下，口气十分生硬地说："既然这样，那我就先对你说一说，乌贼回来，你再转告他！"

"好，好！俺一定如实转告他。"翠香连声应着，身子一侧，说："三叔，您请进屋里坐着说吧！俺这就给您泡茶去。"说着就要转身。

郝忠手一挥，不耐烦地阻止道："算了算了！就站这儿说吧！"

翠香不敢再说，只好点了点头。

"那……您就请说吧！"翠香说着，规规矩矩地立着，大气也不敢出一个。

郝忠是带着怒气而来的，一开口就火药味十足。

"听说你家那个叫什么海妹子的狐狸精缠住了阿礁，是不是有这回事？"

翠香一听，立时吓了一跳：这事他怎么就知道了？敢情他反对这事？要不，他怎么会这样骂海妹子？又怎么会说是海妹子缠住阿礁呢？

容不得翠香多想，郝忠又发话了。

"到底有没有这回事？"

"这……"翠香一时拿不定主意，不知该怎样回答。

"有话就说，别这么吞吞吐吐的！"郝忠不耐烦了。

丑媳妇总是要见公婆的。总有一天这事要让他知道！翠香想着，小声答道："听说他们是……是好上了！"

果真有这等事。郝忠证实了下午阿礁说的，火气又增了几分。

"我今天来，就是为这事！"郝忠说到这儿，有意顿住，拿眼盯着翠香，想看看她都有些什么反应。

翠香一听，心一咯噔："莫非他想促成孩子们的亲事？莫非……不像，都不像！那……"

没等翠香估摸出个所以然，郝忠又开口了："告诉你，以后别再让你那个小狐狸精去缠阿礁了！"郝忠沉着脸说。

"这……"翠香听明白了郝忠的意思。尽管她现在只求息事宁人，处处小心谨慎，但听了郝忠这话，不由得也气从心头起。郝忠也实在是欺人太甚了！但事关女儿的终身大事，她只有强忍着。

"三叔，您这话说到哪儿去了？海妹子是个很温顺的孩子，您怎能老说她是狐狸精？再说……"

没等翠香把话说完，郝忠手一挥，打断了她的话。

"我这还是捡好的说！往坏一点说，她连狐狸精都不如！"

"你……"翠香气得浑身发颤，玉牙紧咬，话都说不成样了。"三叔，你……你怎能这……这样骂孩子呢？孩子一没得罪过您，二没……没做……做错什么，您……"

"还没做错什么？"郝忠戳过翠香的话尾，一板一眼地反问了一句，而后用长烟杆戳着地，斥道："她缠住阿礁就是天大的错！"

"这算……算什么错？孩子们相……相好，这是他们的事，碍了谁？有……有什么错？"

翠香的反驳更激起了郝忠的愤怒，可他又没有充分的理由来反驳翠香。只气得嘴也歪了，胡子也直了。半晌才从牙缝里挤出一句硬邦邦的话来。

"她不配！不配和阿礁相好！不配做阿礁的女人！"

"为什么？她长得不好？"

"好，好！不好能缠住阿礁，迷得他失了本性！"

"那又是为什么？海妹子一不偷，二不抢，凭什么就不配？"

翠香壮着胆子反唇相讥了一句。事关海妹子的终身大事，她豁出去了，把一切顾虑、犹豫和胆怯都丢到瓜哇国里。她在据理力争。

然而，她没有想到，她的话竟被郝忠抓住了话把子。他奇迹般地从气歪了的脸面上挤出一丝阴森森的冷笑。

"对，没偷！"郝忠说着，脸突然又变了样，恶狠狠地吼道："可是你偷了！"

刹那间，犹如电闪雷鸣把翠香整个儿精神支柱击倒。她只觉得天旋地转，眼前一片金光闪烁，全身猛烈地颤个不停，突然，一个摇晃，她歪靠在门扇上。郝忠也吃了一惊：这臭婊子是怎么了？没等他反应出什么，只见翠香又摇摇晃晃地离开了门扇，朝他颠了一步，脸上出现一种让人捉摸不透的寒笑。

"是的，您说对了！俺……俺不仅是偷了，还卖了。卖……卖了不知有……有多少次，全村的臭男……男人差不多都……都买过我的……肉！"翠香精神恍惚般地傻笑着，断断续续地说着，"就你还……还没买过，还没玩……玩过！"

翠香用手指了指自己的胸部，又指着郝忠接着说："你……想要吗？他们都……都说，又白又嫩的，很……很有味……味道的！"

郝忠吓得倒退了两步。刚才凶神恶煞的神色也不知丢到了哪儿。他手指着翠香，颤声说："你别……别过来！你……你想干……干什么？"

翠香又朝前晃了两步，逼近了郝忠。

"干……干，你也想……想干吗？我……我就知道你……你原本也不……不是什么正……正人君子，说……说不定背地里你早……早就干过别……别的女……女人了！"

郝忠的心"咯噔"了一下，像是整个心胸都被突然掏空了一样感到一种从未有过的空虚，眼前似乎有一幕可怕的影像一闪而过，令他不寒而栗，以至于连话也抖索了起来。

“你……你……别别……别胡说……胡说八道……”

“俺……俺胡说？”翠香手指着自己问，而后使劲摇了摇手，“没……没胡说！你要是想……想干……干，俺……俺一个铜板也……也不要！俺才……才四十岁，还……还是可……可以的……要不你先……先摸摸看……”

翠香一边手指着自己高高隆起的乳房，一边说着，身子猛地朝前一扑，扑在了郝忠的身上。

郝忠又大吃一惊，急忙伸手使劲去推翠香。无奈，一只手提着烟杆，另一只手又使不上劲，翠香又似乎是用了全身力气。郝忠慌了：这情景要是让人看见了，岂不捕风捉影，一传十，十传百闹得满村风雨，坏了自己一世英名，自己就是长上十张百张嘴也说不清了。回头朝四周看了看。好在天色已晚，附近也没见有什么人影。

郝忠一边使劲推着翠香，一边低沉地喝道：“快松手，你给我快点松手！”

翠香像是根本就没听见，双手反而把郝忠的腰抱得更紧了。

郝忠感到有两堆软绵绵的东西紧贴着自己干条条的胸部磨蹭着，心头不由自主地一颤，脸立马涨得像晒干了的柿饼那样通红。

“看，你脸都红……红了，还……还装……装什么？别假……假正经了！快跟俺到……到里屋去吧！俺一定让……让你爽……爽到天……天上去……”

翠香嗲声嗲气地撒娇似的说着，一会儿脸直往郝忠的嘴唇上贴，一会儿自己的嘴又噘着朝他的脸上凑。郝忠的头左闪右避着，冷不丁，“叭”的一声，着着实实被翠香弄了个响吻。

这一吻，把郝忠的脸都给吻歪了，半晌没正过来。忽地，远处黑暗中似乎随风传来了一两声隐隐约约的咳嗽声，尽管是那样的轻微，却也足以把郝忠的魂震碎。一时间，气急败坏的他恨不得一拳砸死翠香。可他又明知这不可能，只好先退一步，口气软了下来。

"翠香，你……你快松手。有话，咱们坐下来好说！"

"真的？"翠香仰起脸，怀疑地问："真的好说？"

"好说！"

"您不骗人？"

郝忠无可奈何。此时此刻他只求她能快快松开双手。

"唉，我是个黄土埋到脖子根的人了，骗你做啥！"

翠香听了，犹犹豫豫的仍旧不肯放手。

"您不骂海妹子是狐狸精了？"

"不了！"

"您同意……同意孩子们相好了？"

"这……"

远处的咳嗽声越来越清晰，隐隐约约的似乎连走路的脚步声都能听见了。郝忠急得额头上冷汗直冒。在这紧要关头，每犹豫一分一秒，都有可能使他名誉扫地，英名作古，给他带来灭顶之灾。他终于狠下心来，咬了咬牙，迸出两个生硬、短促又明显带着无可奈何像一只斗败了的老公鸡的哀鸣一样的两个字眼：

"同意！"

"真的？"

"真的！"

郝忠的话刚落音，翠香脸上的笑立刻消失得无影无踪，继而两眼一酸，泪水夺眶而出，紧接着，紧抱着郝忠的双臂也像突然失去了知觉一样松开垂落了下来……

郝忠如同躲避瘟神一样立马朝后倒退了好几步。刚刚过去的一切，对于他来说，就好像是做了一场噩梦。现在梦醒了，几口粗气喘过以后，他又恢复了刚才的神情。

翠香并不在意郝忠脸上的变化。此时此刻她仍在流淌着自我陶醉的热泪。为了海妹子，她可以付出一切，包括廉耻和生命。然而，她太相信人了。就在她缓过神反身走回厅堂点着桐油灯时，郝忠发话了。

"翠香，从明天起，不要让海妹子再去找阿礁了！听到了没有？"

翠香听到了，但也蒙了：不是刚刚他才亲口答应，同意让孩子们相好的，怎么转眼就又变卦了？她以为是郝忠说错了，便问："三叔，您刚才不是说同意让他们相好吗？怎么……"

没等他问完，郝忠就抢了过去。

"刚才是刚才，现在是现在！"

"你……"翠香的脸立刻面如死灰。她明白了，自己被郝忠骗了。

"反正我给你说清楚了，以后要是再让我看见她和阿礁在一起，别怪我不客气，用族规家法来惩处她！"郝忠说完，手朝后一背就想走。

"你给俺站住！"如同丧失了记忆又突然恢复了一样，翠香身不由己猛然歇斯底里地大叫了一声。

冷不丁，郝忠被下了一跳。刚刚抬起的脚板神经质般地落回原处。他回转身子盯着翠香。借着淡淡的月光，翠香的脸毫无血色。一声喊叫过后的她却又像木头一样呆呆地立着，眼神直直的。

"你疯了不成！叫喊什么？"郝忠声色俱厉地怒斥了一句。

翠香的眼珠子动了起来，身子一摇一晃地朝门口走来。

"你……你想干……想干什么？"郝忠见翠香朝自己走来，立马又慌了。他担心又会出现刚才那令人既尴尬又担惊受怕的场面。

然而，翠香既没有刚才的媚笑，也没有泪水，只是像一根会移动的木桩朝前挪动着。

郝忠不由自主地又后退了两步，把手里的长烟杆高高举起。

猛地，挪到门口的翠香突然双膝一屈，"扑通"一声朝门外的郝忠跪了下去。随着，大声号哭来了起来。

"三叔，俺……俺求……求求您了，放过这两个苦……苦命的孩子吧！让他们相……相好，他们是……是真……真心的！三叔，俺求……求您了，俺这就给您磕……磕头了，求求……"

翠香头重重地碰撞到了地板上，一下，两下，三下……

郝忠一直提防着翠香重演刚才的"戏"，没曾料到翠香会突然跪下来求他，不由得一时也愣住了。片刻过后一种胜利者的自傲感油然而生。他鄙视着跪在自己脚下的翠香，口气僵硬且又带着十分露骨的得意劲。

"怎么啦，你跪下我就答应了？你做梦也别想！你求我？你以为你是什么东西呀！你就是一双人人都可以践踏的破鞋！你不配求我！就算你把腿跪折了，把头磕破了也没用。你就死了这条心吧！"

翠香如同捣蒜似的磕着头，额头上已经血肉模糊，嘴里却还在不停地哭着、哀求着。

"三叔，俺……俺求您了！只要能让孩子们好，您叫俺……俺去死……俺也情愿！求求您了，您就……就抬抬手，放……放过他们吧！求……"

然而，翠香哪里知道，郝忠扔下那句不容置疑的话，早已掉转屁股走了。

一阵风顺着敞开的大门刮了进来，桌上的灯摇摇晃晃地摆动着，厅角的阴影处似乎也跟着忽明忽暗地摇晃着。

风扬起了翠香那散掉的发髻，一缕缕长发漂浮着散落在她的身前身后，掩住了她那张痛不欲生的脸和那流淌不止的血和泪……

二

一双穿着布鞋却没穿袜子的宽平大脚出现在翠香低下的、被泪水淹没了视线而变得模糊不清的视野里。

翠香以为是郝忠动了菩萨心肠又返回来，急忙仰起头。

然而，出现在她眼前的不是郝忠，而是已有好几天不着家门的乌贼。

正被赌债逼得走投无路的乌贼一见翠香跪在家门口哭泣，憋在心里无处发泄的那股无名火一下子全烧在了翠香的身上。

"干你老母的臭婊子，哭丧呢？老子还没死哩！滚开。"随着骂声，乌贼一脚朝翠香的肩胛踹了过去。

早已有气无力的翠香冷不防挨了这一脚，如何经受得起？身子立时朝后一仰，"咚"的一声，后脑勺着地，仰面躺倒。

　　乌贼抬脚从翠香的身上跨了过去。这当儿，翠香突然一个骨碌翻转身子，双手抱住乌贼的一只小腿，哭喊着："快，快救救……救孩子啊！"

　　"救什么孩子？"乌贼愣了一下问。

　　"咱们的女儿，海妹子，海妹子！"

　　乌贼吃了一惊，火气熄了一半。他使劲从翠香的手中把脚拔了出来。

　　"海妹子怎么了？"乌贼一边问着，一边朝厅堂走去，边走边又说着，"起来，起来！到里面说。"

　　翠香双手支撑着地板，吃力地爬了起来，稍稍站立了一会儿才摇摇晃晃地挪到厅堂边的长椅坐下。她抹了抹眼泪，勉强止住哭泣，用沙哑的嗓门把刚才郝忠的到来以及他说的话断断续续地讲了个大概。

　　乌贼原以为是海妹子出了什么人命大事，心里也着实吃了一惊。此刻，听翠香这么一说，火气立马又上来。

　　"干你老母的，发疯了！就这么一件小事也值得你这样大惊小怪！他瞧不起咱们，咱还不尿他哩！他郝忠算个啥？阿礁又算个啥？不都是干你母的鱼花子，摆什么威风！"

　　"不管人家阿礁的事！阿礁是个好后生，他是真心喜欢俺们海妹子的！"翠香一听乌贼连阿礁也一起扯进去骂，急忙插嘴说了一句。

　　"喜欢顶屁用！"乌贼喊着，"喜欢能顶吃、顶穿、顶钱花？"

　　"你……你怎么能这么说。"翠香说着，脸立时变了颜色。

　　"不这么说那该怎么说？"乌贼瞪着鼓鼓的双眼说："总不能叫老子辛辛苦苦养了她十七年，就这么双手一拱白白送给他吧！"

　　"这么说，你……你也不同意他们相……相好？"翠香颤声问。

　　"老子不管他们好不好！只要阿礁这小子掏得出银元，老子就成全他们！"乌贼说着把右腿抱起，脚板踏在椅子上。

　　"你……你想要阿礁掏……掏多少钱？"翠香望着乌贼，提着胆子问。

乌贼盯着翠香，右手大拇指往里一钩，展出其他的四个指头。

"四……四元，还是……是四十元？"翠香问。

"干你老母的钱大！"乌贼吼了一声："四百个大洋。三天之内，如果他能交到我手里，他们就是当着我的面抱在一块儿睡，老子也当看不见！"

乌贼之所以限定三天，而且要四百个光洋，自然有他的目的，这是后话。

翠香差点就吓昏了过去，张大着嘴半天合不拢。别说四百，就是四十块，三天之内叫阿礁凑够，恐怕也不一定能做到。好一会儿，翠香才缓过气来。

"你这不是明摆着为难两个孩子吗？"

"难不难老子不管！老子只认得钱。拿不出钱，叫他以后别再来找海妹子。"乌贼不耐烦地把手一挥，恶狠狠地吼着，继而又朝翠香叫喊道："老子都快饿死了，干你老母的还傻愣着干什么，快去把饭给老子端来！"

翠香强忍着伤感，走进了灶房。她知道，即使跪下来求他也没有用。她双手抱着一个土黄色的陶瓷罐走出了灶房，然后又立刻折转身端出来两块蒸熟的番薯和一小碟咸菜，两条小小的咸鱼，一齐摆在厅桌上。接着，揭开陶罐上的草盖，盛了一碗淡白色的大米稀饭，放到乌贼的面前，而后退到刚才的长凳坐下。

乌贼睁着鼓鼓的双眼，扫了一眼桌上的饭菜，气呼呼地问："就给老子吃这个？"

"家里连米都快没有了，这番薯还是海妹子到人家收完的番薯地里刨寻的！"翠香答了一句。

乌贼哑了口，又瞅了一眼桌上的饭菜，筷子往桌上一扔，起身大步朝门口走去……

翠香默默地望着桌上那盏摇曳不定的油灯泪水又一次夺眶而出，一滴滴洒落在胸前……

一炷香的时间，翠香才站了起来，收拾起桌子上的饭菜放回灶房，又忍痛匆匆洗去额头上、脸上的血迹和泪痕，而后回到厅门口朝外看了看，轻轻地掩上大门。

　　翠香回到厅桌边，坐在椅子上。她实在支撑不住了，双臂往桌面上一放，头埋在手臂上，凄苦疲惫地合上了双眼……

　　夜似乎来得太早了。

　　生活在人间最底层的苦人儿们，最害怕的就是这充满恐怖和龌龊的漫漫长夜……

　　迷迷糊糊的翠香似乎听见耳旁有人在轻轻地呼唤着她，心头一惊，猛地睁开双眼。

　　恍恍惚惚的灯光下，海妹子正满脸喜气地望着她。

　　"去找阿礁了？"翠香揉了揉双眼，重新打量着海妹子问。

　　"嗯！"海妹子显得不好意思地点了一下头。

　　"你真的很喜欢他？"

　　海妹子又点了一下头。心想：阿母不知问过多少次了，今天怎么又问了？

　　"你一定要嫁给他？"

　　"嗯！"海妹子的脸绯红了起来。

　　翠香的心一阵绞痛：海妹子呀海妹子，你知道郝忠是怎么说的吗？你知道你那畜牲一样的爹又是怎么说的吗？你真的能嫁给你的阿礁哥吗？你把这个世道想得太好了呀！

　　翠香想着想着，默默无语地望着海妹子，像是第一次认识的一样……

　　海妹子感到疑惑不解：阿母今晚是怎么了？一直盯着我看，那眼神似乎也很奇怪。

　　"阿母，您怎么了？"

　　"没什么，阿母只是想看看你。"停了停又说："俺的海妹子是越长越漂亮了，难怪阿礁那么痴心！"

　　海妹子一听，顿时脸又红了一半，不好意思地嗔怪道："阿母，看您又说到哪儿去了！"

"好，好！阿母不说，阿母不说！"翠香说着，脸上强作欢颜，而内心正在流血。

海妹子突然发现了翠香磕得皮肉模糊的额头和肿胀的眼皮，脸上的红晕立刻消失得无影无踪。她伸手轻轻抚摸着翠香受伤的额头，颤声问："阿母，他又打您骂您了？"

海妹子已经有好几年不叫乌贼阿爸了，偶尔在翠香面前提起，都用"他"字代替。

翠香知道瞒不过去。再说，对于海妹子来说，这已经是司空见惯的事来了。于是，她轻轻地点了点头。但她还是不敢把今天黄昏时发生的一切都告诉海妹子。

海妹子躬下身子，一只膝盖着地，双臂放在翠香并拢的大腿上，然后把头贴在自己的手臂上。

母女俩就这么默默地依偎着。

夜，越来越深了。

霜降前的秋风带着飕飕的凉意搏击着陈旧的门窗，发出一阵阵如同人在临终前的绝望呻吟和哭泣声，听起来尤为令人感到凄凉和失落。

翠香轻轻抚摸着海妹子的头发。

海妹子静静地靠着翠香的腿。

两人都在默默想着各自的心事。

翠香在想：

海妹子是死活要和阿礁相好了。可郝忠坚决不同意，乌贼要四百个银元，就是把自己卖了也不值四百个银元啊！郝忠是郝氏家族的族长，他的话可是谁也不能违抗的呀！他瞧不起的是俺啊！俺的身上不干净，俺是个千人骑万人压的娼妓，是双人人都可以踩、可以踏的"破鞋"啊！尽管自己已经有好几年不做了，可名声早已……是俺害了闺女啊！

翠香低头看了看伏在自己腿上的海妹子，轻轻地、长长地叹了一口气，又想：

人心都是肉长的。俺明天再去求他，明天不行后天再去。他要是不答应，俺就天天跪在他家的厅堂里求他，就是跪断腿，跪死也要让他答应孩子们的亲事。俺就不信，他郝忠真的就那么铁石心肠，那么没有一丝怜悯同情心？

……

海妹子也在想着。想着刚才……

"海妹子，快到霜降了，我们什么时候成亲呢？"阿礁紧紧拥着海妹子问。

海妹子用手指戳了一下阿礁的额头。

"我们不是已经在这儿拜过天地了？你不是把什么都……都拿去了，还着急什么？"海妹子说着，脸红了起来。好在月光不怎么明亮，阿礁才没发现。

"就我急？你心里难道就不急？"阿礁反驳道。

其实，海妹子内心何曾不急？已经有过那么多次了，万一要是……那可怎么办？

"咱们总不能老是在这儿见面吧！总要搬到一起吧！我总不能就这么草草地把你抱过去，对全村的人说，'大家听着，从今天起，海妹子就是我阿礁的老婆'吧？"阿礁说。

海妹子听着，忍不住"扑哧"一声笑了。

"你真坏，真坏！"海妹子说着，抡起拳头在阿礁的胸膛上捶了两下。

"我总要雇上一顶红轿子把你风风光光抬进门，再办几桌酒席热热闹闹地让乡亲们都知道我阿礁慧眼识珍珠，娶了你这么个漂亮的好老婆。这也是我前世修下的阴德，今生攒下的福分！"阿礁一本正经地说。

海妹子听得心里乐滋滋的。

"别吹牛了，你哪来那么多的钱？"

"别担心，钱我会挣！"阿礁抚摸着海妹子的长发，笑着说。

海妹子仰起头，深情地望着阿礁。

"阿礁哥，我知道你的心意。可我不在乎这些，我只要你真心对我好，今生今世不离开我，我就心满意足了！你就是不请客，不送礼，不雇轿子，叫我自己走到你家，我也没有半句怨言。"

阿礁听了，心头一热，双手猛地捧起海妹子的脸庞。

"海妹子你真好！我阿礁这一辈子绝不做对不起你的事！要是我有半点对你不好，就让我天……"

阿礁正要诅咒发誓，海妹子温馨的小嘴猛地将他的嘴堵住。一对情人又坠入了情海之中……

海妹子想到这儿，忍不住呵呵笑出声来。

笑声打断了翠香的思索。她一怔，接着问："海妹子，你在笑什么？"

海妹子这才发觉自己走神了。阿母现在心里不知有多么伤心难过，而我却还在笑，我怎么这么浑啊！心里想着，嘴里却不知怎样回答。

"阿母，我……"

"阿母是问你，笑什么？你要是有什么值得高兴的事，说出来也让阿母沾光跟着高兴高兴！"翠香嘴上说着，心里想着：女儿啊女儿，只要你能天天高兴，天天有笑声，阿母就是天天受罪，天天流泪也心安啊！

海妹子听阿母这么一说，心放了下来。

"我想起了今晚上阿礁哥对我说的话，就笑了。"海妹子红着脸说。

"他说什么，让你这么开心？"

"他说要雇一顶大红轿子把我抬进他家。"海妹子一边说着，一边把双手握成拳，做了个抬轿的手势，突然又问道："阿母，您坐过轿子吗？"

翠香心头一凛，想摇头却又鬼使神差地点了一下头。

"舒服吗？"海妹子又问。

翠香不知道。这回她茫然地摇了摇头。

　　"我说嘛，肯定是不舒服的！"海妹子没有注意到翠香脸上的变化。

　　说者无意，听者有心。海妹子的话引起了翠香的警觉。

　　"你们是不是已经谈到了嫁娶的事了？"

　　海妹子"嗯"的一声点了点头随即垂了下去，小声说："阿礁哥说，等他这次出海回来，就来跟阿母提亲，赶年内把我接过门。"

　　"哦……"翠香长长地"哦"了一声。她希望这一天真能早点到来。可是……她不敢再想下去，便改口问："阿礁要出海吗？"

　　"再过几天，也就是下月初一。"海妹子点了点头应道。

　　翠香这才想起，初一是早潮，正是出海的日子。

　　"阿母，到那一天您一定记得早一点叫醒我。我要去给阿礁哥和阿祥哥送顺风！"海妹子又说。

　　"好好。阿母记得，现在早点去睡吧！"翠香点了点头应着。

　　海妹子"嗳"了一声直起身来，打了一盆水走进了自己的房间。

　　翠香默默地站了起来，端起厅桌上的灯盏也走进了东屋。

三

　　郝忠深一脚浅一脚地踩着夜色往回走。他觉得这一趟总算没白走，凭他在郝家湾的威望，他自信，翠香和海妹子都会臣服于他的意愿，死了那条心的。

　　然而，一想起刚才的情景，他又羞又气地骂个不停。

　　"破鞋，破鞋！真真是双不要脸的烂破鞋！"

　　郝忠骂着，骂着。忽又联想起今天下午被阿礁抢白顶撞的事，于是心里又平添了几分无名火，刚才还十足的自信，此刻也开始晃动了起来。

　　"这混小子要是真的做出什么伤风败俗的事，真的和那狐狸精勾搭成奸了，可怎么办？不行，得当机立断，最好是……"

郝忠就这么想着，走着。还没等他想出个切实可行的办法，却已经到了自家门口。郝忠一抬头，不由得大吃一惊：

厅堂里亮着一盏油灯，淡淡的光一直投射到大门口的两级石阶上。

郝忠明明记得，走时天还亮着，自己根本就没点灯。自打沉了翁氏以后，多年来，郝忠就从不关大门。

郝忠朝前疾走了几步，把紧握着长烟杆的右手从背后移到前面，准备随时应付可能发生的不测。

郝忠走到门口，不敢贸然踏进厅堂，而是先举起烟杆在门扇上使劲敲了几下。

随着声音，从厅堂的阴暗处闪出一个瘦高个的人来。

郝忠先是吃了一惊，紧接着定睛一瞧随着长出了一口气踏进了大门。

瘦高个人迎了上来。

郝忠把长烟杆往厅桌上一搁，没好气的"哼"了一声："你来干什么？这灯是你点的？"

郝忠问着，伸手把灯芯用长指甲挑了挑。灯火立时旺了许多，厅堂也比刚才明亮了。

灯光照在刚刚转向郝忠的那张脸，原来是朱富。

平日里，朱富是极少到郝忠这儿来的，尤其是晚上，朱富更是寸步不离他的赌场。可今天，他为什么贸然前来呢？

原来，他有一件大事，一件非郝忠亲自出面做主不能成的事。此刻，见郝忠问他，便朝前凑了凑身子说："没吓着您吧？刚才我来拜访您恰好您不在，就大胆做主把灯点着了，惹您老生气了？"

"我这人连鬼都不怕，还怕什么？"郝忠往桌边的椅子上一坐，爱理不理地说着，伸手去拿桌上的烟杆。

朱富一见，急忙从口袋里掏出一包纸烟，撕掉封口，抽出一支双手递了过去。

"这是好不容易才从省城弄来的，您尝尝！"

"这玩意儿我吸不惯，还是留着你自己吸吧！"郝忠瞟了一眼，淡淡地说着，两根指头往烟袋里一捻，捻出了一小撮褐黄色的烟丝往烟锅里填。

朱富尴尬地收回伸出去的手，给自己打着圆场。

"都说这纸烟有多好，唉，依我看也不见得。还是您老说得在理，千好万好不如自己中意的好。"朱富说着，把纸烟原放了回去。然后，站在一旁静候着郝忠过烟瘾。

郝忠总算吸完一锅旱烟，长长吐出最后一口浓烟，眉头往上一抬，见朱富正瞅着自己，便挥了挥手中的烟杆指着厅桌另一侧的椅子作了个坐的示意。

这还是朱富是郝家湾的财主，又有功于郝家湾。这功主要是指他曾经为重塑"妈祖"神像出过点力，郝忠才让他坐在自己的一边。要是换作别人摊上他今天这么个心情，别说让坐，弄不好早就被训斥一番赶了出去。

朱富是何等鬼精灵的人，哪能看不出郝忠的脸面，只是很难猜出他到底为啥生气。只见他眼珠子一转，先来个投石问路。

"三叔，听说最近要集资修祠堂，可真有此事？"朱富一边问着，一边挪移到另一侧，在郝忠刚才指的椅子上坐了下来。

"这样的大事，难道还有谁敢编造？"郝忠说着，不悦地把手中的长烟杆往桌上重重一放。

"三叔，我不是这个意思。我的意思是说，如果真有这事，我也想出点力。别的不行，出几个钱还是可以的！"

"你……出钱？"郝忠诧异了。这朱富可是个出了名的铁算盘、铁公鸡。上次重塑"妈祖"神像要不是他郝忠亲自出马，就像今天朱富找他一样，又答应一年之内，"妈祖"庙里的香火钱全由他收，他朱富肯出那些个银元？其实，有人大致算过，一年下来，朱富除去拿出来的，还倒挣了不少。可今天，他是怎么了？太阳和月亮都从西边出来了不是？

"修祠堂是我们郝氏家族的事，跟你有什么关系要你出钱？"郝忠瞅了朱富一眼，说。

"那当然，那当然，您老说得对！"朱富眯着小眼挤出一丝笑，说："不过，话又说回来，尽管我不是郝姓人，可是我在郝家湾也住了这么多年，沾了郝家不少的光。"

郝忠心里骂道："何曾是沾光，简直就是吸血！"

"眼下大家集资修祠堂，不管怎么说，我就是三元五元的也该尽个心。您老说是吗？"朱富继续说着。

郝忠心里明白，这家伙肯定是有什么事情有求于他，否则绝不会拱手送钱的。想着，又拿起烟杆，一边捻着烟丝，一边慢条斯理地说："那……岂不是让……让你破费了。"说着，突然话锋一转，"你今晚大概不只是为了这件事来找我吧？"

朱富先是一愣，随即在心里骂道："干你老母的，难怪大家都说他的眼睛像猫头鹰，果不然，一下子就看穿了我的心思。"

"是是是，是有事，是有件非请您老做主的事！"朱富骂归骂，嘴上还得急忙应着。

这后半句正好迎合了郝忠的虚荣心。他把烟丝往烟锅里一塞，然后凑近油灯吸了一口，又长长吐了一股烟，并借此缓了缓自己的神色。

"有事你就直说吧。"郝忠显然是换了另一种口气说。

朱富得到了郝忠的应允，急忙把那只干瘦的右手伸进衣襟，从贴身处摸出一张黄色的、折叠得方方正正的纸来，双手递给郝忠，说："您老先看看这个。"

郝忠一只手接过纸，另一只手把烟杆往桌上一搁，然后双手把折叠的纸展开。看着，看着，郝忠的眉头越挤越紧……

朱富瞧在眼里，急在心里，只要郝忠一摇头，他的一番心血就都付诸东流，美梦立刻就会变成泡影。他的心几乎提到喉咙眼上。

然而，出乎朱富意料之外，郝忠紧锁的眉际又松开了，接着，嘴角边竟出现了一丝不易觉察到但却又掩饰不住的得意。

终于，郝忠看完了，把纸张递给了朱富。

朱富急忙收回叠好小心翼翼地放回衣襟里的贴身处。然后，眼巴巴地望着郝忠。

郝忠一句话也没说，似乎在思考着什么。尽管，朱富的事对他来说有利而无弊，甚至可以说从另一方面帮了他的大忙。可是，于道义上来讲，却又有点那个……连郝忠自己也说不清。他默默地又拿起烟杆，开始重复他那一套有条不紊的吸烟程序。

对于朱富来讲，这可是事关重大。于是，他也不敢贸然就问，破天荒地正襟危坐等待着郝忠发话。

厅堂里静悄悄的，只有郝忠吸烟的呼吸声和烟丝燃烧的嗞嗞声。厅桌上，油灯的灯芯已经燃去了一大截，一小节灰白的灯芯灰落在桌面上，像一条灰色小毛虫在微风的吹拂下沿着桌面滚动，继而落到了地上，消失在阴暗的桌底下。

大约过了一炷香的时间，不知磕了多少次烟灰，郝忠才问了一句："你今年多少岁了？"

朱富先是一愣：他问这干吗？但是，他还是如实回答了，"虚龄四十八。"

"这……合适吗？"郝忠又问。

朱富清楚郝忠指的是什么，犹豫了一下答："没办法！您老知道，我辛辛苦苦挣下这份产业，总不能……"

郝忠点了点头。又想了想，像是在下决心似的。"这事虽说有点不合伦理，不过，却也合常理。男人嘛！"

朱富一听，搁在喉咙里的心总算落了下来。

"全仗着您老关照了！"朱富不失时机地恭维了一句。

郝忠摇了摇头算是谦逊了一下。

"要办就抓紧点！"

"我想下月初一等要出海人出海了，就把这事给挑明了，您看行吗？"

"也好！反正也不差这七八天，免得有些人在又生出什么事端来！"郝忠说着，伸了伸腰。

　　朱富一见急忙站起身来。

　　"是是！还是您老考虑得周到！"朱富心领神会地连声奉承着，然后告辞说："那我走了！"

　　郝忠做了个手势。

　　朱富撩开瘦长腿，朝门口走去。

　　郝忠望着朱富的背影，心里在笑：没想到，天遂人愿，你倒是给我帮了个大忙，也了却了我一块心病……

　　夜黑如墨。空气冷寒而又沉闷，像是在酝酿着一场大风大雨……

第十四章 · chapter fourteen

一

黎明时分的海湾，月落星沉。

望夫楼前，早潮已经涨满，正静静地浮托着一条条大大小小的渔船。一盏盏在微风中摇曳的桅灯，给黑色的海面投入星星点点的红光，仿佛如一颗颗刚才还在闪烁、而今却已坠落在这里的星辰。

整个郝家湾静得出奇。连平时竞相起落的鸡鸣犬吠声都没有，好像整个湾子全都消失了一样……

忽然间，浑然一体的黑沉沉天地仿佛被一股无形的巨大神力把天地间的连接带狠狠撕开一样，在远远的海平线上露出了一条细长的、苍白的锯齿状的裂隙。

片刻，裂隙的边缘渗出了一缕如同血丝一般的红线。不一会儿，这如同血丝的红线变成了一块块、一片片红色的悬浮物，沿着不断扩大的裂隙涌动，给黑沉沉的海面投下了一个长长的椭圆形的红晕。

一声高亢的鸡鸣声从村子的某一个角落响起，紧接着，接二连三、此起彼落的啼鸣声和犬吠声跟着争先恐后。

于是，开始发白的窗子透出了淡淡的光。接着便又有了"吱呷"的开门声，人走动的脚步身和打哈欠、呼儿唤女的嘈杂声。高高低低的各式各样的烟囱开始冒出一缕缕、一股股乳白色的、带有瞬间即灭的火星的浓烟，随着晨风的拂动或歪斜着、或直立着、或断断续续地往上爬升、弥漫，继而融入雾气中消失。

郝家湾苏醒了。开始有了生气，有了为了生存的苦难一天。

太阳已经在鸡啼犬吠声中爬出了那道"裂隙"，红红的，像一个会发光的、沾满鲜血的肉球滚出了海面。蔚蓝色的海变得通红了起来，像倾下无数桶血水一样……

人们开始三三两两地或抬着渔网，或扛着橹，或挑着粮食……汇集到了望夫楼前。

桅灯被取了下来，拧灭了，搁进了船舱挂在一旁静静地等待着另一个夜晚的到来。

没有多长时间，大半个村子的人都涌到了望夫楼前。父母送儿子的，妻子送丈夫的，姐妹送兄弟的……到处人头攒动，喧喧嚷嚷。

"孩子，早早回来呀！"

"天冷了，海水凉啊！小心别着凉了！"

"遇到大风大浪，千万小心啊！早早找个避风的地方躲起来！"

……

一个年轻的少妇眼圈儿红红地望着站在他面前的一个愣后生仔，哽咽着。

"你可一定要回来呀！我……我……"说着，眼泪扑哧扑哧地滚了下来。

后生仔急得不知所措。

"别哭，快别哭！让人家瞧见了要笑掉大牙的！"

女人急忙从衣襟边抽出手绢，别转脸揩了揩泪水后重又转过脸来。眼圈儿照样是红红的，声音照样是沙哑的。

"我可是日日夜夜都……都等……等着你呀！你千万要……要小心……"

"别说不吉利的话。我福大命大，不会有事的。有好几次碰上海难都让我给躲开了。你尽管放心好了。"后生仔粗着嗓门极力压低着声音安慰着。

"咋叫我放心呢？差不多每次出远海都有人没有回来！"女人还是唠叨着。

后生仔的脸顿时阴了。这里的渔民常说这样一句话："走船跑马没有三分命！谁能担保今天出海的人，都能百分之百平平安安回家呢？"

女人见男人的脸阴了，心越怕了，泪水又满眶滚落了下来。

"要不，咱们别去了。不讨这个海，不打这个鱼了，行不？"

后生仔长叹了一口气，说："唉，不讨这个海，不打这个鱼，我们吃什么？还有我们成亲时向朱富借的印子钱拿什么还呀！"

女人一时哑口了。半晌才又说："你可要记得我呀！我……我……"女人欲言又止。

"你怎么了？"后生仔忙问。

"我……我已经有……有喜了！"女人犹豫了一下，红着脸说。

后生仔先是一愣，片刻眉开眼笑。

"真的？"

女人点了点头。

后生仔激动得跳了起来，猛地一把将女人拥进怀里。

女人受了感染，也笑了。

"看你，傻帽了。也不怕别人笑话！"女人说着，挣脱男人的怀抱。

"我不在，你一定要小心，别累坏了身子，伤了胎气！"后生仔朝四周溜了一眼，压抑住心中的兴奋，叮嘱着女人。

女人使劲地点了点头。

"我该走了。"后生仔望着自己的女人，又说。

"千万小心，早点回来！我在家等着你！"女人一边点着头，一边嘱咐着。

后生仔"哦"了一声，转身依依不舍地朝自己的船走去……

这对年轻的小夫妻，男的名字叫郝大虾，与阿礁同岁；女的名字叫萧金花，今年 17 岁，娘家也在西湾村。

就在这对年轻夫妇恋恋不舍的时候，古榕树下，黄氏一手拉着阿礁，一手扯着黑牛，也在叮嘱着："礁儿，祥儿，你们要好生照顾好自己。要互相照应。礁儿，你当大的，要多顾着祥儿，知道吗？"

"知道，知道。我会的！"阿礁点着头应着，头一抬朝望夫楼墙的拐角处望去。

海妹子就站在那儿。

阿礁真想过去。可是，他不敢，只能这样远远地望着，用目光向海妹子传递着心里想说的话。

海妹子含情脉脉地注视着阿礁，用同样的方式向他嘱咐着，诉说着……

阿礁再也没有听进去黄氏一句话，只是胡乱地"嗳嗳"应着。

黄氏感觉到了，于是问："礁儿，你怎么了？心不在焉的？"

"没什么，阿母，您接着说吧！"阿礁应着，急忙把眼光从望夫楼墙角收回，又悄悄地向黑牛使了个眼色。

黑牛顺着阿礁使眼色的方向一望，见海妹子正向他招着手。

"阿母，我有点事去一下，您把要交代的事给阿礁哥说说，待会儿我再问他。"

"什么事非要现在去？等我说完了再去就不行吗？"黄氏有点不高兴地问。

"我怕到时候忘了。这一趟海要两三个月才能回来！"黑牛说。

"那你就快去快回吧！别耽误了开船！"黄氏无奈地点了点头说。

黑牛"嗳"了一声，拔腿就走。

海妹子见黑牛朝自己走来，一转身拐过墙角到了望夫楼墙后，避开了众人的眼光。

黑牛从另一侧快步走了过去……

"怎么，又舍不得让阿礁哥出海了？"黑牛走到海妹子面前，憨笑着说。

"瞎说！谁舍不得他出海了！"海妹子脸立时红了起来，辩解道。

"还嘴硬！"黑牛打趣地说，"阿礁哥刚才都对我说了。"

海妹子一听，心慌了，脸也更红了。

"他说什么了？"

"阿礁哥说，等这次出海回来，你们就要成亲，是不是？"憨直的黑牛说的是直肠话。

海妹子心里叫了一声：阿礁哥，你怎么就这么藏不住话呢？

"肯定是你逼他说的！"海妹子反口说了一句。

黑牛喊了一声冤。

"我可丝毫也没逼他！我只是问他昨晚到哪儿去了，他就说了。那高兴劲就甭提了！"

海妹子又叫了一声苦：阿礁哥，平日里人人都说你精明，这事上你怎么就这么糊涂？莫非你连我们那……也说了？海妹子脸发烧了，心也慌了。

"阿礁哥还对你说了些什么？"海妹子焦急地问。

"没有了，就说这么一些。"黑牛想了想，摇了摇头说。

海妹子的心回到了原位，脸上的烧热也褪了许多。她想了想，又犹豫了一下，说："阿祥哥，你也该张罗一个了！"

"像我这样又黑又丑的人，哪一个姑娘肯跟我！唉，我这一辈子恐怕只能是打光棍啰！"黑牛苦笑了一下，感叹地说着却又想起了奶奶临终前的嘱咐："祥儿，你一定要……要好好找……找一个女仔，成……成个家，生个一男半女的，为……为咱这一房传宗接代……莫让断……断了香……香火啊！"

黑牛想起了那个梳妆盒子，想起了奶奶含辛茹苦积攒起来的那几张花花绿绿的钞票和那十几个光洋……想起了奶奶那双充满期望的眼睛，想起了自己在奶奶临终前的誓言……黑牛感到一阵心酸，眼圈儿红了起来。

海妹子无意中勾起了黑牛的痛苦回忆，心里后悔不迭。她无不歉意地对黑牛说："对不起，黑牛哥，我……我不是有意的。"

"没什么，海妹子！"黑牛用手掌背使劲揉了揉眼眶，又说："其实，阿母也托白脸婆给我问了好几家，可是人家大多只瞧一眼就不再露面了。也有的是……是我不愿意！"

"为什么不愿意？长得不好？还是……"海妹子着急地问。

"不是！"

"那又是为什么呢？"海妹子又问。

"哎，连我自己也说不清。反正，总觉得不顺眼！"

海妹子明白了。她想起了那天在家里黑牛对她说的话。

海妹子心里涩涩的很不是滋味。她在想，要是自己有个妹子就好了！想着，不由自主地低下了头。

黑牛见海妹子难过，不由得自责起自己：我干吗要说这些话？阿礁哥和海妹子才是真正天生的一对，我……我真是畜牲都不如！怎么会想到要……唉！

黑牛想着，却说不出口。

望夫楼前响起了一阵"噼里啪啦"的鞭炮声，打破了眼前的难堪。

"海妹子，快开船了，我得走了！你还有什么话要我转告阿礁哥的吗？"黑牛望着海妹子说。

海妹子抬起头，眼眶红红的、湿湿的。

"告诉阿礁哥，叫他别挂念我。让他多加小心。天冷了，要注意穿衣，还有……"海妹子叮嘱着，"还有阿祥哥你也要多加小心。

等你们这次回来，我和阿礁哥成了亲以后，我就是跑断腿、磨破嘴也要给你说成一门好亲事！"

黑牛感激地点着头。

海妹子说完，从口袋里掏出四颗外皮抹着红颜色的熟鸡蛋递给了黑牛，"带到船上吃。"

黑牛已恢复了神情，此刻作了个鬼脸，笑呵呵地故意问："给阿礁哥的？"

海妹子也被感染得微笑了，两个酒窝深深的、甜甜的很迷人。

"一人两个，公平合理！"

其实，海妹子心里也明白，阿礁哥每次最多吃一个，有时全让给了黑牛。

"我走了。"黑牛把红蛋揣进怀里，向海妹子告辞。

海妹子点了点头。

黑牛转身撩开虎生生的大步拐过了墙角。

黑牛回到望夫楼前，见阿礁已经上了船，正在船头摆着供品。

这里的风俗，每次出远海，船老大都要在自己的船头摆些供品，引香祭海，祷告海神妈祖娘娘保佑一帆风顺，满载而归。

黑牛踩着踏板，一个虎步跃上船头，蹲在阿礁的身边，从怀里掏出那四个红鸡蛋放到供品堆里。

阿礁知道这是海妹子给的，便问："海妹子说了些什么？"

黑牛故意撅着嘴说："她还能跟我说什么？悄悄话都说给你一个人听了！"

"别胡说！"阿礁嘴里虽是这么说，可心里却是甜滋滋的。

"好，好！我不胡说！"黑牛伸了伸舌头做了个怪相，说："她要你小心，要你多穿衣服别着了凉。还有，要你想着她，要你早点回来！嗨，反正都是说你的！"

阿礁一边折叠着纸钱，一边抬眼朝望夫楼墙角望去。

海妹子仍然站在那儿注视着他。

又是一阵"噼里啪啦"的鞭炮声响起，又有船在起锚了。

"烧香吧！"阿礁对黑牛说。

黑牛抽出一束清香递给阿礁，然后划燃了火柴，把香束引着。阿礁双手举起清香高过头顶，恭恭敬敬地对着苍天大海拜了三拜，嘴里喃喃地祷告了几句，便把香插在船头的木缝处。

"烧纸钱！"阿礁对黑牛说。

黑牛又划燃火柴把一大堆折叠好的纸钱点着。霎时，船头便升腾起一股火焰。待到火焰即将熄灭时，阿礁大喊了一声：

"放鞭炮！升……帆……"

随着他的喊声，船上所有的人都忙碌了起来。大家奋力扯起帆绳，把帆升了起来。黑牛拿起船头上的鞭炮，拔起一根仍然闪着红色火苗的清香把鞭炮引爆，待到爆得只剩下一小半的时候便使劲往空中一抛。随着他的这一抛，阿礁又大喊了一声：

"起……锚……"

沉重的锚铁被拉出了海面，上面爬满了各种小小的海生物。

船体开始移动了。慢慢地、缓缓地离开了海湾，离开了望夫楼朝大海深处驶去……

阿礁站在船头，朝人们挥着手。他默默地一会儿注视着站在望夫楼前台阶上的阿母，一会儿又把目光移向望夫楼墙的拐角处……

二

海妹子闷闷不乐地回到了家。

翠香正在收拾打扫院子，见海妹子进来便问："出海了？"

"嗯！"海妹子头也没抬，径直走进厅堂里，提起一个竹筐又走了出来。走到翠香身旁时说："阿母，我上后山拾点柴禾。"

"早饭也不吃了？"翠香抬起头，望着海妹子说。

海妹子摇了摇头，走出了院子。

翠香望着海妹子的背影长出了一口气。

"唉，这孩子！魂也跟着出海了！"

翠香刚刚收拾完院子，正想反身走回厅堂，却见朱富和猴三推开院门走了进来。

朱富一身长衫外加一件羔皮马甲，满脸春风得意。猴三穿一套宽松蓝服，手里提着两盒糕饼点心。

"翠香嫂子，恭喜你了！大喜临门了！"猴三一见翠香，便嬉皮笑脸地上前大献殷勤地说。

"俺们穷家薄宅的，哪来的喜？敢情是乌鸦搭错了枝头报错了喜！"翠香厌恶地瞅了猴三一眼，没好气地哼了一声，挖苦道。

猴三明知翠香这是在挖苦他，却又不便发火，只好打肿脸充胖子，继续厚着脸皮说："嫂子不必发火，这喜不但是真有，而且是万千之喜呀！我猴三今后还想能沾点您的光哩！"

翠香把手里的扫把往墙角使劲一丢，冷冷地应了猴三一句。

"俺们从来就没见过什么喜不喜的，更没有什么光可让你沾。想沾光到富家去吧，那才是天天有喜，连狗也沾光，叫起来也大声！"

猴三和朱富顿时脸上青一阵、紫一阵的。朱富朝猴三狠狠地瞪了一眼。两人哑着口走进了厅堂。猴三用宽袖拂了拂厅桌边的椅子，朱富提了提长衫坐了下来。猴三把手里的点心盒子往厅桌上一搁，回身站到了朱富的身边。

翠香跟了进来，双手在腰口处的围巾上擦了擦，正眼也不瞧一下两人，沉沉地说："有什么事就快说，俺还有事忙着呢！"

"只一会儿工夫，只一会儿工夫！"朱富急忙皮笑肉不笑地应着，头一偏，朝猴三使了个眼色。

猴三急忙朝前走了一步，用力挤着三角眼咧着嘴笑对着翠香。

"今天，朱爷亲自登门拜访，是向嫂子您提亲来了！"猴三眉开眼笑地说着。

翠香咋一听，愣住了：这家伙疯了不成？难道他还想再一次……

想到这儿，翠香忍不住冷笑了起来。

"难怪俺今天一大早就看见乌鸦在墙头上叫哩！原来是朱爷提亲来了！"翠香冷笑过后又冷冷嘲讽了一句。

"是啊，是啊！朱爷想早日把这喜事办了，所以今天一大早就来了。"猴三急忙附和道，却不知其实是挨了翠香的骂了！

"你真的是看中意了？"翠香横了猴三一眼，继而转向朱富，冷冷地问。

"中意，中意！一百个中意！"朱富忙点头。

"你不后悔？"翠香又问。

"不后悔！求之不得！"朱富眼里荡着淫邪的光。

"真的？"

"真的！只要你同意！"

"只要俺同意就行？乌贼同意了吗？"

"他呀！"没等朱富回答，猴三就急急忙忙插了进来，"乌贼早就同意了！"

翠香一听，立时气得脸色发青。没想到，自己先是被典，接着是被逼为娼，现在却是要被彻底卖掉。翠香强压着内心的悲痛和怒火，问："既然这样，那你打算什么时候办？"

朱富万没想到事情竟会如此顺利，真是大出他的意料之外。他原想翠香肯定会断然拒绝，然后是大吵大闹一番把他赶出去。此时此刻，听得翠香这样问他，简直就是喜从天降。

"越快越好！"朱富乐得连声叫好。

"你是大富人家，总得准备准备，不至于把人弄过去就算了事了吧？"翠香又问。

"这当然，这当然！一切都是现成的。到时候一定明媒正娶，敲锣打鼓，用八乘大轿来抬，保证完全按泉南的风俗风风光光迎娶过去！"

"这话当真？"

"当真！"猴三迫不及待地插话，"朱爷还能骗你不成？"

猴三的话刚刚落音，翠香忽然仰天哈哈大笑了起来。笑得发狂，笑得眼泪都淌了下来。笑过，像是在对着他们两人，又像是在向着苍天鬼神喊叫。

"天啊！老天也会捉弄人！俺翠香这辈子从没坐过什么花轿，没想到今日快成老太婆了却还有人要用八乘大轿来抬！天啊，你这是在可怜俺，还是在糟蹋俺啊！"

朱富和猴三先是被翠香的狂笑惊呆了，继而听了翠香的喊叫，又愣住了。两人相互对视着，一时都摸不着头脑。

忽然，翠香停止了喊叫，冷森森的眼光直逼着猴三。

"你不忌妒吗？"

猴三被翠香问得莫名其妙，张口结舌说不出话来，眼巴巴地一会儿瞅着朱富，一会儿看着翠香。

"俺知道，你不敢说！在主子面前，狗历来都是夹着尾巴的！"翠香挖苦着，把目光转向朱富，"你也不吃醋吗？你在俺身上得到的，他同样也得到了，你把俺娶了过去，不是也要分一半给他吗？难道你就……"

这一下，朱富和猴三总算听明白了，也急了。两人几乎是不约而同地戳断了翠香的话。

"错了，全错了！"

朱富叫着，从椅子上蹦了下来；猴三叫着，直挥手跺脚。

"错了？"翠香冷冷地反问道，"这难道不是事实吗？俺哪儿错了？"

朱富和猴三急得乱了分寸，不停地叫喊着："错了，全错了！"朱富也顾不得装派头摆架子了，细长的胳膊直挥舞。"我提的亲不……不是你，不……不是你！"

"不是俺？"翠香感到好笑，"不是俺，那你跑到俺这儿来提什么亲？还说和乌贼说好了？这不是活见鬼了！"

"唉，全弄错了！"朱富忙不迭地纠正道："我提的亲不是你，是……是你家的海妹子，海妹子！"

"什么？你说什么？"翠香以为是自己听错了，追问了一句。

猴三把朱富刚才说的话重复了一遍。

这一下，轮到翠香发愣了。像一截拴缆绳的木桩一样，直直的，一动也不动地立在那儿，两眼呆呆地望着正前方……

也不知过了多长时间，才听见翠香冷冰冰地说了一句。

"你真的想娶俺家的海妹子？"

朱富正要开口回答，猴三却抢先张了嘴。

"真的，真的！朱爷早就看中了你家海妹子，只是……"猴三正想说只是没机会，冷不丁却被朱富白了一眼，立马闭嘴，把这后半句话硬生生地咽了下去，脸霎时憋得像紫茄子。

"只是什么？"翠香见猴三突然不说，便追问。

"只是还没有和你商量，所以，今天特地登门拜访！"朱富急忙接口应道。

"你以为俺会同意吗？"翠香仍旧冷若冰霜，话语中寒气袭人。

"这……"

猴三见朱富卡了喉咙，急忙上前帮着"抹脖子"！

"哎，这还用问吗？"猴三故作镇定地晃着脑袋说："人往高处走，水往低处流。咱朱爷是郝家湾首屈一指的大户，有钱，有势，有地位，哪一个不想高攀啊？朱爷看上了你家的海妹子，那可真是她前世修的福分啊！一旦嫁过去，立马就成了人人都羡慕的阔太太了，你和乌贼也就跟着享清福啦！再过一年半载的，再生个……"

猴三越说越起劲，口水溅得到处飞。

翠香越听越感到恶心。

"呸！"翠香猛地将口水往猴三脚尖前一吐，说："既然你说得那么好，那你赶紧把你娘嫁给他，让你娘给他生儿子，给你生孙子！"

"你……"猴三气得三角眼倒挂，半晌应不出话来，脸涨得像猴屁股。

猴三还有一个老母，一直住在猴三的舅舅家。猴三有时天理良心发现，才跑去瞧上一眼。

朱富尴尬地搓着手。

翠香柳眉倒竖，怒视着朱富。

"你别做着青天白日梦了！告诉你，俺家海妹子就是嫁不出去，也轮不到你！你……你们给……给俺滚！"像突然疯了一样，翠香一边狂喊着，一边抓起桌上的点心盒子，朝门口紧走几步，奋力向院子外扔去。

院子本来就窄小，再加上翠香使了全身的力气，两盒点心一下子就飞出了院子，不偏不斜正巧砸在院子外面的路当中。有几个过路的人立刻好奇地围拢了过来。

气昏了头的翠香，一时失去了理智的控制，朝着围拢过来的人群大声诉说了起来。

"大家听听，朱富想娶俺家的海妹子！大家看看，那是人还是畜牲？"

人们惊奇地抬起头，一会儿瞧瞧翠香，一会儿看看朱富，大家似乎都不相信她的话。

"你们不信？那你们就问问他，让他自己说！"翠香手指着朱富说。

人们的眼光齐刷刷地全集中到了一个焦点上。

此时此刻的朱富却反而显得异常地冷静、镇定。他几乎是脸不改色心不跳，不慌不忙地走到门口，朝着疑惑的人们不紧不慢地说："是有这么一回事。我今天就是正式提亲来了！"

人们惊愕了，继而哗然了。

"一个十六七岁，一个四十七八。嘿嘿，老牛还想啃嫩草哩！"

"啧啧，做老子还差不多，做老公还不让人笑掉大牙！"

"黄土埋到脖子上的人了，还想娶人家黄花闺女，亏他想得出来。也不怕折了阳寿！"

"造孽呀，造孽呀……"一个老婆婆站在一旁不停地叨念着。

……

人们议论纷纷，大多是在谴责朱富。

然而，朱富却像是根本就没有听见这些议论似的，脸上竟还挤出一丝笑。他伸出双手，做了个要人们静一静的手势，然后慢声慢语地说："诸位父老乡亲，我朱富之所以要做这门亲事，也是事出有因呀！"

朱富说到这儿顿住。七嘴八舌的人们也安静了许多，大家用疑惑的眼光注视着他。

朱富的右手从衣襟伸进了胸口处，在那儿摸索了一阵，掏出一张折叠成四方形的土黄色的纸递给了猴三，又朝他使了个眼色。

人们的目光立时都转移到了猴三手中的纸张上。

猴三扫了众人一眼，见大家都在注视着自己，脸上立马荡出得意扬扬的阴笑。他用爪子般的手指慢腾腾地捏住纸边，然后小心翼翼地将叠好的纸张一层层打开，待到整张纸全展开后，掉转脸瞅着朱富。

"给乡亲们念一下吧！"朱富扬了一下手，说。

猴三像讨了圣旨一般，双手捏住纸边，胳膊微屈向上，使劲咳了几声清了清喉咙嗓门，然后，像宣读圣旨一样，高声朗读。

"契约：立约人：甲方：朱记渔行老板朱富；乙方：郝家湾村民乌贼。

兹有乙方向甲方告借现大洋三百块，当场言明，三个月内如无法本息全部还清，情愿将小女海妹子嫁给甲方为妻，所借三百块大洋及利息则作为甲方聘金，甲方不再向乙方催讨。至于甲方何时迎娶，采用何种方式，乙方均无异议，他人亦不得干涉。

双方自愿，绝不反悔！恐日后口说无凭，特立此契约为证。

立约人：甲方：朱富画押；乙方：乌贼画押；见证人：猴三画押。

时间……"

猴三振振有词地念着，人们鸦雀无声。等到猴三念完，众人便是一片"啧啧"的感叹声。先前谴责朱富的人此时也只是摇摇头而已。人们似乎都麻木了一样，只有刚才叨念着造孽的老婆婆仍在不停地念叨着。

"唉，既然人家是双方自愿，我们管那么宽干什么？"不知是谁说了这么一句，于是，便又有人开始附和了。

"聘金都收了，咱们操这份闲心又有什么用？只是，唉……"

"人家说得清清楚楚的，不许外人干涉！我们还在这儿多嘴多舌干吗？走吧！"

"走，走……"

就在众人转身欲一哄而散的当儿，突然身后"通"的一声巨响把众人吓了一跳，齐刷刷地把头扭了过来，但见：

翠香直挺挺地仰面躺倒在地，双目紧闭，脸色苍白，嘴唇发黑……人们"忽"的一声又都围拢了过来。有人蹲下身子，伸手在翠香的鼻孔处探了探，立刻惊呼了起来："快，不得了了，连气都没了！"

一个老妇把头贴在翠香的胸口上支着耳朵听了一阵，更是大声惊叫："连心也不跳了！"叫着，立马站起来朝后直退，脸色恐慌。

"大家都别愣着，快把她抬到床上灌热米汤！"

似乎是这句话提醒了惊慌失措的人们，于是有人俯身抬起了翠香……

刚才还得意非凡的朱富和猴三，万万没有想到会出现这岔子，一时竟也呆住了。片刻过后，两人趁众人慌乱的当儿悄悄地溜走了。

太阳不知什么时候已经摇摇晃晃地爬到了半中天，有气无力的光斜照在门扇上又软绵绵地散落在地上。

这天看来是真的要变冷了……

三

翠香睁开眼睛的时候，已是中午。海妹子就守在她的床边。

"阿母，您总算醒了！刚才可把人吓坏了。"海妹子长吁了一口气说。

"你是怎么知道的？"翠香软绵绵地问。

"他们到后山喊我了。"海妹子答着，立起身来说："阿母，您喝口米汤吧！"

海妹子说完，转身走出东房，从灶房里端来了一碗稀稀的米汤，一只手搀扶着翠香后背让她坐了起来。

翠香接过米汤却没有喝，眼睛迟滞地望着海妹子。

海妹子把手从翠香的后背抽了回来，一边把被子往翠香的腰部拉了拉，一边问："阿母，刚才是出了什么事？怎么那么多人到我们家？您又怎么会晕倒呢？"

"他们都跟你说了些什么？"翠香心头一紧，急着问。

海妹子见翠香的神情突然紧张起来，感到疑惑不解。

"没有啊！没有人告诉我什么，只是说您晕倒了，叫我赶快回家。"

翠香心里松了一口气。刚才所发生的一切可千万不能让女儿知道，否则……翠香不敢再想下去。

"也没什么。刚才在门口站了一会儿，不知怎的，头突然一晕就倒了。碰巧他们从门口经过，就……唉，兴许是岁数大了的缘故吧！"

海妹子似乎有些不相信，但还是点了点头。

"阿母，您还是先把米汤喝了，再躺下来歇歇。等一下我到滩上看能不能挖上几个蛤仔给您补一补身子。"

翠香勉强喝了两口米汤就不喝了。海妹子接过碗放到桌子上，然后扶着翠香躺下，掖好被角才退出门外又顺手把门也带上，找出一把小铲子，提起竹鱼篓朝望夫楼前的滩涂走去……

翠香听见海妹子的脚步声消失了，便勉强支撑起身子从床上下来。她稳了稳摇晃不定的身子，然后对着镜子梳理了一下自己散乱的头发，把它绾成一个发髻，而后走出里屋，在厅堂的边上的洗脸盆里洗了洗脸，又拉了拉皱褶的衣裳便朝外走去……

"三叔，您在家吗？"翠香站在郝忠的门口，朝里面喊了一声。

郝忠正半躺在床上吸着烟，听见有人叫他，便拿起烟杆走了出来。一抬眼，见是翠香，不由得愣了一下，问："你来做什么？"

"三叔，俺是来求您的！"翠香忙应道。

郝忠一听是来求他的，傲气立马又上来。于是，他自个儿踱到厅堂的椅子上坐了下来，半眯着眼继续吸他的烟。

　　"什么……事？嗯！"郝忠也不管翠香，等到烟瘾过得差不多了，才慢腾腾地问了一句。

　　翠香先是害怕郝忠会赶她走，此刻见郝忠没有赶走她的意思，心情略为平静了些，壮着胆子走进来，站在郝忠的面前，把上午发生的事说了一遍。

　　"三叔，您老是咱郝家湾的掌舵人，俺求求您出面说说情，让朱富退了这门亲事吧！"翠香哑着嗓门哀求着。

　　郝忠早已知道这事。他没有想到的是翠香会有胆子上他的门来求他出面。此刻的郝忠像是根本就没有听见翠香的哀求，仍旧连眼皮都没抬一下地继续抽着他的旱烟……良久，郝忠似是过足了烟瘾，慢慢地把烟嘴从口里拉了出来。

　　"这事恐怕不好说吧！按祖宗传下来的规矩，子女的终身大事皆由父母做主。既然你家男人已经做主将女儿许了朱富，又立了字据，拿了聘金，就不能反悔了！再说，男人是全家的主心骨，你也不能违抗呀！"郝忠说。

　　听了这话，翠香顿时又头昏眼花，身子摇晃了起来。突然，她"扑通"一声跪了下去。

　　"三叔，您老行行好，帮俺救救孩子吧！俺来世做牛做马来报答您！求您了，求求您救救孩子吧……"

　　翠香只有求他了。她也知道，郝忠恨她。但是，除了郝忠，又有谁敢去找朱富说情呢？

　　郝忠的眼皮抬了一下，瞅了一眼跪在脚下的翠香，不卑不亢地说："起来吧！让别人看见了不好！婚姻大事历来都是前世就定下的，谁也改变不了，你还是回去劝劝孩子，各安天命吧！"

　　郝忠说完站了起来，打了个哈欠，走进了里屋，重又半躺在床上。

　　翠香眼巴巴地看着郝忠走进去，双眼痴痴地望着门扇发呆。她原本就应该知道，郝忠是不会替她求情的。郝忠正巴不得把海妹子从阿礁的身边拉开。可是，她还是来了，似乎是身不由己，又似乎是心有所想。

良久，翠香才双手支地撑着身子站了起来。朝那扇虚掩的门投去绝望的一眼，默默地挪动无力的双腿，朝门口走去……

翠香恍恍惚惚地一边走着，一边想着：契约……四百块大洋……海妹子……阿礁……

"这可怎么办，这可怎么办？天啊！这难道是报应？难道是我前世造下的孽，这辈子该赎还？老天啊，千错万错，都是俺的错，您要降罪就降在俺的头上吧！要惩罚就惩罚俺一个吧！放过孩子呀！不要让孩子遭罪呀……"

翠香就这么自个儿叨念着，垂着头深一脚浅一脚地走着，全然不知自己要走到哪儿去。突然间，她听见有人在叫。

"这不是翠香嫂子吗？今天怎么有闲工夫到这儿来？"

翠香恍惚中猛地一抬头，不由得吃了一惊："我怎么就走到这儿来了？"

翠香发现自己正鬼使神差地站在朱富的大厝院门口。猴三正叼着烟卷斜倚着青石院门柱子淫邪地盯着自己隆起的胸部。翠香一阵恶心，厌恶地掉转身子欲往回走。

"忙什么呀！既然来了就进去坐坐吧！也好和朱爷叙叙旧情。要是朱爷没空闲，还有我呐！"猴三见翠香要走，急忙离开门柱，一边朝前走了过来，一边嬉皮笑脸地说着。

翠香立住脚，扭过头来狠狠瞪了猴三一眼，她真想上去给他一巴掌。

猴三见翠香气得嘴唇发抖，越发来劲了。他又朝翠香跟前挪了两步，依旧嬉皮笑脸地一边盯着翠香的胸部，一边说："何必生那么大的气呢？气伤了身子那可就不好了！"

"呸！"翠香狠狠地朝地上吐了一口口水，"好不好管你什么事？"

猴三的脚尖差点就被翠香的口水吐上。他下意识地收回已经踏出去的脚又瞅了瞅脚尖，换了一副嘴脸，充满刻薄的话中带着酸臭。

"我猴三哪敢过问朱爷丈母娘的事呀！只是……嘿嘿……"猴三说到这儿故意顿住，只是冷冷地笑着。

"只是什么？"翠香追问了一句。

"嘿嘿，说出来恐怕不中嫂子听！"猴三说着，三角眼忽闪忽闪着。

"说！"翠香咬着牙说，"你说！"

"真说？"

"说！反正狗嘴里吐不出象牙来！"

"那我就说了！"猴三说着，又朝翠香跟前凑了两步，故弄玄虚地压低嗓门："嫂子以前曾伺候过朱爷，如今你的女儿海妹子再……再嫁给朱爷，这岂不是母女两代人都……都被一个人给……给干……干了，那滋味……"

"你……你给我闭嘴！"没等猴三说完，翠香已经气得脸色苍白，怒不可遏地一声断喝。过后，全身猛烈地颤抖，紧接着摇摇晃晃如同整个天地倒转了一般。

猴三见状，立马上前将摇摇欲倒的翠香拦腰抱住，乘机在那还显得鼓胀的胸部抓了一把，眼睛里冒出燃烧的欲火。

翠香用尽全身力气，猛地将猴三往外一推。猴三冷不防被推得连连倒退了几步好不容易稳住身子再看翠香时，却见她竟神奇般地像一座雕像稳稳立在那儿，眼睛红红的像燃烧的火球。猴三吃了一惊：这娘们儿怎么了？逼急了的兔子也会咬人，还是避开的好。猴三想着，又望了翠香一眼然后转身。

"站住！"

没承想，猴三刚刚抬起一只脚，身后却传来翠香一声愤怒的断喝。猴三一愣，抬起的脚不由自主地又放回原位。

"带俺去见朱富！"又是翠香的一声怒吼。

猴三转过身来，瞅了一眼翠香，心里嘀咕了一句："这娘们儿敢情是疯了！"

"你想找朱爷？"猴三疑惑地问。

"嗯！"翠香一反常态，脸色由白泛青。

"那……"猴三心里反而有点发颤了。别干他老母的鱼没吃上反而沾了一身腥！猴三犹豫了一下，只好退却了。

"那……你跟我来吧！"猴三说着，转身头前走。

猴三不怀好意地把翠香带进了朱富的上房。

"你就在这儿等一下，我去请朱爷来。"猴三说完，一拍屁股，溜了。

这上房，对于翠香来说并不陌生。在这间阴森的房间里，就在眼前这张雕花镂金的二十四屏眠床上，她含羞带耻被凌辱了近百个日日夜夜，每一块床板都浸透了她带血的眼泪。此刻，她重新站在它的面前，她真想把它砸个稀巴烂！

这当儿，朱富进来了。

"哟，没想到你会来！"朱富故作惊讶地望着翠香，虚情假意地招呼道："快，快请坐！随便些，这儿你也挺熟悉的嘛！别客气！"

翠香一听，刚才的怨恨又加剧了许多。她冷冷地盯着朱富。

"俺今天来，不为别的，就为海妹子的事！"

朱富一听，心里暗自笑了：嘿嘿……我就知道，你们母女俩谁都跑不出我的手心。嘴里却是另外一番。

"好说，好说！日子我们还可以商量嘛！"

"俺不是来和你商量什么日子的！"翠香脸色铁青，玉牙紧咬。就在刚才突然心念一动决定找朱富时，她已经下了狠心了。她知道，对付朱富这种人，哭没用，求也没用，只有舍命跟他拼！为了海妹子，她已经在所不惜了。

"那……那……"朱富不解了。

"俺要你答应一件事！"翠香一板一眼地、斩钉截铁地说，"俺要你把海妹子的婚约退了！"

朱富先是一愣，继而脸立刻沉了下来。

"凭什么？"

"不凭什么！"

"嘿嘿……"朱富冷笑了。笑过，话锋一转，"你把我朱富当成什么人了？我要是退了这门婚事，岂不落了个人财两空，成了天下第一号傻瓜，让世人笑掉大牙！"

翠香怒目圆睁，似乎根本就不理睬他的冷笑和叫嚣。

"钱，我会还你！"

"还？你拿什么还？"

"这用不着你管！"翠香已经想好了，就是把自己剁成碎肉卖了，也绝不能让海妹子掉入火坑抵债！

朱富见翠香如此坚决，也着实大感意外。在他的记忆里，她是一个只会哭泣求饶，任他宰割蹂躏的小女人而已。他似乎毫不在意地又干笑了起来。

"嘿嘿……可是我现在并不想要钱，而只是想要人！"朱富说到这儿，竟还厚颜无耻地盯着翠香那突起的胸部，淫邪地说："那滋味肯定比你更香艳、更娇嫩！"

"你……"翠香一听，气得七窍冒火。天大的耻辱也莫过于此。一时间，她连话也说不出，嘴唇直哆嗦，玉牙咬得"咯咯"直响。好大一会儿才从牙缝间迸出两个字："畜牲！"话刚落音，猛地拉开身旁桌子上的一个抽屉，从里面拿出一把锋利的剪刀，高高举过头顶，又迅速几步逼近了朱富。

"你到底退不退？"翠香几乎是竭尽全力在怒吼了。

朱富大吃一惊。一时间竟弄不清她是怎样拿到这把剪刀的。

殊不知，翠香曾经在这个房间里待了三个月呀！

朱富身不由己地向后退着。翠香则一步步向他逼近着。终于，朱富的屁股顶住了床沿无路可退了。他惊慌失措地举着双手乱摇着，双腿抖索个不停。

"别别……别这样！看看……看在咱们过去的情……情分上，别……别这样！有话咱……咱们好……好商量……"朱富嘴唇抖得连话都说不到一块儿。

"你到底答不答应？到底退不退婚约？"翠香逼到了朱富的跟前，一只手已经揪住了朱富的衣领口，而另一只高举着大剪刀的手在朱富眼里又像是随时都要扎下来。

常言道："十个壮汉挡不住一个不要命的！"更何况，像朱富这种有钱的人更是怕死。要是真的拼命，他那一身干架子哪能顶得住拼死的翠香！千好万好，命最好；这要那要，命最重要！朱富只好认栽了。

"好，好！我答应，我答应！我退……退婚！你……你先把剪刀放……放下来！"

"不许反悔！"

"不……不反悔！只是……"

"只是什么？"

"只是这钱……"

"钱，俺会还你！"翠香说着，把剪刀往桌面上一扔，转身就要离开。

惊魂未定的朱富趁机抓起桌上的剪刀匆忙往床底下一扔，随着喊道："等一等。"

翠香回转身来。

"这钱什么时候还？还有利息，还有你家的房子……"

"三个月后一并还你！"翠香咬了咬牙说。

"这……"朱富停顿了一下又说："三个月太长了，两个月！"他自信，别说是三个月，就是三年你翠香也拿不出这几百块大洋，但他还是压了一个月的期限。老奸巨猾的他要逼得翠香没有退路可走，到时有口难辩，自己乖乖地吞下送女入虎口的苦果。

正在气头上的翠香哪想到这层，竟就答应了。

"两个月就两个月！"

"要是到时还不了呢？"

"这……"翠香一时愣住了。

朱富不容翠香多想，紧追了一句："到时要是还不了，你可就别怪我了！"

翠香咬了咬牙，转身。

"慢着！"朱富又喊住了她。

"想反悔？"翠香掉转头，怒视着朱富，"你要是敢反悔，我发誓一定会杀了你！"

"不，不……我只是……"朱富说着竟嬉皮笑脸地凑近翠香，"我念旧情，你总不能一点也不念吧？"

翠香万没想到，刚才还惊慌失措的朱富，只一会儿工夫就换了一副面孔。难怪人人都说他阴险百变，是一条凶残的变色虫。

"你还想干什么？"翠香没好气地问。

"难得你好不容易又来我家，咱们再……再续续前缘，再亲热……亲热一下吧？"

"你……无耻！"翠香没想到朱富会说出这样的话，一时气得说不出话来。

这当儿朱富趁机朝前快走几步，一把将翠香拦腰抱住。翠香原本是可以挣脱开的，但是，就在这一瞬间，一个极其古怪的念头闪现在她的脑海中：也许他占有了自己，欲望得到了满足就会放过海妹子？如果真能这样，那自己宁愿任凭这个畜生宰割……

翠香被朱富推推搡搡地拥到了床沿又被掀翻在床上。她双眼紧闭，像木乃伊一样仰面躺倒，任凭朱富一件一件地剥光她的衣服，狠劲地搓揉她的双乳，继而野蛮凶残地刺入她的肉体……

翠香回到家的时候已是傍晚，海妹子正急得团团转，一见她进门急忙迎上前去扶住，焦急地问："阿母，您这是上哪儿去了？"

翠香什么也没说，径直走到厅堂的椅子上坐下。海妹子赶紧给她端过来一碗米汤，翠香连着喝了几口。

"海妹子，俺跟你说件事，俺明天要到城里去。俺以前有个嫁到这边来的姐妹伴，要俺去做一段时间帮工，家里的事就全靠你了，你自己也一定要照顾好自己，啊！"翠香望着海妹子说。

"阿母，怎么从来没听您说过呢？"海妹子愣了半晌才问。

"唉，多年不来往，所以也就没提。今儿是她托人捎口信来了，俺又不好推脱，只好应了。"

"可您还病着呀！"海妹子忧虑地说。

"没什么，过几天就好了。再说，帮工也累不到哪儿。除去吃喝，兴许还能挣几个钱回家呢！"

"不去不行吗？"

"俺都已经答应人家了，怎好失信呢？好歹也就两个月就回来了，你不要挂心，也不要去找俺，把家里看好就是！"

海妹子见翠香主意已定，知道自己再怎么劝阿母也不会改变，只好不再说什么了。但心里总是有一种不祥的预兆。

翠香喝完米汤就进了里屋，找出那件一直舍不得穿的桃红色旗袍。她默默地坐在床沿上，一会儿望着手中的旗袍，一会儿又望着灰色的土墙发呆。

"也只有这一条路可走了……"

翠香喃喃地自语着。止不住的泪水悄悄地涌了出来……

第十五章 · chapter fifteen

一

翠香走了。

原本就缺乏生气的房子如今益发显得格外空荡沉寂。海妹子感到从未有过的孤独和失落。天刚擦黑，她就早早把大门关紧插牢，守着那盏摇曳不定的油灯发痴。整个房子里，阴森森，冷飕飕的。在那些飘忽不定的阴影里，似乎有着无数双贪婪的眼光正在窥视着她。

第一天晚上，海妹子充满恐惧，几乎连大声喘气都不敢，灯也不敢吹灭，蒙着头抖抖索索地钻进被子里。半夜时分，好不容易才迷迷糊糊合上双眼，却听见大门被擂得震天响，把海妹子吓得三魂丢了两魂半，脸色死一般苍白。

伴随着这"嗵嗵"的砸门声，是一连串不堪入耳的粗野谩骂声。

"干你老母的都死绝了！快给老子开门……"

惊恐的海妹子好不容易才辨别出这是乌贼的声音，于是急忙连滚带爬下了床，掌着灯，拖着直抖索的双腿走到厅堂，拉开门闩打开了门。

乌贼一见给他开门的不是翠香，更是火上浇油，劈头盖脸给了海妹子一顿骂。

"干你老母的都挺尸了不成！半天都不开门，想把老子冻死在外面是不是？"

其实，天并不怎么冷，只是海风带着一丝丝的寒意罢了。

乌贼骂咧咧的，大踏步朝东屋走去，门一推，借着海妹子手上油灯的微弱光的投射，发现里面空空的，愣了一下又立马回头朝海妹子叫嚷了起来。

"干你老母的死到哪儿去了？"

海妹子明白乌贼是在骂阿母。

"阿母到城里做帮工去了，要两个月才能回来！"海妹子壮着胆子应着，想了想又补充了一句，"阿母原本是要先告诉您的，可是等了好久也不见您回来，别人又催得紧，只好先走了！她让我转告您。"

乌贼一听，火又烧了起来。

"干你老母的放狗屁！胆子也越来越大了，竟敢瞒着老子去逛城。等回来，看老子不把她的腿打断，老子就是她养的！"

海妹子一听，心头一紧为阿母担心了起来。还没等她多想，又听见乌贼嚷开了。

"干你老母的还愣着干什么？还不赶快给老子做饭去！你也想把老子饿死不成？"

海妹子一阵难受，想说什么但终于忍住了。她把厅桌上的油灯引着，然后掌着原先的油灯走进了灶房……

不远处，传来一声鸡鸣。

乌贼吃饱喝足，走进东屋倒头便打起了呼噜。海妹子却再也睡不着，仰躺在床上两眼呆呆地望着天窗从黑变灰，又由灰变白……

从这天起，晚上海妹子再也不敢把大门的门闩插死，只是用一块小板凳稍微顶着门扇。她无法预料乌贼哪一天晚上会在什么时候回家。

然而，海妹子万万没想到，她为自己埋下了祸根……

那是翠香离家半月左右的一个风天黑夜。海妹子早早就关上大门，照样在门后顶着一块小板凳，然后在油灯下收拾今天从海滩上捡来的各种小鱼小虾。

海妹子做着做着不由得感到浑身无力，一股浓重的倦意袭了上来。整整忙碌了一天了，今早在海滩上又受了点风寒，益发感到精神不振，头也昏沉沉的，于是，便趴在桌面上眯一会儿，没承想，这一眯竟迷蒙了过去……

然而，门却在此时被悄然推开……

朦朦胧胧间，海妹子看见翠香朝自己走了过来，正想叫唤，忽地，翠香不见了，出现在她眼前的却是自己日夜思念的阿礁哥。大喜过望的海妹子正想站起身来，却被他拦腰抱了起来，急匆匆地走进里屋，片刻间，她被仰面放倒在床上，继而，一双抖动的手开始在她的胸前摸索着……海妹子心一阵紧缩，心儿狂跳不止，脸儿开始发热发臊。她紧闭着双眼，等待着那双大手的进一步动作，她感到自己的嘴唇在轻轻嚅动，似乎在说："阿礁哥，你回来了！你让我想得好苦啊！"

可是，海妹子感到竟没能听见自己的声音，也没有听见阿礁在回答。她感到纳闷：阿礁哥怎么不说话呀！

黑暗中，那双抖索的手已经解开了她胸前的扣子……继而那手又拉开了她的裤腰带，粗野地剥去了她那条薄薄的内裤……随着，尖细的手指如同狼牙一般探向她的下身狠劲抠揉了起来，紧接着，娇嫩坚挺的双乳被钳子般的牙齿啃咬住……海妹子立时感到浑身上下一阵剧痛难忍……

"阿礁哥，别……别……别这样……很疼……疼……"海妹子一边叫喊着，一边极力挣扎着想摆脱那双手、那张嘴。然而，她的声音却是那样的微弱，连自己也听不清。她的挣扎招致来的却是一具沉重的躯体狠狠地压在了她的裸体上。随着，一种异样的，像凶残的食肉猛兽在撕咬猎物时的粗喘声传进了她的耳朵。

"你早……早晚都……都是我的！何必再装……装什么假……假正经！"

这声音虽然是那样的含糊不清，但却如雷贯耳，把海妹子从迷蒙中完全惊醒了过来。她确信，此时此刻压在自己身上的绝不是自己日思夜想的阿礁哥！正在迅速恢复的理智告诉了她所发生的现实。

然而，一切都晚了！

就在这一瞬间，邪恶已经凶残地侵入了她的肉体，她还来不及呼救一声，一阵钻心的剧痛从下身袭来……

屈辱引发了人的反抗和自卫本能。黑暗中，海妹子怒视着那张丑陋的淫荡嘴脸，凝聚了全身的力气，收拢双膝顶住那肮脏的躯体，猛地朝前奋力一击、一蹬。

一声"哎哟"的号叫伴随着"嗵"的一声巨响，压在海妹子身上的躯体滚落到了地上。

海妹子一骨碌爬了起来，一边大声呼喊，"快来人啊！救命啊……"一边忍着疼痛摸索着桌上的火柴。

"嚓"的一声，火柴划燃了，瞬间又被吹灭。因为，就在这一刹那间的火光里，海妹子发现自己身上一丝不挂。在这亮与暗的闪烁间，她慌乱地、迅速地抓起并套上了衣服。

黑暗中，墙角的地方传出长一声、短一声的哀鸣，像是有着无限疼痛一样上气接不了下气。

海妹子继续大声呼救着，一边重新划燃了火柴点亮了桌上的油灯。

淡红色的灯光下，朱富双手捂着小腹下部，像一条瘦狗似的缩在角落里，嘴里不停地叫着："哎哟哟……疼死我了……"

海妹子一见，顿时脸色剧变，整个人一下子天旋地转，身子猛烈地摇晃了起来。这个糟蹋了阿母的畜牲，今天又……海妹子的头垂了下去，双手颤巍巍地扶着桌子。

这当儿，朱富捂着下身弓着腰挪到床前，抓起衣服……朱富穿好衣服，抬脚想溜，身后却猛然响起一声愤怒的断喝。

"站住！"

朱富神经质般地立住脚，转过身。

海妹子双手离开桌面，背靠着桌沿。原先清澈如水的眼窝如今已被愤怒的烈火灼烤成一片血红，两颗曾是黑白分明的眼珠子此刻像两团燃烧的火球直逼着朱富。

朱富不由自主地倒退了一步。海妹子朝前逼近了一步，操起靠在桌边的笤帚使尽全身力气揍了下去。

一声"哎哟"，朱富的肩胛上重重挨了一笤帚。海妹子重又扬起笤帚，就在即将砸下的一刹那间，朱富朝前蹿了一步，抓住了笤帚把子，使劲一拧一拉，笤帚从海妹子的手里脱落到了朱富的手中。

就在此时，门外响起了纷杂的脚步声和乱哄哄的说话声……

原来，海妹子刚才惊恐的呼救声惊动了左邻右舍，不少人从睡梦中被惊醒爬了起来。有的提着马灯，有的举着油松火把赶了过来，大家手上或拿着锄头，或握着船桨，或提着棍子……一窝蜂似的拥进了海妹子的家，神色异常地紧张。

然而，当人们推开房门，看见闯入海妹子房间的人是朱富时，紧张的气氛一下子消失得无影无踪。原本紧握在手中的"武器"都垂了下来，人们相互间使了个会意的眼色。

海妹子见众人站着不动，急得喊道："快，快把他抓起来呀！"

没有人动弹，更没有人踏进里屋一步，反倒是有人开始嘀咕议论。

"哎，我还以为是出了人命哩，早知是这样，我来凑什么热闹！"

"大惊小怪的！干这种事情还大呼小叫的，也不怕臊！"

"反正是人家的人了，迟一天，早一天又有什么关系。还不就那么回事！何必那么在意。"

"是啊！怀了孩子再过门，这也是常事。咱们东面一带，不怀上孩子还不能过门哩！"

……

众人七嘴八舌地议论着，似乎这全是情理之中的事，尽管也有人在叹息但也是麻木的。

朱富早已恢复了常态。只见他把抢来的笤帚往墙角一丢，朝众人拱了拱手，皮笑肉不笑地说："诸位乡邻，实在对不起，把大家给吵醒了！我朱富在这里给大家赔不是啦！"说着，从内衣口袋里掏出一张土黄色的纸张在众人面前晃了晃又说："这张契约前些日子大伙儿都已经看过了。按照咱这儿的风俗，女方收了男方下的聘金，就算是男方的人了。再说，这上面约定的三个月期限也已经过了，海妹子已经是我朱富的女人了，所以我随时都可以……嘿嘿……"

朱富说着，把那张纸重又放进内衣口袋，然后又朝众人拱了拱手。

"大家现在就请回吧！我和海妹子的事大家都明了，请回吧！"

众人一听，都觉得没趣，一声"走"字便呼啦啦转身朝门口走去。唯独一个上了年纪的老婆婆跨进门，走到了海妹子跟前。

"孩子，这都是命，你就认了吧！写了字，收了礼就是人家的人了，男人什么时候想要都可以……唉！那年我也和你一样，我也不愿意，可到头来还不是……唉！这都是命，都是前世种下的祸根呀……"

老婆婆说着，用干瘦的手抚摸了一下海妹子发呆的脸，叹了一口气，慢慢地走了出去。

海妹子原以为众人会为她主持公道把朱富抓起来，没想到却适得其反。等到众人都走完了，她才如梦初醒。

"你们怎么都走了啊！快回来，快回来……"海妹子大声喊着，朝门口冲去，却被朱富拦腰抱住。他嘿嘿地冷笑了一声，淫邪的双眼直直地盯着海妹子胸部。

"别喊了！你就是喊破嗓门也没有用。他们是不会再来打搅我们的好事了，咱们还是再来亲热亲热吧！"

海妹子奋力一挣，脱开了朱富的双手，随着突然扬起右掌，"啪"

地给了朱富一记耳光。

得意忘形的朱富冷不防挨了重重一掌，竟不由自主地倒退了一大步。稳住脚跟后，他一只手捂着火辣辣的腮帮子，另一只手指着海妹子，眼冒凶光，咬牙切齿。

"好你个臭婊子！竟敢动手打我！干你老母的，你已经是我的女人了，我想把你怎样就怎样！"

朱富连吼带骂，张开双臂朝海妹子扑来。海妹子朝边上一闪，朱富来不及收住脚，一个狗吃屎下颚碰在了床沿上，疼得直叫唤。

海妹子狠劲朝朱富吐了一口唾沫。

"呸！谁是你的女人？别癞蛤蟆想吃天鹅肉了！"

朱富揉着被床沿碰起肿包的下颚直起腰来，脸色青得就像望夫楼前的青石狮子。

"你那个当婊子的阿母难道就没有告诉你，你阿爸早就把你卖给我做老婆了！你……"朱富目视着海妹子，歪咧着嘴说着。可没等他说完，就被早已气得浑身发抖的海妹子大声截断。

"你给我住口，不许你骂我阿母！"

"好，好。不骂就不骂！"朱富此时反倒不气了，脸一变色，淫邪地嘿嘿冷笑道："只要你好好跟我，我不但不骂她，还得叫她一声丈母娘哩！"

"呸，你做梦去吧！"

"怎么，你还不信？"朱富奸笑着，"看来你是不见棺材不掉泪了！"说着，重又掏出那张契约书，慢慢地展开，说："你给我好好瞧瞧，这就是卖你的契约，白纸黑字，上面有你老子按的手印子。"

海妹子犹豫了一下，还是拿起油灯朝前跨了一步。惨淡的灯光下，她费力地一个字一个字辨认着。小时候，翠香也曾教过海妹子认了不少字，一般的她基本上都能看得懂。

海妹子看着，看着，脸色越来越苍白，身子越来越猛烈地颤抖了起来……

"不，不！这不是真的！不是真的！"

突然间，海妹子歇斯底里喊叫了一声，紧接着猛地伸手去抢朱富手中的那张契约。朱富早有防备，身子一侧躲开了海妹子的手，同时迅速将契约书叠好塞进内衣口袋。回头再看海妹子时，只见她两眼发直，脸色苍白，嘴唇发黑，呆呆地像一座雕塑立在一旁。

忽地，海妹子拿着灯的手垂了下来，手中的灯盏脱落砸在了砖地上，摔了个粉碎。灯盏里的油溅洒了一地，火苗引着了整个油面变成了一簇火焰。这火时而血红血红的，时而又发青得如同苍白。随着灯盏的破碎，"嗵"的一声，朱富面前的"雕塑像"瘫软倒地……朱富先是吃了一惊，而后他蹲下身子伸手在海妹子的鼻孔处探了探。片刻，他脸上荡起了奸笑，把海妹子抱了起来，放到了床上，伸出尖细的手指解开了海妹子胸前的衣扣……

地面上的油即将耗尽，火焰越来越小，灯芯一节一节地化为灰烬。微弱的光把一具僵尸般的玉体身影残酷地摔向惨白的土墙上，任凭魔鬼撕咬着……

地面上火焰终于熄灭了。

天窗外，灰黄色的残星正在悄悄隐退，如同一滴滴凝重的黄浊泪珠掉进了苍茫的海面，沉入深深的海沟之中……

二

翠香总算回来了。

才两个月没见，她苍老了许多。额头上平添了几条抬头纹，脸颊也消陷了下去，眼圈儿青青的，像是有很长时间没有睡过一觉似的显得异常疲惫不堪。刚一踏进院门，就激动地喊了起来。

"海妹子，海妹子！"

海妹子从里屋冲了出来，见了翠香稍一愣神便扑进了翠香的怀里，放声大哭了起来。

"阿母，您为什么到现在才回来呀？为什么不早点回家呀？为什么呀……"

翠香的身子一摇晃，立刻伸手将海妹子紧紧拥住，原本拿在右手的一个蓝色布包也随着挎进了胳膊弯处。

"海妹子，别哭，别哭！阿母这不是回来了吗？别哭……"翠香一边安慰着海妹子，一边轻轻地抚摸着她的长发，说："海妹子俺们进家里去吧！"

海妹子强忍住哭声，把头从翠香的胸口上抬了起来，抹了抹眼泪，带着哭腔点了点头应了声"嗯"，伸手挽住翠香的胳膊，两人相依相偎着走进了厅堂。

翠香洗过脸，坐在厅桌边的椅子上。海妹子给她端来一碗开水而后拿来一块小凳子坐在翠香的膝盖前。

"海妹子，阿母不在的这段日子里，你是怎么过的？"翠香喝了几口开水后，低头望着海妹子问。

不提则已，一提起海妹子的眼圈儿又红了起来。

"海妹子，你这是怎么啦？"翠香一见急忙又问。

这一问，勾起了海妹子心中的痛苦，忍不住，她"哇"的一声大哭了起来。

"阿母，那是真……真的吗？"海妹子一边哭着，一边问。

翠香一惊，一愣。

"你说的是什么呀？"

海妹子扬起泪水涟涟的脸庞望着翠香。

"阿爸他……他是不是真的把……把我卖……卖给那个老……老不死的朱富，顶……顶了赌债了？"

翠香的头轰的一声不知该如何回答。她万万没有想到，海妹子竟然已经知道了这事。良久，百般无奈的她，终于难过地点了点头。

海妹子见翠香点了头，泪眼立时直了，哭声也停了，整个人像丢了魂似的呆傻住。

翠香吃了一惊，伸出双手捂住海妹子的脸庞使劲地摇晃着她的头，嘴里不停地呼唤着："海妹子，你怎么啦？海妹子……"

可是海妹子仍旧两眼直直地盯着翠香，任凭她摇晃着自己的脑袋。恐惧慌乱而失去了主意的翠香本能地伸出拇指在海妹子"人中"的穴位上狠劲掐了下去。

海妹子顿时全身一颤，犹如魂归肉体，猛地朝翠香膝盖上一扑，歇斯底里地连哭带喊叫了起来。

"不，不！这不是真的！阿爸他为……为什么要……要这样！为什么……"

海妹子的放声哭叫让翠香长出了一口气，她双手扶起海妹子的头，急切地安慰道："别哭，别哭！海妹子，阿母不会让你去受罪的！阿母已经……已经有了办法了！"

翠香说着，立起身匆匆走到大门口朝外瞅了瞅又急忙反身把大门关上并插牢门闩，然后回到桌边，一手拿起刚才放在桌上的蓝色布包，一手拉起海妹子。

"走，跟俺到里屋去！阿母给你看件好东西！"

海妹子好不容易止住哭，抽泣着跟着翠香走进了里屋。翠香又把里屋的门关上，然后侧身坐到床沿上，双手把蓝布包打开，从里面取出一包沉甸甸的东西。接着，她又解开捆扎得结结实实的一圈圈细麻绳，剥开一层又一层各种颜色的破旧粗布，当最后一层粗麻布被揭开时，海妹子惊呆了。

出现在她眼前的是一大堆白花花的银元。

"阿母，这……"海妹子张大的嘴半天合不拢。长这么大，她连做梦都没见过这么多的银元。"阿母，这钱是哪儿来的？您怎么会有这么多的钱？"

翠香拉过海妹子的手让她坐在自己身旁，一只手轻轻地抚摸着那堆银元，无限感慨地长叹了一口气。

"这钱是阿母挣的！"翠香说着，把海妹子揽进怀里，接着说："两个月前，朱富来找俺，他把你那个不是人的阿爸画押的那张契约……"翠香把那天发生的事情前前后后说了一遍，只是隐去了被朱富糟蹋的那一段。末了，又说："阿母原本不想让你知道这些，怕你伤心难过，没想到你……唉！现在好了，有了这些钱，你就不用怕朱富这老不死的来逼你了，你可以和你的阿礁哥在一起了。明天一早，俺就把钱给那老狗送去，把那张卖身契要回来。"

翠香说到这儿，又长长舒了一口气，然后站起身来，把银元重新包好，走到墙角边，打开放在那儿的红色木箱子，把那包银元压在最底层。等到她重新锁好箱子回过头来时，却见海妹子两眼泪汪汪地呆坐着。

翠香吃了一惊。

"海妹子，你这是咋啦？你应该高兴才是呀！怎么反倒哭了？"

"我，我……"海妹子哽咽着说不出话来。片刻过后，她突然大叫了一声："阿母！"一头扎进翠香的怀里，号哭了起来："太晚了，太晚了呀！阿母……"

"不晚，不晚！还来得及，来得及！"翠香急忙安慰道："俺明天一早就去！不，不，俺现在就去，现在就把钱送去！"

"不，不！来不及了！"海妹子哭得越厉害了，全身颤抖不停，"朱富那……那老狗，已经把我……把我给……给……"

"什么？"翠香猛地将海妹子从自己的胸膛上推开，瞪着充满恐怖的双眼望着海妹子。"你……你说……说什么？"

"那老狗把我给……给糟……糟蹋了……"

如同天崩地裂，山海倾覆。翠香瞬间被震得五脏六腑翻转，两眼直勾勾地像被钉住一样使人不由得联想起那些死不瞑目的人。紧接着，黑眼珠消失了只剩下白茫茫的一片，头随着一垂，身子朝后一仰瘫倒在了床上……

海妹子顿时被吓得魂飞魄散，双手拼命地摇晃着翠香的身子，嘴里呼天抢地哭喊着："阿母，你醒醒，你醒醒呀……"

翠香醒来已是黄昏时分。摇摇欲坠的残阳流淌着血一样的余晖投射在院子里，给灰白的墙壁涂上一层薄薄的，似是而非的淡红色。

精神上的沉重打击，肉体上的可怕摧残使得翠香完全垮了。眼窝深陷，瞳仁呆滞无光，苍白，双颊凹陷使得颧骨显得格外突起，双唇干裂发青得如同黑紫。

海妹子一直守在翠香身边。她不敢想象，阿母才40岁竟老成这样。海妹子眼角一阵阵发酸，泪珠子不停地在眼窝里打转转，她强忍着不致落下，她不能朝阿母流血的心尖上再撒上一把盐。

海妹子从灶房里端来一碗稀米汤，走到翠香床前，轻轻叫了一声："阿母，您喝口稀饭吧！"

那稀饭粗略一看，就像是一面会晃动的镜子。

翠香用混浊的眼睛望了望海妹子，困难地摇了摇头。

"阿母喝一口吧！"海妹子只觉得喉咙像堵塞着什么，哽咽着劝慰着。她将碗放到桌上，双手搀扶着翠香坐了起来，然后重新拿起碗，一汤匙一汤匙地喂到翠香嘴里。

良久，翠香苍白的脸色稍稍回缓，精神也好了点。

"海妹子，你也去吃饭吧！俺觉得好多了。"翠香说着又长长叹了一口气。

海妹子"嗯"地应了一声，重又扶着翠香躺下。

像是突然想起什么，翠香忽地又挣扎着坐了起来，双脚往床下一伸就要下地。海妹子吃了一惊，急忙拦住。

"阿母，您这是想要做什么？"

"俺得赶快把钱送去，要不……"翠香一边找衣服，一边答着。

没等翠香说完，海妹子便接过话尾说："阿母，天都这么黑了，还是明天再送去吧！"

翠香抬头望望天窗，又感到浑身无力确实下不来床，况且拿这么多的钱走夜路也让自己担惊受怕，只好打消念头，无可奈何地把已经垂在床沿外的双脚收回到床上。想了想，却又问道："海妹子，阿礁回来了没有？他来看过你了吗？"

提起阿礁，不由得又勾起了海妹子的无限伤感。她的心猛地一阵颤抖，全身的血液顿时像是停止了流动，四肢发麻，脸色青白。半晌，她才痛楚地摇了摇头。

"没有。"海妹子话刚落音，泪珠子便扑簌扑簌地滚落了下来。

眼泪砸在了翠香的心尖上。她痛苦地别过脸去，难过地说："是阿母害了你，都是阿母造孽害了你呀！"

"不，不！"海妹子强忍着擦掉泪水，"阿母，您别难过，这不能怪您，不能怪您呀！"

泪眼对着泪眼，断肠人对着断肠人。母女俩相对无语，默默流泪。

海妹子能理解阿母。她从没有怨恨过阿母，也从没有像别人那样鄙视过阿母。在她的内心深处，埋藏的是对母亲博大的爱的无尽感恩之情，是对母亲所受的悲惨遭遇和不幸的呐喊。她痛恨这个龌龊的社会，她要摆脱这种腐朽世俗的束缚和压迫，她想要成为一个完全不同于母亲的女性。即使在她身遭残暴，失去女人最为珍贵的贞洁的今天，她仍然没有失掉这种自我的挣扎和对世俗的抗争，她想真真实实地拥有永远属于自己的真爱。

然而，她能做到吗？

自从被凌辱的那天晚上以后，海妹子一直在痛苦、期待、彷徨中煎熬着。无数次神魂颠倒地跑去打开厅门，孤独地站在院子中间；那从屋檐上滴落的雨水声，她一次次当成阿礁哥的敲门声；风刮落叶在地面上翻滚的"沙沙"声，一次次以为是阿礁哥匆匆的脚步。一次次地失望又一次次地加剧了痛苦，而痛苦又增添了失望。

"也许阿礁哥已经来过了？也许他已经知道了那件事？也许他已经不愿意再见到自己了？也许……"一次次的猜想，一个个的也许无休止地蚕噬着海妹子的心。她是多么地想见到她的阿礁哥，可又害怕真的见到他……

母女连心。翠香此时此刻的心就像被刀绞一般疼痛。

多少年了，她与豺狼为伍，忍气吞声，受尽了人间的耻辱而活到今天，为的就是保护自己的女儿。在那伤痕累累的心上，已经没有了对生活的追求甚至连对人世的哀怨也麻木了。唯一深深铭刻的只是对女儿的爱。假如诚心真能感动苍天的话，她会毫不犹豫地祈求神灵，把女儿这一生中应承受的灾难和痛苦全都降落到自己的头上由她一人承受。在她看来，除了那颗对女儿不泯的爱心，她的全身都是肮脏的。如今，她又把女儿的不幸归结于是老天对自己不贞洁的报应。

"阿礁还会要海妹子吗？"

翠香丝毫没有想到自己的今后，眼下她最揪心的是阿礁会不会嫌弃海妹子。然而，她无法自我解答又不能不得到肯定的答复，否则，即便现在就死去，她也是不会瞑目的。

翠香想着，终于忍不住又挣扎着起身下床，穿上衣服趿上木屐就要往外走。

海妹子一见急忙上前拦住。

"阿母，天都这么晚了，您这是要到哪儿去呀？"

"俺……俺去看看……看阿礁回……回来了没……有？"翠香一边气喘吁吁上气不接下气地说着，一边用力拨开海妹子的手就往外走。

海妹子急了，拉住翠香的手说："阿母，您别去了！阿礁哥和阿祥哥真的都还没有回来！"

"俺不信！"翠香若有所思地摇了摇头，"不行，俺非去不可！"

"阿母！"海妹子从没见过阿母这样执着。她心里明白，阿母是在为她担忧啊！海妹子无限深情地叫了一声，紧接着用近乎哀求的口吻说："阿母，如果您一定要去，那就让我去找吧？"

翠香犹豫了一下，终于点了点头。临到海妹子要走出房门，又叫住了她。

"你还是把他叫到家里来吧，俺要当面跟他说说。"

海妹子应了一声，走了出去……

海妹子自然是没有找到阿礁。一个多小时后，她拖着沉重的双腿，疲惫不堪地回到家里。从她那失望的眼光里，翠香明白了。她长长叹了一口气。

"唉，这孩子怎么还不回来呀！"

"阿母，您别急。阿礁哥快回来了，说不定就在明天。"海妹子嘴上安慰着翠香，心里又何尝不着急呢？

翠香无可奈何地点了点头。

"明天一早你再去看看，俺也得赶快把钱给那老狗送去。"翠香想着明天送了钱，还了那笔阎王债，拿回那张契约，海妹子就得救了。

然而，又有谁知道，明天等待着她们的又将是什么……

三

海妹子一早就上了后山。留下翠香孤寂地躺在家里那张陈旧的眠床上，两眼呆板地望着房顶上的红瓦。

今天一大早，她就小心翼翼地抱着那包银元去了朱富家。没承想朱富两天前去了外地至今未回。翠香扑了个空，垂头丧气地回了家，心神不定的她只觉得浑身无力，一头栽倒在床上……

也不知过了多长时间，院子里突然响起一阵脚步声。随着，厅门"咣"的一声被撞开了。

"是海妹子回来了？"瞬间被惊醒的翠香想着，轻轻朝外喊了一声："海妹子，你回来了？"

没有回答。脚步声径直朝自己的房间传来，一轻一重的伴随着跌跌撞撞的碰撞声。

翠香吃了一惊：莫非是海妹子摔伤了？她用力撑起身子，准备下床出去看看。

没等翠香披好外衣，房门已被一脚踹开了，出现在她眼前的是喝的醉醺醺得乌贼。

翠香吃了一惊，刚刚立起的身子又一屁股跌坐在床沿上。翠香没有想到他会现在回家。

　　乌贼倚靠着门框立着。一双红得出血的眼睛斜瞟着翠香，嘴歪到一边，嘴角淌着口水，脸色红得像蒸熟的猪头肉，双腿不停地打战晃动着。

　　"好……好啊！"乌贼的舌根像是短了一截，一只手在空中挥了一气后指着翠香说："老子没没……没吃没……喝的，干……干你……老母的你倒……好，吃……吃饱喝足在……在家睡……睡你老母的……大觉！"

　　"你……"翠香气得浑身直打哆嗦说不出话来，"你……还有脸回……回这个家……"

　　"这家是……是老子的！凭什么老……老子就不……不能回……回……"乌贼摇摇晃晃地离开门框朝翠香走来，一边淌着口水，一边含糊不清地说着，晃到翠香跟前时，赤红的双眼盯着翠香，伸出一只手说："拿……拿来！"

　　"什么？"

　　"钱……钱啊！"

　　"没有！"翠香把脸别了过去。

　　"没……有？"乌贼一把揪住翠香的头发把她的头扭了过来对着自己。"干……干你老……老母的……在外面野……野了那么长时……时间，就连一个铜板也没……没给老子挣……挣回来？鬼才相……相信！快……快给老子拿……拿出来！"

　　翠香的头被连揪带拧着疼得钻心。她咬着牙一言不发，双眼怒视着乌贼。

　　乌贼不耐烦了，猛地使劲一拉翠香的头发，翠香一阵剧痛忍不住"哎哟"一声，身子不由自主地朝前一倾，双脚随着滑到地上，一个趔趄站立不住，"扑通"一声重重地摔倒在地。

　　乌贼已经松开了手，盯着血一样的突眼。

　　"老子自……自己找……找……"乌贼说着，伸出双手拿起枕头扔到地上，接着又拉起被子甩到一边，一见什么也没有，又狠劲把草席往上一揭，露出了几块破旧的床板。

床板上一个铜板也没有。乌贼晃到破衣柜前，"咣"的一声使劲把柜门一拉，把里面的东西一件一件地往外扔了出来，等到一切都扔完了，乌贼所见到的也只是被自己扔得到处的破旧衣服和一些杂物。

乌贼性子耐不住了，火了！

"干……你老母的，你到……到底把钱藏……藏在什么鬼……鬼地方了？"

翠香依旧一言不发。她已经爬了起来，倚靠着门框站着。

乌贼的眼光落到了靠墙角的那个红色的木箱上。他朝前颠了两步，伸手狠劲在箱盖上拍了两下，箱子被击得如哭似嚎了两声。

乌贼这两下砸在了翠香的心尖上，她立时心惊肉跳恐惧万分，双眼紧盯着木箱。

"把钥匙给老子拿来！"乌贼吼了一句。

"钥匙丢……丢了！"被乌贼吼得乱了分寸的翠香竟鬼使神差地应了这么一句，而手却下意识地朝自己的衣襟处蹭去。

乌贼尽管醉得颠三倒四，但翠香的这一不自然的动作还是引起了他的注意。他朝前蹿了两步到翠香跟前，瞪着越来越鼓起的眼珠子，伸出一只手抓住翠香压在衣襟前的手，狠劲一甩，吼道："拿来！"

"不，不！你不能打开箱子！"翠香挣扎着用双手紧紧护住衣襟口，一边恐慌地朝门口退去。

乌贼紧逼了两步，又一把揪住翠香的头猛地往墙壁上撞去。一边撞着一边破口大骂着："干你老……老母的，老子看……看你给不给！干你老……老母的！"

翠香被撞得头破血流，眼冒金花，整个人摇摇欲倒，双手却还是拼命地护住衣襟口。

乌贼松开翠香的头发，腾出双手把翠香的手掰开，然后扯住衣襟狠劲一撕，只听"哧"的一声，整个衣襟被撕开了，一把铜钥匙就别在衣襟边上。乌贼一见，大喜过望，伸手就抢。

就在这一瞬间，翠香猛地抢先扯下钥匙，转身就向外跑，被撕破衣襟的地方露出了一片苍白的肌肤。

乌贼愣了一下，旋即发疯似的追了出去。翠香原本就昏昏欲倒，焉能跑得过乌贼？还没等跑出院门就被他一把抓住后领。

翠香几乎是被乌贼硬拖进厅堂里的。就在即将跨进门槛的时候，翠香趁乌贼不注意把手里的钥匙往院子一边的柴禾堆扔了过去。

乌贼把翠香往地上狠劲一摔。

"好你个臭婊子！想跑？"乌贼说着，用力朝翠香的腰踹了一脚，然后弯腰去找钥匙。可是他把翠香全身搜了个遍，也没找到。愣了片刻才醒悟过来。"干你老母的，你把钥匙给扔了？"

翠香被踹了一脚，早已脸色苍白说不出话来，只能用愤怒的眼光与乌贼对峙。

乌贼似乎已经感觉到，从翠香的嘴里是再也问不出什么了。于是，他折转身，从灶房里找出一把砍柴刀，朝着翠香吼了一句："老子把它给砸……砸了！"

也不知从哪儿来的力气，也许是愤怒所致吧，就在乌贼从翠香身旁经过的一刹那间，翠香突然伸出双手抱住乌贼的双腿猛地一拉。

"嗵"的一声，毫无准备的乌贼冷不丁被翠香这一拉，竟一个狗啃屎朝前一扑，重重地摔倒在地上趴着。顿时，额头上立马肿起一个大青包，下巴撞在砖地上，直碰得上下牙疼痛难忍。

趁这当儿，翠香一骨碌爬了起来，抢先冲进了里屋，整个人扑在箱子上，双手死死扳着两个箱角。

乌贼好不容易爬了起来，一手揉着额头上的肿包，一手握着砍柴刀一摇一晃地闯了进来，见翠香整个人趴在箱子上，先是一愣，马上恶狠狠地吼道："干你老母的快滚开！要不，老子连你一块劈了！"

"劈吧，劈吧！你把俺劈死算了！俺死了，你也活不了……有种你就劈……"翠香歇斯底里地喊着，没有哭声，甚至也没有了眼泪。

当一个人感到绝望的时候，也就没有了恐惧，没有了顾忌。此时此刻的翠香只有一个极其简单的念头，就是死也要护住这个木箱子。护住了它，也就等于护住了一切，护住了她这一生中的唯一希望。

谁也无法理解翠香此时的内心。那木箱里锁着的岂止是那一包银元？那是两条乃至三条命啊！为了这，翠香付出了常人难以想象的惨痛代价，两个月的时间，她真真实实地在地狱里走了一遭……

"就你这个样子，还想卖吗？"

一个50岁左右的脸上涂着厚厚一层白粉，画着两道细细的眉勾的胖女人一会儿拍拍翠香的屁股，一会儿揣揣翠香的乳房，像是在菜市场的案桌上挑选一块肉一样这儿捏捏那儿抠抠地把翠香折腾了一番后冷冷地问。

"俺……俺急需钱！求妈妈您好心帮……帮帮俺。"翠香含着羞辱任由肥婆摆布着，怯怯地说。从早上到现在，她跑了不知有多少地方，都没有人愿意雇用她。为了要在两个月内挣到那么一大笔钱，她已别无选择，只好重蹈覆辙了。

"我们这儿都是些十七八的姑娘，像你这么大年纪的是不会有人要的！"这个开妓院的老鸨点着一袋水烟，深深吸了一口说："看你可怜巴巴的，我就给你指条路吧！"

"谢谢妈妈了！"翠香忙说。

"谢就不用了！"肥婆老鸨又吸了一口烟，说："出了城往北，山那边有个煤矿，那儿的煤黑子一年到头见不到一个女人，一个个憋得都快疯了，你长得还算有几分姿色，去试试吧！"

走投无路的翠香只好搭着一辆拉煤的牛车上了矿山碰运气了。

这是一个黑色的世界。黑色的天，黑色的地，黑色的草房，黑色的空气，连人也都一个个是黑不溜秋的。在这个终年也难得闻上一次女人味的地方，一群今天下得矿井不知明天能否再上来的矿工突然见到了这么一个白嫩的女人，就如同一群嗡嗡叫个不停的苍蝇见了血一样立刻把翠香围了个水泄不通。

"喂,找谁的呀?"有人粗着嗓门问。

"谁是你的老公啊?"

"谁他妈的这么有福,找了这么个漂亮水嫩的女人!"

"喂,你到底是来找谁的呀?"

翠香心不由己地摇了摇头。

"没有?没有!那你来干什么?莫非是只野鸡?"

"野鸡?野鸡好啊!老子已经半年多没尝过味道了!"

……

翠香胆怯地直朝后退,然而,她没有退路。有人趁机在她的屁股上摸了一把,嘿嘿地笑了,"好嫩滑呀!"

"喂,你这个娘们儿,你到底是有主还是没有主的?要是没主的话,那……嘿嘿……"一个长得粗黑的大汉淫笑地说着,掏出一个银元在翠香眼前晃着,"怎么样,一次一个大洋,干吗?"黑大汉说着双眼冒着火直直盯在翠香隆起的胸部上。

翠香害怕极了。这是人还是野人?让他们在自己的身上……她不敢再想下去。可是,她只有两个月的时间,她急需要钱呀!翠香想着,狠了狠心,朝那个上下抛着白花花银元的黑大汉伸出一只手,咬着牙吐出两个字:"拿来!"

那黑大汉先是一愣,马上咧开大嘴露出两排白牙哈哈大笑了起来:"老子今日可以开荤啦!哈哈哈……"笑过,把手中的银元往翠香手掌心一拍,趁势拦腰将翠香抱起,往一间低矮的草房走去。在旗袍的开口处。裸露出翠香那白花花的大腿,几十双黑黝黝的眼睛全被吸了过去,贪婪地望着黑大汉抱着翠香走进草房,掩上房门……

片刻,这群久旷的男人呼啦啦地全拥到了草房跟前,支着耳朵聆听着从里面传出来的破床板被压迫发出的"喊叫"声和黑大汉沉重如牛的粗喘声……

好大一会儿,破门被打开了。黑大汉一边系着裤带,一边眉开眼笑地走了出来，那神情就像是遇着了神仙似的飘飘然。众人立马把他围住。

"怎么样？"有人张着大嘴问。

"怎么样？"黑大汉反问了一句后自答："那味道，嘿嘿，真他妈的绝了！一块钱，划得来，划得来！"

一句话勾得众汉子心里痒痒的，全身的神经激越亢奋了起来，身体像着了火似的发热发烧。终于，又有人跳了出来。

"干他老母的，老子也尝尝去！"说着，噌噌几步闯进了草房，掩上破门。片刻，便又是一阵阵和刚才几乎一模一样的声音从草房里面传了出来……

不一会儿，草房外竟排起了长队……

就这样，翠香成了这些黑炭般的、性欲十足的近乎发狂的矿工们的泄欲工具。两个月的时间里，她没日没夜地躺在那间草房的破床上，只要进来的人朝她身上扔一个银元，她便闭上双眼任其摆布、蹂躏。最多的一天，她竟接了二十几个人……当那些煤黑子心满意足发泄完离开以后，她便硬撑着几乎麻木到失去知觉的身子爬起来数着那一个个沾着煤黑、沾着泪水、沾着血迹的银元……终于，她攒够了四百多个银元，在一个阴沉的黎明，悄悄搭乘一辆煤车回到了城里又徒步匆匆赶回了家。

而如今，乌贼却要把它抢去，这简直就是在要她的命啊！

翠香用自己的身体护住箱子。气急败坏的乌贼终于发了狠，一手揪住翠香的后衣领狠劲往后扯。衣领勒住了翠香的脖子，只片刻的工夫她便上气接不了下气，嘴唇发黑双手一松脱开了箱角被乌贼摔倒在床脚，单薄的上衣也被撕裂成两半垂落了下来，整个上身赤裸裸地暴露了出来。

翠香的头撞在床脚的硬木上，两眼一翻竟昏死了过去……

乌贼顾不了许多，扬起手中的砍柴刀对准箱子上的锁猛砸了下去。"咣当"一声，锁被砸断掉在了地上。乌贼迫不及待地揭开箱盖，把里面的东西全扔了出来，终于在箱底找到了那包银元。他一把抓起来，打开一看，脸上立马露出了得意的笑容。当他转过身来时，眼光却在无意中和翠香那裸露的肌体相遇。一种胜利者的狂喜和狂妄刺激了他那本能的兽欲。他不知道自己已经有多长时间没有占有眼前这具曾经是那样令他神魂颠倒的躯体了，瞬间，一股强烈的欲望直冲他的身体的某一个部位，令他欲罢不能。终于，他抵御不了不断迅猛膨胀的欲望，把手中的蓝布包往床底下一塞，双手抱起翠香往干硬的床上一扔，然后如狼似虎地扑了上去。

......

也不知过了多长时间，翠香才从昏昏沉沉中醒来。身旁，乌贼赤身裸体犹如一条被人剥掉兽皮的死狗躺着。翠香不由自主地看看自己，发现自己也是一丝不挂。她明白了，乌贼趁她昏迷之际在她的身上发泄了兽欲，而乌贼自己也许是泄欲后的疲倦加上几天几夜泡在赌场里少吃没睡的缘故，竟也从翠香身上滚落下来的当儿睡了过去。

翠香顿时感到一阵恶心，急忙把眼光掉开。多少年来，她就是这样伴着这条畜牲度过了漫长的日日夜夜。悔恨交加的她在心里不断地质问着自己：当初为什么会嫁给他？又为什么要跟他到这儿来？

是啊，这是为什么呀？难道仅仅是命运？

四

人生就像是一幕活话剧，而悲剧往往从一开始的序幕就发生了。

翠香为自己埋下了祸根。或许说，她与乌贼的结合，是过早地为自己掘下了精神乃至肉体的坟墓。她的善良、宽容、忍让乃至委曲求全并没能获得乌贼的理解和爱，反而被当作是软弱可欺，随时随地肆意凌辱和宰割。

如果说，当初随同乌贼回到郝家湾，是居于那种"嫁鸡随鸡，嫁狗随狗，嫁个乞丐背竹筒"的传统旧习，但也或多或少地掺杂着对大海的向往，那么，以后对乌贼的无休止忍让和苦果的吞咽，则完完全全是为了可怜的女儿海妹子。

为了女儿，她屈服于那种令人难以忍受的陈规陋习；为了女儿，她忍辱负重，含羞带耻地躺倒在朱富的床上，任其像疯狗一样舔吸身上的血肉；为了女儿，她身为人妻却沦落为娼；为了女儿，她被乌贼剥夺得只剩下一具毫无灵性和血色的"僵尸"。她苟延残喘，得到的却是最屈辱的结果：女儿和她一样落入同一条豺狼之口。

女人是软弱与不幸的化身。

千百年来，中国的女人似乎只是男人用来泄欲，用来生儿育女、传宗接代的最简单、最原始的工具。男人是天，女人是地，而最不幸的女人则煎熬在最底层的人间地狱。封建传统礼教无疑是一条无形的绞索，从她们一来到这人世间就被套住脖子，只要她们稍有超越、稍有反抗，必将被越勒越紧以至绞杀；而世俗的眼光，又如同一把把锋利的刀刃，无时无刻都想刺穿她们的前胸后心。她们生活的法则只能是：男人们叫她们做什么就得做什么，哪怕是自尽殉夫也绝不能有一丝怨气、一句怨言。而这种封建世俗的陋习礼教，在泉南沿海一带尤为根深蒂固。

软弱与善良造就了女人的不幸。而不幸所带来的悲哀、痛苦、灾难和屈辱滋长了怨恨。物极必反，这是一条不变的千古定律。当一个女人感到彻底绝望时，就往往会产生近乎疯狂的报复反抗，尽管这种反抗通常是以最古老的方式。

此时此刻的翠香，正处在这种报复与反抗的临界点上。

多少年来，尽管她尽量逼迫自己去适应这种近乎野蛮的所谓海洋文明，尽管她总是用新奇的眼光去看待这里的每一条戒律、每一个习俗，并竭尽所能地做到入乡随俗 。但是，她所得到的又是什么呢？

刚才还是木讷失神的翠香，此刻却像是刚刚从一场漫长的噩梦中醒来一样感到从未有过的清醒和冷漠。乌贼凶残的吼叫，朱富淫荡的嘴脸，猴三狡诈的眼光，郝忠古板神圣的脸庞，女儿悲哀的哭喊，阿礁无语的伤感——在她的脑海中交替闪现。善与恶，美与丑，罪与罚在她的眼前交织演绎成一幕幕已经发生或者正在发生的血与泪、生与死的悲剧。

如今，就连这唯一的生命线，乌贼也要把它掐断。翠香知道自己这一次是真的无路可走了，她把所有一切都归结于一个最简单的结论：只要乌贼不死，悲剧就将无休止地继续下去。

蓦地，一个血腥的念头从她的脑海中闪现：杀了乌贼！否则，他会抢走自己用血泪和耻辱换来的这些银元，海妹子就会被推入苦海。

常言道："怒从心头起，恶向胆边生。"一股热血直冲翠香头顶，她顿时觉得全身血液沸腾，四肢滚烫，如同患了"高烧"一样，虽然有点头重脚轻，内心却是异常地冷静。她小心翼翼地下床，从被扔得满地的衣服里找出一套穿上，再弯腰从床底下找出了那包银元，把它重新放进了木箱里，然后捡起乌贼丢在地上的那把砍柴刀。

面对着眼前这张熟悉的脸庞，翠香百感交集。刚刚冷静下来的心境又如潮似浪地翻滚了起来。尽管乌贼罪该万死，但毕竟是共同生活了二十几年的夫妻，一下子要让他身首异处奔赴黄泉，对于翠香来说也并非是一件易事。她又一次默默地注视着眼前这张曾经让她有过无限迷恋而如今却变得令她如此憎恶、恐怖的脸。对乌贼的绝望，对女儿深深的爱驱使她最终还是缓缓地举起了手中的砍菜刀……

心跳异常地猛烈，情绪异常地紧张，紧握砍柴刀的手在急促地颤抖着。随着柴刀越举越高，翠香的眼睛如烈火烧灼，脸涨得通红，上下齿唇紧咬以至于嘴角渗出一缕细细的血线。理智已被愤怒的火焰替代，善良的人性已被怨恨的浪潮淹没。此时的翠香，只有一个疯狂的念头：为了女儿，杀了他！

终于，柴刀举过了头顶，对准乌贼的头颅凌空劈了下去……在这一瞬间，翠香闭上了自己的双眼。

随着一声沉闷的破裂声，一股黏糊糊的灼热液体带着浓重的血腥味直朝翠香喷射而来，脸上立时火辣辣的像被灼烫一般。

良久，翠香壮着胆子猛地睁开眼睛，一瞧：

乌贼的头已被劈成两半，红色的血液和白色的脑浆混合成一股喷涌的浊流正源源不断地顺着裂口涌出。床上、墙上、连同翠香自己的脸上、手上、身上到处都溅上了这红白两种液体。

翠香顿时感受到一种从未有过的巨大恐惧和恶心，腹中如倒海翻江般难受；继而又是一阵猛烈的头晕目眩，整个人急剧地摇晃了起来……突然"当"的一声，沾满血液脑浆的砍柴刀从她的手中脱落掉到了地上，紧接着，翠香两眼一黑，身子一歪，"咚"的一声瘫倒在地昏死了过去……

第十六章 · chapter sixteen

一

黄昏。

飕飕的海风吹动着一层层被染成红色的云块如同在涌流的血浆从天际边向暗蓝色的海面上倾泄，给人一种浓重的血腥气息的感觉。

后山的相思树林渐渐变得灰暗了起来。翠绿色的草坡地成了深深的墨绿色，灰白色的花岗岩经历了一天的暴晒后冷却了下来，在低凹处凝聚起一颗颗细小的、晶莹剔透的水珠子，就像晨时的露珠一样映衬着血色的黄昏。

海妹子站在临海的一块巨石上，眺望着山脚下的大海。原本蔚蓝色的海水现在已经成了铁锈色，连那溅起的浪花也成了红黄色。望夫楼前的港湾，帆墙越聚越多，像一片从海底深处突然冒出来的水下森林。

海妹子的眼光在那片林立的船桅中寻找着，寻找那条熟悉的船。

然而，她什么也没有找到。只有一群群白色的、灰色的、黑色的以及各种各样颜色的海鸟在望夫楼前那棵古榕树上低翔盘旋着，此起彼落地啼叫着，寻找着各自落脚栖息的巢，有的就停落在望夫楼的琉璃瓦龙脊上。

"该回来了呀！"

海妹子喃喃自语了一句，失望地走下岩石。从早上到黄昏，她就在这山上一会儿砍柴，一会儿爬上这块巨石望海。饿了，啃一块带来的番薯；渴了，掬一捧山泉水喝上几口。

自从那天发生了那件耻辱的事，海妹子的心情就一天也没平静过。一种极其复杂、痛苦的心理搅得她日夜不安。尽管阿母的回来给她带来了希望，但她仍然整日惶恐不安。她多么期盼她的阿礁哥能早点回来，可又害怕见到他。她该如何对他说？他会相信她的无辜吗？一个失去贞操的女人，他还会要吗？

落日的余晖映射在她的脸上，显得那样蜡黄。她忧伤地抬头望了望越来越暗的天，懊丧地挑起那两捆沉重的柴禾，沿着崎岖的红土路默默下山……

"阿母！"海妹子一踏进自家院门就喊。

没有应声。

"阿母，我回来了！"海妹子将柴禾担子往院角一搁，匆匆走进厅堂，又提高嗓门喊了一句。

依然没有回应。

阿母到哪儿去了，还是累了去睡了？海妹子想着，走到翠香的房门口，伸手轻轻地推开门。刹那间，她惊呆了，脸色刷地苍白，身不由己地倒退了几步。片刻，她跌跌撞撞地冲到院子里，惊恐万分地呼喊了起来："快来人啊，出人命了……出人命……快来人啊！"

随着她呼喊，不一会儿工夫，院子里、厅堂上、房门外便挤满了人，大家看到的是一幅惨不忍睹的景象：

乌贼全身赤裸，头颅开裂，鲜血和脑浆四处溅洒，早已斜躺在床上命赴黄泉；床下地板上，翠香卷曲着身子躺倒，脸如雪白的纸，嘴唇黑紫，全身软绵绵地沾满红色的鲜血和白色的脑浆。

"阿母，阿母……您快醒醒！阿母……您这是为了什么呀？阿母……您为什么要这样……阿母，您快醒醒……"海妹子扑在翠香身上大声哭喊着。

人们全都惊呆了。有几个胆小的掩住眼睛匆忙挤出人群；有的恶心难忍，捂住嘴跑到院门外拼命呕咳。两个胆大的男人走进房间，瞅了瞅床上的乌贼，而后又弯下腰看了看地上的翠香，其中一个在翠香的鼻孔处探了探，说："好像还有气？"

于是，人们便乱嚷嚷了起来。

"快，用筷子先把嘴撬开，灌米汤！"

立时有人拿来一双竹筷，端来米汤。可是，有人提出了反对。

"要先掐印堂，晚了就来不及了！"

"嗨，要先做人工呼吸，米汤一灌下去不是把气给堵死了？"

……

有人在急着想法子抢救翠香，而有些人却在一旁议论着。

"好惨啊！脑袋都劈成两半了！"

"这女人也太狠心了，连自己的男人都砍了！唉……"

"得赶快报官。"

"报什么官啊！现在的官谁还管这些？弄不好，连我们也脱不了干系！"有人极力反对。

"唉，像这样的女人不救也罢，死了倒干净，免得害人害己！"

人们议论纷纷，吵吵嚷嚷……

郝忠出现了。拖着木屐"踢踏踢踏"地在一些人的簇拥下走进了厅堂。不知是谁这么勤快，才一袋烟的工夫，就把他给请来了。

郝忠走进里屋，先瞅了一眼乌贼的尸体，眉头立马挤皱成一个疙瘩，喉咙里"咯噔"一下似乎有一股腥浊的液体涌了上来，急忙用手掌在胸口处抚了抚，紧接着匆匆反身退了出来，先顺了一口气，然后对一个年长一点的汉子摆了摆手说："去找一块白布把乌贼的脸盖上。"

郝忠说着，朝乱哄哄的众人扫了一眼，举起手中的长烟杆往厅桌上敲了两下，鼻孔"哼哼"了一声，板着脸威严地训斥了一句："乱哄哄的成什么体统！"

郝忠说着，在厅堂的椅子上坐了下来。大家立刻静了下来，拿眼注视着郝忠。

"先把没死的救活再说！"

郝忠不紧不慢地说着。刚才犹如捅了马蜂窝的人们像是突然找到了蜂王似的，立马有条不紊地忙活了起来。那个去拿着"盖脸布"的年长一点汉子凑近郝忠，低声地说了一句："三叔，杀夫是大罪，按族规当沉海！反正是个死，我看就别救了吧？"

郝忠一听，脸立刻沉了下来，没好气地给了那人一顿训斥。

"你懂个屁！自己死是自己找死，沉海是沉海，能扯到一块儿？不救是罪过，让别人说我们没度量！沉海则是另外一回事，那是为了严正族规！"

"三叔说得对！还是您老公私分明，站得高，看得远！"年长一点的汉子挨了训，嘴里还不忘奉承着。

郝忠听了，心里乐滋滋的。心想：我郝忠要不比你们看得远，能震住你们？想着，不由得有点飘飘然了。

"明白就好！"郝忠说着，手轻轻一扬，"你也忙去吧！有什么拿不定主意的再来问！"

"嗳嗳！"年长一点的汉子点着头应着："那我忙去了。"

郝忠就这么坐着，一边吸着烟，喝着茶，一边不时举起长烟杆指指这个，点点那个，俨然是一名临危不乱的"将帅"。

一番折腾，翠香总算又活了过来。在海妹子拼命地摇晃下，她终于缓缓地睁开了无力的双眼，迟滞地朝围在自己身边的人们望了一眼，似乎是明白了什么又缓缓地合上了眼皮。不一会儿，两颗黄色的浊泪便从眼角淌了出来，顺着眼尾纹滑了下来，滴在紧紧抱着她的海妹子的手臂上……

海妹子早已是泪人儿了，嗓子也哭哑了。

众人松了一口气。郝忠抬眼看看院子外的天，朝刚才那个年长点汉子喊道："大憨，天不早了，你找几个人今晚帮着守夜，然后让大伙儿都回去！其他的事明天再说。"

郝忠说完，拿起桌上的烟杆站了起来，双手往后一背径直朝院子走去。众人一见，也跟着呼啦啦散去，只有按风俗留下来的几个帮着"守灵"的男人在院子里支起桌子开始玩"麻将"。

……

夜，不知什么时候黑成了墨一样，连一颗微弱的星星都没有。风冷飕飕地刮得院外的树"刷刷刷"直响，像是一直有人在黑暗的夜幕里徘徊一样。望夫楼前的潮汐正在上涨，萧瑟的秋风使得潮浪更加汹涌澎湃，其声轰隆隆犹如无数闷雷聚集在一起而又接连不断，震得人人心惊肉跳，连桌子似乎也在颤抖着，以至于桌上的油灯摇晃不定。一切都显得那么空灵虚幻，让人联想起那些平生最恐怖的事。

几个在打"麻将"守灵的男人，不时神经质般地停下了，侧耳听一听，互相瞅一瞅交换一下眼光，说上几句壮胆的话。

翠香躺在海妹子的床上。海妹子守在床边，眼睛红红地注视着翠香。

尽管海妹子早就知道阿母痛恨阿爸，但她万没想到的是，阿母竟会杀了阿爸，即便是连她也觉得阿爸该死。然而，在她内心深处，她没有因此而责怪阿母。她理解阿母的心，明白阿母这样做也是被逼的，是为了她！

海妹子默默地望着翠香，不时流着泪。

忽然，翠香睁开了眼睛，哀伤地望着海妹子。半晌，才无力地嚅嗫道："海妹子，你怪……怪俺吗？你恨……恨俺吗？"

海妹子困难地摇了摇头。

翠香挣扎着想坐起来。海妹子急忙站起身来扶着她靠在床头，随着拿起枕头垫在她的后腰上，又把被子往上拉了拉盖住她的腹部。

翠香似有万分痛苦地摇了摇头，像是在自言自语，又像是在问海妹子。

"俺是不是太……太残……残忍了？俺真的不……不是一个好……好女人？"

海妹子不知该怎样回答，只得把话岔开。

"阿母，您饿了吧？我给您熬点粥！"海妹子说着就要站起身。

翠香摇了摇头，无力地摆了一下手阻止。

"海妹子，你别走！阿母什么也不想吃！"翠香喘了一口气，接着说，"海妹子，你坐过来一点。"

海妹子挪了挪身子，朝翠香身边靠了靠。

翠香伸出一只手，拢了拢海妹子额前散乱的刘海，然后把手放下，说："海妹子，你把手伸出来！"

海妹子虽然不知道阿母要做什么，但还是顺从地把双手伸了过去，齐齐地放在翠香腹部的被子上。

翠香慢慢地从自己的手腕上褪下两只白里泛着青色的玉镯子，然后一一把它套进海妹子的两只手腕上。为了这两只玉镯子，翠香不知挨了乌贼多少次毒打，但她宁可被逼为娼，死也不肯给他。

此时此刻，翠香抚摸着海妹子的双手，凝视着这对玉镯子，无限的伤感油然而生。

"俺这一辈子已经一无所有了，只剩下这对玉镯子，还是当年你外祖母给俺的……"翠香哽咽地说到这儿，脸色骤然黯淡了下去，痴痴地说不出话来。她想起了那远在千山万水之外、如今不知死活的父亲……

"爹，您跟俺们一起走吧？"翠香跪在父亲的脚尖前，哭着求道："俺不能把您一个人丢在这儿受罪啊！"

"香儿，别说傻话了！"老人强忍着悲伤安慰着女儿，"爹老了，风烛残年的活不了多长时间了，何必再去拖累你们？再说，这儿有咱赵家的祖坟，逢年过节的也要给祖宗们烧点纸钱祭奠！还有你娘也……"老人顿了顿又说："香儿，以后爹不在你身边了，要自己照顾好自己，凡事小心点！"老人说着说着，益发伤感了起来。二十几年父女相依为命，今天却要分别，怎不让他痛断肝肠？干涸的眼窝此时也潮湿了起来，不一会儿，便有两颗黄浊的泪珠子落在了翠香仰起的脸上。

老人说完，拉起海妹子走进房间，打开一个旧木箱子，从箱底翻出一个小红布包递给了翠香。

"香儿，把它打开！"老人望着翠香说。

翠香疑惑地望了望阿爹，慢慢地打开小红布包。出现在她眼前的是一对泛着淡淡青光的白玉镯子。

"这是你娘嫁给阿爹时，你外婆送给你娘做嫁妆的。你娘临去世前交给俺，叮嘱等你将来长大婚嫁时作为嫁妆给你。现在，你把它带走吧！不管你走到哪儿，都不要忘了你娘，不要忘了老家呀！"老人说完，禁不住老泪纵横，嘤嘤如孩童般呜咽了起来……

想到这儿，翠香肝肠寸断，泪珠儿扑簌簌直往下掉。

海妹子先是见翠香一语不发呆呆地想着，现在又看见她泪如泉涌，吃了一惊："阿母，您怎么了？"

翠香从遥远的天际边回到现实。她抹了抹眼泪，紧紧抓着海妹子的双手。

"海妹子，阿母现在把这对镯子交给你，你要好好戴着，千万别……"翠香说不下去，停了好一会儿才又接着说："你长这么大，没吃过一顿像样的好饭，没穿过一件漂亮的衣裳，陪阿母吃了十几年苦，这回又……阿母对不起你呀！"翠香哽咽着说。

"阿母，您快别这么说，别这么说！"海妹子沙哑着哭腔说。

"让俺说完。"翠香摇了摇头，示意海妹子不要打断她的话。

"阿母这辈子没做过一件亏心事，是老天没长眼啊！"翠香换了一口气又说："看来，俺也是不久的人了，以后你见到这对玉镯，就算是见到阿母了！"

"阿母，您别说了！您不会有什么的！不会的……"海妹子说着，但翠香似乎没有听见，仍旧说了下去。

"还有，阿礁是个好孩子，等他一回来你一定要马上就去找他，千万别……别忘了！你告诉他，就说翠香求......求他了！"翠香说着，又喘了几口粗气，接着说："那些钱俺放在东房的箱子底下，你明天就给……给朱富那老狗送去，要回那张契约。千万要记……记得！"

海妹子含泪点着头。

翠香说完，若有所思地痴痴望着灰白色的墙，好一会儿，才又喃喃自语了一句。

"俺该给他烧点纸钱了。他好赌，没钱又要做坏事了……"翠香说着，双腿溜下床沿，赤着脚朝门口走去。

海妹子本想拦住翠香，可不知道为什么突然心念一动竟没有这么做。她快走了两步，扶住摇摇晃晃的翠香，一步一挪地走出西房的门……

二

海妹子扶着翠香走到东房门口，翠香忽然想起没拿纸钱，便问："海妹子，纸钱放哪儿了？"

海妹子转身走到厅桌边，从桌下的"米筛"里拿出一叠纸钱，又走到东房门口递给翠香。海妹子伸手想把门推开，却被翠香阻止。

"海妹子，俺进去烧纸钱。你……你去给阿母熬点米粥吧！"

海妹子犹豫了一下，若有所思地点了点头，转身欲走，翠香忽然又叫住了她。

"等一等。"

"阿母，有什么事？"海妹子转过身来，望着翠香问。

翠香望着海妹子，苍白的嘴唇嚅动了一下，似乎想说什么又咽了下去，只是伸手把海妹子散在肩头上的头发拢了拢，摇了摇头。

海妹子迟疑地转身朝灶房走去。

翠香望着海妹子的后背，脚板竟如钉在地上一样挪不动。好半晌，却又见她鬼使神差地也走到灶房口倚在门框上，呆呆地望着海妹子淘米、倒水、引火……

海妹子浑然不知，当她转身取柴禾的当儿忽地发现翠香站在自己身后，吃了一惊，好不容易才缓过神来。

"阿母，您这是怎么了？"海妹子问。

翠香像是刚刚才从梦中醒来一样，似乎连自己也不知道为什么会走到灶房门口，一时回答不上来。隔了一会儿，才像忽然想起什么似的，含糊不清地应道："俺……俺想洗……洗把脸。"

翠香说着，慌乱地去脸盆架上取下脸盆，随手把拿在手里的那叠纸钱就往盆里放，接着就去揭水缸盖。

海妹子急忙伸手接过脸盆，疑虑地望了望翠香，说："阿母，让我来！"

海妹子说着，把纸钱取出搁在一旁的小桌上，然后先打了点凉水，又从锅里舀出一瓢热水掺了进去，伸出手指试了试水温，才从绳子上拉下毛巾放进盆里，把脸盆原搁在架子上，说："阿母，您洗吧！"

翠香拧干毛巾开始擦脸。她极其认真细致地擦着，擦着。忽又停住，拿着毛巾痴呆呆地望着海妹子。良久，她又把毛巾重新放到脸盆里摆了摆，捞起拧干却又不再擦脸而是神魂颠倒地重又把它丢了进去。如此反复不知多少次，直到海妹子把水烧开，往锅里下米时才把毛巾湿漉漉地搭在绳子上，拖着沉重的双腿离开灶房。可是，就在后脚跟刚刚跨出门槛的时候，忽又掉转身来，取下搭在绳子上的湿毛巾把它放进脸盆里，端起那半盆水，含糊不清地说："海妹子，别……别像阿母这样！阿母这就过……过去……去了！"

海妹子几乎什么也没听明白。她把刚才搁在小桌上的纸钱递给了翠香。昏暗的灯光下，海妹子依稀可见阿母眼里噙着泪水。

翠香走进东房，把脸盆放在地上，反身把门插好，然后背靠着门扇，目视着眼前那块白布。

翠香心神恍惚地挪移了过去，轻轻地揭开那块盖住乌贼脸庞的粗白布，泉南人俗称的"盖脸布"。

乌贼的整个脸庞已经完全被血迹覆盖，模模糊糊的几乎看不清五官的模样。那些本该是凸出的部位，此时倒像是凹了下去；那些按理是低下的地方，现在看起来反而显得突出了许多。那被砍柴刀砍过的地方，呈一条锯齿状的裂隙把整个天灵盖分成两半。眼珠暴出，眼窝塌下，活脱一副魔鬼的脸面，让人看了感到恶心、恐怖。

翠香全身猛地一阵急促的颤动。昨天，不，就在今天，这张脸尽管可恶可憎，但还是活生生的，而现在……两滴眼泪落在了这张恐怖的脸上。随着，"盖脸布"重新掩上了。

翠香缓缓地在床前跪了下来。双手机械地、麻木地把一张一张纸钱折叠成半弧形。嘴里喃喃地像是在自语，又像是在对死者诉说着。

"你为什么要逼……逼俺啊？为什么呀？俺被你典也典了，卖也卖了，你为什么连……连自己的亲生女儿也……也要卖呀！你知道那些银元是俺怎……怎样挣来的吗？可是你却……却要把它拿去，你把它拿去……拿去了不就把女儿给……给害死了？为了女儿，俺求……求了你无数次，可你却一句也不听……俺实在是被你逼……逼得没路了，俺只有把你砍……砍了，女儿才……才有活命呀！"

翠香把手上叠好的纸钱放到地上，重又拿起一叠折了起来。

"俺知道，你不会放……放过俺的。他们也不会放过俺，他们会……会把俺装在竹笼里扛去沉……沉海的！俺谁也不……不怨，只求你放过女儿，等俺到……到了阴曹地府，你要砍要剐都随你！俺……俺是有……有罪的，俺砍……砍了你……"

地上折叠好的纸钱慢慢地越堆越多，终于，纸钱叠完了。翠香双手撑着双膝站了起来，拿起其中的一张纸钱，在油灯上引燃，然后把它丢到那堆纸钱上，刹那间，一股火焰升腾而起，把整个房间照得通红，如同四周的墙壁在一瞬间全被鲜血刷了一遍。

"拿去吧，都拿去吧！这些够你花很长时间了吧？拿去吧，都拿……拿去……去吧！"翠香木然地注视着燃烧的纸钱嘴里自言自语着。

火越来越小，终于熄灭了。地上只留下了一堆灰白色的铂灰。

翠香停止了自言自语，神情呆板，像是被什么东西拽着走到那个红色木箱前，打开箱子，翻出那件桃红色的旗袍，接着，又拿起那包银元看了看后再把它小心翼翼地放进箱底，然后盖上箱子。

翠香走到衣柜镜前，凝视着镜中那张苍白憔悴的脸庞和那瘦弱的身躯。想当年，这张脸有多圆、多嫩，红扑扑的；身子是那么结实，胸脯高高的让乌贼为之神魂颠倒。可如今，这些都一去不复反了。

翠香哀伤地脱去那件溅满乌贼血迹的外衣，然后又脱去长裤……最终脱得一丝不挂。她慢慢地蹲下身去，伸手拧起刚才泡在脸盆里的毛巾，轻轻地擦拭起身子……

终于，她擦完身子，换上了内衣内裤，然后穿上那件桃红色的旗袍，把皱褶的地方使劲拉直扯平，又找出那把断成半截的木梳子，解开后脑勺的发网，把一头长发放了下来，一丝不苟地梳理了一番，然后重又盘卷起在脑后，用发网罩好又用手抚压了一下。

当这一切都做完，她再一次弯下腰，捡起那把沾满乌贼的血迹和毛发的砍柴刀，双手紧紧握住刀柄慢慢地朝前伸出。她缓缓地合上双眼，嘴里说着："海妹子，阿母去了！"

话刚落音，她猛地扬起砍柴刀，朝自己的脑门猛劈了下去……

海妹子熬好米粥，盛了一碗端在手里。忽然，从东房传来一声沉闷的响声紧接着又是"当"的一声，海妹子的心猛地一震，手一颤，碗里的热粥溢了出来，洒在了手上，手指立即被烫得红了起来。

海妹子急忙把粥碗往桌上一搁，转身匆匆走到东房门口，举手敲响了门。

海妹子先是一下一下轻轻地敲，里面没有应声，于是加重了力气，同时由一下一下变成接二连三，但里面依旧没有丝毫的动静。

海妹子心发毛了，联想起刚才自己听到的奇怪声音，顿时，一种不祥的预兆闪进了她的脑际。她的手越敲越急，最后竟用拳头砸起了门，同时恐惧地大声呼喊了起来。

"阿母，您快开门！阿母，快开门……"

在院子里打牌的人起先见海妹子在敲门都不以为然，此时发现情景不对，纷纷丢下手中的牌围拢了过来。

"怎么了，你阿母在里面？"

海妹子眼泪已经掉了出来，沙哑着声音应着，浑身开始颤抖了起来。

"唉，你怎么能让她一个人进去？不死也要吓走半条命！"有人埋怨着说。

"阿母不让我进去，她说她要烧纸钱的！"海妹子六神无主，哽咽着说。

门被擂得如同鼓响，而里面仍旧毫无反应。一种可怕的预感袭扰着大家。

"快，把门撬开！"有人提议说。

另一个人立刻找来一根铁棍，插进门缝，几个人一起用力撬。

"咣"的一声，门被撬开了，整扇倒落在地上。

"阿母……"海妹子呼喊着冲了进去。猛地，她像被突然施了魔法似的一下子定住脚跟，立在一边纹丝不动，张大着嘴巴说不出话来。

紧跟着进来的众人也惊呆了：

翠香扑在乌贼的身上，脑门正中被劈下深深的一道裂口，血溅满了整张床，也把乌贼的尸体染红了。

半晌，没有一个人说话，连大气也不敢出，呆呆地一时竟不知如何是好。

突然，一声撕心裂肺的哭喊声从海妹子的心胸深处迸发而出：

"阿……母……"

随着，海妹子疯狂地朝前扑了过去，拼命摇晃着翠香的身子，歇斯底里地号哭了起来……

哭声惊醒了呆傻的众人，其中两个迅速冲了过去，想把海妹子拉开……然而，他们白费了力气。海妹子死死抱住翠香，仿佛要把她从死亡中拉回来一样……

夜，深不见底。

夜空中，震荡着一阵阵断断续续、令人毛骨悚然的呼喊声，凄凄惨惨的连同望夫楼前的海浪轰鸣声，风刮相思树林的呻吟声混合在一起，像是要把人的心连同这深邃无比的夜空一齐撕裂、一齐埋葬一样……

三

人生就像是一场活话剧，一阵紧锣密鼓之后便是永久的销声匿迹。

在这个动荡不安的年代里，生命的全部价值只是为了挣扎，为了最原始、最本能的需求：活着！每一个人，从他（她）诞生来到人间的那一刻起，不管你愿意不愿意，每时每刻都在与死亡作斗争。

死，是一切痛苦、一切罪恶的最佳摆脱方式。死者往矣！他们把一切痛苦的悲哀，罪恶的责罚全都推给了生者。于是，生者又开始了更加沉重、更加困苦的挣扎。

这，也许正是人类最大的不幸和悲哀！

黎明的海湾，到处是灰蒙蒙的。太阳还在沉睡，海潮正在退却。一个个、一只只被潮水遗弃的小生命在黑色的滩涂上，在灰黄色的沙地上挣扎着、爬行着。它们眼睁睁地看着生养它们的海水从自己的眼皮下消失，像被母亲无情抛弃的孤儿一样悲戚戚地哀鸣着。不远处，一只幼小的、有着五彩缤纷颜色外壳的海螺正在吃力地、缓缓地爬行着。柔软的肌体拼命地，像是要挣脱背上的巨大硬壳，甩掉这压迫了它们几千万年的沉重包袱一样挣扎着。也许，它是要爬回大海？也许，它正在寻找妈妈？也许……随着它缓慢移动的躯体，灰黄色的沙滩上被刻画下了一道深深的印迹。也许，过一会儿，它将成为人类餐桌上的一小盘炒螺片；也许，它就在某一个人们找不到的角落里悄悄死去，腐烂、发臭，只留下那个供人玩赏的美丽外壳。

生命就是这样毫无价值。

眼前，两条粗糙的白布盖着两具尸体就停放在厅堂的正中。善与恶，美与丑在这同一时刻找到了它们的归宿。一抔黄土埋葬了他们所有的爱与恨，而留给活着的人却是无穷无尽的哀怨和反思。

海妹子披麻戴孝跪倒在两具遗体前。没有眼泪，泪水早已流干；没有哭声，喉咙早已哭哑。只有一座如同长跪不起的塑像和一双呆滞的眼睛死死地盯着眼前白布裹着的人……

太阳终于露出了海面，像一颗滚动的血球把鲜红的血光照射在铁灰色的海面上。于是，海的表面被染成了红色，四周的景物也被染成了血色。不到一个时辰，太阳离开了海面三丈多高，血红的颜色消失了，变得炙白而又耀眼，让人一仰望就想流泪。一切又都回归到原有的本色：海是蓝的，滩涂是黑的，沙滩是黄的，相思树林是绿的……

两扇陈旧的厅门昨夜就被取下作为"仙铺"停放着这对恩怨夫妻。阳光穿过院子直射到厅堂里，给冷飕飕的房子带来了一丝暖气。但人们的心依然透凉。

从昨晚到现在，海妹子就这样一直跪着，任凭众人的劝解也没有挪动一下，像整个躯体连同心脏一齐麻木了似的只是不停地往摆在两张"仙铺"前的两个瓦盆里丢烧着纸钱……

讨海的人的心胸是宽厚豁达的，即便死者生前和他有过什么冤仇过节，死后也就一笔勾销了。此时，人人都在为死者的后事奔波忙碌着。

"寿板买了没有？"有人问。泉南人把棺材称之为"寿板"。

"还没有。"有人应着。

昨晚上那个叫作大憨的年长些的男人走到海妹子跟前，轻声问："海妹子，家里有钱吗？该给两个老人置寿板了。"

其实，他们并不老！

海妹子茫然地望着那个男人。良久，她站了起来，摇摇摆摆地走进东房，打开木箱，从里面找出那包银元，递给了跟在她后面的那个叫大憨年长的男人。

"把它都花了，全花了！一个铜板也不要剩下！"海妹子恍惚地说着，又走到父母的"仙铺"前跪下。

大憨接过沉甸甸的布包，打开一看，立刻惊呼了起来："哇，这么多的银元啊！"

从没见过这么多银元的穷渔民，一下子呼啦啦全围拢了上来。赞叹的、惊讶的、疑惑不解的应有尽有。

"数数，快数一数，看看一共有多少。"有人喊着。

于是，有人一个，两个，三个地数了起来……终于，数钱的人又惊叫了起来："天啊！一共有四百四十块哩！"

有了钱，一切就都好办了。几个惯于操办丧事的人立刻忙碌了起来……

泉南人流行着一句口头禅叫作"生，要生在苏杭；死，要死在泉南。"可见泉南人对丧葬的重视。风俗礼节之多，奢侈排场之大都是别的地方所不能比拟的。

此时，这幢平日里极少有人涉足的房子人来人往，嘈杂异常。

院子里一溜摆着五张大桌。从外往里，第一张桌子边，一个穿黄袍戴黑帽的道士正在掐着手指，嘴里嘟嚷着"子丑寅卯……"推算着何时收棺入殓，这叫"开斗书"；第二、第三张桌子围着几个老妇人，正在飞剪裁量，赶做寿衣、水被。这寿衣每个死者共七件，给乌贼做的是长衣马褂皮帽，给翠香做的则是披风衣裙；第四张桌子，摆的全是一堆各种颜色的纸张和粗细不等的竹条，两个纸匠师傅正满头大汗地赶扎赶糊"纸厝"、纸家具等；第五张桌子上摆满了鱼肉蔬菜，一个主刀厨师正"咚咚咚"地砍切着一个猪头，旁边临时搭着一个土灶，一口大锅上垒着三层大蒸笼，里面蒸着碗糕之类的东西，几个帮厨的或坐或蹲着择菜、洗碗……这五张桌子上空都用竹席、草席之类的东西遮盖着，据说，这些都是不能与苍天相见的。而在院子的另一头，则在露天的地方各用两块青砖支着两个陶盂煮着两盂米饭，上面各放置鸭蛋一粒，俗称"枕头饭"。

厅堂里面，死者"仙铺"前面各放着一块瓦片，上面堆着一抔红土，红土上插着数支清香，两旁又各点着油灯一盏，白烛一支。

海妹子跪在两张"仙铺"前，一边不停地往两个瓦盆里丢烧着纸钱，一边用沙哑的声音哭叫着："给您买路走，给您买路过……"

忽然，外面有人大喊了一声："寿板到！"

立时有两个中年妇女搀扶着海妹子走到院门外跪下来迎接。寿板两张抬进了院子，有人赶紧找来两条长凳做支垫放上寿板，接着便开始油漆。漆是红色的新漆，涂抹起来就像溅上鲜血一样。

海妹子由两个中年妇女架扶着提着一只新的小木桶来到井边，打了一桶水，桶绳拖在地上哭着往回走。

该给死者洗浴穿衣入殓了。

不知什么时候，一桌"辞生"饭已经摆在了死者的前面，共十二碗。刚才在院子里推算入殓时辰的道士此时一边摇着铃铛，一边叽叽咕咕地念着谁也听不懂的是经是咒的东西……

一切是那样的繁杂匆忙却也有条不紊地进行着。可偏偏在这当儿，朱富领着猴三进来了。只见他急匆匆径直走到两张"仙铺"前，撩起长袍衫"扑通"一声竟跪了下去，嘴里念着："岳父岳母啊，小婿来迟了，小婿来迟了呀……"

众人一下子都愣住了。

道士被这突如其来的变卦搞懵了，铃也不摇了，经也不念了，张大着嘴巴睁大着眼睛盯着正在不停作揖的朱富，谁也没有向他提起过死者还有这么个老女婿，凭空飞来弄得他一时不知所措。

郝家湾的人大多知道这其中的缘由，自然也就听之任之了。

猴三一见道士冷了场，三角眼一转便猜出了其中的奥妙。于是急忙上前把道士拉到一旁，贴着耳朵嘀咕了一气，顺手又将两枚银元塞到了道士的手心里。那道士手捏着银元，便开始不停地点着头，同时撩起道袍，将银元塞进里面的口袋。随着，转过身来，阴阳怪气地说："原来是乘龙快婿呀！理所当然，理所当然。快去换了孝服。"

朱富立起身来。

猴三急忙把孝服递了过来。朱富接过手正想套上，突然，从厅门口传来一声愤怒的断喝。

"放下！"

众人一回头，都愣住了。刚才还让人搀扶着的海妹子此时竟推开扶住自己的两个中年妇女，柳眉倒竖，怒目圆睁地立在门口，手里提着一小桶水。

原来，海妹子刚刚"上水"回来，见到朱富正要穿孝服，不由得怒气填膺，浑身突然来了气力愤怒地阻止。

朱富冷不丁吓了一跳，手一抖，孝服差点掉在地上。但他毕竟是见过世面的人，稍一犹豫便镇定了下来。只见他转过身来朝前走了两步，脸上还带着忧伤。

"海妹子，我知道你现在正处在痛苦之中，我也一样。虽说咱们还没有正式拜堂，但也已经有过那个了……其实也就是夫妻了，你总得让我尽点礼仪、尽点孝心吧？否则，别人会说我朱富……"朱富猫哭耗子似的说着。

海妹子早已气得浑身直打哆嗦，摇摇晃晃欲倒。刚才那两个中年妇女急忙又上前扶住她。好大一会儿，海妹子才勉强站稳身子，手指着朱富，歇斯底里喊叫了一声："你给我滚！"

"这……"朱富眼瞅着众人，装出一副无可奈何的样子。

"你走不走？不走，我跟你拼了！"海妹子怒吼着，提着水趺趺撞撞地朝朱富冲了过来。

朱富忙不迭地后退，没想到竟一脚绊在支着"仙铺"的凳子腿，一个站立不稳，身子一晃扑在翠香的遗体上，顿时吓得魂飞魄散，冷汗直冒。想当初暖玉温香，却不料今已作古，更何况是因他而起。朱富能不胆战心惊吗？好不容易爬起来避到一旁，却见海妹子已冲到跟前，将手中的一桶水奋力朝朱富劈头盖脸泼去，朱富躲闪不及，立时被浇得浑身湿淋淋的如同落汤鸡。

那道士万万没想到海妹子会这样做，等他明了过来，一切都已成了事实，只听他惊叫了一声："糟了，你怎么能把'上水'的水泼到活人身上？唉，我的经都白念了！"

愤怒至极的海妹子似乎已经失去了理智，抡起手中的木桶就要朝朱富头顶砸下去。

就在这千钧一发之际，门口传来了一声粗浓而又严厉的断喝："住手！"

这声音虽不算洪亮，却如晴天霹雳，一下子就把众人全镇住了。回头一看，只见郝忠威仪十足地立在厅门当中。

也不知是谁吃饱了撑着爱管闲事，还是郝忠念在一笔写不出两个"郝"字的缘故上，又或许是郝忠自觉村里发生了如此重大的事情，自己连面都不露会有失身份而恰巧到来。总之，他早不来，晚不来，偏偏就在这节骨眼上来，使得海妹子举起的水桶没能砸在朱富的头上而是骤然停在半空中。

猴三趁机急忙上前，从海妹子手中夺下水桶丢在一边。

郝忠踏进厅堂，板着脸说："这种时候胡闹什么？难道不怕惊动了阴魂！"

朱富见郝忠进来，如同见了救星，急忙迎了上去，诉说道："三叔，我也是一片孝心啊！可是，海妹子她……唉，叫我怎么说呢？"

郝忠鼻子吭了一声，仍旧板着脸。

"你们这么折腾，丧事还怎么办下去？"郝忠扫了众人一眼说。

"是啊，是啊！死者入土为安，这样拖下去会出乱子的！过了时辰连鬼门关都进不了，成了孤魂野鬼可就不得了了！再说，我还急着赶下一场哩！"站在一旁的道士急忙附和着，"要是赶不上，那……"

郝忠横了他一眼。道士立马知趣地闭了嘴朝后退了几步。在这种场合下，别说是道士了，就是有钱有势的朱富也只能听郝忠的。

"你去忙你的吧！该做什么就做什么，别再想着什么下一场的事了。"郝忠想了一下对道士说，然后又朝他挥了挥手，让他离开。

"真倒霉！"道士嘀咕了一句，朝海妹子没好气地喊了一句："喂，你是咋啦？还不快重新'上水'去。"

海妹子经郝忠一声断喝，冷不丁吓了一跳，愣在那儿一时不知如何是好，此时又听见道士在叫喊，这才走过去弯腰捡起水桶，摇摇晃晃地朝门口走去……

郝忠等海妹子走出大门，转过脸对朱富说："既然她不同意你也就别争这个理了！回去吧！"

朱富哪是诚心来哭灵，无非是做做样子而已。听郝忠这么一说，正好顺着杆子往下溜，但脸上却还是装出很不情愿的样子。

"我就这么回去，别人还以为我朱富这么不近人情，会让别人说三道四的！"

"这有什么好说的！"郝忠很不耐烦地挥了挥手中的长烟杆，"反正众人都看见了，有这份孝心也算数！"

"既然三叔这么说了，那我只好恭敬不如从命了！"朱富说着，转身朝两个死者揖了一下，朝猴三眨了一下眼，开步溜了。

一切又都恢复了正常……

天，不知什么时候就开始阴了起来，到了中午时分，已是满天乌云。空气似乎也越来越少了，让人感到有一种说不出来的压抑。

按照泉南的风俗，死者入殓后需在祖祠厅堂中停放三天以上，谓之"停枢"。但是，由于乌贼和翠香均属于暴死、恶死，且两人生前都做过有辱祖宗的丑事，因而，不仅不能进祖祠，而且也不需停枢三天。所以，经郝忠裁决，入殓后即刻出殡。

两张棺材被抬出了厅堂。朱红色的棺材板上点缀着金花银花，棺头上一个写着"福"字，一个写着"寿"字。

"阿母，您不能走啊！阿母您不……不能走……不能走啊……"海妹子趴在那张写着"寿"字的棺材上恸哭着，呼喊着。

刚刚涂抹上的朱漆沾了海妹子一身，黑压压的乌云使得天变得异常灰暗，恍惚间如同全身溅满了斑斑血迹。两个一直跟在海妹子身边的中年妇女竭尽全力把死死抱住棺材的海妹子拉了起来，其他帮忙的人立刻给两张棺材分别罩上"棺罩"。

"棺罩"是以竹条为支架，外面糊上各色纸张做成的。一般是：死者是男的就糊个龙头棺罩，是女的则糊个龙头或者凤头的均可，棺罩顾名思义就是要把棺材罩住。

时辰一到，只听主事的人一声吆喝："起枢……出殡……"

立时，数支鼓乐队一齐奏鸣，震耳欲聋。紧接着，一人高举着招魂幡在前开路，随后两侧各列红白大纸灯各两个，上书乌贼和翠香的姓氏名讳，其后是一对接一对的鼓乐队，泉南人称之为"大鼓吹"，而后是纸轿四乘，其中两乘分别放着乌贼和翠香的画像，另外两乘分别放着乌贼和翠香的"木主"牌，两副灵柩紧随其后。

海妹子披麻戴孝，脚穿草鞋，扶着灵柩边缘一路号啕大哭着，呼喊着："阿母，您死得好惨啊！阿母，您丢下女儿一个人孤苦伶仃的……阿母啊……您不能撒下我呀……阿母，您死得冤啊……阿母……您不能啊……"

声音凄凄惨惨，令听着无不动容，无不为之心酸落泪。

……

灵柩好不容易抬上了后山。坟穴早已挖好。一个大坑将这对恩怨夫妻埋葬在一起。这天地间如果真有鬼魂的话，谁能知道，到了阴间他们又会怎样？

乌贼的灵柩被先放入坑内。当人们要将翠香的灵柩也放入坑内时，海妹子歇斯底里地大叫了一声："阿……母！"

随着，海妹子挣脱搀扶着她的人，身子朝灵柩上一扑，"不，不！

你们不能……不能把我阿母埋……埋了！不……你们不能……"

哭喊声震荡着整个山谷，震荡着山下的大海，震荡着在场的每一个人。密密的相思树林似乎也在抽泣，层层的海浪仿佛也在呼喊。不停的、带着血腥味的沙哑的哭喊像是要把整个天地震塌，把整个山海震翻，把在场的所有人的心震裂撕碎一样……随着哭喊，海妹子不停地用额头撞击着棺木，发出一阵阵"咚咚咚……"的响声，像从天边滚来的闷雷一样。

头碰破了，血淌了出来，溅洒在棺木上，使得原本就是红色的棺木越显得红艳了，斑斑驳驳的像是一片片被剥了皮的鲜肉一样令人目睹后有一种被揭肤的钻心疼痛……

夜，又一次来临了。

压抑了一天的暴风雨随着夜的到来而降落到这个多灾多难的海湾。轰隆隆的雷声连同狂风暴雨疯狂地倾泻在这个在海浪中漂泊的村庄，似乎要把它整个儿砸碎湮灭一样。望夫楼前的海浪汹涌澎湃，像是在向人们呐喊着什么？参天的古榕树在风中奋力抗争着，望夫楼顶的琉璃瓦龙在仰天长啸……整个村庄所有的人如同都挤缩在一条破船上在波涛狂怒的大海中颠簸着一样，人人都感到漂浮不定，危机四伏……

只有一个人，静静的似乎听不见雷声，也听不见雨声；看不见闪电，也看不见黑夜。像一尊玉琢的雕像一样双眼呆呆地盯着摆在厅堂桌上的那两块"木主"牌。飘忽不定的灯光把她的身影一会儿无情地抛向这堵灰色的墙，一会儿又狠狠地摔向那阴深深的黑暗角落……

一

出海打鱼的郝家湾船只终于赶在冬至这一天回来了。

日落黄昏。望夫楼前人群沸沸，呼唤声此起彼落。远航归来的船只一艘艘进入港湾停泊。像往常一样，人们踏着灰色的夜忙碌于渔船和陆地之间。

远远的，站在船头的阿礁一眼就从挤攒的人群中看到了阿母黄氏。然而，当他的眼光掠过众多的人头落到望夫楼墙角时，却看不见那张他日夜思念的，每次他远航归来时都在那儿朝他微笑的脸庞。

他的心立刻沉了下来，脸色也随着黯然。

站在他旁边的黑牛感到奇怪，顺着他的目光望去，便明白了。

"阿礁哥，你先别着急！也许她今天有什么急事来不了也说不准。"

"她每次都来的呀！"

是啊！多少年了，她从没少来一次。

"咱们还是先回家吧！回头再去找她。阿母在等着我们呐！"

"嗯！"阿礁无可奈何地应了一声下了船。两人默默无语地走到黄氏的跟前，异口同声地叫了一声"阿母"！

"嗳！"黄氏见了阿礁和黑牛，高兴得不知所措。细细地把他俩瞧了一阵，心疼地说："黑了，也瘦了！"

"没什么关系，壮着哩！"黑牛笑呵呵地说。

黄氏也跟着笑了。

"瞧你这个傻劲，像个愣头小子！"黄氏说着，"快回家，阿母给你们煮好吃的！"

"什么好吃的？"黑牛一边走着一边问。

"今天是啥日子你都忘了？"

"啥日子？"黑牛扭头问阿礁。

"冬至。"阿礁似乎心不在焉地应着。

黄氏见阿礁无精打采的样子，便问："礁儿，你怎么啦？是哪儿不舒服吗？"

"没有。"阿礁急忙把思索收回，矢口掩饰心中的忧虑，"大概是有点累了！"

"那就快回家吧！"黄氏不放心地又瞧了他一眼，说；"吃过饭后就早点睡。"

冬至，在泉南一带是传统的祭奠祖先的日子。家家户户都要舂米搓米圆子。圆子大小约和龙眼核差不多，分红白两色。煮时加几块田薯再掺少许砂糖成汤圆。这里素有"吃了冬至圆长一岁"的说法，意即过了冬至，这一年也就快过完了。

黄氏煮了一铁锅汤圆。

黑牛一边狼吞虎咽，一边不停地嚷着："好吃，好吃！"而阿礁却心事重重地难以咽下。黑牛一口气吃了三碗，阿礁却只吃了一碗，便把碗往桌上轻轻一推站了起来。

黄氏感到疑惑。她望着阿礁问："礁儿，你怎么才吃一碗？是不是阿母煮得不好吃？"

"不，不是的！阿母煮得很好吃！"

"那……是不是哪儿不舒服？"

"没有。"阿礁摇了摇头说："阿母，我想出去一下。"说着，转身就要朝门口走去。

黄氏忽然心念一动，出声喊住了阿礁。

"礁儿，你是不是想要去找海妹子？"

阿礁犹豫了一下，终于转身朝黄氏点了点头。

"礁儿，我看你还是别去了，海妹子她……唉！"黄氏踌躇了一阵，低声劝道。

黄氏似是不忍再说下去。可这却更急坏了阿礁，他猛然朝前几个大步，带着慌乱不安地问："阿母，您快说，海妹子她怎么啦？出了什么事了？"

黑牛也停止了狼吞虎咽，抬头望着黄氏。

"礁儿，你先别急，坐下来听阿母说？"黄氏心里清楚，这事是瞒不住儿子的，他早晚都会知道，与其让他这么着急，还不如告诉了他，也好让他提前有个打算考虑。"

阿礁拉过凳子坐了下来，望着黄氏。

于是，黄氏把最近发生的事情，就她所知道的全告诉了阿礁。末了，她长叹了一口气说："唉，实在是太惨了！如今只剩下她孤单单的一个也真够可怜的！"

阿礁呆呆地坐着，两眼直勾勾地盯着灰白色的墙。这一切来得太突然了，太出人意外了。他实在是无法接受这一现实。好长一段时间他就像是个神智全无的植物人一动也不动地坐着。

黄氏和黑牛一时也不知说什么好，只是忧心忡忡地望着阿礁。

终于，黄氏忍不住开口了。

“礁儿，你也别太难过了。反正事已至此，你也就……”

似乎是黄氏的话触动了阿礁的神经，只见他默默地站了起来，没等黄氏的话说完，就一声不吭地径直往外走去。

“礁儿，你这是要上哪儿去？”黄氏见阿礁起身要走，急忙咽下后半句话，改口问道。

阿礁似乎完全没有听见一样，头也没掉一下只是顿了一下脚便继续朝院子外走去。

黄氏急忙站了起来，想追上去拦他。黑牛连忙劝道：“阿母你就让阿礁哥去吧。看得出来，他心里很难受！”

黄氏犹豫了一下，默默地退回来坐在原先的凳子上，又长长叹了一口气。

外面，黑色的夜幕早已将整个世界笼罩。上弦月在浓密的云层中艰难地爬行着，挣扎着把全部的光投射给这黑暗的人间。

一切都在时隐时现、时有时无的恍恍惚惚之中……

今天是海妹子的阿爸、阿母“头七”的日子。

空荡荡的厅堂死一般静寂。

厅堂正中的案桌上，两支白烛在燃烧着。豆大的火焰无力地摇曳着，苍白的烛泪顺着烛身不停地流淌下来，在烛根部的桌面上堆积起来，在朱红色的桌面的反衬下，仿佛如两摊瘀血一样。

几天来，海妹子足不出户，整天把自己关在家里，长时间地或跪或坐在厅桌前那块草蒲团上，时而哭泣，时而悄然无声如呆傻般地凝视着桌上的烛光。那已消逝的往事如同剪影般不停地在她的脑海中闪现。

朦胧间，她似乎看见阿母正向她走来，正向她招手。待到她站起来呼喊着扑过去的时候，却发现自己原来是扑在灰色的墙上。有时，隐隐约约的，她仿佛听到东房里有轻轻的脚步声，便举着蜡烛鬼使神差地走进去，却见里面空荡荡的一无所有……她似乎也忘了，她本该去望夫楼，本该去看看她日思夜想的阿礁哥是否已经回来了……

案桌上，那两支摇曳不定的白烛已经燃去了大半截。忽明忽暗的光给案桌正中新放置的神龛投下一条长长的阴影。神龛前，一炷清香正飘弥着一缕缕白色的烟雾，缠绕着供奉在神龛里的那两块并排在一起的长条形的"木主"牌。

此时，海妹子双手扶着桌腿勉强撑起身子站了起来，伸出发抖的双手，从桌上的香袋里抽出四支清香抖索着在烛火里引着又轻轻摇灭火焰，然后双手举着，恭恭敬敬地把它插在香炉里。

海妹子默默地望着清香上那点点火星，望着袅绕的白烟，望着那两块"木主"牌……

蓦地，外面传来一阵"咚咚咚"的敲门声。

海妹子心头一震，脸瞬间变得青白，整个人条件反射般地冲到厅门边，操起早先就准备好的锄头把子，对着门缝怒斥道："滚，你给我快滚！我死也不会嫁给你这个畜牲的！你要是再敢来逼我，我就跟你拼了！"

海妹子怒吼着，高高举起手中的锄头把，双眼怒视着，随时准备和破门而入的人拼个你死我活。

一连几个晚上，朱富都来纠缠她，并扬言要叫人来砸门抢人。

外面的人停止了敲门，似是焦急万分却又不敢大声呼叫一样，压低着嗓门对着门缝说："海妹子，是我！我是阿礁呀！"

"阿礁？"海妹子自语了一句，又问："你真的是阿礁哥？"

"我真的是阿礁！海妹子，你难道连我的声音都听不出来了？"

这回，海妹子是听清楚了。恍惚间，如同漂泊在海浪之间的小船忽然找到了避风港，海妹子紧绷的神经和肌体瞬间松弛了，高举的锄头把"啪"的一声从手中脱落掉到了砖地上，整个人痴呆般地立着，不知所措。

"海妹子，我是阿礁呀！你快开门呀！"站在门外的阿礁急得直叫。

不停地呼喊终于使海妹子缓过神来。像是突然从噩梦中惊醒一般，她冲动地扑向门闩……然而，就在门闩刚刚拉动的这一瞬间，她的手却"僵"住了，继而，刚刚恢复的脸色又沉了下去，被拉开的一小截门闩又被插了回去。

突然，海妹子猛地掉转身子，背靠着门扇，像是在告诉门外的阿礁，又像是在自言自语。

"阿礁哥，你……你回去吧！从今以后，你……你就不……不要再来找……找我了！我……"海妹子哽咽着说不下去，泪水涌了出来。她跟跟跄跄、跌跌撞撞地双手掩着脸跑进自己的房间，一头扑在床上放声痛哭了起来……

多少个日日夜夜，她盼星星盼月亮似的盼望着，期待着他的出现。有多少的心酸、多少的苦楚等着向他倾诉。如今，他来了，就在门外呼唤着她，可她却把他拒之门外，不敢见他。她多么想见他，多么想扑在他那宽厚的胸膛里痛哭一场啊！可是，她没有这个勇气。

她就这么哭着，流着泪，似乎全然没有听见门外的呼唤……

蓦地，她突然止住哭声，似乎在倾听着什么。

只有海啸和呼呼的风声，淅淅沥沥的雨声。

她的心立时沉了下去。片刻，从床上一骨碌爬起，发疯似的冲到厅门，呼喊着："阿礁哥……"

她扑向大门，"哗啦"一声猛地拔出门闩，拉开大门。她立时呆住了：他仍旧站在门外，浑身上下已被蒙蒙的细雨浸透。

瞬间的愣神过后，她一头栽在他的胸口，哭喊了起来："阿礁哥……"

世界上再没有比两颗痛苦的心撞击在一起更令人锥心刺骨了。

阿礁把海妹子紧紧拥住。良久，他没有说一句话。

一股冷飕飕的海风顺着敞开的大门窜进厅堂扑向桌上的蜡烛。本来就微弱的光线猛烈地摇晃了起来……

阿礁抱起海妹子跨进厅堂，反身把门插上，摇曳不定的灯光定格了一下。

阿礁走进里屋，把海妹子平放在床上。海妹子仰着脸，默默地望着阿礁，千言万语不知从何说起。

半晌，海妹子把脸别过一边，哽咽着说："阿礁哥，我……我对不起你！我……"

没等海妹子说完，阿礁伸出双手把她的脸轻轻地别转了过来。

"海妹子，你别说了，我都知道了！这不能怪你！"阿礁望着海妹子的脸说着。他是真诚的，没有丝毫的做作。

"阿礁哥，你……你不嫌弃我吗？"海妹子泪水汪汪地望着阿礁。

他点了点头。

"真的？"她问着，两个眼瞳似乎明亮了许多。

他又肯定地，使劲地点了一下头。

"可是……"海妹子蓦地想起朱富那副淫邪的嘴脸，想起了那张契约。

"别怕那老狗！我阿礁决不再让他动你一个小指头！"阿礁说着，右手握成拳"嗵"的一声重重地砸在床板上。那眼神，似乎这一拳是砸在朱富的鼻梁骨上。

海妹子心头一震，猛地仰起身子，一头扎进阿礁的胸膛。

阿礁伸出双手紧紧把她拥住。

"阿礁哥，别离开我……"海妹子喃喃地说着。

"嗯……"

桌上，油灯依旧摇曳不定。

夜，越来越深了。

二

一大早，黑牛就被阿礁从被窝里给拽了起来。

"干啥嘛，这么早！"黑牛一边揉着睡意惺忪的双眼，一边嘟囔着。

"还早？太阳都晒着屁股了！"阿礁回了一句，把丢在桌上的衣服扔给黑牛说："快穿上衣服跟我走！"

"去哪儿？"黑牛一边往身上套衣服，一边问。

"找朱富那条老狗！"

"你想跟他打架？"黑牛套了一半衣服停下问。

"犯不着！"

"那你找他干什么？"

"要那张契约！"

"哦……"

阿礁和黑牛急匆匆赶到朱家大院，正好撞见朱富穿着一身暗蓝色宽松的绸缎装在院子里手舞足蹈般地活动着筋骨，那干瘦的四肢恍惚如一只老朽的螳螂。

两人大踏步闯了进去，隔着老远，黑牛的粗嗓门就吼开了："朱富！"

朱富此时正背对着大门，冷不丁被吼了一声，吓了一跳，急忙掉转身，一见是阿礁和黑牛，心头又是一凛：这两小子敢情是寻衅来了。善于应变的他立马挤出笑纹，迎了上去。

"哟，是你们兄弟俩啊！这么早找我不知有什么贵干？"朱富说。

没等阿礁说话，黑牛就抢先开口了。

"找你要那张卖身契！"黑牛把契约说成了卖身契。

朱富心想：果然不出所料。想罢，故意装出吃惊的样子，问："什么卖身契呀？我朱富可从来没有买过什么人呀！"

阿礁一听，知道朱富在耍滑头，便说："就是乌贼写给你的，卖海妹子的那张契约。"

"哦，你说的是那张啊！"朱富装出恍然大悟的样子说着，小眼珠子一转，转而问道："可这和你们有什么关系呢？你们和她是亲戚？"

"不是！"黑牛直筒子捅了一句。

这正中朱富的圈套。只见他朝前迈了一步，带着讥讽的笑意说："既然非亲非故，那你们凭什么呢？"

黑牛被堵得不知如何回答，眼瞅着阿礁。本来就憋着一肚子气的阿礁，此时听朱富这一讥讽，更是怒火填膺，牙齿咬得咯嘣嘣直响，恨不得一拳朝朱富的腮帮子砸去。然而，他知道这样做于事无补，只好强忍着。

"海妹子托我们来找你要的！"阿礁说。

朱富一听，忽地"嘿嘿"一笑说："她也长着两条腿，为什么不自己来呢？"

"她怕再被狗咬一次！"阿礁不卑不亢地应着。

朱富的脸立马变得十分难看，心里骂道：好你个阿礁，竟敢指桑骂槐！老子也不是好惹的。想罢，薄嘴皮子一动，冒出了一句话。

"唉，海妹子也真是的，她要是怕狗，说一声，我叫人把它们给杀了不就行了。自家人何必……"

"谁跟你是一家人？做你的白日梦去吧！"没等朱富说出下半句话，黑牛就把他给吼断了。

朱富并不理睬黑牛的吼叫。在他眼里，这种火炮子并不难对付。

"怎么，黑牛兄弟还不知道呀！"朱富故作惊讶地说着，又拿眼角瞟了阿礁一下，"早在海妹子父母还没过世的时候，我就和她定亲了！不信？你们去问问郝三叔。"说罢，脸上露出了一丝得意的冷笑。

"放你老母的狗屁！"黑牛大声骂了起来。"那是被你逼的！海妹子根本就不愿意！"

阿礁拉了拉黑牛，示意他不要这么冲动。

"就算是海妹子的父亲答应过你，可是海妹子不同意，她现在想退掉这门婚事，你同意还是不同意？"阿礁冷峻地盯着朱富说。

"退婚？"朱富闪着眼珠子反问。

"是的！"阿礁紧盯着朱富说："我把她父亲向你借的钱还你，你把那张契约退给我！"

"不行！"

"为什么？"

朱富拉下了脸。原先就瘦长的脸此时更显得长了。

"你以为我朱富就那么蠢吗？我虽然爱财如命，可我也不想让自己绝了后！我劝你小子还是死了这条心吧！"

"这么说，你是决意不肯了？"阿礁的眼珠子在发红。

朱富不由得后退了一步。一手扶在门前"五脚架"的立柱，斜着眼瞅着阿礁。

"我知道你小子早就在打她的主意了。告诉你，海妹子已经是我的老婆了。虽说还没有正式过门拜堂成亲，但早就被我睡过了！识相的还是离远一点，否则，我就告你个夺人之妻的罪名！"朱富歹毒地说着。

"你……"阿礁火冒三丈，两眼血红。

黑牛早已憋不住火，一个虎步冲到朱富跟前，右手一抓，揪住朱富的领口狠劲朝前一拽，朱富顺势一个踉跄朝前一颠，差点就撞在黑牛的胸膛上。

"干你老母的畜生！老子今天就活剥了你！"黑牛骂着，扬起拳头朝朱富的鼻梁骨揍了过去。

随着一声"哎哟"，朱富的鼻孔立马淌出两股鲜红的血，脸色也霎时苍白。他一边拼命想挣脱黑牛的手，一边大声狂叫着："快来人啊，快来人呀……"两个睡得懒洋洋，穿着短裤衩，光着胸脯的大汉从院子旁边的一间屋子里蹿了出来。

这是朱富雇佣来看赌场的两个保镖。村里人背地里都管他们叫"狗腿子"。

阿礁见了，心念一动，上前两步拉住黑牛又扬起的拳头。说："阿祥，咱们回去！免得打狗伤了自己的手！"

黑牛正在火头上，顺势朝朱富的嘴又是一拳，而后使劲一推。

"扑通"一声，朱富跌了个四脚朝天。正巧两个保镖赶到，急忙把他扶起来。

这当儿，阿礁已经拉着黑牛走出了院门。朱富恨得咬牙切齿直跺脚。

"小子，老子饶不了你们！"朱富对着阿礁和黑牛的背影喊叫着，而两个保镖却只是无动于衷地站着看着。

一条门栏，阿礁和黑牛一人坐一头。阿礁双手抱着头沉思，黑牛不停地用拳头捶打着自己的膝盖。

"这狗娘养的朱富，真恨不得一拳把他砸扁！"黑牛怒气未消地骂着，又怨起了阿礁。"你也是个胆小鬼，见了那两个龟孙子就跑！"

"打，打！你就知道打！要是打能解决问题，就是把我打死也心甘情愿！"阿礁猛地放开双手，没好气地应道。

"那就这么算了？"

"再想想其他办法。"

"还能有什么办法？除非那老狗死了！要我说，干脆把他杀了！"黑牛说着，右手用力扬起又劈下做了个砍头的手势。

"别胡说！"阿礁瞪了黑牛一眼，压低了声音说。随着站了起来走进厅堂。

"这也不行，那也不行！那你说怎么办？"黑牛跟在阿礁屁股后面，一边走着一边说，"你要是害怕，让我去！"说完，气呼呼地一屁股坐在凳子上。

阿礁正要开口回答，却听见门外传来黄氏的叫喊声。

"阿祥，阿祥……"

黑牛从凳子上蹦了下来。两人一前一后赶到门口。

黄氏气喘吁吁地站在门口，一见阿礁也跟着出来，便埋怨道："礁儿，你到哪儿去了？害得我到处找不到你！"

"我就在阿祥这里呀！"阿礁打了个谎言。

"快跟我回去！"黄氏急着催促道。

"什么事，让您这么着急？"阿礁走到黄氏身边问。

"萧秀姑的阿母来了，要见你哩！"黄氏答着又催促道："快跟我回去，免得让客人等久了！"

阿礁一听是这事，不悦了。

"阿母，我不去！"阿礁嘟囔着。

"为什么？"

"我不同意这门婚事！"

黄氏一听，急了。

"都啥时候了，你还说这话！"黄氏停了停又说："你是不是还想着海妹子？她早就是朱富的人了，你怎么就这么个犟脾气啊！"

黄氏一边埋怨着，一边拉起阿礁的手就往前拽。

原本就心烦意乱的阿礁又平添了一段愁。他赖住脚不动，眼光充满怨意地望着黄氏。

"阿母，您怎么也这样逼我？难道您硬要我娶一个我不喜欢的人一辈子受苦吗？"

黄氏的手垂了下来。她何尝忍心逼自己的儿子呀！可是，她又能有什么办法呢？

母子俩一语不发默默对视着。好一会儿才听见黄氏长长叹了一口气，眼眶湿湿地垂下头转身往回走。

阿礁望着黄氏那瘦弱的背影，突然有一种怅然若失般的心酸，一种难以言表的情感涌了上来。紧接着，似乎有一股无形的力量在推动着自己向前挪动着双脚。终于，他忽地撩开大步追了上去……

整整一个下午，黑牛一直躺在那张硬板床上。自从上午阿礁被黄氏叫走以后，他连中午饭也懒得做一直躺到太阳下山。这个一刻也不安宁的粗心汉子破天荒第一次如此安静地在大白天躺了这么长时间。

从来说话做事都不假思索的黑牛，躺了半天，想了半天，第一次想得这么多、这么细。一个是他亲如同胞的兄长，一个是他内心默默痴爱的姑娘。如今，他们遇到了困境，而自己却无法帮助他们。他想着，不停地用拳头捶打着自己的脑门。

除非，除非朱富那老狗死了，否则……

黑牛不由自主地又想起今天上午自己说过的这句话。

"干脆把他杀了！"

黑牛的心一阵猛烈震动。杀人偿命，他岂能不知？可是，除此之外，他再也想不出什么更好的法子。他终于躺不住了翻身下了床。

"唉，还是先去看看海妹子吧！"黑牛喃喃自语了一句，披上外衣，赤着脚大步朝西走去。

天，已经暗了下来。

海妹子正在关门，忽然听见有人走进了院子。

"谁？"海妹子惊恐地问。

"我，黑牛！"话音刚落，人已到了门口。

海妹子一见是黑牛，紧张的心情松弛了下来，急忙把刚要上锁的厅门重新打开，从口袋里掏出一盒火柴，划着了一根走进厅堂点着油灯，然后朝大门外的黑牛招呼道："阿祥哥，快进来！"

黑牛走进厅堂，看了看厅堂正中的灵位，然后恭恭敬敬地行了三个大礼，又从厅桌上取下四支清香在灯火里引着，小心翼翼地插进香炉。

"你要出去？"黑牛问。

这一问，海妹子的脸立时红了大半。昨天晚上和阿礁约好，今晚在望夫楼见面。好在灯光本来就暗淡，黑牛转身又正好挡住了光线。海妹子不好意思地点了一下头又急忙解释道："没关系，还早着哩！"

黑牛扯过一条凳子靠着厅堂墙壁坐了下来。原本想好的话此刻竟一句也说不出来，只是望着海妹子发呆。

海妹子见状，就先开了口。

"阿祥哥，你们这次出海还顺利吧？"

"嗳，顺利，顺利！"黑牛应着。

"打的鱼多不多？"

"唉，天气转凉，潮汐也不太顺，要不也不会出去这么长时间。"

"哦……"海妹子应着，站起身来说："阿祥哥，你先坐着，我去给你泡壶茶。"

"不，不用了！我只是来看一下你就走。"黑牛急忙阻止。想了想又说："今早我和阿礁哥去找朱富那老狗了。"

海妹子一听，急着问："他怎么说？"

"我们想还他的钱，要回那张契约，可那老狗就是不干，结果被我狠狠揍了两拳！"黑牛望着海妹子说。

海妹子的心立时透凉，眼圈儿也随着红了起来。不一会儿，便有两颗泪珠子闪着光滴落了下来。"这么说，是没指望了？"

"不，不！"黑牛一见，急忙劝慰道："我和阿礁哥会想到好办法的，你先别着急，别难过！"

"刀把子捏在人家手心里，还能有什么希望啊！"海妹子哽咽着："我宁可跳海，也决不踏进朱家大门一步！"

"海妹子，你可千万别乱想！"黑牛听海妹子这么一说，立时慌了，急忙站起身来走到海妹子跟前劝着，接着，又赌咒般地保证："会有办法的，一定会有的！"说完抬头看了看大门外，"海妹子，我该走了，你千万别做傻事啊！"

海妹子早已泣不成声。

黑牛一走出海妹子家的大门，便使劲用拳头捶打自己的脑门："我怎么就这么笨！为什么要告诉她？我真笨得像头牛！"想起海妹子那伤心欲绝的样子，黑牛真是懊悔不及，不停地埋怨着自己。他一路走着，心里不停地想着，盘算着，挨到家门口时，只见他牙齿咬得咯嘣嘣响，一拳砸在自家的门框上，像是下了什么狠心一样。

黑牛点亮油灯，高高擎在手里走到奶奶的遗像前，默默地望着，半响没有一句话。

好一会儿，黑牛把油灯放到厅桌上，抓起一束清香整个儿点着又高高举过头顶，然后插进香炉，紧接着朝后退了几步，扑通跪了下去，对着奶奶的遗像"咚咚咚"磕了三个响头，嘴里喃喃地念了一句："奶奶，求您原谅孙儿的不孝吧！"

念过，黑牛起身走到奶奶的遗像前，小心翼翼地把像从墙上取下，轻轻吹去浮在上面的灰尘，然后卷起连同那块写着自己生辰八字的布条一齐塞进自己的贴身胸口处，又环视了一眼厅堂，"噗"的一声将油灯吹灭，大踏步朝门口走去……

<h1 style="text-align:center">三</h1>

夜，又深了许多。

到处是一片漆黑。猛烈的西北风呼号着如同狼嚎鬼叫般地使人感到一阵阵沁心的寒冷和恐惧。一切有生命的物体似乎都停止了挣扎，连平日里搅得人心惶惶的狗吠声也没有。

冬季的寒夜，不仅冷寒，而且令人感到凄凉和不安……

望夫楼里，到处是飕飕的寒风。那些本来就破裂的缝隙今夜似乎显得格外的大。风刮着那些摇摇晃晃的门扇时而发出一种尖锐刺耳的吱扭声，时而又突然"咣"一个撞击，令人时而毛骨悚然，时而又心惊肉跳。

四周伸手不见五指。

海妹子紧紧依偎着阿礁。她刚刚痛哭过，黑夜中虽然看不到她那满脸的泪痕，却能感受到她那不停颤抖的躯体和那惶恐不安的心跳。

今晚，当黑牛离开她家后，她整个人几乎瘫倒不起，扑在阿母的灵牌前着实痛哭了一阵。此刻，她依偎在阿礁的怀里，声音沙哑着不时抽泣一声。

阿礁一手拥着海妹子，一手抚摸着她的长发。百感交集的他只能强压着内心的惆怅安慰着自己的心上人。

忽地，海妹子像突然想起了什么，仰起头望着阿礁说："阿礁哥，今天你家不是来了个客人吗？穿得挺整齐的，她是谁呀？"

一提起这事，阿礁脸上立刻愁云密布。好在黑漆漆的谁也看不清谁的脸色。

今天上午，他尾随阿母回家，一进门就看见那俞氏端坐在厅堂的太师椅上。她还是上次来时那身打扮，只是外面多套了件羊毛衫。头发梳整得精光发亮。

百般无奈，阿礁朝她点了一下头，问候了一声："您来了！"

俞氏也礼节性地回了一礼。

"这么早就忙去了？真勤快！"俞氏微笑着说。

阿礁尴尬地一笑，急忙掉转脸走到厅边的一条凳子上坐下。

"让您久等了，实在是不好意思！"黄氏带着愧疚的表情向俞氏道歉着。

"没什么，都快成一家人了。就别说客气话了！"俞氏忙接过话谦逊地回答。

"说得也是，说得也是！"黄氏接着说着，走到厅桌边，给俞氏续了茶水，然后退回一边坐下。

俞氏端起茶杯，呷了一口，然后扯下衣襟上的手绢在嘴唇上轻轻地，十分文雅地拭了拭又系上，而她的眼光却不时在阿礁身上停留。

"黄家大姐，您好福气呀！有这么个孝顺的儿子。"俞氏把眼光从阿礁的身上移向黄氏，带着恭维的语气说。

"嗳！"黄氏心中七上八下的，嘴上机械般地应着。

俞氏似乎没有觉察出黄氏这种不安的心理，继续说着："我今天来，是想和您商量一下孩子们的婚事。原先约好冬至过后的，不知您的意思如何？"

"这……"黄氏一时不知该如何回答，嗫嚅了一阵才回答说："这事一直是礁儿的三叔公在拿主意，我想先问问他老人家的意思，您看……"

"这个当然！"俞氏忙接口道，"能不能现在就请他老人家过来一下呢？"

"可以，可以！"黄氏应承着，转过脸对坐在一旁不知如何是好的阿礁说："礁儿，你去请一下你三叔公吧！"

难受得要命的阿礁一听这话，如蒙大赦地"嗳"了一声大步走出了厅堂。

这以后，一直挨到午后，他才回家。至于他们后来都说了些什么就不得而知了。反正不管他们怎么说，他老主意抱定：绝不娶萧秀姑。可是，即便是这样，他此时此刻又该如何向海妹子解释呢？

好半晌，阿礁不知说什么好。

海妹子感到奇怪，不由得又问："阿礁哥，你怎么了？"

阿礁踟蹰了一会儿，反问道："你怎么知道我家来客人呢？"

"今天上午，我想去找你，快到院门时，看见了那个女人正好进了你家的院子，我没敢跟着进去就回家了。"海妹子解释说。

事已至此，阿礁只好实说了。

"她就是那个萧秀姑的阿母俞氏。"

海妹子一听，立刻想到了那件事。她低沉地问："是来说你那件婚事的吗？"

"嗯。"阿礁点了一下头。

"你答应了？"海妹子颤声问。

"没有！"阿礁说，"我早就说过，除了你，我谁也不娶！"

"可……可现在不……不一样了。我……"海妹子的声音越抖越厉害，最终没有勇气说下去了。

阿礁知道海妹子要说什么，不由得一阵冲动，猛地用力将她拥住。

"海妹子，看你想到哪儿去了？我阿礁会是那样的人吗？"

海妹子被阿礁使劲一拥，身不由己整个儿倒在了阿礁怀里。

"你真的不嫌弃我？真的不娶萧秀姑？"

"真的！我发誓！"

"别……"海妹子急忙伸手捂住阿礁的嘴。她知道，他发的誓言都很毒。海妹子感受到一种从未有过的安全感。可是，不一会儿，她又忧心忡忡了。

"可是……可是朱富那条老狗会放过我吗？今早，你和阿祥哥不是找他去了吗？"

"阿祥都告诉你了？"

"嗯。"

"海妹子，别担心。会有办法的，一定会有办法的！"

真的会有办法吗？

阿礁其实连自己也说不清。他心里明白，朱富是不会轻易放过海妹子的。然而，有一点却是肯定的，那就是：不管发生了什么，即使是失去自己的生命，他也要保护住海妹子。

"那老狗天天都叫人来逼。还扬言等阿母和阿爸过了四十九天祭日，我要是还不答应，他就要叫人把我捆了去。阿礁哥，你说这可怎么办啊？"海妹子惶惶不安地说，黑暗中望着阿礁的脸庞。

"他敢！"阿礁提高了声音，"他要是再敢来逼你，我就跟他拼了！"

"不，不！"海妹子颤声说，"你打不过他的。他养着两个保镖。"停了停，她长长叹了一口气，哀伤地说："要不你……还是娶了那……那个萧秀姑吧！"

阿礁心头一颤。

"我娶了她，朱富那老狗就会放过你吗？"

"我……我是绝不会踏进他朱家大门一步的！"

"那你怎么办？"

"真到了那一天，我……我就从这楼上跳到海里去！"说到这儿，海妹子全身猛地颤抖了起来，情不自禁地"呜呜"哭了起来。

"海妹子，别难过！相信我绝不会离开你，相信我会有办法惩治那条老狗的！"阿礁一边伸手为海妹子拭去泪水，一边劝慰着。

像一个挣扎得筋疲力尽陷入绝境的落水者突然看见了陆地一样，海妹子蓦地止住了哭泣，仰起头望着黑暗中的情人，激动地说："要不，阿礁哥，我们一起逃走吧？逃到一个远远的、谁也找不到我们的地方。"

阿礁没料到海妹子会想到走这一步，一下子竟愣住了，不知道该怎么回答。

海妹子还在说着："要不，我们逃到南洋去。听人家说，那儿能赚到钱！"

"这……"阿礁想起了阿母，"阿母怎么办？她一个人孤零零的日子怎么过？"阿礁像是在喃喃自语。

"让阿母跟我们一起走，行吗？"海妹子说。

"阿母肯定不愿意走的！"阿礁摇了摇头说。

"这……"海妹子也犹豫了，总不能为了自己而让他们母子分离呀！"
一时间，两人都默默无语。

……

突然间，村子的东头传来一声高，一声低，充满恐慌的呼喊："着火啦……快来人呀……救火啊……快来人呀……着火啦……救人呀……"

突如其来的意外打破了这难堪的沉默。阿礁和海妹子不约而同吃了一惊同时迅速站了起来朝东望去。

一股熊熊的烈火冲天而起，浓烈的烟雾在火光的照耀下正迅猛地向四周弥漫；狂烈的西北风大显淫威，裹挟着长长的火舌疯狂地吞噬着整座房子。整个村庄被照亮了，天似乎也被烧红了一半。隐隐约约可见有人在奔跑着，惊慌失措地呼号着："救火呀……救……人呀！快……来……人啊！着火啦……救……火……"

然而，让人感到吃惊的却是：眼看这幢房子马上就要葬身火海了，而救火的人却是寥寥无几。一个个从门缝伸出的头瞅瞅着火的地方，扯着耳朵听了听呼喊声便又缩回去，"咣"的一声关上门。

望夫楼上，海妹子在问阿礁。

"阿礁哥，你看清楚了，真的是朱富那老狗的窝在着火？"

"看清楚了，没错！是他的狗窝在烧！"阿礁答着，似是有点幸祸乐灾。

海妹子更是兴奋异常。

"老天有眼，恶有恶报！烧，把它全烧光、烧死才好！"海妹子说着，突然心血来潮，拉起阿礁的手，说："走，阿礁哥，咱们去看看！"

"在这儿看不是更清楚吗？"阿礁说。

"不，不嘛！"海妹子兴奋得不能自抑，"我要去看看有没有把那老狗烧死？"

"那……那好，咱们下楼去！"阿礁说着，反手拉着海妹子走下了楼梯，走出了望夫楼……

冷不丁，黑暗中，从墙的拐角处闪出一个人，如同没长眼的野牛一头朝他们撞了过来，吓得海妹子"啊"的一声闪在阿礁的身后。

那人"嗵"的一声撞在了阿礁的身上。阿礁条件反射般地扬起拳头……就在这一瞬间，那人突然惊叫了一声……

四

阿礁的拳头没有落下。因为在这一刹那间，撞在他身上的人喊出了他的名字。阿礁定睛一看，原来是黑牛。

"看你，慌慌张张的，差点把人撞倒！"阿礁责怪了一句。

海妹子也已闪出了阿礁的后背，接口道："阿祥哥，你跑这么快做什么呀！"

黑牛上气不接下气说不出话来，用手指了指那着火的地方。

阿礁立刻就明白了。

"这火是你放的？"阿礁压低了声音问。

黑牛点了点头，缓了一口气说："我把朱富那老狗给杀了！"

"啊！"阿礁和海妹子不约而同地惊呼了声。

片刻，阿礁一手拉着海妹子，一手招呼着黑牛。"快，先到楼里躲一躲再说。"

三人快步走进了望夫楼。

"现在如何是好？要是让官府知道了，那可就糟了！"海妹子恐慌地说。

"有人看见你了吗？"阿礁问。

"不知道！"黑牛摇了摇头接着说："我翻墙进了朱家，那老狗正在睡大觉，我用被子把他的头捂住一直到他断了气，然后又跑到柴禾间放了一把火。"

"那……"阿礁此刻似乎反而更镇静了，"你现在有什么打算？"

"我想先到别的地方躲一躲，然后再想办法到南洋。反正我孤身一人，也没啥牵挂的。"

阿礁和海妹子黯然伤感。他们都清楚，黑牛之所以这样做，完全是为了他们两个。

"看来也只好这样了。"阿礁想了想说，"你们先在这儿待一会儿，我回去一趟。"说完，快步走出望夫楼朝自家奔去。

……望夫楼内。海妹子终于忍不住抽泣了起来。

"阿祥哥，是我和阿礁哥害了你呀！"

"不，别这么说！"此时的黑牛反而宽心了，像是了却了一件重大的心愿。"我说过，会有办法的。现在那老狗死了，你和阿礁哥就用不着担心了。"

"可……可我没想到你……你会杀了他，自己却要……"海妹子仍旧无法止住抽泣，声音断断续续的。

"那老狗早就该死！活着终究是个害！我不杀他，迟早别人也会杀了他！我只不过是让他少活几天罢了！"黑牛愤愤地说着，"你看，今晚有谁肯出来救火？"

是啊，朱富总是要死的！只不过是早死晚死，死在谁手里之差而已。

正说着，阿礁回来了。他把一小袋银元往黑牛手心里一放，低沉地说："带着路上用！"

"这……"黑牛想推还给他。

阿礁摇了摇头，然后从腰里拔出一把铜鞘匕首也放在了黑牛手上。

这是一支七寸来长，鞘外表浮雕着两条飞龙的匕首，虽说没有镶金饰玉，却是阿礁家祖传的宝物。

"安顿下来以后，给我来信，一定记住要来信！在外面不比在家里，事事要多加小心，不要动不动就发火，照顾好自己。等这事情的风波过了以后，我就写信告诉你，让你回家！"阿礁强忍着内心的无限伤感叮嘱着黑牛。

"阿祥哥，你千万要照顾好自己，千万要给我们来信，千万要小心啊！"海妹子紧紧抓着黑牛的一只手，一边啜泣着，一边说着。

"好好，我会的！以后，阿母就全靠你们了。"黑牛不停地点着头说着，"我会回来的，一定会回来的！"

黑牛说完，猛地朝前一扑将阿礁紧紧拥住，兄弟俩抱在一起，欲哭无泪，欲语无声。

一旁，海妹子掩面抽泣。

潮浪拍打着望夫楼前的石阶，发出一阵阵悲壮的涛声……

黑牛弯下腰，抓起一把泥土，装进自己的口袋，然后大踏步朝拴在古榕树前的那条漂浮在潮浪之上的小船走去……

谁能知道，哪儿是他的归宿？

第十八章 · chapter eighteen

一

一夜间，偌大的朱家宅院成了一片废墟。

被烧焚成一截截黑炭的残椽断梁横七竖八地散乱在地上，闪着忽明忽暗的淡红色微弱火星如同夜间的鬼火一般；偶尔，有一两处死灰复燃又响起一连串"噼噼啪啪"的爆裂声好似哭丧者的干咳。破碎的砖瓦，坍塌的墙体无一不被熏染上一层黑色的烟层。到处是被砸得支离破碎的家私，到处是"嗞嗞"作响的一缕缕呛人黑烟，到处是一股股咄咄灼人的热气。

朱富是在劫难逃了，像一条被烤焦的狗早已面目全非卷成一团爆着腥臭和黑不溜秋的东西混杂在一大堆破碎焦热的废物当中。

猴三虽说大难不死，却也一条腿被砸得血肉模糊，白骨裸露。

此刻，他正趴在一边号叫着，双手抱着那条断腿不时疼得直打滚。

唯有那两个保镖福大命大，只是脸上、手脚上受了点轻微的烧伤。眼下，正一人拿着一根木棍，搅腾着一堆堆烧焦的东西，似乎正在寻找着什么，嘴里还在不停地嘟囔着，骂着什么。

天，还未全亮，村里的人却大都已聚集在这里。人们望着眼前这惨不忍睹的景象，说不出是感叹还是怜惜。

"唉，昨天还是好端端的偌大一座宅院，现在却成了一堆焦土碎瓦，可惜呀！"

"水火无情，这一把火烧掉了多少银子啊！"

"做人嘛，不要太苛刻了。像朱富这样盘剥了别人一辈子，最终还不是一无所有，连命都搭上了，不值啊！"

"这就叫恶有恶报，老天有眼啊！"老年人大都感到可惜，而年轻人则似乎出了一口恶气。

"活该！死有余辜！"

"害人终害己！"

有人甚至朝那堆黑不溜秋的东西上扔石子。

郝忠也来了。他背着手，眼皮抬了抬朝朱富的焦尸望了望，一言不发掉转身子就要往回走。

猴三瞅见了郝忠，像是看见了一根救命的稻草，立马大喊救命。

"三叔，三叔，求求您快快救救我吧！"猴三一边喊着，一边拖着那条断腿爬到郝忠的跟前，双手抱住郝忠的脚踝子哀哀叫唤着。

郝忠垂下眼皮，瞅了瞅这个如同断了脊梁骨的丧家犬，心里一阵不快：谁叫你平日里为虎作伥，鱼肉乡里，如今大难临头，谁肯救你？这也是报应呀！心念一动，郝忠想拔腿走掉，怎奈猴三死命抱住不放。

"三叔，求求您了！您要是不救，那我就只有死路一条了啊！三叔，救人一命胜造七级浮屠啊！您老大人有大量，就行行好救救我吧！我……我这就给您磕……磕头了！"猴三涕泪俱下，趴在地上"咚咚咚"地磕起头来，那情景实在够可怜巴巴的了。

毕竟不能见死不救！

郝忠皱了皱眉头，唤来两个年轻力壮的后生，对他们说："把他拉到城里去治一治吧！"

"又不是我们打断他的腿的，干吗叫我们去？"两个后生十分不情愿地嘟囔着。

"叫你们去你们就去，还在嘀咕什么？总不能叫他就这么疼死！"郝忠脸一沉，鼻孔"哼"了一声，没好气地训斥道。

两个后生不敢再吭气了，低头想了一会儿，其中一个忽然开口问道："我们没钱，医院要是收医药费怎么办？"

郝忠听了，拿眼盯着猴三。那眼光分明是在问："你的钱呢？还不快拿出来！这可是为了救你的小命！"

猴三越发哀怜绝望了。他哭丧着被剧痛扭曲了的三角脸仰望着郝忠说："我……我一个银毫儿也没……没有了。"

"那你的钱都到哪儿去了？"郝忠不悦地横了他一眼，问。

"都……赌了，喝了酒了，还……还有玩……"猴三不敢再说下去了。

"自作自受！"郝忠骂了一句，想了想对那两后生说："朱富不是还有个鱼行吗，折价把它典卖了，好歹凑够医药费。你们先把他拉去，我随后让人把钱给你们送去。"

两个后生互相对望了一眼，无可奈何地点了点头。然后，一个回去拉来了一辆架子车，车上放了些稻草。两人架起猴三的胳膊，像拖死狗似的把他拖上了架子车。那条断腿在地上摩擦着，疼得他直叫唤。

郝忠等他们走了，朝那两个正在废墟里扒拉寻找什么的保镖喊道："喂，你们两个在寻找什么？过来！"

两个保镖互相瞅了一眼，扔掉手里的木棍走到了郝忠的跟前。

"人都烧死了，你们还在胡找什么？"郝忠皱着眉头问。

"找银元！"两人几乎是异口同声。其中一个愤愤地骂道："干他母的老狗还欠我们三个月的酬金！老子算是倒了八辈子大霉了！"

"如今朱富已经死了，说这些也没有用！对人要尽道义，对主子要尽忠义。你们把朱富埋了吧，好歹他也是你们的主子！"郝忠并不理会他们的叫骂，只是漫不经心地说。

两个保镖一听，脸都变形了，眼睛也圆鼓鼓了起来。

"主子？干他老母的！他朱富算什么主子？平日里就知道对我们呼三喝四，连一个铜板都不肯多给。摊上他老子算是瞎了眼！"一个保镖像是受了天大的委屈，愤恨不平地吼叫着。

"凭什么要我们给他收尸？老子又不是他的孝子贤孙！"另一个保镖气汹汹地骂道。

"就是嘛！我们跟他无亲无故的，没有理由要我们替他收尸。"先前那个保镖接口说。

郝忠见两人推得一干二净，心里来了气。他狠瞪了两人一眼，沉着脸说："你们不收，难道就让他丢在这里腐烂发臭不成？"

两人见郝忠脸沉沉的像腊月里的阴雨天，心里开始不自在了，可嘴上却还死硬着。

"这个我们管不着！"一个保镖咬着牙根说。

郝忠火了。阴沉的脸裂开了一条缝，铁青铁青地闪着寒光，一对苍鹰般的眼光直逼着两人的双眼。

两个保镖不由自主地打了个寒战。他们深知"千斤不离挡土"这句泉南谚语的含义。尽管他们身强力壮，但要对付一个村子的人只能是自寻死路，给人家当小菜而已。

"你们真的不做？"郝忠发话了，威严中带着逼人的火药味。

保镖终于败下阵来，百般无奈地垂下了头嘟囔道："收就收，算我们倒霉！"两人说着，转身欲走，郝忠却又喊住了他们。

"不是我要强迫你们给朱富收尸，也不是我们村子的人收不了，更不是我郝忠不懂道理！"郝忠举起长烟杆，指着朱富的残尸对两人训斥道："为人要讲道义，为人要尽忠义。我之所以要你们这样做，全是为你们着想，给你们这样一个机会为主人尽最后一点道义、忠义，否则，传扬出去，岂不坏了你们的名声，将来还怎么做人？这个道理你们明白吗？"

两个保镖嘴里应着"明白，明白"！而内心却在骂着："老不死的东西，多管闲事！把我们坑了，还要我们感激你，放屁！"

郝忠见两人顺从了他的意愿，阴沉的脸荡开了。

"这就对了！"郝忠说着，扬了扬手中的烟杆子，又说："那你们忙吧！"说完，双手朝后一背，径直走了。

两个保镖朝郝忠的背影狠瞪了一眼，猛跺了一脚板，气呼呼地走进废墟。两人好不容易从瓦砾堆里拉出一条烧了一半的破床单和一条破草席，捂着鼻子将朱富的尸体一裹，其中一个将其扛在肩上，另一人找出一把锄头，一前一后朝后山赶去……

围观的人们望着走远，自然又是一番感慨。

谁能想到，即便是朱富自己也万万不会想到，生前嗜钱如命，死后却落了个草席裹死。要是这世间真有什么阴曹地府，什么鬼魂妖魔，那朱富在九泉之下地狱之间也该有知：作恶者终究不得善终！早知今日，何必当初！

两个保镖一路骂着，吐着唾沫来到后山腰，随便找了一窟废弃的破坟坑把朱富的尸体往里一丢，胡乱挖了些红土草坯往上一盖，草草了事把锄头往山涧里一扔，便扬长而去。

……

后来，据说猴三虽然捡了条命，却也被锯掉了一条腿，落了个终身残废。一天到晚拄着根拐棍四处游乞，讨得来时则讨，讨不来时则偷。时常被人捉住打得头破血流。晚上，随便什么破庙草堆或者人家的院墙角一躺，也就天不知地不知了。

世人常劝："为人要与人为善，不要为虎作伥，善恶终有报！"

猴三就是一个例子。

朱家宅院随着朱富的暴死而从此从人世间消失了。郝家湾似乎从此也该平静了。

然而，平地一声惊雷，把个郝家湾又震得天翻地覆了起来。一件已有二十多年未曾发生的天大事情发生了。

郝忠气得七窍冒烟，差点没被朱富把魂招了去。

这事还得从头说起……

二

朱富的死无疑是解除了套在海妹子脖子上的无形枷锁。海妹子整个身心感到了从未有过的轻松畅愉，背地里甚至还会情不自禁地哼上几句缠绵情怀的南音曲子。

白日里，她照样像以前那样上山砍柴禾下海捡鱼虾；夜晚，就和阿礁在望夫楼上约会，此时的海妹子，感到自己是世间最幸福的人儿了。

阿礁也着实和海妹子一样高兴了一阵子，然而才过了二十来天，便又心事重重了。

原来，萧家又来人了。就在今天上午，白脸媒婆领着萧家堂叔又踏进了阿礁的家门。

黄氏照例急急忙忙把郝忠请来坐镇拿主意。

一阵客套的寒暄过后，萧家堂叔便开门见山了。

"又来打扰亲家了！今天我是受本家侄媳的托付来和亲家商定一下孩子们婚事的日子。前几次咱们两家来来往往，加上媒人走动传话，也说了个十有八九，就差选吉日了，不知亲家意下如何？"

黄氏拿眼看着郝忠，等待着他发话拿主意。

"有劳亲家又辛苦跑了一趟。这事本该是我们到贵宅去的才是！"郝忠客气地说着，朝客人做了个请吃茶的手势，然后继续说："既然这样，敢问亲家是否有看过日子？"

泉南人的所谓看日子，就是要求神问佛，选择黄道吉日。

萧家堂叔一听忙答道："有的，有的。"说着，从贴身的胸襟处取出一张红帖子，双手递给了郝忠。

郝忠急忙把手中的长烟杆往桌边一靠，伸出双手接了过来，缓缓打开。只见上面用毛笔工工整整地写着：

阴历十二月十二日：黄道吉日，宜"议婚定盟"。拟议："轿前盘"。

阴历十二月十八日：黄道吉日，宜"婚嫁喜庆"。拟议："行合婚大礼"。

郝忠看罢，慢慢合上红帖。

"嗯……"郝忠长长"嗯"了一声说："好，好！还是亲家兄弟想得周全！"略为一想又说："按照咱们这儿的风俗，这日子本该我们男方选定，现在反倒有劳亲家了。这样吧，我们这边也看看，祖宗面前也问问，如果没什么异议的话，就按亲家兄弟的意思办！你们看……"

郝忠说到这儿，眼光从亲家的脸上掠过，同时伸过另一只手拿起烟杆，从烟袋里捻出一小撮烟丝塞进烟锅。

黄氏急忙拿起火柴划着，然后弯下腰去。郝忠一手握着烟杆稍稍抬起靠近火苗然后猛吸了一口，淡淡的火苗朝着烟锅的方向猛一倾斜全钻进了烟锅化成了一撮时燃时灭的红火星。

萧家堂叔等郝忠吸过烟，才恭恭敬敬地回道："这当然，这当然！烦请亲家忙一忙了，改天我再来讨个喜讯。"

"这个嘛……就不敢再有劳亲家了。只要没有什么变卦，我自当叫人通知亲家，于理也该如此嘛！"郝忠吸完烟，抹了抹嘴说。

"那……就最好不过了！"萧家堂叔笑着说完站了起来，朝白脸媒婆道了一声谢，然后双手一抱拳对着郝忠和黄氏作了个揖，说："那我这就告辞了！"

黄氏略加挽留了一下便将萧家堂叔送到了村口。待到她回到家，郝忠一手拿着帖子，一手提着烟杆已踱到了门口。

"拿上一束香，跟我到祠堂去！"郝忠看了一眼黄氏说。

黄氏自然知道去做什么。急忙取了清香跟着郝忠走。

两人进了祠堂，郝忠把那张红帖往案桌上恭恭敬敬一呈放，然后接过黄氏手里的清香抽出三支，黄氏急忙把火柴划着。

　　"要是他们不同意这两个日子呢？" 黄氏一边引燃清香，一边随口问了一句。

　　话刚落音，立马招来了郝忠的一对横眉冷眼的训斥。

　　"有你这样问话的吗？亏你白活了这么多岁！"

　　黄氏的脸立刻涨得通红。心想：我这样问难道错了？可又不敢言语，只好悄然退到一旁，眼睁睁地看着郝忠忙碌着。

　　郝忠拉了拉衣摆，高举着清香，半眯着眼，喃喃自语般地开始祷告。

　　"各位列祖列宗在上，不孝子孙郝忠有一事相求，惊动了祖宗，恳求裁决。本祠宗族子孙郝阿礁已到成婚之年，女方是西湾村萧家的闺女萧秀姑，大喜日子择在十二月十二日'轿前盘'，十二月十八日行"合婚大礼"。红帖就恭放在案桌上，恳请各位列祖列宗审视裁决！"

　　郝忠念罢，跪在草蒲团上恭恭敬敬地磕了三个响头，然后站起来将清香插进香炉里，翻开放在案桌上的红帖子。接着双手拿起放在神龛前的两块半月形的、有着三寸来长的竹片子。这两块竹片子，泉南人称之为"信杯"，是问神的物品。

　　郝忠右手拿着"信杯"在清香袅绕的烟雾中沿着清香绕了三圈，而后双手将它高高举过头顶，嘴里念了一句"请祖宗圣裁"，随着双手一松，"信杯"落地，"啪"的一声又弹跳了几下才停住，郝忠低头一看：两块"信杯"一块里朝上，一块背朝上，合起来这就叫作"一信"，是"同意"或者"准"的意思。

　　郝忠弯腰捡起"信杯"，按照刚才的方法又求了两次均一模一样。毫无异议，祖宗们是完全同意女方提出的这两个日子的。

　　郝忠严峻的脸上绽开了笑意。他转身对黄氏说："祖宗们都同意了，就这样定了，明儿我到西湾村跑一趟，送个信。咱们这边也该抓紧准备才是。"

黄氏也高兴地点着头，可忽儿心里却又七上八下了起来。她是在担心：阿礁会同意吗？

　　果不然。

　　当两人回到黄氏家里的时候，阿礁也正好刚刚踏进家门，郝忠便把他喊到了厅堂上，自己坐在太师椅上，先点着一锅烟，然后用烟杆指了指旁边的凳子示意阿礁坐下。

　　"阿礁，刚才我和你阿母到祠堂里去点了香，问了祖宗，把你和萧秀姑的喜日子定了。'轿前盘'定在十二月十二日，"合婚大礼"就定在十二月十八日。明天我带你去西湾村给人家复个信儿。"郝忠背靠着太师椅，边吸着烟边说着。

　　阿礁一听，脸立时拉了下来。

　　"我不去！"

　　"为什么？"郝忠正吸着烟，一听阿礁说不去，立刻把烟嘴从口里拉了出来，厉声问。

　　"我早就对你们说过，我不娶萧家姑娘！可你们却偏偏要逼我！"阿礁把脸别到一边，对着厅堂的墙壁说。

　　"你敢！"

　　郝忠火了，右手猛一拍桌子，吼道："你连我的话都敢不听了！"

　　"您又不是我阿爸，我干吗要听您的！"阿礁赌气地应道。

　　郝忠一听，气得七窍冒烟，可又无话可说。不管怎么说，自己毕竟不是他的生身父亲呀！黄氏见两人吵了起来，急忙拉过阿礁小声责道："礁儿，你怎么能这样跟你三叔公说话？没大没小的！"

　　阿礁也急了，甩开了阿母的手。

　　"你们为什么一定要逼我娶萧秀姑呢？我根本就不认识她，更不喜欢她！"阿礁烦躁地说着，"要是阿爸还在，他肯定不会这样逼我的！"

　　阿礁的后半句话无意中勾起了黄氏的伤心往事。只见她默默地转到一边去，眼眶儿红了起来，继而聚集起满眶的泪水"扑簌扑簌"

地掉了下来。

阿礁猛然发觉自己说漏了嘴，伤了阿母的心，不由得深感自责，走到阿母的身旁，低声认错。

"阿母，是我不好，伤了您的心！"阿礁说着，转而又道："可我真……真的不喜欢萧秀姑，真的不……不想娶她呀！"

黄氏揩去泪水，眼睛红红地望着阿礁无不伤感地说："阿母知道你心里想的，喜欢的是……可是……可是这由不得你也由不得我呀！"

"不，不！"阿礁几乎是在大声喊叫："只要阿母你同意我不娶萧秀姑，别人谁也管不着！除非……除非我阿爸要我娶她！"

郝忠正好抽完烟，一听这话，怒火中烧，霍地站了起来。

"好……好！我不是你阿爸，管你不着！我……我不管了！"郝忠喊着，双手一背，气呼呼地朝门口大踏步走去。

还未从伤感中恢复过来的黄氏一见郝忠要走，急得不知所措地跟在背后喊着："他三叔，你不能走呀！你……你是……是……"

黄氏说到这儿猛地卡住，随着双手突然捂住自己的嘴巴，脸色苍白如残云。

"你说什么？"郝忠立住脚，扭转头望着黄氏，疑惑地问。

黄氏好像刚刚从噩梦中醒来一样，浑身颤抖着不能自主。

阿礁冲上前去，挽住黄氏的胳膊，睁大着惊慌的眼睛问："阿母，您怎么啦？"

黄氏经两人这么一问，似乎才缓过神来。她望了阿礁一眼，然后对郝忠说："您是看着礁儿长大的，这样的大事您不管，叫我怎么办才好啊！"

阿礁隐隐约约感觉到阿母刚才似乎想说什么，可为什么临口又改了。他正想张口问，站在院门口的郝忠发话了。

"不是我不管了，是他太不听话了，根本就不把我这个长辈放在眼里。他既然要问他的阿爸，那就让他问去吧！我不管了！"郝忠说完，负气走了。

"天啊，这叫我怎么办呀！"黄氏望着郝忠远去的背影，喃喃地自语了一句。

阿礁挽着黄氏的胳膊扶着她走回厅堂坐在椅子上。自从说起萧家这门亲事，阿母总是随着三叔公怎么说就怎么应。每次自己一提起阿爸，阿母总有一种难言之苦的表情。这到底是为什么呀？阿礁想着，他决心要问个清楚。

阿礁给黄氏倒来一杯开水递到黄氏的手上："阿母，您喝口水吧！"

黄氏接过来喝了几口，脸色缓和了一些。她抬眼看着阿礁说："礁儿，你好像有什么话要问我？"

阿礁的嘴唇动了几下，似是想说又有点犹豫不决。

"问啊！到底想要问什么事呀？"黄氏看出了阿礁的犹豫。

"那我就问了。阿母您可别生气啊！"阿礁说着，在另一张椅子上坐了下来。

"你问吧，阿母不会生气！"

"每次我一提到阿爸，阿母您怎么总是把话岔开？而且，好像……好像有什么话总……总是说了一半又临时改口，这到底是为什么？"阿礁说着，目不转睛地望着黄氏。

黄氏的心猛地一紧缩，像是突然被窥破什么天大的隐私一样，一时竟不知如何回答。过了好一会儿，黄氏避开了阿礁的眼光，若有所思地望着厅堂的大门。

"礁儿，你一提起你阿爸，阿母心里就特别难受，连话也说不了，所以，总是说了一半就伤心地说不下去。唉……"

黄氏这话并不能完全打消阿礁心中的疑惑，但他不能再继续追问下去，他不能让阿母再伤心难过了。

"阿母，您为什么老听三叔公的话呢？难道您就这么怕他？"

"他是咱们郝氏家族的长辈，多少年来，他说的话族里的人有谁敢不听？也听惯了。再说，他和咱们也比较亲近，哪能不听呀！"黄氏深有感触地应着。

"不见得！"阿礁不以为然地表示反对，"他管得也太宽了，连我的婚姻大事也要他一手包办！"

黄氏听罢，长叹了一口气。

"礁儿，你还是听你三叔公的话吧！要不将来……"黄氏又说了一半。

"将来怎么了？"阿礁追问了一句。

"你要是不听他的话娶了萧家姑娘，将来你会吃苦的！你要是真的和别的女孩子有什么瓜葛，万一再做下什么见不得人的事，让他知道了，两个人都是要被沉海的呀！"黄氏无限爱怜又担忧地说着。

"我不怕！"阿礁负气地说。

"可我怕呀！"黄氏心有余悸地说："他可是个六亲不认，连自己的老婆都舍得拉去沉海的人啊！"

"太残忍了！"阿礁愤愤地说，"简直没有一点人性！"

黄氏似乎没有听见阿礁在说什么。她的眼前恍惚又浮现二十几年前那个漆黑如墨的夜晚，恍惚又看见郝忠沉妻那恐怖又令人心碎的情景。她不由自主地一阵寒战，身子急促地抖索了起来。

阿礁吃了一惊，急忙离开椅子走到黄氏跟前。

"阿母，您怎么了？哪儿不舒服吗？"阿礁焦急地问。

"没什么，有点头晕。"黄氏说着，用手指揉了揉太阳穴，又捏了捏鼻梁，沉声说："礁儿，你就别跟你三叔公顶着了，阿母不想……不想……唉！"

"阿母，您别说了！"阿礁望着黄氏苦痛的样子，难过地劝慰道："阿母，您回房躺一躺吧！"说着，扶起黄氏走进了里屋，安顿躺下然后回到厅堂。

"就是把我沉了海，我也只要海妹子！"阿礁在心里告诉着自己的同时也在问着自己："万一真的出了事，他们会放过海妹子吗？要是他们不放过她，那……我该怎么办？"

阿礁感到束手无策了？他彷徨不安地在厅堂里走来走去，不停地搓着手。离"轿前盘"已经没有多少时间了，怎么办，怎么办呀……

三

郝忠真的会撒手不管阿礁的事吗？

不，他不会！

多少年来，他在郝家湾说一不二。为了自己的威望，他连自己的老婆都沉了海。此时此刻，他躺在那张硬板床上，往事如烟云一样从他的眼前闪现，尽管只是那么一刹那间，却又是那样清晰可辨。

他似乎又看见了翁氏那张哀怨的脸，看见她被装在竹篓里即将沉入海水中的那一瞬间；他似乎又听见了她那曾有过的甜蜜呼唤，听见她那断肠般的哭诉……一种从未有过的自责，从未有过的痛苦涌上了他的心头……

"难道我这样做都对吗？"他自己问着自己。"难道仅仅是为了惩罚她和别人通奸？"他用拳头捶打着自己的头。连他自己也说不清，他当时为什么会那样做？到头来自己得到了什么？如今只是孤苦伶仃的孤老头一个！"

"我付出的是什么？而我得到的又是什么？"曾经有过的至高无上的权威也如同烟云一样在很快消失。如今，连阿礁这样的后辈都敢顶撞自己了，那我还剩下什么呢？难道我就这样算了？就这样把自己一生的心血都付诸东流了吗？

"不，不！他几乎是声嘶力竭地狂喊了一声，像做了一场可怕的噩梦刚刚惊醒一样猛地翻身坐了起来，一骨碌下床踏上木屐，提起烟杆，走出了里屋。

忽地，他又停住了脚步。

"我这是要到哪儿去？"他茫然地问着自己。"去告诉别人，叫别人替我出主意，想办法？不，不！这样一来，我的老脸往哪儿放？"

郝忠不由自主地朝后退了几步，一屁股跌坐在厅堂椅子上。他默默地提起烟杆，朝烟锅里填上褐黄色的烟丝……

厅堂外面，天色已经开始暗了下来。郝忠苦苦思索着，烟锅在灰暗的夜色中一闪一灭的……

就在这时，厅堂外响起一声断断续续喘气般的呻吟。

"三……叔……"

郝忠吃了一惊！他竭力使自己镇定下来，朝着厅堂外那一团黑乎乎的东西猛喝了一声："谁？"

"是……是我！我……我是猴……猴三……"那团黑乎乎的东西抖动了一下，颤声发出了这么一句。

郝忠一愣神：这家伙什么时候又回到郝家湾了？这个时候跑来找我干什么？郝忠想着，摸出火柴擦着，点亮厅堂的油灯。

微弱的灯光辐射到厅堂门口。这下郝忠看清楚了。

猴三穿着一身千疮百孔的破旧衣服，满脸灰尘畏缩在厅堂门栏下，一根石榴树干做的木拐架子斜放在一旁，活脱一个潦倒的"叫花子。"

"你怎么弄成这么个样子？"郝忠皱了皱眉头问。

"我……一言难尽呀！"猴三哭丧着脸答着，用两只手撑着地板朝厅堂里爬了爬，说："医院说我没交钱，就稀里糊涂地把我的一条腿给锯了扔掉，随便涂了点什么药就把我给赶了出来。害得我好惨啊！"

猴三可怜兮兮地说着，用手拍了拍右边的空裤筒，三角眼淌出一串黄浊的泪珠子。

郝忠这才定睛一看：果真少了一条腿。

"这也是你自作自受，怪不得谁呀！"郝忠不以为然地说着。

"我……我也知道，我这是罪有应得！"猴三又朝里面挪了一下身子的位置，仰起头可怜巴巴地说："只求三叔您宽宏大量，帮帮我！我猴三下辈子做牛做马来报答您的大恩大德！"

郝忠瞅着猴三那副可怜相，听着他的苦苦哀求和吹捧，忽然又有了一种令人兴奋的满足感："总还是有人要求我的！"他重又点燃一锅烟。随着一闪一灭的火星，郝忠又恢复了威严不可侵犯的神态。

"你想要我怎么帮你？"郝忠又瞅了猴三一眼，慢条斯理地问。

猴三一听，知道郝忠松了口，看来自己还是有希望的。

"只要三叔您老人家轻轻点一下头，就可以给我猴三一条活路了！"猴三急忙又逢迎了郝忠一句。

郝忠的满足感又上升了十二分。但他仍旧摆出一副至高无上的严峻脸谱。

"我哪有这么大的本事！嗯……"郝忠嗯了一气，又说："你进来说吧！"

猴三急忙爬了进来，一手扶着厅堂边的一条长凳，一边拄着拐架子立了起来坐在凳子上。此刻的猴三，眼泪早已不知跑到哪儿去了，脸上的苦丧情绪也一扫净光。他转动着忽闪忽闪的三角眼窥视着郝忠的脸，小心翼翼地问："朱富那老狗原先那间做鱼行生意的房子不是还没卖吗？"

人死如灯灭。猴三对朱富的称呼也顺应众人改了口。

郝忠一听，立马愣住了。自己怎么就把这事忘得一干二净呢？原先说好卖了房子给猴三治腿的。难怪医生草草把他的腿一砍了事。郝忠想着。

猴三见郝忠没吱声，没敢再说话，只好眼巴巴地瞅着郝忠那沉沉的脸。

"那房子是还没卖。怎么，你……你是想买吗？"好一会儿，郝忠这才吭了这么一句。

猴三一听，嘴张得老大。这老家伙存心是想整我！猴三心里骂着。可人在屋檐下不得不低头。他又摆出了那副可怜巴巴的样子。

"三叔呀！您……您这是……哎！"猴三哭丧着脸，说："您瞧我现在都成这个样子了，哪还有钱买得起房子呀！"

"那你想怎样？"郝忠不痛不痒地问。

猴三挤了挤眼眶子，小眼顿时有点潮湿了起来。

"我想求求您老人家开开恩，把那房子先借给我住一住。您看我，现在连个栖身躲雨的地方都没有呀！"

"这怎么能行呢？"郝忠像是十分为难地说，"那毕竟不是我自己的房子呀！"郝忠的话刚落音，猛听一声"扑通"，急忙睁开半眯的眼睛：原来是猴三从凳子上滚落了下来，业已爬到了自己的脚下。

"三叔，求求您老人家行行好，赏我一口饭吃，给我一片瓦避雨吧！求求……求您了！"猴三一把鼻涕一把泪水，抱住郝忠的小腿苦苦哀求着。

看到猴三这样哀求着，郝忠的虚荣心几乎达到了顶峰。他伸出一只手挥了挥，做了个气度非凡的手势，说："好吧，看你也怪可怜的，你就先去住着吧！"

猴三一听，如同捞到了一根救命稻草。急忙放开郝忠的小腿，就地"咚咚咚"磕了三个响头，嘴里不停地说着："多谢三叔，多谢三叔！"

一条腿换得一间房子，不知是否划得来？

"举手之劳，不用谢了！"郝忠做了个不以为然、居功不傲的手势。

蓦地，郝忠忽然想起一件事，便叫住正在爬起身来的猴三。

"喂，猴三，我问你一件事！"

猴三刚刚撑起身子，听见郝忠问他，急忙用拐架子支住身子。斜着身子问："三叔，您问我？"

"朱富死了，那个海妹子有没有去他坟头上哭坟呢？"郝忠略为踌躇了一下问。

猴三原以为郝忠是想问什么重要的事，没承想是这个小事，便不假思索地答道："您问她呀！"猴三晃着头，一副刻薄的样子应道："她哪还有什么心思去给朱富哭坟哟！"

"真是连一点礼仪廉耻都不顾了。虽说这朱富也不是什么好东西，但人家毕竟是下了聘金，你收也收了，岳父岳母大人人家叫也叫了，拜也拜了，你的身子也让人家给破了，实实在在已经是人家的人了，全村的人也都知道这件事，也都默认了你是朱富的女人了，就算是你将来再嫁，那也只能算是寡妇再嫁了，面子上的事总要过得去才是嘛！"郝忠不知是在说给猴三听，还是在说给自己听。

"那是，那是！"猴三一个劲儿地顺着郝忠的话逢迎着。

"那她这些日子都在干些什么？"郝忠说了一大串后又问。

"干什么？"猴三挪了一下拐架子，好让自己站得舒服一点。"她还能干什么？朱富还在世的时候，她和阿礁就勾勾搭搭的黏在一起了，自打朱富去见了阎王爷，两人更是明铺暗盖，天天泡在一起了！唉，女人呀……都是水性杨花的，靠不住呀……想当初……"

猴三没完没了地说着。殊不知，郝忠早已气得吹胡子瞪眼了。

"好你个混账东西，原来你真的和那个狐狸精勾搭上了！难怪你死活不肯娶萧家姑娘！"郝忠在心里骂着："你这个不找，那个不要的，却偏偏去勾引别人的老婆，偏偏就上了这寡妇的床！让我逮着了，看我不把你们都丢到海里喂鱼去！"

郝忠牙咬得"咯嘣嘣"直响，坐在那儿两眼直冒青光。

"你这话当真？"忽地，郝忠猛喝了一声。

正叨个不停的猴三吓了一跳，嘴立马像被塞进一个大鸡蛋似的合不拢也张不开。好大一会才缓过神来，先是结结巴巴，而后是赌咒发誓。

"当……当真……我猴三要是骗……骗了您，天打五雷轰，不……不得好……好死！"

郝忠确信无疑了。然而，"抓贼见赃，抓奸成双"，没有凭证，一切都是空的。可这总不能自己去干呀！郝忠想着。终于，他把眼光投到了猴三的身上。

"猴三，你给我盯着他们，发现他们有什么越轨的事儿，就立刻来告诉我！"郝忠盯着猴三，板着脸说。

"这……"猴三万万没有想到郝忠会叫他去干这等事，一时支吾着不知如何是好。

还没等他"这"出个什么，郝忠又厉声逼了一句。

"怎么，你不干！"郝忠的眼光带着无可辩驳的强硬，那眼光分明是在告诉他："你猴三要是不干，那房子你也就别想去住！"

"我干，我干！"猴三惶恐了，急忙应道："我这就去，这就去……"

"那你就去吧！"郝忠挥了挥手中的长烟杆。

猴三张了张口想说什么又咽了下去，无可奈何地转过身去，挂着拐架子"笃笃"地朝外走去……

郝忠望着猴三消失在黑暗之中，身子突然像散了架一样整个儿瘫软了下来。

"反了，反了！竟敢做出这种败坏祖宗阴德的丑事！大逆不道，大逆不道呀！祖宗的脸面都让他给丢光了。绝不能轻饶了这小子，绝不能……这样下去还了得！一定要……要杀一儆百！非杀一儆百不可……"

郝忠愤恨地自言自语着，可身子却越来越软绵绵了起来，他感到从未有过的困乏和无力……

四

常言道："有福不用找，有祸躲不过！"

这天晚上，阿礁和海妹子像往常一样，天色刚漆黑下来就悄悄上了望夫楼，相依相偎在草席上。此刻，她偎在阿礁的怀里，借着从破陋的窗缝中渗进来的灰色星光，仰着脸望着阿礁。

"阿礁哥，我们总不能老是这样偷偷摸摸地在一起呀！"海妹子忧心忡忡地说。

"是啊……"阿礁身在海妹子身边，可心里却在想着那件事。

"我们赶快结婚吧？"海妹子说。

"这……"阿礁像是有难言的苦衷似的，"再等一等吧！"

海妹子急了，从阿礁的怀里直起身来，望着阿礁。

"那要等到什么时候啊？"海妹子心有余悸地说："我害怕……"

"怕什么？"阿礁问，"怕我不要你了？"

"不，不是的！我总是担心会……会出现什么可怕的事……"

没等海妹子说完，阿礁一把将她揽进怀里紧紧拥住。一边爱抚着她的长发，一边安慰道："别胡思乱想了，不会有什么事情发生的。再说，我们早就已经……"阿礁说到这儿，双手捧起海妹子的头，双眼望着她那张圆嫩的脸蛋和那微微颤动的小口，慢慢地将自己火辣辣的嘴唇凑了过去……

海妹子知道阿礁想做什么。她忽地伸手推了阿礁一下，娇嗔地说："你坏，你真坏！说着说着就又想到哪儿去了！你……"

然而，没等她再说下去，阿礁已经把她重新拥进了怀里，宽厚的嘴堵住了她的小口。海妹子娇扭了几下，便顺着势儿整个躺倒了下去……

于是，他的大手探进了她的胸脯，紧接着，扣子脱落了……一切都脱落了……继而是粗粗的喘息和低低的娇吟……

天上人间，唯有此情此爱是属于他们的了。

然而，他们做梦也不会想到，这也许是他们最后的一次身心交融的情爱了。

就在两人忘乎所以、如痴如醉的巅峰时刻，忽然，从楼下传来一阵嘈杂的脚步声，紧接着便是疯狂高亢的叫喊声。

"捉……奸……啰……"

好似天崩地裂，恍如晴天霹雳，两个正浓情蜜意的人儿刹那间魂飞魄散。还没等他们醒悟反应过来，楼下狂呼的人已经明火执仗冲了上来，几支明晃晃的、燃烧着赤红而又惨白火光的油松火把，把整个楼层照得如同白昼……

谁也想不到，这幢充满神鬼恐怖色彩，多少年来让人望而生畏的望夫楼，竟然是他们谈情说爱的地方。

也许，这正是老天的有眼无珠吧！

原来，猴三自那天晚上从郝忠那儿"领命"出来以后，就天天憋着一肚子气，一天到晚骂骂咧咧地像幽灵似的四处飘荡着暗中窥探阿礁和海妹子的行踪。可是，一连几天却都是一无所获，把个猴三急得像热锅上的蚂蚁。

这天晚上，猴三来到了阿礁的院门外。

"干他老母的老不死的混蛋！叫老子干这种倒霉的差事！"猴三站在院门外骂了一通，才一拐一拐地走进院子，敲响了门。

黄氏正在灯下为阿礁的婚事烦恼惆怅，听见敲门声以为是阿礁回来了，急忙上前打开了大门，一看是猴三，不由得愣住了。

"怎么会是你？"

"是我，猴三。"猴三把拐架子朝前移了一点，三角眼朝厅里窥视了一下，问："黄嫂，阿礁在家吗？"

"唉，吃完饭就出去了。你找他有事？要不要进来坐一会儿？"黄氏长叹了一口气说。

猴三一听阿礁不在家中便断定是到海妹子那儿去了。于是嘴里应着"没什么大事，他不在就算了，我改天再来，改天再来……"身子却早已转了过去，晃着拐架子"笃笃……"地走了。

黄氏感到有些莫名其妙，望着猴三的背影，自语了一句："礁儿从不和他来往的呀！"说完，摇了摇头反身把门掩上……

猴三离开阿礁家，便没命地往村西头的海妹子家赶，一不小心拐架落了空，整个人摔了个狗啃地，"哎哟哟"直叫唤。好不容易爬起来，拍了拍身上的尘土，又骂开了。

"干他老母的，要不是为了那房子，老子才不伺候哩！想当初……"

猴三骂骂咧咧一颠一拐地到了海妹子的家院子。为了不惊动里面的人坏了自己的事，他把拐架子收起夹在胳膊窝里，然后俯下身子，两只手一条腿"吭哧吭哧"地连爬带拖到了大门口。先是腾出一只手轻轻推了一下门：不动。想了想，便把三角眼拼命睁大紧贴着门缝往里瞧：里面一片漆黑。继而又别过头，把耳朵支在门缝上，细听了起来。

然而，里面连一丁点儿的响声都没有。猴三不耐烦了，一只手撑起拐架子，另一只手撑着门扇站了起来，可就在他挺身站起的时候，头撞在了一个冰凉的铁疙瘩上，疼得他忍不住一声"哎哟"，随手一摸：原来是一把大铁锁，气得他拿起拐架子朝铁锁挥了下去，只听"哐当"一声，铁锁不停地摇摆了起来。

猴三像泄了气的皮球一下子软了下去，"咚"的一声跌坐在地上，摸了摸头上撞起的肿包，疼得"哎哟哟"地叫了起来。

"干他老母的，死到哪儿去了？让老子到哪儿去找？都是郝忠这老不死的变着法子整我！要抓，自己为什么不来？"猴三愤恨地骂着却又无可奈何地撑起身子，一颠一拐地朝外晃去。

命根子捏在人家手里，有什么办法呢？

猴三抬头看看天，几颗淡黄色的星星像是摇摇欲坠。快半夜了，看来今晚又是徒劳一场了。猴三想着：唉，管他呢，先找个地方度过一个晚上再说。

可是，到哪儿去呢？这天越来越冷，身上的衣衫又破漏不堪冻得他直发抖。蓦地，他想起了那被人们遗弃的望夫楼。于是便拐了个方向，朝古榕树这边走来。

好不容易走到望夫楼，猴三却又怯步了。飕飕的海风在楼里穿堂般地轰鸣着，发出一阵阵阴森森的怨鬼冤魂般的哭吟声。猴三不由得一阵阵头皮发麻，毛骨悚然。黑暗中似有无数双看不见的魔爪正朝自己伸了过来。有翠香的，有乌贼的，还有那瘦长的是朱富的。黑色的四壁好像星星点点地闪着一双双绿色的眼睛正紧盯着自己的脖子随着探过来的巨手都触到了自己的咽喉。

猴三只觉得整个身子都快支撑不住昏昏欲倒，另一条腿似乎也成了拐架子毫无知觉猛烈地颤抖着。额头上冷冰冰的，手一摸就是一把冷汗。

"不，不！就是冻死在外面也不能到里面去。宁可挨饿受冻也不能让鬼魂给活剥了！"猴三心里哆嗦着，魂不守舍地掉转身子想尽快离开这个是非之地。

然而，就在这时，楼上却传来了一阵轻轻的、叽叽咕咕的说话声……猴三心头一凛：莫非自己真的撞上鬼了？可又一听，倒像是有人在说话。于是，他壮着胆子拼着命侧耳细听了起来。慢慢地，他的三角眼发光闪亮了，尖瘦的嘴咧开了一丝奸笑……

真是天不佑人！

猴三确信楼上是阿礁和海妹子在偷情，大喜过望："真是踏破铁鞋无觅处，得来全不费工夫！"

猴三如获至宝。刚才的恐惧和惊慌一扫而光。他急忙掉转身子，深一脚、浅一脚地如丧家之犬朝郝忠的家没命奔去……

第十九章 · chapter nineteen

一

已是子夜时分。

月落星沉，天黑得像一口倒扣的锅。呼啸的海风带着沁骨的寒意盲目地在夜空中肆意横行。被惊醒的人们无一不感到一种彻骨的寒痛，似乎这咸涩的海风携带着无数的芒针。

郝氏宗族祠堂内。

十几把油松火把吐着长长的火舌，把整个即将破败的祠堂照得如同白天。那火舌，随着从厅门、天井窜进来的寒风时而连成一片，时而分开。厅堂正中的长条案桌上，两支明晃晃的红烛不停地摇曳着、晃动着，照射着偌大的神龛中那一条条参差不齐、长短不一的列祖列宗的"木主"上，忽明忽暗的。这该死的风又不知死活地不时撩起遮挂在神龛两侧的幡帐，把积在上面的烟尘舞得到处乱飞，给这明晃晃的烛光平添了一层灰暗，变得灰沉沉的。

上厅两侧靠墙的地方，一溜烟摆着两排大小不一，颜色大多也是灰黑或者深棕色的太师椅。椅子上，如同梁山泊英雄摆座次一样正襟危坐着一个个胖瘦不一，大小不等，或长着灰白、或留着灰黑胡子的老汉。那脸，一张张像被刚刚泥塑过的土疙瘩，一动也不动地、死死地板着似是十八罗汉神态各异又让人觉得是毫无表情。

天井早已挤得水泄不通。男人、女人，一个个踮起脚尖，拉长脖子朝上厅张望。没有一个人说话，甚至连大声一点的喘气都没有。

整个祠堂庄严肃穆，静悄悄的好像眼前的这一切都是一种幻觉。一种沉重的压抑让人喘不过气来。尽管这燃烧的油松把不时舔着人们的脸庞晃动，但仍然使人感觉阴森森的、冷飕飕的……只有一双双带着惊奇、恐慌、畏惧的眼光紧紧注视着厅堂正中的那位老者。

郝忠一身长衫马褂瓜皮帽，神色凝重地坐在上厅正中的那把太师椅上，两眼冒着幽寒的光直射着敞开着的祠堂大门，双手紧握着那把长烟杆，一动也不动的好像在等待着什么？

很难说过了多长时间，他才把那幽深的寒光从大门外收回，朝坐在自己两旁的那两溜老汉扫了一遍，然后，猛地一声断喝：

"把那对狗男女带进来！"

立刻，大门外响起了接二连三的粗鲁吆喝声。

"快走，快走……"

拥挤的人群像被刀劈一样迅速向两边退去，让出一条窄窄的通道。

几个壮汉推搡着被五花大绑的阿礁和海妹子走进了大厅。

猴三得意扬扬，像是做了一件惊天动地的大好事一样紧紧地一颠一拐地跟在后面。冷不防，不知是兴奋过度忘乎所以，还是有人故意捉弄，架在胳膊窝下的拐杖突然朝前一滑，身体立马失去重心，身子一仰，"嗵"的一声摔了个三脚朝天，疼得嗷嗷直叫。

一阵哄堂大笑被猴三的丑态引发了起来。笑声中似是掺杂着特别醒人的咒骂。

"缺德鬼！干这种伤天害理事！"

"断子绝孙的人才做这种丧尽天良的缺德事！"

"狗改不了吃屎！"

……

猴三明知是在骂他，也只能是哑巴吃黄连，有苦说不出。好不容易像狗一样翻爬起来，灰溜溜地朝外颠去。

这一下，庄严肃穆的气氛被搅得荡然无存，拉开了话匣子的人们乱成了一锅粥，没完没了地发表议论，气得那两溜泥塑般的人也裂开脸，一个劲地摇着头。

"太不像话，太不像话了！"

郝忠气得两眼都直了。猛地，他扬起手中的长烟杆朝地面砸下。

"啪"的一声，烟杆尽头的那个铜烟锅重重地撞击在红砖地板上，溅出几颗火星子。随着，一个苍老而又愤怒的声音从烟杆顶端爆发了出来："吵什么！"

像是着了魔法，乱哄哄的厅堂竟在瞬间戛然而止没有了一点响声。黑暗中，隐约可见几个年轻后生在咂着舌头。

整个祠堂大厅又回到了刚才的庄严和阴森。

几个壮汉把阿礁和海妹子推到郝忠跟前。

明晃晃的油松火把光下，人们清楚地看到，阿礁和海妹子被一条粗粗的船缆绳绑着串在一起。

拇指粗的浸过海水的船缆深深地勒进了海妹子那白藕般的手臂。一道道深深的、青紫的凹痕不时渗出津津血丝，浸进棕红色的绳絮里。松软的长发凌乱地披散在肩上、身后，遮掩着苍白的脸。眼圈紫黑。一只脚穿着一只蓝色的万里鞋，另一只鞋则掉在了门槛外。

阿礁头垂着，牙咬着，嘴角有一丝血在缓慢地流淌着。

面对着这对被人们当场逮住的"奸夫淫妇"，郝忠再也无法忍住满腹的愤怒。幽深的寒光从他们脸上一闪而过。

"跪下！"郝忠大吼了一声。

两个年轻的情人像是聋子一般，仍旧一动也不动。

"你……你这孽畜！祖宗面前还敢不下跪！你……"郝忠用长烟杆指着阿礁骂着，直气得连声音都在发抖，忍不住扬起手中的烟杆狠狠朝阿礁的头砸了下去。

"啪"的一声，阿礁的额头上立时隆起一个青紫的血包，一阵突如其来的头晕目眩，身子不由自主地一晃朝前踉跄了两步。

没承想，阿礁这一踉跄竟把和自己串绑在一起的海妹子也拖动向前。海妹子冷不丁猛地朝前一晃，"扑通"一声，一个站立不稳扑在了已是摇摇欲倒的阿礁身上，阿礁随即歪倒了下去。

"阿礁哥……"随着一声哀鸣，海妹子就势倒在了阿礁的怀里，两人脖颈相交，胸肩紧贴在一起。

这一变故，是郝忠万万始料不及的。看着他们目中无人般地胶联在一起，真是恨不得立马用脚踩出一个坑一头钻进去。

一时失态的郝忠恍然间想起这是大辱祖先的，于是，气急败坏地大喊了起来："快，快把这两个孽畜拉开！"

一直站在一旁的那两个壮汉闻声急忙上前。一拉才发现绳子是连在一起的，于是连忙反身找来一把利斧就地一砍。绳子立马断了，绳结松开了，散开的绳子成两截掉在了地上，连在一起的人儿也被分开了。其中一个壮汉拉起海妹子就往一边拖。

"阿礁哥……阿礁哥……"海妹子拼命挣扎着，挥着双手哭喊着。

"海妹子……海妹子……"阿礁大声呼喊着，猛地奋力将站在自己身旁的壮汉一推，"霍"地站起冲到海妹子跟前。

"回来！你这个大逆不道不知廉耻的东西！"厅堂正中，长长的烟杆又被高高举了起来然后砸在了案桌上，"咔嚓"一声，斑驳的桌面上立马被铜铸的烟锅砸下了一个深深的凹坑。

"把她给我拖出去！"郝忠对着那两个壮汉大声吼着。

"不，不！你们不能这样！你们要把她拖到哪儿去？"阿礁喊着，不顾一切地伸出双手，拦腰将海妹子拥住。

"海妹子，是我害了你，是我害了你呀！"阿礁喊着，喊着，泪水顺着紫铜色的脸庞大滴大滴地落在了海妹子的脸上。

海妹子抬起无力的头，同样泪水汪汪地望着阿礁。

"阿礁哥……我……我不怪……不怪你！我只恨……恨这世道，恨……恨他们！"随着声音，海妹子的手朝厅堂正中一指。

这一指，所有的眼睛齐刷刷地全集中到了郝忠身上。立时，郝忠全身颤抖，如坐针毡。

"你……你这个臭婊子！"郝忠急不择言了，"你这个有夫之妇胆敢勾引男人真是最大恶极，还敢在这儿胡言乱语！"

海妹子一听这话，哭声突然嘎然而止，她缓缓地直起腰，轻轻地推开阿礁朝前急颠了几步。

人们惊讶地发现：海妹子那两颗原本清亮明澈的眼珠此时此刻红得就像两颗燃烧的火球，把眼窝里盈盈的泪水蒸腾得无影无踪，只剩下两束血一般的火光，直向厅堂正中的老者进射而去……

这是哀怨的火，仇恨的火，抗拒的火。

整个厅堂死一般寂静，只有这燃烧的火焰在蔓延，直烤得周围的人们惶惶不安，一个个熬不住低垂下脑袋。

厅堂正中，那被烟熏得发黄、发焦，毫无生命感的长长烟杆似乎也被灼烤得承受不住，不停地抖动着、摇摆着。

"你……你……"烟杆的顶端，刚才那威严的声音不见了，苍老的韵味却越来越浓了。"你……你想干……干什么？"

海妹子一步一步缓慢地朝前挪动着。

"我要问你！"猛然间，海妹子大声吼了起来："凭什么我不能和阿礁哥相好？凭什么骂我是有夫之妇？凭什么，凭什么！"

"你有丈夫！"郝忠脱口而出。

"我没有！"

"朱富就是你的丈夫！"

"不，他不是！我没有嫁给他！是你们帮他强暴了我！现在他死了，你们却还要逼我……你们不是人！"海妹子手指着郝忠，继而又朝两侧一划。

"嫁鸡随鸡，嫁狗随狗。嫁给死汉抱公鸡！这是天公地理！"郝忠也吼着。

"你……胡说！"海妹子声嘶力竭愤怒地喊着："我就是死也不认你们这个理！"几步急颠，海妹子朝厅堂正中那长长的烟杆顶端猛扑了过去……

烟杆挪位了，掉在地上了。随着"咚"的一声巨响，案桌猛烈地抖动了一下，棱角分明的桌角上，一股殷红的鲜血喷涌而出溅向四周。地上，那杆三尺长的、发黄的烟杆霎时被染红了大半截。紧接着，又是一声"扑通"，一个身子重重地倒在了地上，苍白愤怒的脸不见了。额头上出现了一个血肉模糊的凹洞，鲜红鲜红的血正是从这深深的凹洞不停地喷涌出来的。

这是人们始料不及的变故。

片刻的惊呆过后，阿礁发疯似的朝前扑去，双膝着地擦着粗糙的地面爬到海妹子身旁，抱起她那柔软无力的身子，紧紧地搂在怀里，大声呼喊着："海妹子……你为什么要这样……海妹子，你为什么要这样……"

人们完全惊呆了，直愣愣地望着眼前这一切。他们万万没有想到，这个平时温顺得像只羔羊的女孩子，竟会有如此刚烈的举动。

阿礁停止了呼喊，整个厅堂突然间变得鸦雀无声，只有从远处刮来的海风不时卷拂着油松把长长的火焰，发出一阵阵呼呼声带着一种令人难以忍受的忽冷忽热的气味侵袭着人们的身心。

一切都使人不寒而栗，触目惊心。就连那两排泥塑般的老者也不由得不动容变色。

慢慢地，人们开始挪动脚步，开始骚动了。继而，又有了一两声低低的抽泣声响起。两个岁数大一点的姊子挪出了人群，惶恐不安地走上厅堂一声不吭地在紧紧拥着海妹子默默流泪的阿礁身旁蹲了下来，解开系在衣襟上的手绢，小心翼翼地轻轻擦拭着海妹子头上、脸上的鲜血，然后将额头上的伤口包扎好。

也不知过了多长时间，海妹子缓缓地睁开了沉重无力的眼帘，失去光泽的眼睛哀伤地望着抱着自己痛不欲生的阿礁哥。

像是用尽了全身的力气，海妹子慢慢地嚅动开了被血迹胶黏住的嘴唇，深深地喘了一口气。

"阿礁哥，我……我没死……死吗？"海妹子呻吟般地说。

"没有，海妹子，你没有死！"阿礁连声应着，"海妹子，你不能死，不能死啊！"

"阿礁哥，你……你说得对，我……我不能……不能死！我要……要活下去，要和你永远在……在一起！"海妹子深情地望着阿礁，嘴里断断续续地说着："我……我还……还要告诉你……"海妹子顿了顿，像是在沉思着什么，又像是沉寂在一种难以言表的情感之中。良久，海妹子终于仰起头，神情激越地望着阿礁说："我要告诉你……我已经有了！我们已经有了……"说完，右手下意识地朝自己的腹部探去。

恰似平地一声惊雷，把整个阴森冷漠的祠堂震得猛烈地摇晃了起来。所有在场的人无一不是嘴张得圆溜，眼睛睁得老大，就连堂上那两溜庄重肃穆的老者也变了态，像是被什么勾住眼窝往一边扯一样，一个个不由自主地把眼光投射到海妹子的身上，像是那儿正在诞生什么伟大的奇迹抑或是什么灭顶之灾的魔头……

对于这些郝氏子孙来说，也许这是从未有过的惊讶。历数祖宗十八代，有哪一个敢在这众目睽睽之下，大言不惭地把自己越轨的隐私和盘托出？

人们开始窃窃私语了。

"这孩子的胆子也实在是太大了！"

"唉，都是有婚约的人了，怎么还敢干出这等事！还连孩子都有了！这要是传扬出去，我们郝家湾人的脸面往哪儿搁呀！"

"臭不要脸的东西，还敢说呢！"

"唉，这两孩子真是不懂事呀！"

"这一下，怕是大难临头了！"

……

郝忠也万万没有想到。眼前这两个大逆不道的男女不但勾搭成奸，甚至连种都有了。气得他吹胡子瞪眼睛，全身像得了畏寒症坐在太师椅上直打哆嗦。

"畜牲，孽种！"蓦地，郝忠歇斯底里地大吼了一声，随着声音，他弯下腰想捡起刚才被海妹子撞倒在地上的烟杆却差点倒栽下去，慌乱中一只手急忙抓住案桌。桌子猛地一晃，一支燃烧的蜡烛摇晃了一下倒在桌面上，灭了。

挨近郝忠坐着的一个老者见状急忙起身上前，帮郝忠直起腰来，然后扶起倒下的蜡烛，重新引燃插好，又捡起地上的烟杆，双手递给了郝忠后才朝后退了几步回到自己的座位上。

郝忠经刚才海妹子的一惊、一怒加之现在的一吓，脸色大变，铁青中无法掩饰地透露出苍白。他接过长烟杆，一股腥浓的血腥味直冲鼻孔，低头一看，这才知道烟杆的上半截已被海妹子的鲜血染红了，而自己的手此时正握在上面。郝忠极力想稳住自己，他挪动了几下屁股，正了正衣襟，挺了挺胸，把长烟杆一提，指着阿礁和海妹子气急败坏地喊道："把这对狗男女给我捆到柱子上！"

刚才那几个壮实的汉子走了上来，把紧紧拥抱在一起的阿礁和海妹子硬生生扯开，推向厅侧那两根粗大斑驳的圆柱。

伤心至极的阿礁奋力将推搡自己的人撞开，转过身，狠狠地盯着烟杆顶端那双深深凹下的眼睛，愤怒地质问："你想把我们怎么样？"

"怎么样？哼！"随着一声阴冷的反问，烟杆又重重地落下，戳在地板上，一个毋容置疑的声音随着爆发了出来："执行祖宗家法：沉海！"

人们全惊呆了。一双双眼睛全翻了白直了。整个祠堂像是沉入了深深的海底，死一般地寂静，静得令人毛骨悚然，令人胆战心惊。

远处，望夫楼前的海浪拼命地撞击着礁石，发出一阵阵轰鸣的声音，像是在呼喊着什么，又像是在呻吟着什么……

摇晃的油松把仍然在嗞嗞燃烧着，长长的蜡烛仍然在不停地淌着泪，冷冽的海风还在飕飕刮着，祖宗神龛前的幡巾还在混乱飞舞着；那一块块灰褐色的、代表着神圣不可侵犯色彩的"木主"牌仍在忽明忽暗中时隐时现……

掉了漆，露出了"筋骨"的那两根斑驳的大立柱上，两个当代的"亚当夏娃"被紧紧捆绑着，像是被绞在两条巨大的、吐着血红舌头的毒蛇上……

所有在场的人，心都提到了咽喉上。

天，已近黎明。再过几个时辰，这对叛逆的苦人儿就将被沉入那深深的苦海之中……

突然间，一声呼天抢地的哭喊从祠堂外传来："不能沉，不能沉海呀……天啊……"

刹那间，凝重沉闷、压抑恐怖的空气被击荡开了；如盘如墨的黎明前黑色苍穹被撕裂了；人们的心紧跟着猛烈地摇曳颤抖了起来……

随着这惨烈的哭喊声，一个披头散发、双手朝天扬起的人跌跌撞撞地冲进了祠堂，扑向厅堂，爬到了那根戳在地板上的长烟杆前……

二

来人跪倒在郝忠脚下，一只手握住郝忠戳在地板上的烟杆，一只手抓着案桌的一条腿撑起上半身，仰起头。

燃烧的油松把下，人们看清了：

那是一张毫无血色，苍白得如同白纸的、布满犁耙痕迹似的皱纹的、充满惊慌、恐惧、痛苦和乞求的脸。

郝忠眨了眨眼皮，垂眼瞅了一眼，沉沉地叱道："你来做什么？"

是啊，你来做什么？你能把这一切都逆转了吗？你能救得了你的儿子吗？可是，你不能不来，你一定得来啊！

其实，就在阿礁和海妹子被推进祠堂的时候，黄氏就来了。然而，她不敢进去，只能躲在人们不易觉察到的阴暗角落里，注视着眼前发生的一切。她知道事情已经严重到了何种程度，她在暗地里向苍天祷告着。

"老天爷，求求您开开恩，放过孩子们吧！大慈大悲的观音菩萨，求求您大发慈悲，救救两个无辜的孩子啊！求求……"

然而，老天仍旧一副黑沉沉的脸孔，而"土皇帝"郝忠却是放不过他们。一声"沉海"如同晴天霹雳，几乎把她当场震得昏死过去。此时此刻的她，再也顾不得什么颜面，什么尊严了，号啕着冲进了厅堂，跪倒在郝忠的脚下。这当儿，听见郝忠的斥问，更是伤心至极。

"他三叔，孩子还小不懂规矩，求求您大发慈悲，饶了他们吧？求求您了……"黄氏苦求着，头像捣蒜似的直往砖地上碰。

郝忠像是什么也没有看见，还是那副生铁般的脸孔，沉沉的，带着某种不可抗拒的威慑力。

"不行！国有国法，家有家规，岂能因人废置！快起来，别在这儿丢人现眼了！"

黄氏停止了磕头，抬起头望着郝忠。饱含着凄楚哀怨的眼光和他那双闪烁着青光的眼瞳碰击在一起。

他不明不白地感受到一阵突如其来的心虚和空旷，似乎突然从高空掉进万丈深渊一样头重脚轻，上身不由自主地晃动了一下。

她似乎看到了。

"他三叔，您就行行好，饶过孩子这一回吧！求求您……"她哭着哀求着。

她的苦苦哀求未能使他的心变软，反而填补了他瞬间的空虚感。他稳了稳上身，重又板着脸。

"再求也没用！你还是快回去！"郝忠的话冷得让人发颤。

厅堂前，被捆绑在圆柱上的阿礁望着阿母，心就像刀割一样难受。

他拼命挣扎着。粗粗的缆绳随着他的挣扎上下来回在肌肤上磨蹭着，使得青紫的伤痕益发宽大深陷。他的脸通红中带着青紫。

"阿母，别求他！别求他……他根本就不是人！他根本就没有人性……"阿礁大声喊叫着。

黄氏掉转头，哀怨怜悯地望着自己的儿子，苍白的嘴唇嚅动了几下欲言又止。她在心里痛苦而又凄寒地责喊着："礁儿啊礁儿，你为什么一定要这样做？为什么？为什么呀……"

黄氏重又回过头来，泪眼汪汪地望着郝忠，从无力的嘴唇中迸出一句话："一命抵一命，你一定沉那就沉我吧！让我替礁儿去死！"

"这……"郝忠万万没有想到黄氏竟会提出这样的要求，一时回答不上。

"不，不能！阿母你不能这样……让他们沉我好了……阿母，你不能这样啊！阿母……"阿礁哑着嗓门喊着，倔强的男儿竟双眼泪水夺眶而出，像海浪溅起的水珠，大滴大滴地落在胸襟上。

被绑在另一根圆柱上的海妹子早已无力挣扎，只有不停的泪水对着阿礁流淌，她在心里默默地呼喊着："阿礁哥，阿礁哥……"

郝忠踌躇了一会，开口拒绝了。

"不行，谁的罪过由谁来承担！"

黄氏一听，立时又号啕大哭了起来。她朝前爬了一步远，双手朝天举起，哭喊着："天啊！这叫我怎么办啊……叫我将来怎么去见那死去的男人呀……天啊，你睁眼看看啊……"

黄氏哭着喊着。蓦地，她像是突然想起什么似的猛地止住号哭，抬起头望着郝忠，抽泣着说："他三叔，求求您！求您看在礁儿他那早死的阿爸的分上饶了孩子吧！他阿爸是为了救人才死的呀！求求您了！"

"他阿爸？"郝忠神经质般地反问了一句，身子慢慢地向后靠在椅背上。

长长的烟杆被举了起来，一只嶙峋的手从烟袋里捻出一小撮黄色的烟丝塞进了被熏得发黑的烟锅又用食指压了压，然后，拿起搁在桌上的用花生藤梗做的火捻子，对着嘴轻轻吹了几口气又突然用力吹拂了一下，火捻子的顶端刹那间冒出一点红白相间的火苗。慢慢地，火苗被抖抖索索地移向烟锅，灼烤着烟丝，随着是一阵长长的吮吸声，烟锅里发出一阵轻轻的"嗞嗞"响声，一撮红色的火苗一闪一灭的，一股浓浓的白烟从烟杆的顶端冒了出来，紧接着，郝忠的双眼缓缓合上了……良久良久，只有那点火苗在一明一暗地闪烁着和那一股一股的烟雾在吞吐弥漫……

人们静静地等待着、张望着，连大气都不敢出，整个祠堂静得令人胆寒。

黄氏惶恐不安地望着郝忠，像"犯人"在等待审判一样提心吊胆。

终于，郝忠像是过足了烟瘾，慢慢地睁开了双眼，提起烟杆，在砖地上轻轻磕了几下，一团灰褐色的灰沫落在了地上。

"好……吧！"郝忠拉长着声音，像是经过深思熟虑才做出决定，"看在他阿爸是为救乡亲而死的，有功于咱郝氏家族的分上，就从轻发落吧！不过……得有个条件！"

黄氏一听，如同一个溺海者见到了岛屿，精神顿时一振。

"只要不沉海，什么条件都行！别说一个，就是十个一百个都行！"黄氏忙不迭地答应着。

"嗯……"郝忠嗯了一声，声音沉沉的。"那好，从今以后不准再和那个小寡妇来往，马上将西湾村萧家的姑娘萧秀姑迎娶过来！"

"就依您的，就依您的！"黄氏忙不迭地点着头，鸡啄米似的。

然而，被绑在圆柱上的阿礁听了却矢口拒绝，他怒吼着："不，不！我绝不！我宁可和海妹子一齐去死，也绝不……"

海妹子泪水汪汪地望着阿礁，含着深情，含着生死相依的爱！阿礁的呼喊震荡起她心中的情感波澜，像望夫楼前的潮流一样汹涌澎湃。她嚅动着被血迹粘连的双唇似乎在向阿礁诉说着什么。然而，她什么也没说出口。此时此刻，她实在无法用言语来表达自己心底里的千言万语，只能用深情的泪眼望着她的阿礁哥……

黄氏则如同刚刚从火炉边出来立马又掉进冰冷刺骨的海水一样，全身僵住。猛地，她像突然醒悟过来一样，发狂似的匍匐着爬到阿礁的脚下，伸出双手将阿礁的双腿连同圆柱紧紧搂在自己的胸前，哑着声音喊着："礁儿，你不要这样！你不能这样！快回答我，你快答应啊……"

　　垂着头，望着趴倒在自己脚下苦苦哀求的母亲，阿礁的心像被撬蚝刀深深扎进一样疼痛，他感觉到从眼窝里流淌出来的不是泪水而是从心胸中喷涌而出的鲜血。假如他不是被绑着，此时此刻的他一定会跪倒在阿母的脚下。望着阿母那开始发白的头发、那满脸的皱纹和那哭肿得如同青桃的双眼，阿礁的喉咙像被什么东西堵住一样，哽咽着说不出话来。

　　"阿……母……"良久，阿礁终于爆发出一声令人撕心裂肺的喊叫，"儿子对……对不起您……"

　　而这当儿，郝忠也怒气冲冲地站了起来，脸色铁青得就像一块刚刚烧红又立刻被浸入冷水中的铁板一样。只见他扬起手中的烟杆，指着阿礁抖索着。

　　"好你个孽畜，给你条活路你……你不要！好……好！我倒要看……看到底谁硬……硬过谁！"郝忠发狠地大骂着，猛地将手中的烟杆朝下一劈，大喊一声："把这两个孽畜拉到望夫楼前！"

　　几个壮汉畏畏缩缩地走到阿礁和海妹子身边，准备动手解绳子。

　　黄氏面如死灰。忽地，她掉转身飞快地爬到郝忠的脚下，紧紧抱住郝忠那只即将迈出的左腿。她知道，一旦郝忠走出祠堂，礁儿就没救了。

　　"他三叔，求……求您了！让我再劝……劝劝孩子，求……求您了！"黄氏苦苦哀求着，随着掉转头，朝阿礁哭喊着："礁儿，你快……快答应呀！礁儿，快……快答应啊！"

　　阿礁痛苦地摇了摇头。

　　"你……你！"黄氏又急又气，"你……你不为自己想，难道也不……为海妹子肚子里的孩……孩子想一想吗？你这个不懂事的孩子啊……"

好似当头一棒，阿礁立时傻愣了。刚才，海妹子不是告诉过自己了吗？阿礁想着，侧过脸望着海妹子。他似乎看到了那双被泪水淹没的眼睛在诉说着："孩子。阿礁哥，我们的孩……孩子，他（她）是无辜的，他（她）不……不能死啊……阿礁哥，救救我们的孩……孩子啊！"

阿礁痛苦地闭上了双眼。太残酷了，太残忍了呀！难道……难道这个未出世的无辜婴儿也要连同自己心爱的人一齐为自己殉葬吗？不，不能……可是……可是自己又该怎么办呀？

也许，他已经别无选择了。他狠劲地咬着自己的嘴唇，以至于一缕鲜红的血顺着嘴角流淌了下来。他重又缓缓地睁开双眼紧紧盯着海妹子，似乎在告诉她：海妹子，为了你和咱们那未出世的孩子，原谅我吧！我……

阿礁转过脸，朝正期艾艾望着自己的黄氏沉重地点了一下头。

"礁儿答应了，礁儿答应了！"黄氏朝着郝忠呼叫着，"快放了他们，快放了他们！"喊着，也不知从哪儿来的那么大的力气一骨碌从地上爬了起来，跌跌撞撞地冲到阿礁跟前，伸手去解捆住阿礁的缆绳。

然而，就在她的手指刚刚触及绳结的时候，一声威严而又凶狠的叱咤声陡然响起。

"住手！"

黄氏冷不丁心头一震，身子一颤，手一抖从绳结上滑落，惶恐地望着郝忠。

只见郝忠立在那儿，吹着胡子瞪着眼，手中的烟杆支着地，满脸僵硬如同僵尸。

"这里是宗族祠堂，不是你家的厅堂。上有列祖列宗，下有宗氏子孙，岂能容你一会儿是风，一会儿是雨！"郝忠怒气冲冲地说着，扫了厅堂下天井中黑压压的人头一眼又接着说："既然你有胆量拒绝，现在也就容不得你反悔了！"说着，扬起手中的烟杆狠劲朝地上的砖一击，"来人，拿上火把，把这两个孽畜拉到望夫楼前！"

随着郝忠一声叱喊，几个男人拥到了阿礁和海妹子跟前。

黄氏如梦方醒，一个急转身扑在阿礁身上，呼天抢地大号："不，不能啊！他三叔，你……你不能啊！孩子已……已经答应了呀！你……你就开开恩，放过他们……"

"把她拉开！"郝忠喊着。

于是，有人来拉黄氏。

黄氏死死抱住阿礁。然而，心力交瘁的她怎能抵得过两个壮年汉子，终于被拉开了。眼看一切都已无可挽回，绝望中的黄氏突然一弯腰，猛地用头将挡在自己面前的人奋力一撞：

冷不防，那人被撞得连连向后倒退了好几步，而黄氏则由于惯性的俯冲力，"扑通"一声扑倒在地，立刻，嘴唇磕破了，脸也磕伤了，一缕缕鲜红的血顺着嘴角淌了出来。只见她挣扎着仰起头，发疯似的爬到郝忠跟前，撕心裂肺地呼喊了起来。

"不，你不能！你不能沉了礁儿！他……他他是你……你的……你的亲……亲生儿子呀！你……你不能再沉……沉了自己的亲……亲生儿……儿子啊……"

黑沉沉的天空突然裂开一条雪亮的裂隙，紧接着，一声巨大无比的闷雷由远而近朝祠堂滚来，仿佛就在人们的头顶炸响一般，震得人人胆战心惊，呆若木鸡；震得整个陈旧的祠堂摇摇晃晃，好似瞬间就要坍塌一般。

雷声过后，却又是出奇的沉寂，好像这一切根本就没有发生一样静得令人惶恐不安。一双双睁得不能再大、不能再圆的眼睛闪射着惊讶、疑惑，甚至是可怕的光芒全集中在一个焦点上，那就是郝忠的身上。

此时的郝忠，脸色先是苍白，继而是青白，慢慢地又变得铁青；那双原本闪射着鹰一般神情的眼睛此时此刻黯然无光；那根支在地板上的长烟杆在不停地颤抖着，紧接着，手和整个身躯也随着筛抖了起来……良久，良久，他就这么站着。然而他那张铁青的脸却在急剧地变幻着颜色……终于，他的整个脸庞涨得通红，那双刚才还是黯淡无光的眼睛也充满血，犹如两个淌血的洞口一样……

黄氏自喊过一声之后，突然缄口不言，如同做了天大的错事，犯了绝不可饶恕的大罪一样一直垂着头。连她自己也想不到，她会喊出这样的话。整个人不停地猛烈颤抖着……

祠堂里，死一般地静寂，只有油松把燃烧时发出的"噼噼啪啪"的响声使人犹如有一双双无形的大手在抽打着心房……

突然，厅堂上，一声干哑狂怒的声音歇斯底里地响起。

"胡说！你胡说……"

随着这声音，郝忠一个站立不稳，重重地跌坐在身后的太师椅上。郝忠的这一声吼叫，似是集聚了他平生的力气。他感到从未有过的心衰力竭，从未有过的疲惫不堪。一连串的干咳过后便是呼呼的喘气声。

这当儿黄氏突然爬起身来跪在郝忠的脚下，一反常态地双手合掌对着郝忠直打揖。

"我……我胡说！是我在胡……胡说！你……你打……打死我吧！"黄氏叨念着，极力否定刚才自己说的话却又像是在忏悔。"你……你不打，我……自己打……打！"说着扬起双手，一左一右地扇起自己的嘴巴。一边打着，一边断断续续地自语着："你……你胡说！我让你……让你胡说！我……我打烂你……嘴，看你还敢……敢不敢再……再胡说……"没有哭声，只有"啪啪啪"的清脆响声和黄氏的喃喃自语，但人们都清楚地看见：她的眼睛里流着伤心的泪水，嘴唇上淌着悲哀的鲜血。

郝忠像是什么都没看见，什么都没听见，木乃伊似的靠着椅子，眼睛紧闭着。

厅堂下的人则开始议论纷纷。

"黄氏怎么能这样随便血口喷人地乱说！"

"兴许是为了救儿子，一时情急说错了！"

"这种事能随便乱说吗？要害死人的呀！"

"他郝三叔怎么会是这样的人呢？谁不知道他的为人啊！"

"想当初，他把自己的老婆都沉了海！他绝不可能做出这种事来！"

……

整个厅堂下面叽叽喳喳的，人们纷纷指责黄氏。

被绑在柱子上的阿礁先是和大家一样惊讶，随着是痛苦的猜疑联想，紧接着是内心的极力否定和表情上的急剧变化。而海妹子则自始至终是惊恐的眼光一会儿注视着阿礁，一会儿望着黄氏……

黄氏仍然拜菩萨似的跪求着。

"我胡说，我该死！我说了不……不该说的荤话，我该死！只求您放……放过孩子！您说的条件，礁儿已经答……答应了。求求您了，只要您放……放过孩子，让我做牛做马，还是让……让我替孩子顶命，我都愿……愿意！求求……"黄氏断断续续地说着，双手仍然不停地扇打着自己的脸和嘴巴。

郝忠依旧一声不吭地紧闭着双眼。

坐在左边第一张椅子上的那个老者站了起来，朝黄氏做了个不要再说，不要再打自己嘴巴的手势，然后走到郝忠的椅子边，小心翼翼地在郝忠的耳朵旁小声地说："您回去歇息吧！"

郝忠木然地摇了一下头。

"那……您看这事……咋个处理？"老者犹豫了一下，又轻声问了一句。

郝忠还是没有吭声。

老者像是在给自己壮胆，拿眼瞟了一下坐在两旁的其他老者，然后又问："是把那两人沉海？"

郝忠晃了一下身子，像是移动了一下屁股一样头也随着摇了一下。

那个问话的老者一看，急忙又问："那……那就依照那个条件，放……放了他们？"

郝忠既没有点头也没有摇头。

那老者愣神想了想，像是心领神会了。于是，他走到阿礁跟前，板着脸问："你接受刚才那个条件，从今往后不再和海妹子来往并马上和萧家姑娘成亲吗？"

阿礁侧过脸，悲伤苦楚地望着海妹子。为了自己心爱的女人，为了未出世的孩子，也为了含辛茹苦把自己养育成人的阿母，他终于无力地垂下了头。他已经是无路可走了。

随着他的头重重地垂下，一声凄凉悲哀的呼声喊声蓦然响起："阿……礁……哥……"

声音未落，海妹子的头也重重地垂了下去，随着双眼溘然闭上……

三

黎明前的黑暗。

天不知什么时候下起了雨。冷冰冰的雨点随着凄厉的西北风肆虐地敲击、浸淋着黑暗中的万物。一股股、一阵阵侵入肌骨的寒气在空中、地面盘旋着，不时钻进那些破旧的门窗袭击那些畏缩在破棉被里的穷苦人儿……

祠堂的大门仍旧敞开着，从天井落下的雨点无休止地敲打着地面。天井已经积聚起寸许高的雨水。刚才拥挤攒动的人群早已消失，整个祠堂空荡荡的。油松火把也随着人们的离去而不复存在了，只有案桌上那几支燃得快到尽头的蜡烛还在摇摇晃晃地闪烁着淡淡的光，从大门直扑进来的西北风时不时把神龛前的幡帐搅得乱舞给厅堂投下一条条会移动的、飘忽不定的阴影益发给这空寂的祠堂增添了一种阴森、凄凉的恐怖感，偶尔有一两片青瓦被风刮落砸在地上，便会有一声巨大的声响回荡在厅堂上下，经久不息。

郝忠记不清人们都是什么时候走的，是怎么走的。他似乎只听见有人喊了一声"下雨了，快跑啊……"紧接着便是一阵嘈杂的脚步声。

待到他睁开双眼时，整个祠堂已是空空如也。他几乎没有挪动一丁点的身子，只是长长叹了一口气，继而双眼直直地望着大门外黑漆漆的天地，像是在寻觅着什么，又像是在追忆着逝去的往事。

往事如烟。如今要想它，是那样的渺茫，那样的飘忽不定……

"难道这是真的吗？"郝忠喃喃自语，"难道她说的都是真的吗？"

郝忠慢慢地把目光从黑暗中收回又缓缓地将眼皮垂下，他似乎想起了什么？抑或是在对往事沉沉地追忆？

终于，那些早已消逝的模糊情景渐渐地变得清晰了起来……

那是二十一年前七月里的一天，正值郝家湾"普度"的日子……

"普度"是泉南沿海一带独特的民间风俗。它始于佛教的"盂兰盆会"，源于佛教的"普度众生"的箴言。意思是"普度"那些在历次战乱和朝代更迭中被杀死的"无主孤魂"以及那些流散于四处无人祭奠的冤魂野鬼。

"普度"这一天，家家户户都要在自家大门口，大摆酒席敬香祭祀供奉，热闹异常。

农历七月初八这一天是郝家湾"普度"的日子。

二十一年前的这一天……

黄昏时分。整个郝家湾人来人往，宾客如云，家家户户都在自己的大门外院子里摆上八仙桌，上置各式各样酒菜遥空祭奠。到处是此起彼落的爆竹声，整个郝家湾弥漫着一股股浓烈的硫黄火药味和清香袅绕的烟雾、到处是猜拳行令的狂呼乱叫……

郝忠像往常那样，身穿长衫，提着片刻不离身的长烟杆从村东头到村西头挨家挨户巡视。碰到办得丰盛的，他就笑一笑；见到办得粗糙一些的，他就蚕眉挤成一堆，摇摇头。每到一家，主人总是热情地敬上一杯酒，等到走完全村，郝忠已是醉意蒙胧，步履跟跄了。

夜幕早已不知什么时候就已降临了。郝忠摇摇晃晃地来到了望夫楼前。

望夫楼前的平地上凭空搭着戏台，一场紧锣密鼓的大戏早已开场，演的是《目连救母》。"普度"之日演大戏自然是演给鬼看的了，当然，活人也"沾光"。台上，红脸白脸青脸黑脸纷纷粉墨登场；台下，人头攒动纷纷攘攘。那些叫卖小吃小喝的小摊主是不会放过这么一个挣钱的好机会，吆喝声一声比一声响亮。古榕树下，一个挑着小担"捏面人"，泉南人称之为"妆糕人"的老手艺人被一群小孩围得水泄不通。有的争着要捏公鸡，有的抢着要捏猴子，有的嚷着要捏龙，有的吵着要捏凤，忙得老艺人应接不暇。而另一侧，一个盲者正捻着灰胡子，摇头晃脑地为一位中年妇人抽签算卦。卖"柚柑糖葫芦"的在人群中挤来蹿去，卖"汤圆"的铁勺敲打着锅边叮当直响，卖肉粽的扯着嗓门漫天放火般地吆喝着："肉粽肉粽，又香又嫩……"时不时引来戏迷们一对对翻转的白眼……

郝忠颠来倒去，好不容易从拥挤的人群中挤出来，不时有人热情地招呼着："三叔，您也来看戏啊！"

郝忠走过望夫楼，来到郝家祠堂。祠堂外，挂着一盏"汽灯"，和戏台上吊的那几盏一样。灯下，围着一大圈子的人。圈子的中间，一个十五六岁的少女手执拍板，正唱着"南曲"，两侧是四个弹奏器乐的五十开外的男人，其中一个横抱琵琶，一个竖弹三弦，一个拉着二弦，一个吹着洞箫。

"南曲"又称"南音"，流行于泉南，厦门等闽南和台湾地区以及东南亚一带，是用闽南语演唱的。历史悠久，曲调优美典雅，古色古香，有一种特别的、令人回味无穷的韵味。

郝忠立住脚，立刻就有人给他让出了座椅，郝忠微微朝那人点了一下头便坐了下来。只见那少女将拍板高高举起拍了一下，于是，琵琶便奏起了引子，或"挑弹"或"轮指"，时而激扬高亢，时而低沉回落如击闷鼓；紧接着，洞箫吹起主旋律，低吟悠长，沉浑凄寒；随后，二弦以满弓慢拉奏出一段如哭如诉的音符，而三弦的弹拨声又恰似泪珠落玉盘一般。只见那妙龄少女轻轻拍了一下拍板，开口唱道：

"孤栖闷，只见蜂蝶乱纷纷；片片花心落得满地如红粉，让我暗伤春。可惜东君归去花今无主，你我都是一般瘦损。尽日思君尽日苦，泪滴痕上再添痕……"

一曲《孤栖闷》搅动多少孤男寡女的忧愁之心。随着少女那委婉、充满哀怨的低吟，聆听的人不知有多少在暗自伤心落泪。

郝忠默默地听着。这个铁打的硬汉似乎也被这凄凉伤感的曲子引入到那梦幻一般的往事。他想起了翁氏，想起了她那白皙的肌肤、红润的脸蛋、高耸的乳峰，想起了和她在一起纵欲销魂的日日夜夜……他睁着醉意蒙胧的眼睛，注视着那个少女……恍恍惚惚之间，那少女变成了翁氏，正以凄楚哀怨的眼光望着自己……他霍地站了起来。然而，也就是在这一瞬间，翁氏不见了，眼前还是那个少女。他茫然地摇了摇头，迟缓地站起身子，摇摇晃晃地走出了人群。

一种从未有过的孤独感油然而生。他知道自己此时此刻最需要、最渴望得到的是什么！整个脑袋里充塞的全是翁氏的影子，全是那灵肉撞击时的颠鸾倒凤景象……他有些支持不住了，猛烈的酒精又一次袭了上来，头脑益发昏昏沉沉了，脚步益发漂浮不定了。他用长长的烟杆戳着地，像挂着手杖一样探着往回走，嘴里不停地叨念着："找……找翁氏……干……干他母的……干干死她翁……翁氏……"

迷迷糊糊地，他跌跌撞撞地晃进了院子。

"干……干你母的，关……关门干……干什么？"他骂着，伸手去推门。

门里面没有上闩，一推就开了。

厅堂里一片漆黑。

"干你母的，连……连灯都……都不点……点一个，想想摔……摔死老子吗……"郝忠嘟囔着，骂着，扶着门框进了大门，随手摸索着关上门扇插上门闩，手撑着墙壁，一步一晃地探索着进了里屋。他摸着了床沿，一屁股坐了下来，床"吱"地呻吟了一声。他三把两下子扯掉长衫，把自己扒了个精光上了床，习惯地张开双臂朝床里侧拥去……他像往常一样，拥到了一个温馨柔软的躯体，也像往常那样几下子就将那躯体的衣服扯光，继而像往常那样扑了上去……

突然，他像是听到被压在下面的躯体呻吟地说了句什么，然而，激越的亢奋，昏昏沉沉的头脑只在瞬间令他停顿了一下便又无法抑制地撞击了起来……

他终于长长粗喘了一声从她的身上滚落了下来。而就在这时，突然"咔嚓"一声，一点红色的火焰跃入了他的眼睛，刹那间，一切都暴露在"光天化日"之下……他正想开口大骂，然而，当他的眼光触及到那已经坐起的躯体时，他蓦地全身直冒冷汗，酒也醒了，人也醒了：在他眼前的并不是他老婆翁氏！似乎到了这时候他才陡然想起，翁氏早在几天前就被他亲手沉入了大海……片刻的惊恐过后，他猛地吹灭举在她手中的火柴梗，沉沉地却带着发颤说："你要是敢说出去，我就说是你勾引我、陷害我，然后把你拉去沉海！"

说完，他摸黑穿好衣服溜了出去。一路上他百思不得其解：我怎么会走进她的家门？我怎么就……就上了她的床，又怎么会做出这样的事……

回到自己的家后，他就没再合上一眼。

他似乎也为自己酒后做下这等伤天害理之事感到后悔。要是这事传扬出去，他郝忠还有什么脸面见人？还如何在族人面前发号施令？他将威名扫地，成为郝氏宗族的罪人……他着实苦恼了一夜。

然而，第二天，当他再见到她时，眼光却又不由自主地投射到她丰满鼓胀的胸部，想起昨夜那一幕幕令他醉生梦死的情景……一种生理上的欲望饥渴又开始蚕食他的理智使他完全丧失了自制能力，把一切后悔和担忧全抛之脑后，在夜色的庇护下，又一次强行闯入了她的家……一连几天，一直到她的男人出海归来……

一晃二十多年过去了。郝忠早已把这段罪孽的风流往事忘得一干二净。没想到，今天晚上……

郝忠睁开双眼。他感到从未有过的力不从心，连眼皮都这么沉重。

他有点迟滞地朝大门外望去。

天，已经由沉沉的墨黑色化成了灰黑色。远处的天际边似乎已经裂开了一条灰白的缝隙。黎明已经过去，天已将破晓。

雨也不知什么时候停了。天气似乎更冷了，风似乎也更寒了。郝忠一阵抖索地拿起长烟杆，装上烟丝……一点小小的红色火星在临近地面的地方一闪一灭着……

郝忠万万没有想到，她今晚会在大庭广众之下抖出那件丑事。尽管他极力否认，尽管她后来也……可人心难测呀！无风都要起浪，更何况……他忽然有一种末日临近、大限将至的不祥预兆。几十年为之付出惨重代价才得以保住的名誉、形象、威望一夜之间将化为乌有，这打击几乎完全摧毁了他的整个精神支柱。他似乎觉得整个人彻底垮了，全身的骨架也都全散了……

几十年来，他一直为没有一个儿子，一个能闯滩赶海的儿子，一个能承接他郝忠衣钵的儿子而感到苦恼和后悔。而今天，突如其来的，他有了儿子，一个壮壮实实的讨海人。可他却不敢上去相认。郝忠相信，她不会骗他！也许就是在那几天……可是，这多年来，她为什么不告诉他？为什么？为什么呀……

她敢告诉他吗？那可是乱伦造孽啊！

一锅旱烟已经吸完。郝忠又捻出一小撮烟丝塞了进去……

隐隐约约间，他恍惚又听见了那首幽怨哀伤的《孤栖闷》在低吟，似乎又看到了那手执拍板的少女，似乎又看见了翁氏那临死前愤恨的眼光，看到了黄氏那因惊恐而变形的脸庞……

郝忠又抖索了一下，嘴里喃喃自语着："我该怎么办？我该怎么办啊？"

案桌上，两支蜡烛已经燃到了根部，摇摇晃晃的烛光似乎在拼命挣扎着极力延长自己的"生命"。然而，烛光还是越来越小终于在一阵颤抖中熄灭了。

郝忠像是突然吃了一惊，猛地睁大眼睛。

厅堂一片灰暗。排列祖宗灵牌的神龛仿佛如一个巨大的黑洞吞噬着即将来临的拂晓。

郝忠感到从未有过的恐慌，像是有一双巨大的手正从黑洞里探出伸向他的脖子……他忙不迭地从椅子上下来，三步并作两步，跌跌撞撞朝祠堂大门走去。

郝忠走出祠堂大门，又若有所思地立住脚，缓缓地转过身朝厅堂上望去。透过从天井上落下的灰色光线，他看见，那"黑洞"正在悄然消失……

他长长舒了一口气，在自己的胸口上下来回搓揉了几下才慢慢地转过身去，把长烟杆戳着地，迈开了回家的步子。远远望去，那步履似是十分艰难、沉重……

一

今天是阿礁大喜的日子。

一大早，登门道喜送贺礼的、帮忙筹办婚事的、乘兴凑热闹的把个小小的宅院挤了个水泄不通。

黄氏穿着一身半新的红袄红裤，头上的发髻上戴着一对小小的金纸花，脸上挂着笑进进出出地忙个不停，时而和这个打个招呼，时而向那个人道个谢。每隔一会儿，她总要走到院门口，踮起脚尖朝西张望，自言自语一句："这花轿咋个还不来？"

阿礁独自坐在里屋，痴痴地对着墙壁发呆，似乎外面的一切都和他无关。自从那天晚上起，他几乎每天都是这样的。偶尔喃喃自言自语一句："海妹子，我……我对不起你！我……没有别的办法呀！"

短短的几天工夫，阿礁完全换了一个人。眼圈儿黑了，眼窝凹陷了，脸瘦了，连原本炯炯有神的眼睛也变得有些混浊痴呆了。整个人恍恍惚惚的像中了邪似的。

黄氏走了进来，见阿礁呆傻般坐着，心疼地叹了一口气。

"礁儿，别想了。快换新衣服吧，花轿就要到了！"黄氏小声地催促着。

阿礁抬眼望了望黄氏，一语不发。

黄氏又叹了一口气，拿起一套藏青色的长衫，递到阿礁的手上。

"礁儿，快换呀！"黄氏轻声地劝慰道，"不要再想了，事到如今，你就认命了吧！"黄氏说完，微微摇了摇头走出了里屋。

阿礁望着黄氏的脊背拐过房门才慢慢地站起身来，木然地脱去棕色的外衣，抖开那身新长衫……

忽听得外面有人大呼小叫了起来："快来看呀，花轿到了！"

于是，一阵纷沓的脚步声响起，帮忙的人不约而同地放下手中的活计，涌向院门外，翘首张望……

只见一对唢呐吹奏着欢乐喜庆的泉南小调在前开路，紧接其后的是一对丝弦乐队，乐队的后面，四个年轻后生高举着四盏大灯笼，灯笼外面各书写着男女双方的名字；大灯笼过后是一对制作精巧的宫灯，由两个身穿红绿衣服的少女执掌着，缓缓导引着后面的花轿。两个抬花轿的壮后生此时已是大汗淋漓，花轿在他们肩上有节奏地一上一下摇荡着。紧跟着花轿走的是媒人白脸婆，她今天摇身一变，从媒婆变成了"好人婆"。只见她身着红袄绿裤，下穿尖尖的红布鞋，头上绾个发髻插着一支金纸花，额头梳得异常光滑。也许是出了点酸汗的缘故，脸上涂抹的白粉东一撮西一疙瘩的，扑面一看，像是得了"白癣"一样令人感到恶心。她一手扶着花轿，一手捏晃着一块红手绢，一摇一摆地不时板起那张瘦长的"白癣"脸朝那些围上来看热闹的小孩叱道："闪开，闪开！别挡了道！"

迎亲的队伍过了望夫楼，片刻间便到了阿礁家进了院门。只听主事司仪一声高喊："奏乐，放鞭炮！"顿时，鼓乐齐鸣，鞭炮震天，花轿在一片欢呼声中徐徐落地。白脸婆急忙扭着腰肢端起早就预备好的小火炉放在厅门口。火炉上放有生猪肉一片以及几根青蒿庐刺，上面撒着食盐、白米。随着，白脸婆折转身进了里屋拉出阿礁到了大门外，然后笑嘻嘻地对阿礁说："新郎官，转过身去倒退到轿门踢一下。"

阿礁像是没有听懂，一动也不动。急得白脸婆不由得出手扳着阿礁的肩头使劲把阿礁扭过去，嘴里喊着："朝后退，朝后退！"

阿礁机械般地挪动脚跟朝后退着。

"好，好！停下！"白脸婆喊着。

阿礁茫然地立住脚。

"朝后踢，朝轿门轻轻踢一脚！"白脸婆又喊。

"踢啊，快踢啊！用力踢啊！不用力踢以后就怕老婆了！"看热闹的人也跟着喊了起来。

"喊什么啊喊！"白脸婆朝起哄的人瞪了一眼叱道，接着掉转脸对阿礁说："别听他们的，轻轻踢一下就行！"

阿礁这回像是听清楚了。只见他慢慢地提起脚跟，又扭头看了一眼轿门，突然迅猛地朝轿门一脚使劲踹去……

"哎哟……"一声惊恐疼痛的叫唤声从轿内传出，紧接着又是几声低低的呻吟。

人们被阿礁的这一举动惊呆了，人人的脸色都变了样，惊讶地望着阿礁。

"踢轿门"这是一种风俗，大都只是做做样子，象征性地踢一下而已。没想到阿礁竟然这么狠劲，倒像是要一脚把人踢死一样。

白脸婆先是大吃一惊，随着急忙打圆场。

"好，好！踢得狠，好过门；踢得真，爱得深！好，好！"白脸婆顺口瞎编着，然后对着轿里的新娘说："新娘子也回踢一下。"

只见轿门轻轻动了一下。

接下来便是请新娘出轿，牵新娘入门，行见面礼等礼节。而自始至终，阿礁一直像个木头人一样随着白脸婆等人的摆布，那脸沉沉看不到一丁点儿的笑意。

就在这边热闹非常办喜事的时候，海妹子却被关在祠堂边上的一间破房子里。这房子原本是用来堆放祠堂里清理出来的杂物的地方，如今却只剩下一堆开始发霉腐烂的稻草了。墙壁是石头的，屋顶是石板的，没有窗户，终日不见一丝阳光。墙壁的四周都已长满青苔，整个房子充塞着一股潮湿腐臭的气味，一扇简易的木门是这间石头房的唯一出路，门上吊着一把大铁锁。钥匙这几天一直都挂在郝忠的裤腰带上。

自那天晚上后，海妹子就被关到了这里。一天两顿番薯稀饭由郝忠指派的一个老婆婆送来。郝忠扬言，等到阿礁成亲后才放她出来。透过从门缝挤进来的一丝淡淡的光，海妹子形容憔悴地背靠着墙壁坐在稻草上，一对原本水灵灵的杏眼深陷了许多，眼圈儿黑黑的。乌黑的长发散乱地披散在胸前和后背，脸色苍白如雪，两束痴呆的眼光死死盯着那扇破旧的木门。

远处，又响起一阵热烈的鞭炮声和高亢的唢呐声，海妹子全身不由自主猛地颤抖了起来，像是心灵深处被扎了一刀似的双手紧紧抱在自己的胸前。片刻，她缓缓地合上双眼，随着，两行冰凉的泪水顺着眼角淌了下来……她想起了沙滩、相思树林，想起了望夫楼上的一幕幕……一切恍惚就在昨天……

"阿……礁……哥……"她喃喃地呼唤着。

然而，此时此刻的阿礁又怎能听见她的呼唤？

良久，海妹子睁开双眼，吃力地撑起身子站了起来，一摇一晃地走到门前，双手扑在门扇上……突然，她奋力扬起拳头，发疯似的砸在门扇上，紧接着，沙哑的声音撕心裂肺地呼喊了起来。

"快放我出去，快放我出去！快……放……我……"

有人从门口经过，听到呼喊声立住了脚，瞅了一眼又摇了摇头走了。

不远处，欢快的唢呐声、悠美的丝弦乐曲和噼噼啪啪的鞭炮声仍在不时交替出现着……

蓦地，海妹子腹部一阵剧痛，额头上冷汗直冒。她双手下意识地捂住腹部，两腿一软。整个身躯顺着门板滑落了下来，瘫倒在地上，痛苦地呻吟着……

阿礁家，婚礼仍在忙碌中按部就班地进行着。所有的人都在忙着，只有郝忠旁若无人似的坐在厅堂一边的椅子上，不停地抽着烟，眼光直勾勾地盯在木偶般被人摆弄着的阿礁身上。

"这是真的吗？他真的是我的儿子吗？"他想着，越看越像。那鼻子，那脸庞，尤其是那双眼睛，简直就和自己是一个模子印出来的。

他的眼光无意中撞上了黄氏的眼睛，她急忙低下头去，慌乱地闪到一边。

这一生最大的憾事，就是没有一个儿子。如今，儿子从天而降出现在他的眼前，他多么想叫一声"儿子"！可是，他不能！论辈分，黄氏是他的侄媳妇呀！他要是认了，那阿礁该叫他什么？以后又怎样立足？那黄氏又该怎样？她还能活吗？自己的老脸又往哪儿放？一辈子的威望、名誉都将扫地……郝忠想着，一种从未有过的内心苦痛油然而生。

"我算什么？我为什么会做出这丧天伦的罪孽？害人害己呀！"郝忠想着，眼光朝忙忙碌碌的人们扫了一眼。天啊！人人都在注视着他！那一束束眼光都充满着责难、耻笑，似乎都在说着同样的一句话："没廉耻的老东西！竟然干出这等伤天害理的事！表面上道貌岸然，骨子里却是一肚子的男盗女娼！我们都受了他的骗了！"

一时间，郝忠如坐针毡……

黄氏跑前跑后，却有点魂不守舍的样子。尽管她脸上始终挂着笑，可那笑意却是那样地勉强。她看着阿礁那呆若木鸡的样子，内心有一种难言的苦涩；当她的眼光触及到郝忠那坐立不安的姿态，脸立时火辣辣的，有一种羞耻和苦楚袭上心头。她后悔，为什么要揭穿这个隐藏在她心中二十年的秘密。她不由自主地又想起了那个早逝的丈夫阿福……她突然觉得眼窝酸酸的继而又潮湿了起来，急忙紧走几步进了自己的房间。一进门，两行泪水便止不住涌了出来。她真想放声痛哭一场，可是，她不能啊！

多少年了，她就一直盼望着儿子娶亲这一天。如今，这一天到了，可她却感受不到欢乐、安慰和幸福。

她默默地坐在床沿上，任凭泪水涌流……

"黄婶，黄婶……"外面有人在喊她。

她一愕，急忙从衣襟处取下手绢，擦拭去满脸的泪水，一边往外走，一边应着："嗳，我在这儿！"

黄氏走到院子里，主事的人告诉她："都准备好了，可以请客人入席了。"她"哦"的一声，迟疑地掉转身，把目光投向郝忠。他应该是第一个坐席的人。

郝忠的身子抖了一下，缓缓地把烟杆从嘴唇上移开。他站起身来，像是有意在稳定自己的情绪扯了扯有点皱褶的长衫，然后朝厅堂正中那张八仙桌走去，在被称为首席"大位"的座位上坐了下来。

黄氏望着他，心里在问自己："为什么没叫他一声？"

郝忠也在心里问着自己："我这是在喝谁的喜酒？是儿子的，还是……"他感到胸口堵得很，隐隐约约还有些疼痛。他的眼光落到了倒在大瓷碗里的白酒，慢慢地伸出了那双粗大嶙峋的手……

客人们纷纷入席。

一阵猛烈的鞭炮声响起，喜宴开始了……

也不知过了多长时间，昏昏沉沉的海妹子觉得有人在摇晃着自己的身躯。

"闺女快醒醒！闺女……"一个苍老的声音在耳畔呼唤着。

海妹子费力地睁开沉重的眼睑。她看见，那个这些日子以来一直给自己送饭的老婆婆正蹲在身边，手里举着一盏油灯，旁边放着一碗白米饭和一小碟酸白菜。

"闺女，你这是怎么了？这地上潮湿呀！快坐起来！"老婆婆说着伸出双手去扶海妹子。海妹子用力撑起身子坐了起来，突然又感到一阵头晕目眩，眼前的灯光化成了无数金色的、红色的碎片在空中飞舞着。她揉了揉昏花的双眼，嚅动着干裂的双唇问："天黑了？"

"嗯。"老婆婆应了一声，端起饭碗递到海妹子跟前说，"闺女，吃饭吧！"

海妹子摇了摇头。

"吃一点吧！身子要紧。"停了停，老婆婆又说："吃了饭好回家！"

"家？"海妹子陡然精神一振，"我可以回家了吗？"

老婆婆点了点头。

不知从哪儿来的力气，海妹子霍地站了起来，三步并作两步头也不回地冲出这间囚禁了她多日的"牢房"。

身后传来一声低低的长叹："唉，可怜的孩子啊！"

夜色笼罩着整个郝家湾。海妹子深一脚、浅一脚跌跌撞撞地奔跑着，冷飕飕的寒风扬起她散乱的长发。忽地，她猛然顿住脚，望着不远处灯光映衬的地方发愣。

那是阿礁的家。狂呼乱叫的猜拳行令声仍在此起彼落，在这夜空中回荡。

良久，海妹子凄凉苦楚地呼唤了一声："阿……礁……哥……"两行泪水夺眶而出。她猛地转过身，双手捂住脸庞，发疯似的朝自家奔去，甩下一声声嘤嘤的抽泣和一串串被风摔碎的泪珠……

喜宴已经进入尾声。

男客们一个个喝得脸色通红，像煮熟的"猪头"似的。

整个宴席间，郝忠几乎一句话也没有，只是一大杯接着一大杯地喝着白酒，连筷子也很少动一下。引得人们不时投来惊讶的眼光。

头涨得昏昏沉沉，心像烈火在烧烤。他想用这苦涩的酒洗却心头的悔恨，忘却那令人耻辱的往事。然而，这酒越喝越苦，越喝心绪越不安！蒙胧的醉意中，往事如同梦幻一样无休止地在脑中浮现。一桩桩一件件都像是一把把尖锐的割刀在他的五脏六腑中绞割、挖剐着……理智的复苏还是良心的再现？一个从未有过的自我责难在他的头脑中闪现："我这是罪不容诛啊！我郝忠上对不起天地，对不起列祖列宗；下对不住郝氏子孙，对不住黄氏母子，对不住……"他忽然感到：自己一生的事似乎都做完了，一切都该有个了结……

郝忠喝干了最后一杯酒，扶着桌子摇摇晃晃地站了起来，头重脚轻地挪动双腿朝门口走去，右手拿着那支长烟杆。

黄氏没有阻止他，只是眼巴巴地望着他那一摇一晃似是力不能支的躯体朝院门口移去，心里涌出一股难以言表的苦涩伤感。

郝忠走到院门停住，一只手扶着门框缓缓地转过身，迟滞的目光在院子里搜寻着。终于，他的目光滞留在阿礁的脸上，继而又慢慢地朝下移动直至阿礁的脚尖……良久，他把目光转向黄氏，在她那张憔悴的脸上停留了片刻。他的嘴动了几下，似乎想说什么但又没有发出声音地转过身去。他的手离开了门框……

下弦月从浓重的云层中费力地爬了出来，淡淡的光给这黑沉沉的大地投下了一层苍白的色彩。朦朦胧胧之间，郝忠看见有人走在他的前面，像是在给他引路似的。飕飕的风声中，恍惚有一个声音在呼唤着他。

"郝忠，我……在……这儿，你……快……跟……我……来……郝……忠……"

那声音，像是他的结发妻子翁氏。

郝忠鬼使神差地移动脚步，顺着那声音传来的方向走去，瘦高个的身躯拖下一条长长的影子在地面上晃动着……

就在郝忠离开阿礁家的时候，海妹子奔进了自己的家。

黑暗中，她摸索着找到厅桌上的火柴，点亮了桌上的油灯，充满潮湿气味的屋子立时有了一丝淡淡的光亮。

海妹子披头散发地站在厅桌前，呆呆地望着摆在桌上的翠香的"木主"灵牌。蓦地，她一步扑上前去双手抱起灵牌，放声痛哭了起来。

"阿母啊！您……您告诉我，我……我该怎么……办呀！阿母，您说……您说话呀！我……该怎么办呀阿母……"

哭喊声顺着敞开的大门向远处的大海飘去，最终被无情的海风撕裂成无数凄厉的、断断续续的哀鸣。

良久良久，海妹子哭哑了。她把翠香的"木主"牌放回了原位，举起一摇一晃的油灯走进里屋。她打开那只红色木箱子，找出了那对玉镯子，拿起一只戴在自己的左手腕上，把另一只重新包好塞进胸前贴身处。

海妹子走出里屋，把油灯放在厅桌上，然后退后一步"扑通"一声跪在地上，泪眼汪汪地望了望厅桌上那两块并排在一起的"木主"灵牌，头朝地面磕去。

三个响头过后，海妹子站了起来，吹灭了油灯，走出了家门……

二

残缺的下弦月在厚重的云层里艰难地爬行着，几缕薄雾般的光透过窄窄的天窗辐射进屋里。

这就是阿礁和秀姑的洞房。

洞房的正面，摆着一张二十四屏的镂金雕花的十八条腿朱红色古式眠床；两副红底金花的绸质帐帷被一对古铜色龙凤帐钩朝两侧钩起。进门的左侧墙角立着一座与眠床一样颜色的衣橱，橱门上贴着一对大红喜字。两条鲜红色的有五尺长、八寸宽左右的"房内"椅一条摆在橱边，上面搁着两只大红木箱，里面装着秀姑的嫁妆；另一条则放在紧靠床头的桌前。桌子不大，桌面上一个雕刻着八仙过海图案的木质座钟"嘀嗒嘀嗒"地响着；紧挨着座钟的是一个崭新的梳妆盒，盒上立着一面小圆镜。一对尺把长的大红烛相隔尺把宽左右分别立在座钟两侧前面，两簇红色的火焰把整个房间照得通红。

秀姑正襟危坐在床沿上。自打中午花轿落地之后就是一连串令她眼花缭乱、应接不暇、新奇而又羞涩的繁琐礼仪。之后，她就被送进了洞房，一个人对着烛光熬着时间。

今天的萧秀姑，完完全全是一个惠东女的打扮。

她，上身穿一件斜襟圆领红袄，襟扣上系着一条粉红色的丝质手绢；下身着海蓝色宽筒裤，小巧的双脚套着一双玫瑰红绣花鞋，鞋尖窄窄的成锥形；头发在后脑勺完成一个精致光滑的发髻，当中横穿着一支凤头银簪，发髻上套着一个用含笑花蕾穿起的小花环；微露腹肌的腰口上缠着一条九股银带，两只手腕戴着一对银镯子，手里拿着一顶黄色的竹斗笠，斗笠的一边顶着膝盖成直立状态；一条桃红底色上点缀着深蓝细花的头巾里，露出一张被烛光映红的长圆脸，眉毛被精心修葺成纤细的月牙形，双目含羞隐隐露着将为人妻的喜悦和不安；一张温热红润的小嘴紧闭着，而心却像一只小鹿在"嘣嘣"狂跳着……刚满16岁的萧秀姑，就像一朵含苞待放的花蕾，正散发着幽幽清香，等待着自己憧憬的心上人来采撷。然而，她做梦也没有想到，花被采了，却插在了一个素不相识的"门框"上。

那是几个月前的一天，阿母把她叫到里屋，一本正经地对她说："秀姑，明天哪儿也别去。阿母给你找了个婆家，明天人家就要来相亲了。"

秀姑吃了一惊。

"阿母，我……我还小，我现在还不……不想嫁人！"秀姑万万没有想到，阿母这么快就要把她嫁出去，她原想自己找一个称心如意的后生，譬如像那个曾经和她一起玩过家家的叫"山猪"的男孩。

"七说八说！都快16岁了，还小？"阿母板着脸唬着，"我14岁就嫁给你阿爸了！"

"阿母……我……我……"生性温顺软弱的秀姑嚅嗫着。

"别说了！一切由阿母做主！"俞氏不容置疑地说，"阿母挑的女婿不会错！"

从小逆来顺受的秀姑不敢再言语了。对于她来说只能是认命了。

外面的狂欢已经过去了。洞房的门"吱"的一声被轻轻推开，"白脸婆"笑嘻嘻地走了进来，偎着秀姑坐在床沿上，把那张臭烘烘的嘴贴住秀姑的耳朵，低声地说着什么。

秀姑听着、听着，耳根发热了，脸涨得通红，心儿像捶鼓一样"咚咚咚"直响。

"女人都有这么一回，别害怕！以后习惯了就好了！"白脸婆临出门时又回头说了这么一句。

白脸婆走了，阿礁进来了。

秀姑益发心慌了。她用黄斗笠遮住自己的脸。也许他马上就要扑了过来，马上就要搂抱自己，马上就要和自己亲嘴，马上就要……她想着，一动也不敢动地等待着，等待着白脸婆所说的那种充满神秘、神圣的一刻的到来……

阿礁一摇一晃地跌坐在椅子上。头昏沉沉的。喝得通红的眼睛迷迷糊糊地望着坐在床上的新娘子。

桌上，两支红烛已燃得只剩下半截。从窗隙门缝中挤进来的风不时吹拂得烛光东倒西歪的。慢慢地，红烛倾斜了，没有被燃烧着的一边留下了一条凹下的长长的弧形沟痕，而另一边却流下了一滴比一滴更大的烛泪，在桌面上淤积起一滩红色的、形同瘀血一样的东西。

阿礁望着、望着，迷蒙的眼前出现了一张俊秀的、熟悉的脸庞。他不由自主地站了起来，摇摇摆摆地朝床前颠晃了几步，伸出右手拨开了那顶挡住脸儿的黄斗笠。

秀姑的心跳得更厉害了。就在斗笠被拨开的那一瞬间，她急忙把眼睛闭上……

阿礁痴痴地望着，望着。半晌，他若有所思地摇了摇头又摆了摆手。

"不，你……你不……不是！你不是！你为……为什么……坐坐……坐在这……这儿？你……你是……是谁……"

阿礁断断续续、含糊不清地喃喃自语着，又摇摇晃晃地朝后退了两步，一屁股跌坐在桌子前面的那条长椅上，手臂往桌面上一放，头一低压在手臂上，竟合上了眼睛……

秀姑仍然紧闭着双眼。她在等待，等待着那激动人心的时刻。她以为他会先拿掉她手中的斗笠，接着会解开她头上的番巾，然后再给她把上衣的襟扣……再然后，他会把她……就像媒婆说的那……那样……秀姑想着，脸上又泛起了红晕，嘴角微微翘起……

可是，什么也没有！等了好长好长的时间。秀姑终于忍不住了，她微微地睁开双眼，却发现她的新郎官满脸通红，浑身酒气地趴在桌面上，嘴角似乎还淌出了一丝口水……

桌上，两支红烛又燃去了一大截，烛泪顺着倾斜的烛身越淌越快；座钟在"嘀嗒嘀嗒"地响着，在这沉寂的深夜里，这声音显得格外清晰、响亮，就像撞击龙王庙里的那座古钟一样声声震撼着萧秀姑的心头。

秀姑傻了，呆呆地望着眼前的这一切。时空在这钟声中一分一秒地消逝和变换着……忽地，她忽然觉得全身发冷，身子不由自主地颤抖了起来。紧接着，像是有两股冷冰冰的液体在挤压眼眶一样，她觉得两眼发酸、发胀不由得眼皮一眨，霎时，两颗晶莹剔透的水珠子顺着眼角滚落了下来，紧接着又是更大的两颗……泪终于连成两条泪线……斗笠从她的手中脱落掉到了地上……

"他为什么要这样？他为什么不要我？难道是我做错了什么？"秀姑伤心地想着："自从进了这个门，我什么也没说，什么也没做呀！那他这是为什么？嫌我丑？不中他的意？还是嫌我……"她苦苦地想着，百思不得其解。

"阿母说过，他是个好人！阿母不会错！可是，可是他为什么不上床？为什么连问我一声都没有？"秀姑想着，身不由己地把眼光投到阿礁的身上。

"也许，他是喝得太多了，高兴得喝醉了！是的，一定是这样！我怎么能这样胡思乱想猜疑他呢？"秀姑自己安慰着自己又自己责备着自己。

"阿母说过，'嫁鸡随鸡，嫁狗随狗，嫁个要饭的背着草袋走'，从今天起，他就是我的男人了，死活也得跟着他。我该对他好才是啊！"秀姑想到这儿，抹了抹眼泪从床沿上下来，轻轻地走到阿礁身边，取下衣襟上的手绢，小心翼翼地为阿礁拭去嘴角的口水。然后，又回身取下被子，轻轻展开盖在了阿礁的身上。

一阵倦意袭了上来，秀姑顿时也觉得全身无力。她长长叹了一口气，又望了望趴在桌面上的阿礁，反身脱掉绣花鞋，身子一歪，和衣躺倒在床上……

三

夜，又深了许多。

就在阿礁进了洞房的时候，海妹子到了望夫楼上。

楼还是这幢楼，那张旧草席仍然铺在楼层上。可是，今夜在这楼上的却只有她一人。海妹子默默地望了一眼那张旧草席，浑身像散了架似的跌坐了下去。

一切恍惚就在昨天。

在这幢充满传奇、充满恐怖色彩却又充满情爱的望夫楼上，她和阿礁度过了多少个令人终生难忘的夜晚。在这里，他们相亲相爱，山盟海誓；在这里，她为他献出了少女最宝贵的一切……如今，这一切仍然历历在目，可她的阿礁哥今天晚上却成了别人的新郎。尽管，她理解他的一片苦心，理解他是为了救她和她肚子里的孩子才被迫这样做的，可是，失去了她的阿礁哥，她就是活着又有什么意义呢？

海妹子想到了死。她吃力地爬了起来，扶着墙走到外面的露天阳台上。

下弦月仍在艰难地爬行着，浓重的云层似乎在步步紧逼穷追着它，似乎要把它那本来就淡如清水的几缕光亮也吞没一样。

潮汛已涨到了最高峰。巨大的排浪在冷飕飕的海风的鼓动下凶猛地朝望夫楼前的石阶扑来，像是要把它们撞裂、撕碎一般，在那撞击的瞬间，发出一阵震天动地的轰隆声，恍惚要把整个望夫楼也震塌一样，轰隆声扑进望夫楼内，在里面盘旋轰鸣着，如同群魔狂欢的狂笑，令人听起来感到万分地恐怖和胆战。古榕树依旧站立在那儿。寒风吹刮着树叶发出一阵阵断断续续的"沙沙"声，就像是古榕树的呻吟，偶尔有一两只或是因没睡稳或是因经受不住这飕飕海风的吹刮或是被这轰隆隆的潮浪吓昏了的小鸟从树上摔落了下来，临咽气前发出一两声短暂的惨叫声更加剧了这种恐怖。

海妹子双手扶在栏杆上。眼前的这一切今天似乎对她毫无意义，她无言地望着这海，望着这古榕树，望着……风扬起她的长发在她的身前身后飘浮着。

死，太容易了，只要翻过栏杆往下一跳。

此时此刻的海妹子，没有哭声，没有眼泪，只有怨恨，只有悲伤。她痛恨这没有天日的世界，痛恨那些活生生拆散她和阿礁的人。她感到绝望。她对着茫茫的大海和沉沉的苍天大声呼喊着：

"阿……礁……哥……别……别忘了我！别忘了你……你的……海……妹……子……"

海妹子缓缓地把身子探出了栏杆外……

也许是因为栏杆对肚子挤压的缘故，抑或是绝望情绪在左右，就在海妹子即将抬脚的瞬间腹部猛地一阵剧痛袭来，这突如其来的剧痛令她陡然想起自己还有一个未出世的孩子。她的手下意识地伸向腹部，已经探出栏杆的身子也不由自主地收了回来。

孩子，这个未出世的孩子是她和阿礁相爱的结晶啊！难道也要把他（她）带入大海吗？这太残酷了！孩子是无辜的，孩子是自己的血肉啊！

也许是女人的天性，抑或是母爱感天动地，海妹子寻死的念头骤然淡薄了许多。她全身一软，浑身无力地瘫倒在楼板上。

"我该怎么办？我该怎么办呀！"海妹子呻吟般地自语着……

郝忠懵懵懂懂地回到自己的家。

从黄氏的家到他的家，平日里只不过一袋烟的工夫，可今天晚上却莫名其妙地走了一个多时辰。他推开门，抬脚朝里迈去，没承想却被门槛绊了一下，"扑通"一声重重地摔进了厅堂，手里的长烟杆脱手抛出了老远，头上的瓜皮帽也掉到了地上。他挣扎着爬了起来，在黑暗中摸索着烟杆。然而，摸了一气，烟杆没有摸着，头却撞在了墙上，"咚"的一声额头上立马长出一块火辣辣的肿包。

经这么一摔一撞，郝忠的酒醒了大半，头虽然有点疼却反而不像刚才那样昏昏沉沉了。他用力支起身子，一手揉着额头上的肿包，一手扶着墙壁摸索着走到厅桌前，又摸索出火柴划亮，点着了油灯。

郝忠把火柴往桌上一扔，浑身软绵绵地坐在桌边的椅子上而目光却在地上搜寻着。

烟杆被摔在西墙根，瓜皮帽落在门槛下。

郝忠起身走到门槛边，弯下腰拾起帽子用力抖了抖重新戴好，然后又走过去捡起烟杆，手在烟嘴上擦拭了几下回到椅子上坐下，把烟嘴含进口里，从烟袋里捻出一小撮烟丝塞进了烟锅，然后抬起烟杆把烟锅对准油灯上的火苗，长长吸了一口，等到烟锅里闪烁出红色的火星时，烟杆又被移开了，郝忠的双眼也随之合上了。

郝忠默默地吸着，想着。一种心灵上的失落和空虚，一种沉重的负罪感交织在一起在他的内心深处盘旋着，像一条无形的鞭子狠劲地抽打着那颗淌血的心。几十年的坎坎坷坷风风雨雨，一辈子呕心沥血苦心营造的"大厦"在一夜间彻底坍塌了，那滋味，那心情是难以用语言表述的。短短的几天时间，他苍老了许多。追忆过去，"自己得到了什么？又失去了什么？自己曾有过的一呼百应，翻手云覆手雨的显耀时代，如今都已经成为过去，一去不复返了！"郝忠想着，残留在他心底里的也许只剩下无穷无尽的悔恨和悲哀。

烟锅里闪烁的红色火苗熄灭了。

郝忠迟缓地将烟杆搁在桌上，若有所思地站了起来，走进里屋取出一支暗红色的"洞箫"。他重又坐在厅堂那把比他更加苍老的太师椅上，用手拭了拭洞箫然后轻轻地抵在自己的嘴唇上，双眼随着缓缓合上。

年轻时，他曾是一个很好的箫手。后来，他成了郝氏家族的族长，这箫也就挂了起来。连他自己也想不到，几十年后的今天，他会重新拿起它。

　　随着他嘴唇的微微嚅动，一缕低沉浑重的箫声飘逸了出来。那是一首充满孤独、失落、哀伤、悔恨和内疚的南音曲调。时而高亢时而低沉的箫声如哭、如诉，似哀、似悲地飘出大门，融入这无边无际的深邃夜空，在冰凉的寒风中缠绵着、飘荡着、回响着……

　　一曲终了。郝忠神色凝重、黯淡地将洞箫移离嘴唇轻轻地放在桌上，然后站了起来扯了扯皱褶的长衫，默默无语地环视了一周厅堂，拿起长烟杆，吹灭油灯，朝外走去……

　　月色朦胧，冷风侵骨。

　　郝忠走进郝氏宗族祠堂。

　　祠堂内，供桌上的两支白烛已经燃到根部，惨淡的光摇曳不定地把阴影一会儿撞击在东墙上，一会儿又摔碎在西墙上；一股冷飕飕阴森森的寒气在天井中回旋着。

　　郝忠站在列祖列宗的灵牌前，注视着那一块块业已变形，被香火熏烤得早已失去本色、有的甚至已成了黑不溜秋的"木主"。蓦地，他的眼睛一阵迷茫，那一块块"木主"瞬间成了一束束凶狠无比的眼光像是要穿透自己的心胸一样。片刻，凶狠的眼光又变成了龇牙咧嘴的血盆大口，正在狂呼乱叫着。

　　"你是个大逆不道的子孙！你干下了辱没祖先的罪孽！你是不可饶恕的！你不配做郝氏宗族的子孙！你必须用你的行为来洗刷你犯下的罪恶，你必须为你的所作所为付出沉重的代价！否则……"

　　郝忠一阵心悸恐慌，全身猛烈地筛抖了起来，继而双膝一屈"扑通"一声跪倒在草蒲团上，双手着地不停地磕起头来……

　　终于，那声音没有了。郝忠停止了磕头直起腰来朝上面望去：神龛依旧是神龛，"木主"仍然是"木主"，所不同的只是蜡烛已经燃尽了一支，另一支也即将熄灭。

刚才的一切只是一种幻觉而已。

郝忠那颗狂跳不安的心似乎稍稍平静了一些。他慢慢地站起身来，扯了扯皱褶的长衫，正了正瓜皮帽，神色凝重地望着神龛中的那一块块长短不一、宽窄不同、高低不齐的祖宗"木主"。

"列祖列宗在上，不肖下辈子孙郝忠自知罪孽深重，追悔莫及！我……我这就赎罪去了！"

郝忠说完，重又跪了下去，虔诚地磕了三个响头后站起来，转身义无反顾地朝外走去……

四

屋里的红烛已燃得只剩下一小截。

朦朦胧胧间，阿礁似乎听到一个断断续续的声音在呼唤着自己。

"阿……礁……哥，阿……礁……哥……"

阿礁猛地惊醒了过来，狠劲揉了揉酸涩的双眼，发现自己身上披着被子，不由得把眼光移向床上：萧秀姑蜷曲着身子和衣躺着。阿礁迟疑了一下，若有所思地抱起被子走到床前，轻轻地把被子盖在秀姑身上。

就在这时，窗外又传来了那断断续续的呼唤声。

"阿……礁……哥，我……走……了！别……忘了，别……别……忘……了你……你的海……妹……子！阿……礁……哥……"

阿礁像被突然惊醒过来一样，霍地转身拉开门闩，冲出屋去。

残月正在西坠。在海与天之间的缝隙里，几颗黄浊的星星像摇摇欲坠的眼泪，闪着微弱的光。

阿礁似乎觉得有一个影子从窗口闪过。仔细一看又什么也没有，只看见窗台上有一小包东西。阿礁走了过去，拿起那包东西，沮丧地反身回到屋里。

烛光下，阿礁小心翼翼地打开那用白手巾包着的物件，出现在他眼前的是一只他再熟悉不过的玉镯子和一张纸条。阿礁慢慢地展开纸条，只见上面用黑木炭歪歪斜斜地写着：

"阿礁哥，我不怪你！是我的命不好，没有福气嫁给你！可是，阿礁哥，从那一天起，海妹子就生生死死都是你的女人了！我会把我们的孩子好好生下来抚养成人。阿礁哥，我要走了！别忘了你的海妹子！别……忘了……你的……"

阿礁呆呆地望着那张纸条，望着那只玉镯，像被突然抽去了魂魄的僵尸一样。慢慢地，偌大的眼窝潮湿了起来，紧接着，两颗极大的泪珠迅速滚落了下来，掉在了眼前的纸上，立刻，纸面上出现了一个个黄色的湿圈，浸透了那歪歪斜斜的字。

忽地，阿礁猛地一转身，着魔似的冲出屋子……

沉重的脚步声惊醒了秀姑，她爬起来神色茫然而又惊恐万分地望着敞开的屋门。

黄氏也被惊醒了。她披起外衣，趿着木屐打开房门走了过来，手里举着油灯。

"出什么事了？礁儿到哪儿去了？你们怎么了？"黄氏焦急地问。

秀姑呆呆地惊恐地摇着头。

黄氏若有所思地长长叹了一口气，举着油灯朝厅堂走去，秀姑急忙跟上。婆媳两人站在大门前的"五脚架"下，默默无语地在夜色中眺望着……

阿礁疯也似的跑到海妹子家，然而门紧锁着。他愣了一下神，转身向望夫楼奔去……

"海妹子，你别走，我来了！"阿礁前脚刚踏进望夫楼便恐慌地大声呼喊了起来："海妹子，我来了！"

阿礁喊着，跌跌撞撞地爬上了楼。然而，上面空无一人。他几步冲到圆形的阳台走廊……

"海妹子，你到哪儿去了？你到哪儿去了呀！海妹子，你回来！你回来啊……"阿礁面对着大海声泪俱下地大声呼唤着……

　　阿礁绝望地望着眼前的茫茫大海，望着那棵苍老的古榕树……忽地，阿礁惊讶地发现，灰蒙蒙的月色中，有一个人影正从拐弯处闪出朝望夫楼走来。

　　"是海妹子，是我的海妹子！"阿礁的心猛烈颤抖了起来，一个急转身向楼下冲去……

　　然而，当他冲到门口正想大声呼喊的时候，他却突然愣住了：那人高高瘦瘦的绝不是他的海妹子。阿礁不由自主地止住脚步，茫然地望着那人。

　　惨淡的月光下，只见那人在石阶前伫立了片刻，便顺着被潮水冲击的阶梯一步一步地朝海里走下去……待到阿礁醒悟过来跑到跟前时，那人已经被潮浪卷走得无影无踪，只留下一根长长的烟杆在最上面的石阶上……

　　阿礁木桩似的立在那儿，任凭冷飕飕的海风吹刮着，任凭脚下的海浪冲击着石阶溅起的浪花打湿衣裤，双眼痴痴地望着无边无际的大海，嘴里喃喃地自语着……

　　残月西坠，混浊的星星也已隐退。

　　天，似乎越来越黑暗，黑暗得让人感到无限地惊慌和恐惧；地，似乎越来越沉寂，沉寂得令人感到沉重地压抑和不安。天地之间，恍惚正在孕育着一场巨大的暴风雨，抑或是一场巨大的灾难正在悄然向着望夫楼，向着郝家湾的苦人儿扑来……